Marica Bodrožić
Mein weißer Frieden

MARICA BODROŽIĆ

MEIN
WEISSER
FRIEDEN

Luchterhand

Die Autorin bedankt sich bei der Robert Bosch Stiftung für das Grenzgänger-Stipendium, mit dem diese Arbeit gefördert wurde.

Für Saida, Lina, Ismeta, Vedrana und Petra
& die anderen Frauen von Sarajevo

Von der Gewalt, die alle Wesen bindet,
Befreit der Mensch sich, der sich überwindet.

Goethe

Ich habe nie in meinem Leben irgendein Volk
oder Kollektiv »geliebt«... Ich liebe »nur«
meine Freunde, und die einzige Liebe, die ich
kenne und an die ich glaube, ist die Liebe zu
Personen.

Hannah Arendt

Das Sein, das über Gedächtnis verfügt,
ist auf die Zukunft ausgerichtet.

Paul Ricoeur

1.

Das Leben ist eine Reise, die sich selbst überschreibt, jeder Gedanke, jede Empfindung ist ein neuer Weg, der den eigenen Kern freilegt und die Sinne verfeinert. In Bewegung zu sein, das war, in der Obhut des Südens, schon in frühester Kindheit ein natürlicher Zustand für mich. Auch jetzt, auf meiner Reise zurück zum Kern des Kerns, zu jenen Landschaften, Orten und Menschen, die mich geprägt, geformt, geknetet und geliebt haben, erscheint mir nichts so normal wie das Unterwegssein zu ihnen. Jedes Mal, wenn ich einen Koffer packe, spricht aber auch die Erinnerung mit, sie weiß um Krieg und Frieden, um Glück und Unglück, ist immer die stille Mitschreiberin. Auf allen Umwegen, die meine Wege sind, arbeitet sie der inneren Zeit zu. Es ergeben sich dabei neue Kreise, innere und äußere Ränder eines Lebenslabyrinths, die sich an Stellen miteinander berühren, an denen ich es am wenigsten erwarte, wie damals in der Kindheit, als mein Vater mir die Sterne erklärte.

Das Kreuz des Südens, sagte er, und seine Hand zeigte ehrfurchtsvoll nach oben, es liegt inmitten des hellen Bandes der Milchstraße und beschützt uns hier unten. Dich und mich, fragte ich, oder die ganze Erde? Er nickte, sagte, alles, dich und mich, unseren Planeten, den Mandel- und den Walnussbaum, die Maulbeere, den Hof, das Pferd, die Garage, den geräucherten Schinken, den Esel (den ganz besonders), die Katzen und die Hühner und deine Tante Anastazija, ihre Träume, wenn sie schläft. Das bewegte jede Faser in mir. Auch wenn das Kreuz des Südens nicht zu sehen war, hatten meine Augen ein neues Ziel. Mein Körper hatte einen neuen Ort. Meine Vorstellungskraft hatte eine neue Heimat. Das ganze Universum, die kosmische Melancholie, sie gehörte jetzt mir wie das Maiwetter, wie Heiligabend, die Wolken, das »Vater Unser« an den Sonntagen. Mit der Vorstellungskraft kamen aber auch die Fragen in meinen Kopf. Die Schönheit der nie zu Ende erklärten Lücken hat mich stets zu neuen Erkundungen geführt. Zum Geheimnisumwitterten gehörten die Tränen des Heiligen Laurentius, die dieser, so sagte es mir Vater, als Sternschnuppen wieder auf die Erde schickte, um an sein Schicksal als Märtyrer zu erinnern, jedes Jahr, an jedem 13. August. Laurentius starb 258 auf einem glühenden Rost. Hatte er seinen Schmerz verwandelt? Vater gab mir darauf keine Antwort, stand aber manchmal in der Nacht auf und weckte mich dann vor der Morgendämmerung, um mir die Sternschnuppen zu zeigen. Ich müsse mir etwas wünschen, sagte er, der Heilige Laurentius sei für uns alle gestorben, um uns etwas über den nächtlichen Himmel beizubringen. Und ich wusste nie, was ich mir wünschen sollte, weil an die Stelle der Wünsche immer zuerst Fragen traten. Weshalb konnte ein Mensch, der vor so langer Zeit gestorben war, etwas mit meinem Schicksal zu tun haben? Schon bald war der Sternschnuppensegen vorbei, und in meinem wunschlosen Kopf wohnten neue Rätsel. Wieso kann ich plötzlich Fragen stellen?, fragte es selbsttätig in mir. Und dann wurde mir das Lebendigwerden des Wortes »beschützen« zuteil. Wo kommt das Wort und seine Bedeutung her? Aus Vaters Mund oder aus seinem Inneren? Würde es möglich sein, in meinen Träumen dem römischen Märtyrer Fragen zu stellen? Beschützte der Sternenhimmel mich genauso wie meinen Vater? Er denkt etwas, und ich denke es auch. Wenn man beschützt wird, dann doch von intelligenten Wesen? Und was passiert, wenn ein Krieg ausbricht? Beschützer haben doch auch dann ein Herz? An der Stelle des Herzens kann doch kein Loch sein! Beschützer können, müssen doch auch im Krieg lieben! Das geht doch nur mit dem Herzen? Ja, klar, sagte mein Vater, die Perseiden etwa haben nicht nur ein Herz, sondern auch eine Lunge, die Sterne können atmen. »Wer atmen kann, ist verwandt mit mir.« Dieser Gedanke beginnt, sich allein in mir zu denken. Die unbedingte Kraft des Gedankens nimmt mich so in Beschlag, dass ich alles mit der Haut fühlen kann, was mein Kopf in Worten denkt. Verwandt oder nicht! Die Sterne waren also in jedem Fall Wesen. Mein Leben hing zwar nicht von diesem Wissen ab, aber jetzt sehe ich mit inneren Augen, wie ein Fluss in meinem Kopf entsteht, direkt neben dem Kreuz des Südens – alles Lebendige ist miteinander verbunden.

Die hellsten Sterne tragen Namen wie Acrux, Becrux, Gacrux und Decrux, sagt der Vater, das sind Abkürzungen für *alpha*, *beta*, *gamma* und *delta* in Verbindung mit dem Namen *crux*. Das ist Latein, sagt er, zwinkert mir zu, wichtigtuerisch. All diese Worte, sie waren und sind Musik in meinen Ohren, innere Farben, innerer Klang. Aber Vater, wo ist das Kreuz des Südens, und Latein, was ist denn Latein?, frage ich ihn. Eine Sprache, sagt er, ich weiß auch nur, dass es sie gibt. Er hat sie nie gelernt. Dennoch oder gerade deswegen bleiben mir die unbekannten Worte als Musik in Erinnerung. Wie hat er die Wörter gelernt? Als Rhythmen? Er sagt es mir nicht, er erklärt nichts, er, der Vater, deutet nur an, dass es etwas mit den Träumen zu tun habe, mit dem Leben und der Sprache und der Musik in ihnen.

In mir bildet sich ein Überzeugungsraum, dass es so gewesen sein könnte. Wenn ich es denken kann, dann muss er es angedeutet haben. Oder etwa nicht? Fragen kann ich ihn nicht mehr, er kann es mir nicht mehr erzählen, mein Vater ist tot. Aber das Latein jener Sternennacht, der Nachhall seiner Worte bebt und schwebt in mir, rätselhaft melodisch, Teil meiner unfertigen Nachtbilder und szenischen Warnungen, Teil jener allnächtlichen Prophetien, die mich nach meinem Platz in der Welt fragen lassen. Ganze Landschaften erträume ich mir, um ihm Fragen zu stellen. Aber die Toten sprechen nicht.

Ich lerne sehr früh, dass Worte Handlungen sind, Brücken zum Bleibenden. Für meinen Vater war Sprache nur die Bedeutung der Wörter. Da fing sie an, die allmählich sich manifestierende Absonderung von ihm. Von innen fand sie statt. Der Zweifel hatte sich in mir abgelegt. War mein Vater ein Lügner oder ein Alleskönner? Ich schließe die Augen. Die Musik der Kindheit und die Musik der Träume, sie sind Teil meiner erzählenden Lunge, und in ihr ist ein autonomes Verlangen nach Wachheit, das Verlangen nach Weisheit, nach jedem Wort von König Salomon, nach der Mitarbeit der Psalmen. Anders kann ich die lichternden Sterne nicht verorten, die auch in mir sind, besonders morgens, kurz nach dem Aufwachen fühle ich das ferne Licht der Träume, wie man den flimmernden Schlaf des Sommers am eigenen Körper fühlt. Eine Himmelsleiter verbindet sie mit mir. Das unsichtbare Dazwischen ist ein Land. Ich will die Treppen zu diesem Land finden. Nicht nur, indem ich in den Wipfel des Mandelbaumes klettere. Wann bildete sich der Wunsch in mir aus? Vielleicht an jenem schreckverdichteten Tag, der auch noch ein Heiligabend war und an dem ich zum ersten Mal ahnte, was Krieg sein könnte und wie er entsteht, wie er sich einen Platz in einem Menschenleben verschafft.

Mein Vater drückte mir eine Pistole in die Hand und ließ mich in den Himmel schießen. Es half kein Weigern und kein Weinen. Schieß den Sternen in den Bauch, sagte er und hielt meinen Körper fest, der Schuss fiel, ich zitterte am ganzen Leib. Habe ich die Sterne erschossen, fragte ich ihn, erhielt aber keine Antwort. Er schob mich von sich, nahm die Pistole in die Hand und verschwand wortlos im Haus. Ich roch den schwefeligen Schuss noch lange, die Luft war von ihm durchsetzt. Ich sah in den Himmel und dachte, ich will ihn in diesem Leben nie wieder lieben. Stattdessen erlebte ich die Zeugenschaft der Sterne, ihre Art Mutterschaft, ihr immerwährendes Leuchten und meinen in die Lungen abgesunkenen Kummer. Mit geschlossenen Augen will ich die Stufen in mir nehmen und so zu den Sternen sprechen, Teil ihres Lichtes sein, den Kern ihrer Mitteilungen erfassen. Diese Stelle, an der die Sterne sich uns noch zusprechen, nennt der Chirurg und Schriftsteller Carl Ludwig Schleich einen »Taubenposten unserer Gedanken«. Das seien die Elemente am Webstuhl der Seele, die Materialen, aus denen die Orgel des Gehirns gebaut sei. »Sehen wir zu«, schreibt er, »wie die Schiffchen gleiten, wie die Register spielen und was die Tasten leiten.« Ich sehe mein Leben lang zu, den Fliegen, den Vögeln, dem

Gras, den Perseiden, dem Muster und den Nachrichten der Wolken. Allem und allen. Und irgendwann fange ich auch damit an, mir selbst zuzusehen. Der Atem hilft mir dabei, der Atem hilft mir zu sehen. Die Bilder haben immer eine tiefere Schicht, je länger ich sie ansehe, desto mehr lösen sie sich auf, wie Punkte in meinem Kopf; Punkte und Wunden, die zu Wundern werden, zu meiner Einweihung ins innere Leben. Ein innerer Sternenkompass entsteht dabei und verbündet sich mit den Träumen. Wie macht er das? Wie bei allen Rätseln, liegt die Wahrheit darin, dass wir die letzte Wahrheit nicht kennen und sie uns nur soweit vorstellen können, wie sie unseren inneren Erfahrungen entspricht. Aber vielleicht liegt ein Schritt zur Geheimniseinsicht darin, dass wir uns alle in der Zeit wesentlich endlicher als im Raum fühlen. Das Unendlichkleine in der Zeit und das Unendlichgroße im Raum haben einen Vermittler: den Traum. Er unterrichtet uns. Wie entwickeln sich Menschen? Maurice Maeterlinck ging davon aus, dass jede Entwicklung zum Besseren ein Vorbild voraussetzt. Hat mein Vater irgendetwas beabsichtigt, als er die Sternenwelt erwähnte? Was auch immer ihn dazu gebracht hat, mir die Tränen des Heiligen Laurentius zu zeigen, es hat den Funken der Hoffnung in mir geweckt. Und nicht der Vater, nicht seine Gewalt, aber sein Blick in den Himmel (zu den Welten öffnenden Sternsporen) und die zuerst gesprochenen Sternenworte werden mit der Zeit Motor und Sakrament meines Anschauungsvermögens: Ich bin nicht das, was ich anfassen kann, nicht nur, ich bin auch die Himmelsleiter meiner Gedanken, mein Weiterdenken, Weiterwachsen, Weiterleben in den ewigen Raum hinein, aus dem die Tränen, zu Sternschnuppen geformt, Licht für den Menschen werden. Die Lunge muss das Weiter mitmachen, muss die Sterne auf die Erde und in die Sprache hineinholen. Kein Schuss darf jemals meinen Süden im Kopf töten, keine Angst mein tastendes Innenleben absterben lassen. Bei den Rationalisten macht man sich damit verdächtig, aber der Süden gehört so sehr zu meinem Kopf wie die Schnürsenkel zum Schuh, dass ich gar nicht anders kann, als tastend zu leben.

Dem Tasten liegt eine Geschichte der Zerbrechlichkeit zugrunde. Nach dem Schuss in die Sterne kam es zu einem zweiten Bruch in der Wahrnehmung meines Vaters. Ende der achtziger Jahre bat er mich irgendwann, das Bild des faschistischen Führers Ante Pavelić von Hessen nach Dalmatien über die Grenze zu schmuggeln, ohne mich in die Gefahren einzuweihen und ohne mir zu sagen, wer dieser Mann war, den er freudig »poglavnik« nannte: Führer. Jemand aus der kroatischen Diaspora hatte ihm in Deutschland ein Bildchen besorgt, kitschig koloriert, in der Größe, die sonst nur einem Heiligen wie Rochus von Montpellier oder Antonius von Padua zukam. In der Schule in Hessen hatte ich über die Gräueltaten und die Vernichtung der europäischen Juden durch einen anderen Führer einiges gelernt. Es konnte doch nicht sein, dass Vaters Führer auch so einer war wie jener Hitler, der immer so elend in die Höhe sprang, wenn er von seinem Rednerpult die ganze Welt anschrie.

Ich fragte einen Freund meines Vaters, ob der eine Führer so wie der andere Führer sei: ein Massenmörder. Der fremde Mann lächelte nur, sagte mir nichts zu Hitler, aber sein metallen sprödes Lächeln erzählte alles, war erschreckend und unheimlich. Woher kannte mein Vater diesen Mann? Konnte ich meinem Vater noch vertrauen? Die Fragen blie-

ben in mir stecken wie etwas, an dem ich mich für den Rest
meines Lebens verschlucken sollte. Ein Raum der Angst und
Nachdenklichkeit entstand in mir, auch Erschütterung über
die zwei so unterschiedlichen Gesichter des Vaters. Sein Bild
und das Bild des menschenverachtenden Massenmörders vermischten sich. Das eine Gesicht legte sich über das andere
Gesicht, und ein mächtiger Herrscher, kein Sterne erklä-
render Vater, stand vor mir, zu allem bereit. Dann aber war
mein Vater wieder sehr schelmisch, erzählte Witze, war lie-
benswürdig und zärtlich, kaufte uns Kindern Eis und Gum-
mibärchen, lernte von seinen Kollegen türkische und italienische Wörter, gab vor, Französisch zu können, lachte, trug
einen großen Hut, enge Jeanshosen, ein hellblaues Hemd, er
sah aus wie ein Amerikaner, der eine eigene Ranch hat, gleich
auf seinem Pferd davonreiten und in die Untiefe einer sommerlich zitternden Prärielandschaft verschwinden konnte. Er
liebte John Wayne (sprach ihn Čon Vejn aus) und die unzähligen Heldenepen vom Balkan konnte er auswendig.

Ich habe oft darüber nachgedacht, was für ein Mensch
mein Vater hätte werden können, wenn er frei gewesen
wäre, frei von seiner kollektiven patriarchalen Beschriftung, frei von seiner Trinksucht, frei vom Hunger in seiner
Kindheit, frei von seinem Bedürfnis nach einem Führer.
Dennoch wirkt jener Tag, an dem er die Tränen des Heiligen Laurentius und mit ihnen die ganzen Sterne in mein
Leben brachte, in meiner Erinnerung immer noch nach,
vor allem deshalb, weil ich ihn später auch als einen Menschen erlebte, der um das geschändete Grab eines serbischen Nachbarn trauern konnte. Mein Vater weinte an diesem Grab wie ein Kind. Es war die Freundschaft, die ihn zu
einem trauernden Menschen machte.

2.

Als meine Familie 1983 von Dalmatien in den
Main-Taunus-Kreis zog und ich neben dem Deutschen
auch das Hessische erlernte, fehlte mir fast immer der
Sterne (und also auch Glück) bringende Himmel des europäischen Südens, der sich mehr und mehr ins Innere verlagerte. Mein Vater war noch der Tröster und erklärte mir
bereitwillig die Sterne dieser neuen Breitengrade. Aber oft
standen ihm in Hessen die Wolken hinderlich am Himmel.
Hier kannte niemand die Tränen des Heiligen Laurentius,
die als Sternschnuppen unsere Sommer verschönert hatten.
Die Einsamkeit fing an in mir zu wachsen, wurde mein
Kirschkern, um den ich wuchs. Sie bildete sich als Kris-
tallisationspunkt meines Lebens aus, an dem entlang sich
das Walten der inneren Welt sortierte. Die Welt im Außen
erschien mir ohnehin seit dem Umzug in die neue Sprache
als Verlängerung der inneren Räume. Ich konnte förmlich
meinen eigenen Gedanken zuhören. Eine kleine Ozon-Aka-
demie entstand in meinem Kopf, schrieb offenbar alles mit
und erzählt es mir jetzt, drei Jahrzehnte später, auf dem
Weg zurück nach Dalmatien. Ich erinnere mich an eine Art
inneren Stillstand, an eine neue Ruhe, die ein urtümlich
starkes Schweigen mit sich brachte. Vielleicht wurde da-

mals ein neues Zimmer in meinem Selbst bezogen, und es war dieses Schweigen, das bei mir blieb, es lehrte mich die Betrachtung der neuen Welt, in der, nur scheinbar paradox, auch die neue Sprache einzog. Die Natur der Kindheit war über Nacht nahezu verschwunden, aber der Kopf ein Ort geworden. Auch der Sommer war in Hessen anders. (Es gab ihn nicht.) Die achtziger Jahre waren im Schnitt eine sehr verregnete Zeit.

Wenn Olympische Spiele oder andere große Sport-ereignisse im Fernsehen übertragen wurden und auf den Flaggen einzelner Länder das Kreuz des Südens auftauchte, sagte mein Vater, das Sternbild grüße uns auf diese Weise. Er ließ mich meinen Diercke-Schulatlas herausholen und suchte das Kreuz des Südens für mich. Es schmückte die Flaggen von Brasilien, Australien, Neuseeland, Papua-Neuguinea, Samoa, den Weihnachts- und Kokosinseln, die Präsidentenstandarte Brasiliens und war auch auf der Zwei-Dollar-Kursmünze Australiens (zusammen mit einem Aborigine) zu sehen. Ich dachte anfangs, Vater erfinde all diese Namen, um mich zu trösten. Aber als ich nach-forschte und meinen Erdkundelehrer fragte, ob es etwa die durchweg phantastisch tönende Weihnachtsinsel, die ich für eine von Vaters skrupellosen Erfindungen gehal-ten hatte, wirklich gab, fand ich heraus, dass sie im Indi-schen Ozean lag (von dem ich bis dahin gar nichts gewusst hatte). Ozeane gab es also auch. Was für eine Ausbeute. Und was brachte der Süden mir nicht noch alles bei! Der Verlust des sommerlich großzügigen Sternenhimmels, der allnächtlich unsere Augen segnete, machte mich nach-denklich und führte zu einem fast mystischen Erlebnis wie jene über das Wissen der Haut vollzogene Erkenntnis im Alter von fünf Jahren, dass nicht meine blaue Strickjacke kleiner, sondern ich selbst größer wurde. Auch das hatte mir niemand erklärt, und es erschütterte mich, dass es so war wie es war, denn ich war zunächst ganz sicher gewesen, dass irgendeine ominöse, sprachferne, mächtige Kraft (vielleicht kam sie mittels Himmelsleiter von den Sternen zu mir?) die geliebte Strickjacke schrumpfen ließ. Nun dachte ich in Hessen über das Verschwinden der südlichen Sterne nach und fühlte mich auch an die erste bewusste Wahrnehmung des Mondes erinnert: Wo lebte das runde Wunder, wenn ich schlief und es nicht ansah? Früher schon hatte ich den Mond im Dorf ins Visier genommen. Ich kam zu dem Schluss, dass die Bewegungen am Himmel etwas mit mir zu tun haben mussten. Ich löste sie doch durch meine Schritte aus. Oder etwa nicht? Gab es eine objektive Welt? Und was, wenn ich mich irrte? Die Sterne, dessen war ich mir sicher, waren der Ort meiner Herkunft und Seele – dazu bestimmt, von mir, auf dieser dunklen Erde, in einem sozialistischen Dorf ohne Straßenlampen erinnert oder eben auch freiphantasiert zu werden. Es war der Raum der Sterne an sich, dieser unendlich weite und weitentfernte Raum, der mein Denken anzündete und der sich mit der Einsamkeit verbrüderte. Vergiss mich nicht, schien beim Abschied der Himmel meines Südens mir zu sagen. Und ich fand die mir so vertraut leuchtenden Sternfamilien fortan überall, am Himmel, in Menschen, in ihren Augen und in Gedichten oder Sätzen wie jenem unvergesslichen von Ralph Waldo Emerson: »Spanne deinen Wagen an die Sterne« – der mir wie für mich erfunden vorkam und den ich immerzu mit einem Satz von meiner Tante Anastazija in Gedanken ergänzte: Und lebe leise, kleiner Vogel.

Meine erste Reise wurde nicht nur eine Fahrt irgendwohin, sie war von Beginn an eine Lebens- und Sprachreise, ein Weg ins Unbekannte. Sie hat mir zwar nicht die ganze Welt erklärt, aber, und das war viel geheimnisvoller, mir mit der ersten Zugfahrt von Split nach Frankfurt gezeigt, dass das Unbekannte keine Fiktion ist, es gab eine größere Welt, überall, nur kannte ich sie bisher nicht. Man musste vielleicht doch nicht gleich zu den Sternen reisen, um etwas zu erleben! Räume und Träume gehörten in der neuen Sprache fest zusammen. Das Unbekannte, so zeigte es mir jedes Unterwegssein, ist immer im Anderswo. Es verändert und erweitert sich, je nachdem, wo man sich (im Innen und im Außen) befindet und vor allem: ob man bleibt oder geht. Und doch ist das Anderswo zuverlässiger als ein Ort, den man beweisen kann, auf einer Landkarte, in einem greifbaren Leben. Die Farben des Südens schliefen in mir die achtziger Jahre in Deutschland hindurch. Vielleicht überdauerten sie aber auf diese Weise in einem gut behüteten Traum, und eine Zugfahrt konnte sie jederzeit wieder in meine Welt treten lassen? Die Züge haben heute keine ratternden Räder mehr, aber das Rattern ist dennoch in meinem Kopf. Ich nehme die geweckten und die neugewachsenen Farben mit, fahre mit ihnen zurück in meine ersten Landschaften. Ich reise nicht der Vergangenheit entgegen, es ist das neue Sehen, das mein Land geworden ist. Wer bin ich jetzt, nach so vielen Jahren in meinem Anderswo? Schon beim Kofferpacken war mir ein Satz von Sören Kierkegaard eingefallen, mit dem er dazu auffordert, dass man sich eine Waage vorstelle, etwa die feinste Goldwaage, wenn sie nur acht Tage in Gebrauch sei, habe sie schon eine Geschichte. Auch meine Reise hat eine lange

Geschichte, die fast eine Vermeidungsgeschichte geworden wäre. Der wunde Punkt, um den meine Gedanken kreisen, ist mein Cousin Filip, der nicht mehr lebt. Er hat sich im Wald erhängt. Es gab keinen Abschiedsbrief, keine Erklärungen. Filip war der jüngste Sohn meiner Tante Anastazija.

Nach dreißig Jahren bin ich wieder im Haus von meiner Tante Anastazija und frage sie, ob das Badezimmer noch immer dort ist, wo es vor über drei Jahrzehnten war, als ich zuletzt im Hinterland bei ihr zu Besuch war. Sie nickt und lächelt schalkhaft, auf eine Weise, als hätte meine Frage eine kleine, unsichtbare Brücke zu ihrer Lebenswaage, zu jenem inneren Gold gebildet, das alles speichert. Tante Anastazija ist die Frau meines Onkels, keine direkte Verwandte also. Aber unsere Augen kennen sich länger als Verwandte sich kennen, wir sind von Anbeginn über die Iris miteinander befreundet, und das hat wohl auch damit zu tun, dass ich sie als Kind zuerst für meine Mutter hielt, sie auch so rief, weil meine eigene in den ersten Jahren fast nie berührbar und ein seltener Augengast war.

Tante Anastazija sieht mich lange an, sie versteht nicht, warum ich nicht einfach losgehe. Ihr Blick sagt, nun geh' schon, es hat sich hier nichts geändert, und das ist fast wahr, denn ihr Badezimmer befindet sich an altbewährter Stelle. Es war in den siebziger Jahren eine Art heiliger Ort, Offenbarung und Freude in einem, da ich nur ein Latrinenhäuschen kannte, in dem es selten Toilettenpapier gab, nur Zeitungen mit übel dick aufgetragener Druckerschwärze, die überall ihre Spuren hinterließ. Bei Tante Anastazija leuchtete aber alles weiß und war sauber, sie hatte auch

Toilettenpapier. Auch hatte sie fließend Wasser. Und sie hatte große Augen. Die ließen mich ein großes Herz in ihrer Brust vermuten, ein mit ihren Augen verbündetes.

Ich lächle Anastazija an, nicke, zwinkere fröhlich, gehe ins Bad, als sei wirklich alles so, wie es schon immer war. Dabei ist alles, absolut alles anders, als es vor meinem Fortgehen war. In diesem Land hat es Krieg gegeben. Die serbischen Häuser im Dorf sind zerstört und die orthodoxen Bewohner vertrieben worden. Anastazijas drei Söhne waren im Krieg. Seitdem, sagt sie, hängt ihre Seele zur Hälfte im Nebel, zur Hälfte in dieser Welt. Sie, die in jungen Jahren schön war wie ein vorzeitliches Versprechen der Götter, hat eine unheilbare Krankheit bekommen. Parkinson. Und ihr Filip, der jüngste Sohn, hat Selbstmord begangen. Nach dem Krieg habe er immer wieder damit gedroht, aber niemand habe es ernstgenommen. Der Wald ist fünf Meter Luftlinie vor Anastazijas Haus entfernt. Der Wald ist voller Vögel. Sie zwitschern und singen und können gar nicht damit aufhören. Meine Tante weint, sie zittert, es reißt mir das Herz aus dem Leib. Alle Zeitungen haben über Filips Tod geschrieben, auch das Fernsehen war da. Ich will ihr Trost spenden, weiß aber nicht, wie man einem solchen Menschen beistehen kann, was zu sagen ist, was sich im Lauten gesprochen echt und wahr anhört, was überhaupt sagbar ist, wenn der Schmerz so ergreift. Ich schaue sie an, sie schluchzt, weint noch immer, dann murmelt sie nur noch still in sich hinein. Sie hält meine Hände, lässt sie los und rückt dann wie früher die Schale mit den Keksen näher an mich heran. Teekekse, wie es sie in den siebziger und achtziger Jahren überall in den Genossenschaftsläden des Landes gab, in Sarajevo genauso wie in Belgrad, Zagreb,

Novi Sad oder Split. Anastazija hält sich die Hand vor die Augen. Ich sehe auf das Bild des gekreuzigten Christus, das an der Wand gegenüber hängt, meine Tante betrachtet es jeden Tag. Das Kreuz des Südens, es hat plötzlich eine ganz andere Bedeutung für mich. Jesus ist in jedem Haus zu sehen, aufgestickt, glitzernd, in Neonfarben, Jesus als Popikone mit einem leuchtenden Herzen an der Stelle, an der die Hindus ein Rad verorten, das sich dreht und in Farben über sich erzählt. Leidend und ans Kreuz gebunden hängt Jesus an den dalmatinischen Küchen- und Wohnzimmerwänden. Farben, die das Innere des Betrachters zum Leuchten bringen, sind ihm verboten. Jesus und jeder, der ihn ansieht, muss leiden, muss die Dornenkrone tragen. Er soll zeigen, dass das Leiden normal ist, dass man immer leiden muss, dass man keine andere Wahl hat. Jesus darf nur im Passepartout wohnen, seine Todesstunde ist stärker als alle seine Worte. Bei so viel Leid ist es den Menschen hier verboten, selbst zu denken, sich selbst zu befragen, sich selbst zweifelnd zu begegnen. Und mit einem Mal wundert es mich nicht mehr, dass die Bewohner dieses kleinen Bergdorfs lieber den Krieg als das Denken gewählt haben. Jeden Sonntag gehen sie in die Kirche, und nichts von den Seligpreisungen aus der Bergpredigt hilft ihnen, den Frieden im eigenen Inneren zu leben. Sie suchen ihn, wie zunächst wahrscheinlich fast alle Menschen, nur im Außen. Mein Cousin hat die Bergpredigt seine ganze Jugend über geliebt, wir haben oft über die Feindesliebe gesprochen und uns viele Fragen gestellt. Wie liebt man einen Feind? Dabei wussten wir nicht einmal, was ein Feind überhaupt ist. Als der Krieg ausbrach, sagten viele Männer, die in den Kampf zogen, sie seien auf ihn vorbereitet gewesen. Für Filip war das anders, er war nicht auf einen Krieg vorbereitet. Nichts im Leben könne einen darauf vorbereiten, andere zu töten, sagte er mir einmal kurz nach der Befreiung der Krajina. Wie aber konnte er sich dann selbst das Leben nehmen?

Von seinem Selbstmord erfuhr ich kurz vor dem Weihnachtsfest und einige Wochen vor meinem Aufbruch nach Dalmatien. Mein Bruder hatte schon seit Monaten gewusst, dass unser Cousin spurlos verschwunden war, und es mir vorenthalten. Diese Monate, die er hatte, um das Grauen zu begreifen, fehlten mir jetzt. Davon war ich anfangs überzeugt, musste dann aber einsehen, dass man sich als Mensch auf ein solches Ereignis genauso wenig wie auf einen Krieg vorbereiten kann. Selbst wenn ich Jahre dafür hätte, ich wäre niemals darauf vorbereitet, dass ein naher Mensch den Selbstmord wählt. Der Verlust meines Cousins ist ein strenger Lehrer wie auch der Tod an sich einer ist. Wir, seine nächsten Angehörigen, haben ihm nicht geholfen, seinen Ort in der Sprache zu bewahren, denn er hat diesen Ort im Krieg und vielleicht auch schon in der Kindheit an die Gleichgültigkeit verloren, die ihn umgab. Wer nicht geachtet wird, der weiß nicht, dass es die Würde gibt, gerade sie muss vorgelebt werden. Achtsamkeit für sich selbst, das hat er nie gekannt, denn sie wurde ihm nicht geschenkt. Wie bei jedem Menschen, der einen anderen durch die Endgültigkeit des Todes verliert, fühle ich in jenem Moment, in dem mich die Nachricht von seinem Selbstmord erreicht, mit erschütternder Genauigkeit, was in meinem Leben kostbar und von bleibendem Wert ist und was es nicht ist. Und damit verbunden, mit präziser Seismik der Seele, was ich selbst versäumt habe, versäumt im Geben, was ich nicht für ihn getan und was ich an Nähe unterlassen habe. Es gab tausend Gründe dafür, die Entfernung, transatlantische Reisen, andere Sprachen, andere Erfahrungen und Weltanschauungen. Nach seinem Tod ist kein einziger Grund gültig. Wie leicht wäre es gewesen, einen Brief zu schreiben, anzurufen, auf dieses und jenes zu verzichten und ihm ein Flugticket, eine Zugfahrkarte zu schicken und zu sagen, komm zu uns, gehe nicht in den Krieg, bleib ein paar Wochen hier, schau – hier gibt es eine andere Welt, andere Menschen, Bäume, Caféhäuser, Kinos. Allein das Neue und das Entdecken und Sehen des Neuen hätten ihn wecken können. Aus der Rückschau verschiebt sich vor mir selbst jene Achse, die Friedrich Schiller die »Achse der Welt« nannte. Filips Tod ist ein strenger Abzähler der Lebens- und Gedankenschichten, der Abzähler auch meiner eigenen Zeit, die es nur in Gemeinschaft mit anderen gibt. Wie viele Stunden, Tage, Wochen, Monate unserer wertvollen Lebenszeit verschwenden wir darauf, Krieg zu führen? Krieg in Gedanken. Krieg in Sätzen. Krieg in Worten. Alle Kriege beginnen in Gedanken und münden in die Syntax, im reflexartigen Kampf und Zurückschlagen ohne Punkt und Komma. Die Anordnung der Worte in unseren Sätzen gibt genaue Auskunft über die Struktur in unserem Denken. Der Charakter ist kein Zufall. Martin Buber hat darauf hingewiesen, dass er eine Aufgabe ist. Das Wort »Charakter« stammt aus dem Griechischen und besagt »Einprägung«. Unser Charakter ist das, was uns der Stempel unserer Umgebung einprägt. »Die besondere Verbindung zwischen Sein und Erscheinen des Menschen, der besondere Zusammenhang zwischen seiner Wesenheit und der Folge seiner Handlungen und Haltungen wird seiner noch plastischen Substanz eingeprägt«, notiert Buber in seinen Reden über Erziehung. Und ein Mensch, der sich das Leben nimmt, wirft es fort, weil er von etwas geprägt wurde, das ihn sich selbst als wertlos empfinden ließ. Einen solchen Stempel stellt man nicht allein her, und jeder Tod erzählt am Ende ein Leben in seinem Kern. Welche Einprägungen hat der Krieg in meinem Cousin vollzogen? Und warum konnte es überhaupt dazu kommen? Ich kann Filip nicht mehr fragen. Aber manchmal träume ich von ihm und frage ihn auf diese Weise, ob er jetzt weiß, was Feindesliebe ist, und wie er als Mensch das geworden ist, was er am Ende in seiner Verzweiflung war. Er sieht mich nur mit seinen großen blauen Augen an, sein Haar duftet nach Kamille. Er bedankt sich bei mir, und ich weiß nicht, wofür er das macht. Vielleicht, damit ich das Fragen nicht sein lasse, aber auf fertige Antworten verzichte, um in sie hineinzuleben.

Wie werden wir, was wir sind? Und was ist aus meinen zehn anderen Cousins geworden, die den Krieg überlebt haben? Sie sagen mir, dass sie gesund seien, dass der Krieg gewonnen werden musste. »Du darfst nie vergessen, dass wir uns gewehrt haben, dass wir es waren, die angegriffen wurden, nicht umgekehrt.« Wie könnte ich das vergessen? Aber merkwürdig und verstörend, dass ich sie noch immer liebe, obwohl ich weiß, dass auch sie getötet haben. Es ändert nichts an meiner Liebe. Aber ich sehe, dass sich ein grauer Schleier über sie gelegt hat. Ihr altes Leuchten ist für immer verschwunden, das Licht erloschen, jene innere Sonne, die mich über Jahrzehnte hinweg mit ihnen verbunden hat. Ihre Gesichter sehen aus wie durch Nervengift lahmgelegt, verbraucht schauen sie mich an mit kaputten Zähnen, Arthritis und Kopfschmerzen. Mein Denken ist für sie nicht das richtige Leben. Meine Freiheit und Unversehrtheit kommt ihnen vor wie ein exklusives Luxusgut, etwas, das ihnen in diesem Leben nie gehört hat und das mich nun für immer von ihnen trennt. Wer den Krieg nicht aus eigener Anschauung kennt, der kann in ihren Augen nicht mitreden. Und es stimmt auch, ich kann in diesem Sinne nicht mitreden, und sie können nicht mehr frei über den Frieden nachdenken. Sie sind vom Krieg Betroffene, Gezeichnete mit unzähligen (auch – auf den ersten Blick – überzeugenden) Argumenten für die Gegnerschaft. Und sie sind Menschen, die andere getötet haben, um wiederum andere zu retten, obwohl sie das so nie aussprechen, schwingt diese Gewissensgleichung immer mit, wenn die Rede auf den Krieg kommt. Ihre Beschriftung ist nicht zu übersehen. Die meisten von ihnen haben schon in den ersten Wochen seit Kriegsausbruch gedient und auch Dubrovnik verteidigt, als es von den Serben angegriffen wurde. Wochenlang verbrachten sie oft hungrig in den leeren Dörfern oberhalb der Stadt, manchmal wurden sie von den Fischern mit Miesmuscheln versorgt, anfangs, ohne zu wissen, wie man sie zubreiten muss. Die Dorfbewohner konnten ihnen nicht helfen, sie hatten schon bei den ersten Angriffen panisch ihre Häuser verlassen. Die Menschen waren damals überzeugt davon, dass nicht einmal die Serben fähig sein würden, Dubrovnik anzugreifen, deshalb suchten alle in der Altstadt Unterschlupf.

Mehr als das geben die Männer nicht preis. Und über Mostar und die Zerstörung der alten Brücke wollen sie mit mir gar nicht sprechen. Sie verweigern sich, umarmen mich, lachen, geben mir Küsschen auf den Kopf wie früher und fordern mich auf, Feigen und »pršut«, den geräucherten dalmatinischen Schinken, mit ihnen zu essen, dabei wissen sie, dass ich seit Jahrzehnten nichts essen kann, was einmal geblutet hat. Aber seit Filips Selbstmord lassen sie mich damit auch in Ruhe. Weder sie noch ich können uns vorstellen, dass ein lebendes Wesen soweit Schmerz werden kann, dass es nicht mehr unter seinesgleichen weiterleben will und kein Wort, kein Blick es trösten kann.

Immer wieder führe ich mir, während ich bei meiner Tante Anastazija auf dem Sofa sitze, das Bild eines sich in Luft auflösenden Menschen vor Augen. Einer geht weg, für immer, und niemand kann ihn zurückhalten, so, wie auch niemand für ihn und an seiner Stelle leben kann. Seine Lücke bleibt. Der Fremde, der vierzig Jahre lang einen Namen hatte, er zieht aus, lässt uns, die wir noch leben, für immer sprachlos und entmachtet zurück. Der Mitmensch war uns nur geborgt worden. Jetzt ist die kostbare Leihgabe an den Ort ihrer Herkunft zurückgewandert, zum Kern, aus dem der Mensch kam und Besucher wurde auf dieser Erde. Kein Kern ist ersetzbar. Jeder Kern ist einzigartig, Lebendiges nie eine Kopie. Der Kern zeigt mir, dass sich kleinliche Gedanken vor dem Hintergrund des Krieges und des Todes von selbst auflösen, getragen von einem anderen, besseren Selbst. Den Tod, so soll es einmal der große Stoiker Epiktet gesagt haben, müsse man sich deshalb täglich vor Augen halten. Der Tod ist der Kern des Lebens. Er sortiert die Wirklichkeit und ist ein zuverlässiger Erzähler. Mir macht er nun mit Nachdruck die Lücke spürbar, die mein kostbarer Kindheitsmensch hinterlassen hat. Worin bestand seine

Kostbarkeit? In seinem bloßen Leben, darin, dass er ein berührbarer Mensch war. Vielleicht können wir nur nach dem Tod eines Menschen in Gänze erfassen, auf welche Weise und an welchen Stellen unseres Lebens er uns nahegekommen ist, sich in uns eingeschrieben und somit auch für immer verändert hat. Filips zeitgleich offener wie schüchterner Blick, seine blauen Augen, auch seine schmalen, feinen Hände fallen mir jetzt ein, der deshalb so auffällige starke feste Daumen, seine harmonischen Fingerkuppen, die tief eingekerbten Linien in seiner rechten Hand, Inselchen und Dreiecke bildeten sie, die wir uns in der Kindheit manchmal stundenlang angeschaut hatten. Was passiert nur mit diesem einzigartigen Hautarchiv nach unserem Tod? Können unsere gewundenen, verdoppelten, aneinander geketteten, verwirrten, wellenförmigen Linien in der Erde überleben? Vielleicht tragen die Wurzeln der Bäume ihre Sprache in sich und wir müssen nur irgendwann lernen, sie zu verstehen. Vor Tante Anastazijas Haus bellt der Hund, sie weint, und ich bete, dass kein Wolf in der Nacht kommt und ihn auffrisst wie seinen Vorgänger. Anastazija sagt, dass sie ohne Filip selbst nichts mehr zählt, sie scheint die am Leben gebliebenen anderen Söhne nicht mehr zu sehen. Filips Kern ist ihr gerade durch seinen unwiderruflichen Tod einverleibt, sie ist in ihm, und er ist in ihr. Bis zu ihrem Lebensende wird er seinen Platz behalten, der ihm zugeteilt war. Er ist für immer Anastazijas innerer Stempel, seine Hand liegt noch in ihrer Hand. Das ist merkwürdigerweise der Augenblick, in dem ich nicht nur denkend, sondern auch empfindend begreife, welches zerstörerische Ausmaß dieser letzte Krieg in Europa und mitten in der Zivilisation hatte.

Warum Filip einen Strick benutzt und sich im nahegelegenen Wald erhängt hat, das getraue ich mich nicht, meine Tante zu fragen. Sie erzählt mir von sich aus, dass er sich unweit der Stelle einen Baum gesucht hat, wo wir beide in der Grundschulzeit unsere Kühe mit den unvergesslich wachen Augen hüteten. Wir probierten aus Neugier Gras, Klee und Bockshornklee, wilden Fenchel und Rosmarin, genüsslich kauten wir auf allem herum, was in der trockenen karstigen Erde zwischen den Steinen wuchs. Und wir überlebten alles, auch ein giftiges Kraut, von dem es hieß, es wirke unmittelbar tödlich und lege die Nerven zielgerichtet lahm wie ein gemeiner Schlangenbiss. Wir hatten viele Hollywood-Filme gesehen und sagten uns, gut, wenn wir sterben müssen, dann sagen wir uns vorher noch, wie sehr wir uns lieben: verriii matsch lieb' ich dich! Dann lachten wir und suchten unsere Körper nach Spuren des sich ankündigenden Todes ab, Rötungen, Juckreiz, Schwindel und Atemlähmung blieben aus. Tante Anastazija kochte Pasta e fagioli für uns, Makkaroni und Bohnen, und nach der Siesta lebten wir immer noch, atmeten, lachten und hatten bewiesen, dass die anderen Angsthasen waren und man doch nur ein bisschen Mut brauchte, um Bärenklau und Binsenkraut und Blauregen zu essen. Nur Feiglinge sind sterblich, sagte mein Cousin, und ich küsste sein liebes blondes Haar und war glücklich über einen so schönen Verwandten wie ihn.

Tante Anastazijas Hand zittert, in kleinen trippelnden Schritten geht sie zum Herd, will einen türkischen Kaffee für mich machen, wenn du schon mal da bist, wer weiß, sagt sie, wann du wiederkommst. Sie weint wieder oder immer noch, ein Tränenmeer, das mit nichts aufzuhalten ist. Ich kann sie nur mit Stille trösten. Vor dem Haus bellt immer noch der Hund, Tante Anastazija erzählt mir wieder, wie sein Vorgänger eines Nachts von Wölfen gefressen wurde. Nur die Kette sei am Morgen übrig geblieben. Es will mir noch immer nichts einfallen, womit ich Tante Anastazija trösten könnte, weil es nichts gibt, kein Wort, keinen Gedanken, der ihr jetzt von Hilfe wäre. Was mir bleibt, ist nur die Kraft, die Sprachlosigkeit mit uns selbst auszufüllen. Da zu sein, begreife ich in diesem Augenblick, bedeutet still zu sein, zu halten und auszuhalten, zu wissen und sehen zu können, wer ich selbst bin, woher ich komme und was mich auf meinem Weg beschriftet hat (und warum).

Wer sich selbst zusehen kann, der kann sich auch anders denken. Vielleicht ist das der einzige Weg, den Schmerz zu verstehen, ohne ihn zu meiden. Es entsteht im Hineinsehen in sich selbst ein Muster der Begegnung, das uns auf den Weg bringt, in uns zu uns, zu einem anderen Menschen, zu einem anderen, größeren Selbst. Wie aber übersteht das Selbst einen Krieg, ohne sein Geschöpf zu werden? Wir alle hätten unsere Maßstäbe in uns selbst, heißt es in einem der Briefe von Sophie Scholl. Der Mensch solle nicht, weil alle Dinge zwiespältig seien, deshalb auch zwiespältig sein. Auf diese Haltung treffe man aber immer und überall. Tante Anastazija hat wie alle Frauen des Dorfes diesen Krieg befürwortet. Zwiespalt war ihr Alltag. Jetzt, sagt sie, sei sie gewiss, einen Fehler gemacht zu haben, sie hätte ihren Sohn gleich bei Kriegsausbruch wegschicken sollen. Er wäre noch am Leben, sagt sie, wenn er nach Deutschland oder nach Amerika geflohen wäre.

Am Hauseingang hat Tante Anastazija ein schwarzes Tuch als Zeichen ihrer Trauer gehisst. Ich sitze schon seit Stunden mit ihr in ihrem abgedunkelten Wohnzimmer, die Vorhänge sind fast zugezogen. Der Hund und die Katzen müssen draußen bleiben. Mein Onkel sitzt wie ein Säulenheiliger die ganze Zeit bei uns, sagt nicht ein Wort, raucht eine Zigarette nach der anderen, die Luft wird immer dünner, das Atmen fällt mir schwerer. Er schaut durch uns hindurch, ohne Teilnahme, ohne Regung. So war er immer, so hat sich jeder neben ihm wie ein Nichts gefühlt. Draußen scheint die Sonne, aber sie schafft es nicht, einen einzigen Strahl in diese Trauer- und Zigarettenhöhle zu werfen. Eine Muttergottes-Skulptur aus Holz sieht von der großen Kredenz mit der Geste des Segnens zu mir herunter. Sophie Scholls Worte arbeiten in meinem Kopf wie fleißige Bienen, die mir Honig bringen. Und zum ersten Mal verstehe ich nahezu körperlich, dass wir das, was wir im Krieg nicht können, bereits im Frieden lernen müssen, um dem Krieg nicht anheimzufallen. Wenn wir dem berechnend Zwiespältigen in unserem Alltag zum Opfer fallen und uns nicht durch die Freundschaft und in der Selbstschau zu reiferen Menschen erziehen lassen, dann werden wir immer Kompromisse schließen, die uns von der Vitalität und damit auch vom Wandel abhalten.

Mein Onkel reißt mich aus meinen Gedanken, er schimpft plötzlich über Filip. Der Idiot habe unsere Familie und das Dorf und die ganze Gegend mit seinem Selbstmord blamiert. Ich sehe ihn an wie eine dunkle Erscheinung, herzlos dunkle, dumpfe Materie. Er ist es, denkt es in mir, der seinen Sohn mit diesen Sätzen noch einmal tötet. Und wer so kaltblütig in der Sprache morden kann, der hat es, ob mit Worten oder nur mit Blicken, schon immer gekonnt und schon immer getan. Aber warum? Der Krieg habe alles zerstört, sagt meine Tante Anastazija, die 1933 zur Welt kam. Mein Onkel schnauft, schnappt nach einem Wort, schluckt es hinunter wie einen Pflaumenschnaps und sagt dann lange nichts. Er hat gut gekämpft, sagt meine Tante. Sie verwirrt mich mit diesem unerwarteten Lob, das gar nicht zu ihrem Leid passt. Es hört sich an, als würde ein alter Teil in ihr doch noch den Krieg als notwendiges Übel begrüßen und sie nun in seiner Logik denken. Und doch muss auch ich zugeben, dass es notwendig (und mutig) war, eine Stadt wie Dubrovnik vor der totalen Zerstörung zu retten. Daran hat Filip seinen Anteil. Das Gesicht meines Onkels ist wie zementiert. Fühlt er je etwas, frage ich mich. Und was er wohl nachts träumt, dieser dunkle Onkel, der an der Stelle des Herzens bestimmt nur ein schwarzes Loch hat, eine Art Falle, die ihn von jeder Empfindung und Sanftmut abhält. Männer weinen nicht in diesen Gegenden. Lieber ziehen sie in einen Krieg, als ihre Tränen zu zeigen. Aber wir werden alle mit einem sichtbaren und einem unsichtbaren Herzen geboren. Was träumen nur die Auftraggeber, die Krieger und Barbaren, wenn sie nach einem feinen Abendessen ihre Kinder zur Guten Nacht küssen, während Tausende junger Männer in ihrem Auftrag sterben oder andere töten? Auf dem Weg durch das Dorf treffe ich eine Nachbarin meines Onkels, die mir erzählt, dass sie ihn am frühen Morgen am Grab seines Sohnes beobachtet habe. Weinend, schluchzend, wie ein zu Tode erschrecktes Kind, sagt sie. Sein Herz weint am Grab seines Sohnes, aber seine Worte leben in der Stunde der Diebe. Immerhin hat er noch Tränen. Eines Tages werden sie vielleicht Brücke zur Hoffnung und Empfindung sein, werden mitsprechen.

Im Dorf sieht man noch an der Bushaltestelle und an der Schule die Reste alter, vergilbter Plakate. Überall war während des Krieges das Bild des kroatischen Präsidenten Franjo Tudjman zu sehen, der nicht einmal mit der Wimper zuckte und eine ganze Generation seiner Idee von einem nationalistischen Kroatien opferte. Er war, aus der Distanz betrachtet, ein lispelnder Mann, der, einmal an der Macht, sich sofort aufs Reinemachen verstieg; die Sprache, die Literatur, die Kultur – sie waren ihm ein Dorn im Auge. Er leugnete den Holocaust und zögerte nicht, Pavelić, jenen Führer, den mein Vater und Tausende anderer Menschen in Heiligenbildchen-Größe verehrten, zum nationalen Helden zu ernennen. Er schadete damit auf Dauer im Kern dem Frieden und den Menschen seines Landes mehr, als es der Krieg selbst vermochte.

Die offiziell erwünschte Verehrung eines Faschisten hat die Menschen verführt und sich selbst entfremdet. Eine Scheinmündigkeit entstand. Wenn Unrecht und Recht austauschbar werden, bleiben nur wenige übrig, die sich das Denken und Fragen nicht abnehmen lassen. Jene, die doch nachgedacht und schließlich Fragen gestellt haben, wurden des Landes verwiesen oder verloren ihre Arbeit und wurden von ihren eigenen Nachbarn und Freunden ausgegrenzt. Diesem (und den anderen) Präsidenten war es ohnehin viel wichtiger, die Nation in eine sakrale Aura zu hüllen. Es war dem Machtversessenen völlig gleichgültig, wie viel Mensch in einem Menschen steckte, es sei denn, er konnte es gebrauchen. Er benutzte zielgerichtet die

Angst und suchte sie überall in seinem Land zu vermehren. Ethik war ihm ein Fremdwort. Mit seinem Beharren auf Macht hat er die Kultur der Gier statt jene der Freiheit und Würde gestärkt. Bis heute hat dies schädliche Auswirkungen und führte in den neunziger Jahren zu einem fast gesetzlosen öffentlichen Raum der Korruption und Willkür, weshalb der typische Balkan-Humor, durchaus luzide, Behörden und Beamte gerne mit denen des Orwell-Staates verglich.

Vom ethischen Denken hatte sich das Land in jenem Moment sehr weit entfernt, in dem es den Faschismus, gegen den auch Kroaten im Zweiten Weltkrieg gekämpft hatten, öffentlich rehabilitierte. Von heute auf morgen waren der faschistische Unrechtsstaat und sein Führer Ante Pavelić zum Vorbild geworden. Man schreckte auch nicht davor zurück, die damalige Währung namens Kuna einzuführen, ohne dass sich irgendjemand darüber wunderte.

Unrecht mit Unrecht zu bekämpfen ergibt doppeltes Unrecht. Und die Frage nach der Ethik hat sich dem Machthaber zum Trotz mit der Zeit von allein gestellt und wird sich noch dringlicher stellen müssen. Darauf hat schon der deutsch-israelische Psychoanalytiker und Kulturtheoretiker Erich Neumann in seinen Büchern hingewiesen, in denen er auch die Erfahrungen des Zweiten Weltkrieges ausleuchtet und über die Rolle der Ethik in einer Nachkriegsgesellschaft nachdenkt. Er und seine Frau Julie Blumenfeld verließen 1933 Berlin und emigrierten 1934 nach Palästina. »Was will in dieser Weltsituation die lächerliche Frage nach Ethik und die noch lächerlichere Antwort, es gehe um das Individuum?«, notiert er in einem seiner Vorträge. Ganz ähnlich wie Hannah Arendt, zu deren Freundeskreis Erich Neumann in Heidelberg vor dem Zweiten Weltkrieg gehörte, sah auch er die Gemeinschaft freier Individuen als das nächste, noch ferne, aber am Horizont aufleuchtende Ziel der Entwicklung. Im schöpferischen Individuum gehe die Menschheit ihren Gang durch die Geschichte; Freiheit und Individualität könne man nicht durch Staatskolosse stiften. Das Kleine, das in jedem Einzelnen entsteht, davon bin auch ich überzeugt, trägt das Wunder in sich. Nur der Einzelne (wenn er nicht aufgibt) ist befähigt, alle Zufälle seines Lebens als Materialien zu betrachten, aus denen wir machen können, was wir wollen, wie es bei Novalis heißt. Aber was wollen wir? Und wie können wir lernen, das Gute zu wollen? Wer viel Geist habe, davon war Novalis durchdrungen, mache viel aus seinem Leben. Jede Bekanntschaft, jeder Vorfall, sei für den Geistigen erstes Glied einer unendlichen Reihe, Anfang eines unendlichen Romans. Und wenn schon bald die Mitte Europas immer weiter im Osten liegen und das Zentrum verschoben sein wird, müssen wir endlich ein Buch des Friedens schreiben, in dem Menschen vorkommen, die gelernt haben, aus ihren innersten Tiefen heraus und nicht nur an einer zerstörerischen Oberfläche zu leben. Wenn wir die Streitenden immer nur voneinander trennen und nichts voneinander lernen lassen, wird auch die Tiefe vergiftet, aus der heraus Versöhnung möglich wäre und in der eine Sprache der Friedfertigkeit entsteht. Miteinanderleben ist aber immer auf ein Sprechen angewiesen, auf eine Sprache, die Denken und Handlung in einem ist. Mein Cousin Filip hat nie viel gesprochen, und den kleinen Rest seiner persönlichen Sprache hat der Krieg ganz ausgelöscht.

Im Dorf fährt nur einmal um sechs Uhr morgens ein Bus in die Stadt, die Menschen hier könnten aus der Welt fallen, ohne dass die Welt etwas davon mitbekäme. Meine Tante Anastazija spricht sogar von unserer Gegend als einem Niemandsland unter Gottes weitem blauen Himmel, und am Ende, sagt sie schelmisch, würden auch die Ameisen wieder abwandern, wahrscheinlich nach Italien, wo einfach alles besser sei als bei uns, nicht nur das Risotto und die Spaghetti vongole. Gott hat uns in den letzten fünfzig Jahren vergessen, sagt sie, und mir kommt der Gedanke, dass er das wirklich getan hat, weil er keine Wahl hatte, und dass diese Gegend so weit hinter seinem Rücken liegt, dass er sich nicht mehr nach ihr und den hier lebenden Menschen umdrehen kann. Tante Anastazijas Formulierung vom Niemandsland lässt mich aber auch an die verlorenen Posten unserer Welt denken, denen Erich Neumann eine besondere Aura zugesprochen hat. Es habe sich immer wieder herausgestellt, dass die verlorenen Posten jene Punkte seien, an denen das für die Menschheit Entscheidende geschehe. Ein Mensch muss unerschütterlich sein in seiner Hoffnung und Menschenliebe, um einen solchen Gedanken zu denken, in dem der Glaube an die Kraft der Transformation genauso tief verankert ist wie das unabänderliche Wissen um die Vergänglichkeit aller Dinge.

3.

Geographische, kulturelle und geistige Periphe-
rien sind dem Zentrum suspekt, werden auch von ihm abgelehnt, um den Erhalt der eigenen Wahrheit zu sichern.
Alles Wilde, Chaotische, Nicht-Zivilisierte wird bereitwillig dem magisch auswuchtenden Balkan zugesprochen,
der immer mehr zu einer Erfindung des Westens wird.
Als Kind wunderte es mich in Hessen, dass »da unten«
ein Synonym für meinen Süden wurde. Da unten? War
die Erde doch keine Kugel? Und wo befinden sich dann
die Sterne, wenn ich in Australien bin oder in Amerika?
Ich fragte mich, ob dem, was unten ist, nicht nur geogra-
phisch, sondern auch mental und also auch geistig, zivilisa-
torisch ein geringerer Wert zugebilligt wird. Ameisen zum
Beispiel oder Schlangen sind nie oben im Himmel der Kultur, ihre Arbeit gilt in dieser verqueren Logik dem Kul-
turlosen, dem Staub, der bäuerischen Erde. (Dabei können
wir von den Ameisen und vom Staub und von der Erde viel
lernen, unter anderem, dass der Zufall präzise Mathematik
ist und Struktur hat.) Das, was hingegen oben ist, hat den
Überblick, handelt besonnen, rational, schickt seine Rau-
cher auf Bahnhöfen in gelbe Vierecke und verlangt ihnen
damit räumliches Abstraktionsvermögen ab, während un-

ten, also in meinem Dalmatien, nur ein Verrückter darauf kommen würde, seine der Geometrie zugewandten Talente auf diese Weise zu vergeuden. Meine Reise aber führt mich gerade durch eine Gegend Europas, die sich auf den ersten Blick nicht über solche Regeln definiert, die sie sogar verlacht. Nur ein Debiler, heißt es oft auf dem Balkan, will das Chaos der Welt eingrenzen. Sofort erscheint es mir verlockend, auch leichter, das Gegenteil zu tun, und ich erinnere mich an Nietzsches Satz vom Chaos, das die Geburt eines tanzenden Sterns ermögliche. Im Alter von zwanzig Jahren hatte ich diesen Satz zu einer Art Lebensmaxime erkoren, an die ich mich lange hielt. Die Balance zwischen dem Süden und dem Norden liegt nur in meinem Inneren. Ich bin der Ort, der sich mit jeder Reise beschriften lässt. Und jedes Mal, wenn ich, den Norden im Gepäck und in der Lunge, im Süden bin, fühle ich, wie sinnlich die Welt hier ist, physisch erlebbar, und wie sehr der Honig den Körper braucht, um das geistig-seelische Fluidum als vitale Quelle zu sehen. Das lässt sich hier sehr gut von den Insekten lernen, von ihrem Surren und Brummen, das mir in der Kindheit so vertraut war. Ich höre den Insekten bis heute so lange zu, bis ich in eine innere Trance versinke, einerseits alles im Außen genau wahrnehme, andererseits innerlich jener sichtbaren Weltschicht entrücke, die wir gemeinhin Wirklichkeit nennen. Der alte Zustand des Wachtraumes ist auch jetzt schnell erreicht, ich mache die Augen zu und atme ruhig, werde unmittelbar dorthin gerückt, wo der Garten sprach, die Bäume melodisch im Wind tanzten, die Schmetterlinge zitternde Boten der sich wandelnden Welt waren. Wenn ich an die sterblichen Flügel der Falter und den sprechenden Duft des Rosmarins denke, fallen mir immer auch meine Verwandten ein, all die unzähligen Tanten, Onkel, Cousins und Cousinen, mit denen ich viele Sommer meines Lebens unter Walnuss- und Feigenbäumen verbracht habe. Ihre Gesichter sind zeitlos, und die Sonne des Südens leuchtet sie aus, der weiße Frieden der Sommerluft macht sie schön, wie auf einer immerwährenden inneren Bühne bleiben sie bei mir, sind Teil meiner Gedächtnislandschaft und noch immer meine nahen Menschen. Ich weiß um ihre Überschreibungen, um die Zeit, die Falten, das Alter, den Tod und den Krieg. Und doch sind sie der Beweis dafür, dass die Erinnerung, die mich in ihre Lehre genommen hat, in meinem Geist lebendige Materie ist. Sie verweist auch zeitgleich auf die tieferen Schichten und die unwiederholbaren Momente des Lebens. Die Ameisen sind aber immer noch kurzsichtig und müssen sich beklopfen, um sich zu erkennen, die Einmaligkeit ihres Geruchssinnes ist beständig. Die Insekten haben sich seitdem nicht verändert, alles ist in ihrer Luft und in unseren großen dalmatinischen Gärten noch genau wie vor zwanzig, dreißig Jahren. Noch immer ist es für mich nur eine abstrakte Information, dass meine Cousins im Krieg waren, dass jeder erwachsene Mann, der mir heute an der Promenade in Split über den Weg läuft, Anfang der neunziger Jahre eine Waffe in der Hand gehalten haben muss. Und genau dies wird uns für immer unterscheiden. Sie haben etwas erfahren, das ich hoffentlich nie erfahren werde. Sie haben sich, wie sie es sagen, im Krieg verteidigt und dabei auch selbst Leben ausgelöscht. Und mich erschreckt noch immer jede kleine Ohnmacht, jede Schnittwunde, jede veränderte Zelle, jeder chirurgische Eingriff. Dennoch bin ich durch unsere Verwandtschaft Teil ihrer mentalen Schnittemenge. Ob ich es will oder nicht, bin auch ich automatisch in einem Denkraum der Nachkriegszeit verortet. Ich betrachte die Plakate von Männern, die in Den Haag als Kriegsverbrecher angeklagt sind. Sie hängen überall, an Ortseingängen, an Straßenlaternen, an Türen und Fenstern von Cafés, an Metzgereien und Bushaltestellen, sogar an einer kleinen Kapelle. Das sind unsere Helden, ist auf den Plakaten zu lesen, und man fordert ihre sofortige Freilassung.

Mir wird auf meinen Wanderungen durch das dalmatinische Hinterland klar, dass ich seit Anfang der neunziger Jahre immerzu von Schicksalen und Literaturen jener Menschen umgeben bin, die alles verloren haben, die fortgehen mussten oder vertrieben wurden, im Krieg waren, später auf der Flucht, am Körper versehrt und im Geist unversehrt oder umgekehrt (und oft beides zusammen), sie lernten andere Sprachen, tauchten unter, blieben für immer Namenlose im Anderswo. Das Exil kommt mir seit meinem achtzehnten Lebensjahr natürlicher vor als jedes Bleiben an einem sicheren Ort, in einer Sprache, in einem Land, mit einem einzigen Pass. Heute verstehe ich, warum das so ist. Meine Volljährigkeit fiel in das Jahr, in dem der Krieg im ehemaligen Jugoslawien (und mitten in einem zivilisierten Europa) begann.

Viele Jahre lang, um einen gerechten Blick bemüht, habe ich meine ersten Landsleute regelrecht dafür verachtet, dass sie sich in den Krieg verwickeln ließen und die ehrwürdige Alte Brücke von Mostar gezielt zerstörten. Es war und blieb für mich ein barbarischer Akt, der vom Ausmaß ihres Hasses sprach. Auch sie waren Täter geworden. Die Brücke verband die beiden Ufer der smaragdgrünen

Neretva seit dem sechzehnten Jahrhundert und galt als ein Meisterwerk der Baukunst, eine Brücke, die Ost und West, die islamische und die christliche Welt in symbolischer Balance hielt, eine Brücke, über die ich in meiner Kindheit viele Geschichten gehört hatte und über die meine Tante Helena fast täglich zur Philosophischen Fakultät ging. Der Anblick der Behelfsbrücke, die ein paar Jahre nach der Sprengung entstand, kam mir vor wie eine eiskalte Prothese, die durch alle Herzen ging und das Zeichen jener wilden Barbaren war, die sich weder um Landschaft noch um die Zeiten überdauernde Kunst und am allerwenigsten um die Seelen der Menschen kümmerten.

Hätten jene, fragte ich mich, zu denen mich das Leben per Geburt gezählt und mir nun auch ihren Pass in die Hand gedrückt hatte, nicht edelmütiger sein, auf die Waffe in der Hand verzichten und damit die Eskalationen und Zerstörungen vermeiden können? Warum hatten sie selbst ohne Not und Anlass aggressiv gehandelt und unschuldige Serben aus ihren Dörfern (wie etwa im Hinterland von Dalmatien, wo gar keine Kämpfe stattfanden) vertrieben? Hätten sie nicht umsichtiger handeln und die Häuser stehen lassen, sich sogar mit jenen Unschuldigen beraten können, statt sie zu verscheuchen und ihr Hab und Gut danach zu zerstören und in Brand zu setzen? Wären sie so nicht die Edleren gewesen? Aus der Ferne betrachtet gab es für mich nichts Absurderes, als einen Nachbarn und seine Familie aus seinem Haus zu vertreiben, Menschen zu verjagen, dieselben, mit denen man im Sommer ans Meer gefahren war und auf dem Markt Feigen, Trauben, Sardellen gekauft hatte. Und ich fragte mich, wie zivilisiert eigentlich zivilisierte Menschen sind, die, einmal provoziert, sofort mit Worten zurückschlagen oder nach einer Waffe greifen. Vor Ort ändert sich auf dieser Reise nichts an meinen Empfindungen, es bleibt grotesk und erschreckend und es schmerzt mich zu wissen, zu welch absonderlichen Handlungen meine Nachbarn und manch ein Verwandter in gesetzlosen Zeiten in der Lage waren. Das verdeutlicht mir der serbisch-orthodoxe Friedhof, zu dem ich nun fast zufällig auf einem Spaziergang gelange und den mein Vater mir einmal um fünf Uhr morgens zeigte. Wir brachen absichtlich früh auf, um den neugierigen Blicken der Dörfler zu entgehen. Der Friedhof unserer einstigen Freunde war versteckt in einem kleinen Wäldchen und hatte mir in meiner Kindheit zu meinem ersten mystischen Erlebnis und zu tieferer Naturverbundenheit verholfen. Während Vater und ich uns den Weg durch Gestrüpp, Macchia, Wacholder und wilden Rosmarin bahnten, sprachen die Bilder meiner Kindheit auf mich ein, und ich sah jenes wundersame orthodoxe Begräbnis an einem heißen Augusttag vor meinem inneren Auge, bei dem ich eine mir bis dahin unbekannte würdevolle Erhabenheit eines Priesters erlebt hatte, die so gegenwärtig war, dass ich glaubte, einen Heiligen vor mir zu erblicken. Als mein Vater endlich den Weg zum schon überwucherten serbischen Friedhof fand, den auch er nur aus seiner Kindheit kannte, und wir aus der Ferne die alten Gräber erblickten, wusste ich sofort, dass sie geschändet worden waren. Die Bestürzung darüber, dass das Grab eines Mannes, der der beste Freund meines Großvaters gewesen war und den mein Vater gut gekannt hatte, mit Zigarettenstummeln und Exkrementen überhäuft war, man den Grabdeckel weggeschoben und sich auch im Inneren entleert hatte, traf Vater und mich mit einer solchen Heftigkeit, dass wir beide weinen mussten. Für solche Taten hat es keinen Grund gegeben und einen solchen, sagte mein Vater, wird es auch niemals auf der Welt geben. Ich liebte ihn in diesem Moment mit tiefster Innigkeit, so, wie ich ihn nie vorher und vielleicht nur in der Stunde seines Todes geliebt habe, weil er mir zeigte, dass sein innerster Kern stärker war als alle Manipulationen, denen auch er erlegen war, stärker als die Taten jener, die so hassen konnten. Seitdem habe ich auch nie wieder ein Bildchen von Ante Pavelić bei ihm gesehen. Der zerstörte Friedhof hat ihn in größter Erschütterung wieder mit seinem Menschenkern verbunden, ein fester Knoten war in seiner Seele gelöst worden. Es war das erste Mal, dass ich meinen Vater weinen sah. Und seitdem fühlte ich auch, dass er mein Vater war. Jener Moment der Verwandlung hatte ihn zu einem empfindenden Menschen gemacht. Er hatte etwas gelernt. Er war das Gelernte geworden. Im Dorfwirtshaus war er seit unserer kleinen Wanderung zum orthodoxen Friedhof nicht mehr willkommen. Man hatte uns offenbar beobachtet, und die Leute gaben ihm deutlich zu verstehen, er sei nicht mehr einer von ihnen. Störrisch wie er war, verweigerte er sich auch später den Dörflern, als sie ihn wieder einluden, mit ihnen zu trinken.

Die Verwüstung auf dem serbischen Friedhof ist in der Zwischenzeit nicht mehr sichtbar. Jemand hat dort aufgeräumt, wer aber die Gräber geschändet hat, darf bis heute nicht gefragt werden. Das Bild, das ich mir von außen von der Nachkriegsgesellschaft in meinem Geburtsland gemacht habe, wird auf dieser Reise bei fast jeder Begegnung ergänzt, vervollständigt; jeder, den ich treffe, hat eigene

Erlebnisse im Kopf, berichtet von Vorfällen, die Misstrauen und Angst in ihm säten. Es sind Geschichten von Nachbarn, die von heute auf morgen sprichwörtlich Andere wurden, sich aber vorher nie so genannt, sondern auf ihrem Jugoslawentum beharrt hatten. Diese Serben wollten ihnen nun »die Augen ausstechen«, sie »am lebendigen Leib wie einen Braten aufspießen« und »grillen«. Die Propagandamaschinerie hatte auf beiden Seiten unmittelbare Wirkung gezeigt. Wieder einmal erwies es sich, dass man Menschen auf primitivste Weise manipulieren konnte.

Was aber hätten diese Sätze mit mir, meinen Träumen und meinen Tagesgedanken angerichtet? Es haben nur wenige nicht mit Angst auf solche in den Medien zielgerichtet verbreiteten Bedrohungen reagiert. Die Wenigen, die sich aufbäumten, wurden bezeichnenderweise nicht etwa von der katholischen Kirche gestützt, im Gegenteil, die Christen fühlten sich für Taufen, Kommunionen und Hochzeiten genauso zuständig wie für die Produktion von Angst, die sie wie die Nationalisten (und manchmal mit ihnen zusammen) verantwortungslos schürten. Das geschah auch im Ausland in den kroatischen katholischen Gemeinden, in denen mit einem Mal im Gottesdienst die Hymne statt eines Kirchenliedes gesungen wurde. Meine Position war zwar schon damals kompliziert, weil ich einerseits dazugehörte, andererseits aber auch immer Beobachterin in einer anderen Sprache war. Jetzt aber war alles eindeutiger, ich war nicht wie sie betroffen. Ich bin noch heute die, die am Rande steht und betrachtet, und jetzt, nachdem alles vorbei ist, das in Augenschein nimmt, was Vergangenheit genannt wird und über die die meisten nicht mehr sprechen wollen. Ich sehe zu, sortiere und umkreise das, was denen, die in den Krieg eingebunden waren, die Angst nicht erlaubt hat. Und was aus der Vergangenheit ins Hier und Jetzt hineinreicht. In der Sprache nimmt die Angst immer ihren Anfang. Von dort (vor allem, wenn sie von geistlichen und anderen Autoritäten gesprochen wird) greift sie die Melodie der Freiheit an und verwandelt allmählich das Individuum in einen hilflosen Teil des Kollektivs, das, einmal in die Angst gestoßen, schutzbedürftig wird. Nur jene, die das zerbrechende, in Krieg und Leid gestürzte Land verließen, konnten sich aus dem unnachgiebig erpresserischen Würgegriff einer kollektiv-empörten Gemeinschaft lösen und sich neu in einer anderen Umgebung und Sprache denken. An die Stelle der Empörung ist für die Fortgehenden die Suche nach einem neuen Platz in der Welt getreten, und damit ist das neue Selbst zur Aufgabe geworden. Ein Koffer war in kürzester Zeit Tausenden zur schicksalhaften Heimat verordnet, anderen blieb nur der Körper, nur der Name. Manchmal konnten diese Menschen nicht mehr als ihren Leib retten. Wie beweist man sich selbst und den Anderen in einer solchen Lage das eigene Leben? Unzählige Male wurde diese Frage in existentieller Not der beglückende Anfang einer lebenslang andauernden Liebesgeschichte. Ich habe das große Glück erfahren, solche Menschen kennenzulernen, sie kennenlernen zu dürfen und von ihnen und ihren Fragen zu lernen.

Der Augenblick, in dem das Leben nicht nur von eigenen Entscheidungen, von intellektuellen und emotionalen Fähigkeiten, von Stand und Bildung, sondern vor allem und einzig von der eigenen Nacktheit und der Güte des Gegenübers abhängen, bekommt das Menschsein eine andere Tiefe (eine andere Farbe). Und diese Suche nach dem neuen Platz in der Welt stellt alles für sicher Befundene für alle Zeiten in Frage. Die sogenannte feste Identität ist aber immer etwas Zerbrechliches. Allein in Umbruchszeiten wird sie als Provisorium sichtbar, ein Behelf, an dem vor allem in Kriegen jene festhalten, die bereit sind, für ein altes Selbst zu sterben und die Vergangenheit (eine Welt, die es nicht mehr gibt!) mit ihrem Leben zu verteidigen. Die anderen aber finden sich nicht an der Oberfläche, sie werden in der gleichen Lebenslage in jene Urtiefe der Existenz geführt, die zeigt, dass jeder Einzelne sein eigenes »Land« ist – ein Ort, an dem das Wesenhafte jenseits von Zuordnungen wachsen und bestehen kann. Seitdem ich das begreife, verstehe ich auch, was Hannah Arendt damit meinte, als sie sagte, das Böse sei seinem Wesen nach nicht radikal, sondern oberflächlich. Nur wer in die Tiefe geht, erfährt seine eigene Vernunft in sich selbst und wird verantwortlich. »Der Mensch muss so viel sein«, heißt es in diesem Sinne auch bei Ralph Waldo Emerson, »dass seine Umstände neben ihm verblassen. Jeder wahre Mensch ist seine gute Sache, er ist ein Land und eine Epoche.« Keiner, der das Exil sowie die Tiefen des Lebens kennt und von ihnen beschriftet wurde, wird einem solchen Satz widersprechen. Es hadern seit jeher nur jene mit ihm, die immer in steter Sicherheit leben und dem Trugschluss erliegen, das einmal Errungene gehöre ihnen nun für alle Zeiten. Was Sokrates im antiken Griechenland gedanklich umkreiste und wofür er das Sinnbild an sich ist, hat jeder Flüchtling am eigenen Leib erfahren. Ein Weltbürger ist mehr als ein Athener es jemals sein konnte. Der Mensch produziert unweigerlich auf seinem Weg in die Freiheit Schatten, bevor er ein in Gemeinschaft denkendes Wesen wird. Die Schatten kann er aber niemals verwerfen. Er muss das Dunkel seiner Geschichte vielmehr im Zentrum seines Bewusstseins nicht etwa bewältigen, sondern verwandeln, er muss lernen sie ins bewusste Sein zu überführen. Das kann nur ein Einzelner vollbringen, die Masse ist dafür nicht geeignet, da ihr Medium nicht die Freiheit ist, sondern oft deren Vernebelung und Zerstörung.

Elias Canetti hat darauf hingewiesen, dass der einzelne Mensch das Gefühl hat, in der Masse die Grenze seiner Person zu überschreiten. In kriegerischen Auseinandersetzungen verschiebt sich die Bedeutung der Grenze in das Gegenteil dessen, was sie im Frieden darstellt. Das Individuum hat in einem solchen Gefüge nicht mehr das Anrecht auf Autonomie, denn es stört die Masse, die, so Canetti, immer wachsen will. Es entsteht eine Art Wettbewerb im Töten und Zerstören. Sieger ist, wer mehr Feinde getötet, also ganze Haufen eliminiert hat. Alle Worte für kriegerische Geschehnisse in alten wie in neuen Sprachen, hält er weiter fest, drücken dieses Verhältnis aus. Man spricht von Schlacht, Gemetzel und von Niederlage. Ströme von Blut verfärben die Flüsse rot. Der Feind wird bis zum letzten Mann niedergehauen. »Die merkwürdige und unverkennbare Hochspannung«, heißt es bei Canetti, »die allen kriegerischen Vorgängen eignet, hat zwei Ursachen: Man will dem Tod zuvorkommen, und man handelt in der Masse. Ohne das letztere hat man auf Erfolg mit dem ersteren überhaupt keine Aussicht. Solange der Krieg dauert, muss man Masse bleiben; und er ist eigentlich zu Ende, sobald man es nicht mehr ist.« Das Eintauchen in die Masse bietet auf absurde Weise Schutz vor dem eigenen Leben als Einzelwesen, es macht das Individuum zum unsichtbaren Teil einer Gemeinschaft, in der nur die kriegerische Gesinnung zählt. Und in den Balkandörfern wurde während des Krieges genau das durch ein starres Denkkollektiv gestützt, in dem Loyalität mehr als Ethik zählte. Da jeder jeden kannte, war eine anonyme Kriegsverweigerung im praktischen Leben gar nicht möglich. Wer sich der Gruppe durch Nachdenken entzog, durfte in keiner Form mehr in ihr leben. Das zeigt einmal mehr, wie schnell eine Gruppe oder ein Volk zur Masse werden kann, die einem nicht erlaubt, ein Einzelwesen und damit ein denkender, nicht ins Geschehen eingespannter Betrachter zu sein.

4.

Alle sind ohne nachzudenken in den Krieg gezogen, sagte Antun mir auf der Promenade in Split. Worüber hätten wir denn nachdenken sollen, fragt er mich. Wer sich verweigert hätte, wäre gegen das Vaterland gewesen. Noch immer spricht er, wie fast alle in Kroatien, ganz selbstverständlich vom »Heimatländischen Krieg«. Sie haben sich so sehr an solche Wörter und daran gewöhnt, Teil der Opfer- und Kriegsmasse zu sein, dass sie nicht einmal merken, wie fremd das Wort unter den Palmen Dalmatiens klingt, wie grotesk es sich bei einem Espresso und selbstgebackenen Nussplätzchen an einem stillen Nachmittag am Meer ausnimmt, an dem nur ein Schiff auf dem paradiesisch blauen Horizont ein Ereignis ist. Wenn ich Menschen auf solche Formulierungen hinweise, sagen sie, dass ich mich nicht auskenne, fragen manchmal empört, ob ich denn etwa für die Serben sei. Und dann erzählen sie sofort von der damaligen Angst und Not, als müssten sie mich überzeugen, dass es die serbische Aggression gegeben hat. Davon muss man mich nicht überzeugen, allein ein kurzer Spaziergang durch Sarajevo, Dubrovnik oder Šibenik erzählt selbstredend von der menschenverachtenden Aggression jener Zeit.

Die Vergangenheit ist noch nicht vorbei, zwischen ihr und dem Jetzt klafft ein Abgrund, der sich auch in den Menschen und in ihrer Sprache befindet. Der Raum der Gewalt setzt sich bis heute fort, gerade weil jeder nur auf seiner Wahrheit besteht. Daran ist im ersten Augenblick alles verständlich, aber auf Dauer ist das Beharren auf der Ausschließlichkeit der eigenen Opferrolle tragisch. Erst wenn alle Seiten auch den Anderen in seiner Betroffenheit anerkennen können, wird sich eine wirkliche Veränderung bemerkbar machen. Noch immer ist es aber fast unmöglich, ein Gespräch über den Krieg zu führen, ohne an Empfindlichkeiten zu rühren, die rasch in Vorwürfe kippen, als sei man des bloßen Fragens wegen gleich auf der anderen Seite und in der anderen Masse beheimatet, die einen zum Opfer gemacht hat. Diese Reduktion auf das Opferdasein, vor allem aber auf die Zugehörigkeit zu nur einer Nation, hat der in Sarajevo lebende Schriftsteller und Humanist Dževad Karahasan auf die deutlich erkennbare Logik der industriellen Serienproduktion zurückgeführt. Jedes Exemplar eines Modells müsse identisch sein mit allen anderen Exemplaren des nämlichen Modells und restlos austauschbar gegen jedes beliebig andere davon.

Wie recht er in seinem Gedankengang hat, zeigte mir kurz nach dem Krieg eine Situation, die ich mit meinem Bruder und meiner Mutter erlebt habe. Wir fuhren, genauso wie ich jetzt, aus dem Hinterland Dalmatiens kommend, in die Herzegowina. In der Nähe von Mostar waren wir zu einer großen Hochzeit eines Cousins eingeladen. Mein Bruder saß am Steuer, er hatte damals lange Haare und hörte unablässig Pink Floyd. Von einem alten Mercedesfahrzeug wurden wir bedrängt, der Fahrer fuhr dicht auf, hupte, fuchtelte mit den Händen, und als wir nicht darauf reagierten, überholte er uns demonstrativ und legte eine Vollbremsung hin. Mein Bruder öffnete sein Fenster, und der Mann ging ihm sogleich an die Gurgel. Du langhaarige Tunte, sagte der Fremde, fährst hier mit deinem deutschen Auto herum und nervst die Leute auf unserer Landstraße. Dann zog er an seinem langen Haarzopf und schrie irgendetwas Wütendes, das wir nicht verstehen konnten, weil er mit einem Mal eine Pistole aus der Tasche zog und sagte, ich knall dich ab, du Friedenstunte! Da begriffen wir in eisiger Erstarrung, dass ihm mein Bruder wegen seiner langen Haare aufgefallen war, nicht wegen des deutschen Kennzeichens, wie wir anfangs geglaubt hatten. Allein das lange Haar zeigte dem Mann, dass mein Bruder nicht in der gleichen Masse wie er aufgegangen und nicht kahlgeschoren worden war, nicht wie er getötet und keine nahen Angehörige verloren hatte. Meine Mutter fing in einem Anfall von Panik an, den Mann zu segnen und betete lautstark zum Heiligen Antonius von Padua, damit das Herz des Fremden erweicht werde. Als schließlich auch das nicht half, sagte sie hysterisch, dann töte doch mich, das ist mein einziger Sohn, ich will ihn nicht verlieren. Das wühlte den Mann so sehr auf, dass er anfing schluchzend zu erklären, er habe seine vier Söhne im Krieg verloren. Er drohte meinem Bruder noch in dem üblichen Gebaren der Balkanmänner. Es fielen Sätze wie, du Feigling, Gott wird dich niederficken, wenn du so weiter machst und elend langhaarige Schande deiner Leute bleibst. Der Mann schluchzte nicht mehr, er brüllte, erschüttert sahen wir ihm nach, als er sich in seinen Mercedes setzte und im Karst verschwand. Zitternd blieben wir zurück. Meine

Mutter bekreuzigte sich, schwieg bis Mostar und machte mir auch später keine Vorwürfe, weil ich in einer rebellischen Phase der Balkanverweigerung kein schickes buntes und besticktes Kleid, sondern nur eine Jeans und ein schlichtes, gestreiftes T-Shirt angezogen hatte. Ich war wild entschlossen, in der Kirche das Glaubensbekenntnis zu verweigern, da sie mich in der Jugend einmal bestraft hatte, weil ich den Text vergessen und ihr so gezeigt hatte, dass ich mit meinem Kopf nicht in der Welt einer Kirche, sondern in meiner eigenen wohne. Vielleicht ist das aber der Grund, weshalb ich bis heute das Schwören unterlasse und nichts mehr ausspreche, das mich an Gemeinschaften bindet, in denen mein Name verschwinden muss, um ein Teil des Ganzen zu werden.

Antun kennt nur den Zustand der Zugehörigkeit zu einer Gruppe. Er erzählt mir an der Flaniermeile von Split, er habe gerne für die Freiheit seines Volkes gekämpft. Aber erst an der Front habe er verstanden, dass er dafür töten muss, und zwar einen anderen Menschen, mit Augen, Ohren, Händen. Jetzt hat er außerdem auch Rheuma und kann sich nicht einmal mehr in eine Frau verlieben. Die ganze Zeit denkt er darüber nach, welchen Sinn sein Leben jetzt hat und was der Tod bedeutet, den er so oft gesehen hat. Er kommt nicht zu einer endgültigen Antwort. Manchmal geht er noch mit den alten Veteranen Karten spielen, trinkt mit ihnen einen Kaffee oder einen Wein. Über früher reden sie kaum noch miteinander. Ich soll aber bloß nicht denken, dass er Angst vor dem Sterben habe. Tod und Körper, das sei eine ganze Zeit eine obsessive Idee gewesen, er habe sich jeden lebendigen Körper als toten Körper vorgestellt.

Es gibt auch den Tod im Kopf, erzählt er, mit ihm hat nach dem Krieg die Zeit der zwanghaften gedanklichen Umkreisungen begonnen. An den Kampfschauplätzen hat man ihnen Drogen gespritzt. Was es war, weiß er nicht, aber deine Glühbirne, sagt er, die geht irgendwann aus. Nach dem Krieg sind den meisten, die mit ihm gekämpft haben, von heute auf morgen die Zähne ausgefallen. Du lebst zwar, sagt er, aber du teilst dein Leben in irgendeinem feuchten Graben mit Käfern und dem angstdurchsetzten Wimmern deiner Kameraden, wenn sie verletzt neben dir liegen oder gerade gehört haben, dass ihre Frau das erste Kind zur Welt gebracht hat, und statt sich zu freuen, nur noch weinen. Und Zigaretten rauchst du solange, bis du selbst den Krebs davongejagt hast. Er schmunzelt, ich kann sehen, dass er eine schelmische Natur hat. Er glaube wirklich, sagt er, dass er stärker sein könnte als eine so unberechenbare Krankheit wie der Krebs. Die Krankheit ist doch nur in den Gedanken, sagt er, sonst hätte ich sie doch längst bekommen. Vielmehr trauere er einer inneren Freude nach, die ihm für immer verloren zu sein scheint. Das Licht in dir ist irgendwann weg, sagt er, du stehst nicht mehr gerne auf, du siehst nicht mehr zu den Sternen und hast nicht einmal die leiseste Ahnung davon, dass du dich eines Tages nur noch mit einer Hand wirst waschen können, wie ein Katze, langsam und behäbig, auf die Gnade deiner Zellen angewiesen, weil dein eigener Körper, der die Feuchtigkeit der Kriegsjahre in sich abgespeichert hat, dir nicht mehr gehorcht. Und dabei kann dir weit und breit kein Arzt helfen, denn dein Blut ist in Ordnung! Das sagen sie dir immer, nicken wichtig, damit du es ihnen glaubst. Aber der Himmel im Kopf, sagt er, der ist für immer tot.

Früher hat er gerne Frauen kennengelernt, ist mit ihnen essen gegangen, auch ans Meer oder an den See gefahren, zu kleinen Spaziergängen und Wanderungen. Aber jetzt ist er froh, wenn er für sich und seine Mutter Sorge tragen kann, mehr Zeit hat er ohnehin nicht. Ich lasse Antuns Worte nachwirken und denke wieder daran, dass die Straße, in der meine Mutter wohnt, nach jenem Krieg benannt ist, der ihm das Licht im Kopf ausgeschaltet hat. Früher hatte unsere Straße gar keinen Namen, jetzt ist der Krieg für immer in ihr abgespeichert, sie heißt jetzt »Straße des Heimatländischen Krieges«. Das kommt mir unwirklich vor. Die Lebensbäume und die Zypressen in unserem Garten sprechen von einer anderen Welt, von den immerwährenden Tröstungen der Natur, die nur im Frieden oder im Glück Geschenke sind. Im Krieg, sagt Antun, ist die Natur einerseits ein Teil der feuchten Hölle, der man mit seinem Körper ausgeliefert ist und der man niemals mehr entkommt, auch im Frieden nicht. Andererseits hat er bei der Verteidigung der Stadt Vukovar am Fluss seine Pflicht gefühlt, die unschuldigen Menschen zu verteidigen. Er hat, berichtet er, zum ersten Mal in seinem Leben wahrhaftig zu Gott gebetet und verstanden, dass manchmal der Einzelne weniger als das Ganze ist und dass die Natur alles und alle verbindet. In bestimmten Momenten wohnt in ihr eine größere Kraft und entscheidet über alles, was man tut. Warum gehört diese Kraft nicht allen Menschen, frage ich ihn, warum nur einem Volk? Du bist vielleicht unpatriotisch, sagt er, und zündet sich eine Zigarette an, ohne auf meine Frage zu antworten.

Etwas Ähnliches hat mir mein Cousin Kristijan erzählt, der wie Antun bei der Verteidigung von Vukovar dabei war und nach einer Woche dort beinahe gestorben wäre. Tagelang war er mit anderen Soldaten unterwegs gewesen und hat einmal in der Nähe der Stadt am Flussufer der Vuka in den frühen Morgenstunden allein eine Zigarette geraucht und auf den Sonnenaufgang gewartet. Die Natur war derart voller Unschuld, dass er sich in einen Zustand greifbarer Luzidität gerückt gefühlt habe, ohne einen Zeitsinn, in dem er sich selbst habe zusehen und befragen können, was er von seinem Leben noch zu erwarten habe. Es habe sich etwas in ihm aus der Zeit ausgeschaltet, und er habe verstanden, dass sein Ich nicht sein Selbst sei, sich zuschauend habe er gewusst, dass er überleben würde, dass es möglich war, in diesem Raum der inneren Zeit zu überdauern. Ein Rascheln im Gebüsch und das Auffliegen eines winzigkleinen Vogels habe seine Aufmerksamkeit auf die andere Seite der Vuka und einen plötzlich dort stehenden Mann gelenkt, der offenbar genau wie er auf den Sonnenaufgang gewartet hatte und eine Zigarette rauchte. Er erblickte dort einen jungen Mann, der früher sein Nachbar war und den auch ich kannte. Lächelnd erkundigte sich dieser nach dem Gesundheitszustand unseres Großvaters und fragte nach seinem seit Wochen entzündeten Auge. An dem einen Ufer stand ein Kroate, am anderen ein Serbe, und der Fluss machte sie beide wieder zu Menschen. Aus dem Süden Dalmatiens waren sie in den Norden Slawoniens aufgebrochen, um einem fremden Willen zu dienen, und ein Fluss erinnerte sie daran, dass sie ein Leben und eine Familie, Freunde und Verwandte hatten. Der Serbe war der Enkel jenes Mannes, dessen Grab in meinem Dorf niederträchtig geschändet worden war und das meinen Vater zu einem empfindenden Menschen machte, den ich wieder achten konnte.

Das frühere Leben floss an den Männern vorbei, das Wasser war frei und bewegte sich auf die große Donau zu, und jeder der beiden war gefangen auf seiner Seite. Da ist es Kristijan klar geworden, dass Flüsse die Menschen nicht nur an der Oberfläche, sondern vor allem über eine geheimnisvolle Tiefe verbinden, sie bearbeiten, mit ihnen träumen und Fingerabdrücke der Wasserbilder hinterlassen, die wir alle in den Sommern, angezogen von einem sehnsuchtsvollen Magnetismus aufsuchen, um uns mit dem Ganzen zu verbinden. Als natürliche Grenzen sind die Flüsse und Gewässer unserer Welt Erzähler, die uns zeigen, dass die Ufer zwar einigermaßen erkennbar gleich bleiben, wir aber annehmen, mit dem scheinbar immergleichen Wasser verhält es sich genauso. Das Wasser ist allen Stoffen unserer greifbaren und gedanklichen Welt ausgeliefert, speichert und verwandelt sie, lässt sie weiter fließen, und auf Rückwegen und Umwegen kommt alles wieder zu uns zurück.

Alle unsere Mentalitäten, Religionen, Nationalitäten und Kulturen, die sich an Ufern ansiedeln, verschmelzen ineinander und erzählen uns, wer wir selbst in dem großen Kommen und Gehen der Dinge, Menschen und Sprachen sind, vor allem aber, dass auch in uns nichts so bleibt, wie es ist, dass alles der Veränderung unterworfen ist und die Stetigkeit eine Konstruktion ist, die wir einmal selbst erschaffen haben, um unser Denken an eine Grenze zu führen und um dann, am anderen Ufer unseres Selbst, zur Empfindung des Gedachten zu gelangen. Wenn wir unser Denken empfinden, dann findet es uns, dann müssen auch wir ein Fluss werden, ein Punkt, der um seine Verschmelzungen nicht trauert, sondern die Freude des Getragenwerdens fühlt. Die Flüsse Euphrat und Tigris haben sich in diesem Sinne als erste große Erzähler der Menschheit bewährt, aber wir haben ihre Mitteilungen vergessen. Nach dem mesopotamischen Mythos entspringen sie den Augen der Urgöttin Tiamat (die das Salzwasser verkörperte), welche Marduk (den Stadtgott von Babylon) tötete, spaltete und aus ihr Himmel und Erde formte. Mythen sind keine Lügen, sie tragen jenen Seelenschwung in sich, der uns in unserer durchrationalisierten Welt verlorengegangen ist und der uns nur noch in unseren Träumen begegnet. Mit ihrer ungezügelten Kraft können wir jene inneren Wolken zur Seite ziehen, bevor das Dunkle uns überwältigt, Wolken, von denen die amerikanische Dichterin Muriel Rukeyser sagt, dass sie unsere Ängste maskieren. Die meisten Menschen haben nie gelernt, ohne diese Masken zu leben, die sie an einem inneren Ort festhalten, an dem sie verlassen und unverbunden sind. Solche Menschen sind manipulierbar, man kann sie mühelos beliebigen Massen zuführen, man kann sie formen und verführen. Die beiden Weltkriege des 20. Jahrhunderts haben nicht nur die Grenzen des Vorstellbaren, sondern auch des Denkens über uns selbst erweitert. Die erschütternde Biegsamkeit des Menschen ist uns immer noch Rätsel und Aufgabe zugleich. Sie gehört nun, umfänglich bewusst, seit über hundert Jahren sogar für immer zu unserer Natur. Wir haben unsere mineralische Härte noch immer nicht überwunden. Gerade deshalb sind wir in Gefahr, von den gleichen Kräften verführt zu werden, die unerkannt in uns schlummern. Ein Kollektiv wird sich aber niemals für den Einzelnen befreien können. Das kann nur die bewusste Entscheidung eines Individuums, denn auch diese Freiheit ist stets die Freiheit im Singular. Erst wenn der menschliche Blick sich nach innen wendet und dort die verborgenen Verbindungen unserer Natur in sich selbst freilegt, werden wir begreifen, dass wir alle gemeinsam das große Bild und ein Mosaik ergeben, das sich in jedem Teil seiner selbst als Ganzes erzählt. Wenn diese Innenschau aber nicht gelingt, überlassen wir dem Krieg die mächtige Rolle des Erzählers und sind dann auch vollends seinen Gesetzen unterworfen.

5.

Vielleicht hat Kristijan beim Rauchen seiner letzten luziden Zigarette im Frieden verstanden, dass Flüsse natürliche Grenzen und Erzählposten der Menschheit sind. Als er später Geschichten über serbische Freischärler hörte, die Kinder und alte Menschen töteten, ihre Leichen in der Donau entsorgten oder den Schweinen zum Fraß vorwarfen, musste er jenen Moment der Unschuld am Fluss wieder vergessen. Es kam nie wieder zu einer ähnlichen Begegnung wie jener mit dem früheren Nachbarn. Der Krieg, sagt er heute, hat seine eigene Zeit, es ist ein anderes Uhrwerk in ihm. Aber wie war nur der junge Mann, den er auf der anderen Seite des Flusses rauchen sah, diesem festgezurrten Uhrwerk entkommen? Wir hörten zwei Jahre später, dass der andere es geschafft hatte und nach Amerika ausgewandert war. Am Anfang konnte er in Chicago bei Verwandten unterkommen und war dann einige Jahre Koch in einem bosnisch-amerikanischen Restaurant in St. Louis. Sein Chef Serdal war ein Moslem aus der Nähe von Sarajevo, dem es (selbst ein Flüchtling und von seinen einstigen serbischen Nachbarn von Haus und Hof verjagt) gelungen war, auf dem Weg in sein neues Leben, in eine neue Sprache, ein Mensch zu bleiben, der sich nicht von Außen, sondern von Innen einem anderen zuwendet und seiner ureigenen Eingebung vertraut. In der Zwischenzeit haben wir erfahren, dass auch andere Serben bei Serdal Arbeit fanden, die das Exil dem Krieg vorzogen und auf wundersamen Umwegen bei ihm strandeten. Woher aber schöpfte der unbeugsame Serdal seine Kraft?

Es heißt, die Sultane und Wesire, die einst Bosnien eroberten, hätten sich hin und wieder gefragt, ob sie die dortigen Menschen überhaupt unterwerfen können. Sie müssen geahnt haben, dass ihnen die Bezwingung nur auf der äußeren, nie aber auf der seelischen Ebene gelungen war. Die katholische Kirche brachte nicht einmal das zustande, die Bosnier ließen sich nicht von ihr vereinnahmen. Interessanterweise konnten sie sich mehr als zweihundertfünfzig Jahre vor der Eroberung durch die Türken für die Lehre der in ihrem eigenen Inneren gelebten Barmherzigkeit erwärmen, die von den Bogumilen praktiziert wurde, einer religiösen Gemeinschaft von Urchristen, die in Rom und Byzanz als Ketzer galten. Sowohl die katholische als auch die serbisch-orthodoxe Kirche bekämpfte sie aufs Äußerste. Es heißt, die Bogumilen hätten auch den harten ungarischen Kreuzzügen standgehalten, weil sie sich in unwegsamen Teilen des Landes versteckten. Die Bogumilen kamen ursprünglich aus Bulgarien, sie verzichteten auf persönlichen Besitz und alle äußeren Rituale und Zeremonien, Gott suchten sie in ihrem Inneren zu verwirklichen. 1212 gab es in Bosnien so gut wie nur bogumilische Priester, was den Eifer der beiden Kirchen provozierte, die Bevölkerung für sich zurückzugewinnen. Aber das Volk blieb beharrlich bei seiner Wahl und ließ sich von keinem der vielen Kreuzzüge unterdrücken. Auch in der Nähe meines

Geburtsortes in Dalmatien haben die Bogumilen gelebt, ihre gleichermaßen klaren wie geheimnisvollen Stelen erzählen noch heute von ihrer Gemeinschaft und dem Leben, das sie dort im Einklang mit der Natur führten. Die katholische Kirche hat sich das Recht herausgenommen, sie im Nachhinein zu okkupieren, und hat dort, als Zeichen ihres Triumphes, ein überdimensional großes Holzkreuz aufstellen lassen.

Vielleicht hat der Restaurantbesitzer Serdal die Kraft des inneren Widerstands für sich nutzen können, die in seinen eigensinnigen Vorfahren Jahrtausende überdauerte. In jedem Fall scheinen er und seine serbischen Köche es vermocht zu haben, ihrem wahren Selbst zu folgen und jenen »Mantel der Gleichgültigkeit« zu zerreißen, von dem die Geschwister Scholl sprachen, als sie in ihrem »Aufruf an alle Deutschen der Widerstandbewegung« appellierten, das Herz zu öffnen, sich zu entschließen, ehe es zu spät ist. So hatten sie es mutig in einem ihrer Flugblätter geschrieben. Sich entschließen, das heißt eben nicht nur, einen Entschluss zu fassen und zu einer Entscheidung zu kommen, sondern auch, etwas, das verschlossen war, wieder zu öffnen, es zu entschließen und aus der Angst, aus der Not, aus dem Opferdenken herauszutreten. Mein Cousin Kristijan war letztes Jahr zum ersten Mal in Amerika, er hat das sagenumwobene Restaurant in St. Louis gesucht, es aber nicht mehr gefunden. Da es dort eine große bosnische Gemeinde gibt, hat er herumgefragt, die Leute erinnerten sich noch an Serdal. Es hieß, er habe sich auf einer Reise nach Pennsylvania in ein Mädchen der streng religiösen Amishen, einer täuferisch-protestantischen Glaubensgemeinschaft, verliebt und sei mit ihm im Nirgendwo verschwunden. Er habe keinem seinen neuen Lebensort verraten, damit sie von den Amishen in Ruhe gelassen würden, die vor allem den Frauen kein eigenständiges Leben jenseits der Religionsgemeinschaft erlauben.

Serdals Restaurant, sagte Kristijan nach seiner großen Reise mit leuchtenden Augen, sei eine Insel der Gerechten gewesen. Und ich spürte, wie gerne er Teil dieser Insel gewesen wäre, wie gerne er sie gekannt hätte; selbst wenn er den ganzen Tag dafür Kartoffeln hätte schälen müssen – er hätte es getan. Aber als der Krieg begann, entschied er sich anders. Und doch hat ihn nun, nach fast zwei Jahrzehnten auch diese Wahl zu einem Menschen gemacht, der sich auf dem Weg zur Selbsterkenntnis befindet. Auch hat er vielleicht längst verstanden, dass der Einbruch des Bösen verhindert werden kann, wenn der Mensch sich nicht verschließt, sondern offen und aufgeschlossen für die Mitteilungen seiner inneren Wahrheit bleibt. Wie kann ihm das gelingen, wenn er seine Mitmenschen nicht als Teil seines Lebens begreift? Jedes Wissen muss theoretisch bleiben, wenn es nicht zur eigenen Weisheit wird und zur konkreten Berührung führt. Die einzige Lehrerin, die uns auf Dauer wirksam verwandelt, ist die Erfahrung.

Kristijan, der von Anfang bis Ende des Krieges, wie er es sagt, sein Land verteidigt hat, fragt sich heute, was das eigentlich bedeutet: Was ist »unser Land« und wie ist es das im Lauf der Jahrhunderte geworden? Er ist in Dalmatien zur Welt gekommen, in einer Zeit, als es noch den Vielvölkerstaat Jugoslawien gab. Dalmatien trägt ein ganzes Universum von Mentalitäten, Sprachen, Dialekten und Nationen in sich. All das verbindet auch mich mit diesem wandlungsfähigen Landstrich Europas, seine Widersprüche sind so einzigartig wie seine Überschreibungen, seine Schönheit und seine rauen Winde fordern heraus, sind niemals nur glatt oder eindeutig. So hat sich hier eins im anderen abgespeichert und bildete, Schicht um Schicht, eine Art Geistkern des Kontinents, in dem alle kulturellen Ideen und vitalen Schauplätze, Kriege, Nöte und Schönheiten komprimiert einsehbar sind, ein Palimpsest, allein von den Zeiten übermalt. Von den Alten Griechen ist Dalmatien vor allem im Süden besiedelt worden und die Spuren der Römer sind bis heute überall sichtbar, wie etwa jener geheimnisvoll verwinkelte Palazzo des Kaisers Diokletian zeigt, aus dem die heutige Stadt Split entstanden ist und in dem noch immer gelebt, gefeiert, gelitten und gelacht wird. Die römische Provinz Illyricum, die von der Kvarner Bucht bis in die Bucht von Kotor reichte, erhielt im ersten nachchristlichen Jahrhundert die Bezeichnung Dalmatia. Mittelpunkt der daraufhin folgenden Friedenszeit wurde der Provinzsitz Solana, die heutige Stadt Split, in der sich die zivile und militärische Verwaltung befand. Die Illyrer unterwarfen sich Augustus' Rom. Erst im sechsten und siebten Jahrhundert tauchten Slawen in Dalmatien auf und griffen zusammen mit dem zentralasiatischen Reitervolk der Awaren an der Küste und auf den Inseln die römisch-dalmatischen Städte an. Die Awaren wurden von Karl dem Großen wieder vertrieben, der das Gebiet in fränkische Herrschaft brachte. Er ließ den Fürsten vor Ort die Macht, und Kroatien blieb nach dem Frieden von Aachen in der fränkischen Sphäre. Die Städte Dalmatiens samt Venedig fielen an Byzanz. Die Christianisierung und ein neu ins Leben gerufenes kroatisches Bistum, glagolitische

Schriftzeichen in den heiligen Büchern und kirchenpolitische Auseinandersetzungen wurden für die Zeit bis 1000 prägend. Danach begann der Streit Venedigs mit Bosnien und Ungarn um die Vorherrschaft in Dalmatien. Es folgten beinahe vierhundert turbulente Jahre unter der Serenissima und auch der Markuslöwe schaffte es nicht, immerwährenden Frieden in dieser Region zu stiften. Für mich ist es sehr aufschlussreich, dass erst im sechzehnten Jahrhundert, im Späthumanismus, ein Teil der Stadt-Intelligenzia die kroatische Sprache und Tradition annahm. Heute glauben aber die nationalistisch Bornierten im eifrigen Stolz der Beweisführer, die im kollektiven Furor eines unbelehrbaren *Wir* kein Dokument gelten lassen, dass ihnen ihre Sprache und ihr Land »schon immer« gehört hätten, nur böse Mächte es ihnen gestohlen und sie über Jahrhunderte hinweg zu hilflosen Opfern gemacht hätten, zuletzt im Vielvölkerstaat Jugoslawien.

Sie verwechseln die kommunistische Ideologie mit dem Verbund von Völkern, denen sie ohnehin schon immer angehört haben, zuletzt vor dem Zweiten Weltkrieg im Kaiserreich der Serben, Kroaten und Slowenen. Der Friede von Campo Formio im Jahr 1797, geschlossen im Friaul zwischen Napoleon Bonaparte und Kaiser Franz II., löste endgültig die venezianische Selbständigkeit auf und leitete das Ende der Serenissima in Dalmatien ein. Eine Neuordnung Oberitaliens und der Besatzungen der Republik Venedig veränderte das ganze europäische Gefüge. Der Kaiser erhielt für seine Kompromissbereitschaft Venedig samt Besatzungen bis zum Fluss Etsch, dazu Istrien, Dalmatien und die Bucht von Kotor. Bevor Napoleon den Friedensvertrag unterschrieb, ließ er die Österreicher allerdings bis spät in die Nacht warten, bis er sich schließlich in der Nähe von Udine als großzügiger Verhandlungspartner zeigte. Zuvor hatten die Habsburger immer wieder versucht, den Vormarsch der Türken zu verhindern, die sich langsam in den dalmatinischen Städten festzusetzen begannen. Noch heute wird in Dalmatien türkischer Kaffee getrunken, ein mit Zucker aufgekochter Mokka, und unzählige türkische Wörter (und köstliche aus osmanischen Zeiten überlieferte Rezepte) werden jeden Tag benutzt, oft durchweg von Leuten, die von sich behaupten, ein »reines Kroatisch« oder »reines Serbisch« zu sprechen, und die einem fast nach dem Leben trachten, wenn man sie darauf hinweist, dass »ihre Sprache« und »ihre Küche« osmanisch infiltriert ist. Einmal habe ich für diesen Hinweis von einem empörten Kroaten aus der Herzegowina fast eine Ohrfeige bekommen, so sehr störte ihn das Archiv der Geschichte, das er nicht gelten lassen wollte. Sprache kann man nicht reinigen, sie verwaltet sich selbst, in ihr ist alles zusammengetragen und gibt präziser über die unruhigen Zeiten Dalmatiens Auskunft als manche Menschen, die behaupten, ihren Lebensraum sehr gut zu kennen. Die Sprache hat ein unbestechliches Gedächtnis, die Sprache schreibt ungerichtet mit.

6.

Ich besitze ein Wörterbuch, das von sich behauptet, auf siebenhundert Seiten alle Turzismen in der serbokroatischen Sprache zu erläutern, es nimmt sich dabei auch eines der kulinarischen Balkanheiligtümer namens *ćevapčići* vor. Das Wort stammt vom türkischen *kebap* und dieses wiederum wird vom arabischen Wort *käbāb* abgeleitet. Dieses Buch galt in Jugoslawien als Standardwerk, ich habe keine neuen Auflagen in den einzelnen jugoslawischen Teilrepubliken nach den Kriegen finden können. Meine Ausgabe ist 1989 in Sarajevo im berühmten Svjetlost Verlag erschienen, im Vorwort heißt es: »Keine gesprochene Sprache besteht nur aus sich heraus, jede hat geliehene Wörter aus anderen Sprachen.« Vielleicht ist das der Grund, warum dieses wertvolle Werk nicht neu aufgelegt wird? Schließlich behaupten nun alle, schon immer eigene und durchweg »reine« Sprachen gesprochen zu haben. Aber allein das Beispiel Venedigs zeigt, wie sehr sie irren. Die allerdurchlauchteste Republik des Heiligen Markus hat sich sprachlich in den Dialekt meiner Kindheit genauso nachhaltig eingeschrieben wie die Habsburger Monarchie, für Letztere waren Dalmatien und Istrien schlicht »Küstenland« oder »Österreichs Süden«. Und auch Napoleon sorgte für ein sprachliches Erbe, vor allem im Süden Dalmatiens. Das ging mit der Eingliederung Dubrovniks (das bis dahin als selbständige Republik die Wirren der Geschichte überdauerte) in die »Illyrische Provinz« einher. Bis heute führen französische Wörter in dieser Gegend ihr Eigenleben fort und lassen sich von keinem kleinlichen Barbarenherzen einnehmen. Und das erklärt mir, die ich in der Kindheit über die Liebe und Hochachtung meiner Landsleute für alles Französische staunte, wie das Wort *la plage* zu uns nach Dalmatien gelangte und das noch immer in veränderter Form benutzt wird. Ich liebte das Wort seiner Bedeutung und seines Klanges wegen sehr, allerdings entdeckte ich erst im Alter von fünfzehn Jahren, als ich in Hessen zur Schule ging, dass es sich bei dem Wort *plaža* um ein aus dem Französischen abgeleitetes handelte. Natürlich glaubte ich, es verhalte sich umgekehrt und ich hätte die edlen Franzosen eines großen Wortdiebstahls überführt. Aber die Geschichte hat andere Beweise.

Zehn Jahre konnte Napoleon Dalmatien halten, dann gewann 1815 Österreich die von Frankreich besetzten Gebiete zurück. Das »Königreich Dalmatien« war eine historische Seltenheit. Wie die Monarchie es schaffte, ausgerechnet Worte wie »Schubkarren« für alle Zeiten in die Köpfe der dalmatinischen Menschen zu versetzen, weiß ich nicht, aber es verdankt sich dem Eigensinn dieser Zeit und den immer und überall arbeitenden Österreichern, dass es auch mein Großvater benutzte, allerdings in der veränderten und bis heute gültigen hinterdalmatinischen Form *šukare*. Als ich im Alter von zehn Jahren Deutsch lernte, ging ich selbstverständlich davon aus, dass es sich um ein dalmatinisches Wort handelte, und fragte mich, was nur mit den großen Völkern los war, dass sie sich »bei uns« so kleine Wörter wie *Schubkarren* ausleihen und sie für »ihre« ausgeben mussten? Und warum waren Wörter wie *švarckinstler* in der dalmatinischen Sprachluft zurückgelassen worden, abgeleitet von der Schwarzen Kunst, die den Zauberer genauso wie den Scharlatan bezeichnet? Wenn ich in der Kindheit meine Tante Helena in der Kleinstadt Imotski besuchte, bat sie mich oft, Besorgungen zu machen, ihr Brot, Kaffee und Zigaretten mitzubringen. Sie wohnte auf der Südseite der Stadt, an einem schönen Hang, von dem man die weiten Felder überblicken konnte. Wenn sie mich »in die Stadt« schickte, benutzte sie dafür das ungarische Wort *varoš*, nie die kroatische Variante *grad*; ich fand erst vor einigen Jahren heraus, dass dieses Wort kein innersprachliches Synonym war, sondern aus einer anderen Sprache stammte und ein Erbe der Donaumonarchie war. Meine Tante hat mich nach dem Krieg einmal streng in meinem Sprachgebrauch korrigiert, weil sie, zwar ein wenig ironisch, aber ernst genug meinte, ich spräche nicht das »richtige« Kroatisch, sondern sei dem Serbischen erlegen. Aber wo kommen die serbischen, wo all die anderen Wörter her?, fragte ich sie. Tante Helena benutzt beispielsweise wie alle anderen immer noch das Wort *vanjkušnica* für Kissen. Es ist eine Zusammensetzung aus dem ungarischen Wort *vánkos* und dem Italienischen *cuscino*. Das ist auch kein richtiges Kroatisch, aber gerade deshalb ist es für mich eine unermeßliche Beglückung. Mögen die Sprachreiniger nachdenklich werden, wenn ich ihnen an dieser Stelle das spanische Revolutionswort ans Herz lege: No pasarán, ihr Engherzigen!

Die Geschichte ist unsere Spracherzählerin, die Kontrolle wird nie schöner sein als die Freiheit der Sprache, weil sie die Freiheit und Bewegung des Menschen spiegelt, wie ganz nebenbei auch das Wirken des Venetischen beweist. Es ist eine romanische Sprache, die zur Gruppe der norditalienischen Dialekte gehört und in der Region Venetien und in Teilen der Region Friaul-Julisch Venetien gesprochen wird. Die Wege der Sprachen sind nicht maßregelbar, so wird das Venetische auch außerhalb Italiens gesprochen, in einigen Teilen Sloweniens und Kroatiens (vornehmlich in Istrien und Dalmatien), einst auch in Montenegro, dessen deutscher Name sich aus dem Venetischen herleitet und Schwarzer Berg bedeutet. Im neunzehnten Jahrhundert trugen die Auswanderer das Venetische aus dieser Region sogar nach Nord- und Südamerika, in der mexikanischen Stadt Chipilo beispielsweise wird es genauso wie in der brasilianischen Region Rio Grande do Sul gesprochen. Sprachreiniger, schaut hin: – No pasarán!

Zurückblickend auf den ersten Teil meiner (jugoslawischen) Kindheit, wird mir auch das Geschenk bewusst, das mir mein erstes Wörterbuch machte. Ich hatte ein nahezu wesenhaftes Verhältnis zu ihm und besitze es seit 1981, dem Jahr meiner Einschulung. Es ist kein niedliches Bilderbuch für Kinder, sondern ein Wörterbuch in vier Sprachen. Die Welt der Wörter wurde uns in unserer Muttersprache, aber auch im Deutschen, Englischen und im Russischen erklärt. Sogesehen hatte der jugoslawische Sozialismus die Mentalität der Monarchie übernommen. Die Epoche dieser sprachenfreundlichen Zeit, in der für viele Kroaten Deutsch die erste Sprache war, endete mit dem Ersten Weltkrieg 1918. Das Königreich Dalmatien wurde Teil des Königreichs der Serben, Kroaten und Slowenen. 1949 entstand nach dem Zweiten Weltkrieg jenes Jugoslawien, das unter Tito ab 1956 blockfrei war. Hätte es nicht den Bruch mit Stalin gegeben, wäre ich nicht nach Deutschland ausgereist und hätte kein Leben in der deutschen Sprache. Jugoslawiens blutiges Ende brachte meinen Cousin Kristijan nicht in ein anderes Land, es verschlug ihn nach Vukovar, dort befahl man ihm, sein Land zu verteidigen. Was aber ist nun sein Land? Kann das nicht nur das Leben selbst sein, ein Mensch, ein Gesicht, ein treuer Freund? Nach all den erweiterten Sprachen und verschobenen Grenzen in Reichen, Republiken und Monarchien, die verschiedene Völker und Religionen in sich bargen, kann »sein Land« nicht identisch sein mit einer Nation. Und auch für mich verhält es sich so. Ich kann kein einzelnes Volk, kein einzelnes Land lieben. Völker sind Massen. Mein Land ist das Leben.

Als die Föderative Republik Jugoslawien zusammenbrach, wurde Dalmatien Teil des heutigen selbständigen Kroatien, in dem Kroaten, Serben, Bosniaken, Montenegriner, Slowenen, Albaner und andere Ethnien leben. Was also meinen Menschen bloß, wenn sie mich in Berlin oder Amsterdam fragen, ob ich meine Heimat vermisse? Meine Heimat ist die Schönheit, das Sein, ein einzelner Mensch, und keine Nation, keine Religion, kein Papier wird mich je dazu bringen, Heimatgefühle (die ich als Begrenzung empfinde) aufzubringen. Für mich ist die Frage nach meinem eigenen Menschsein vor diesem Hintergrund geschichtlicher Wirren die einzig wichtige Frage, aus der sich auch die Frage nach der Heimat klären und ableiten lässt. Ich komme ohnehin nicht aus einer Gegend, in der das Nationale immer etwas Sicheres gewesen wäre, die Geschichte zeigt das Gegenteil, und meine erste Landschaft hat mich mehr gelehrt, als ein Pass es jemals kann. Vielmehr halte ich mich an Fließendes, an Fragmente, die niemals ideologisch sind, weil sie um die Versatzstücke jeder Wahrheit wissen und ich sie immer wieder befragen und abtasten muss, um sie erkennen zu können. Die unsteten Zeiten haben Dalmatien von allen Seiten Europas verändert und so ihre Spuren in der Sprache, Architektur, in der Kultur und letztlich in der Mentalität hinterlassen. Ein Baum aber war immer noch ein Baum. Die Natur hatte mich an erste Fragen herangeführt, war gleichbleibend, wie in jener Zeit der Kindheit, als Filip und ich Gras und Klee probierten und unsere Handlinien wie Filme bestaunten. Die Blumen waren unser Kino. Wie kommen sie bloß von der Wiese auf das Gewand des Pfarrers, fragten wir uns. Filip und ich fertigten Zeichnungen an, auf denen die Wiesenblumen zuerst in den Mund des Pfarrers, dann in seinen Bauch und danach in seinen Kopf kamen. Von dort fanden sie leicht ihren Weg auf das Gewand des Pfarrers. Damals wussten wir nicht, dass genau diese Gewänder in Dalmatien erfunden wurden. Besonders bekannt ist weltweit die grüne liturgische Variante. Die Amtskleidung des Diakons heißt bis heute Dalmatik. Es gibt überragend schöne Dalmatiken in barocker Ausführung, Blumenbrokate mit Wellenborte sind keine Ausnahme. In Momenten solcher Aufspürungen empfinde ich Heimat in Farben, Worten und Landschaften. Und wenn ich die Entdeckung mache, dass der Heilige Stephanus auf der um 1480 errichteten Altartafel von Hans Memling genau ein solches Gewand trägt, dann fühle ich jene Vitalität und Freude, die mich durchströmt, wenn ich den dalmatinischen Dialekt mit allen Klängen und Timbres höre oder die einzigartigen Kathedralen an der Küste sehe. Die Dalmatik wurde im zweiten Jahrhundert in Rom eingeführt, die vornehme Gesellschaft trug sie als profanes weites Obergewand. Es gab verschiedene Farben, die weiße Dalmatik wurde von zwei roten, parallel verlaufenden Längsstreifen geschmückt, die sich auch an den weit geschnittenen Ärmeln befanden. Auch Tuniken gab es, die mit floralen Mustern durchsetzt waren, genäht aus wertvollen Stoffen. Ihre Wiederentdeckung verdanke ich dem Eigensinn von Papst Benedikt XVI. Er nahm einen früheren Brauch auf und ließ die Kardinaldiakone bei Messen eine Dalmatik tragen.

Im Hinterland von Split durchquere ich Dörfer und Städtchen und stelle fest, dass niemand außer meiner Tante Helena weiß, was eine Dalmatik ist, da es in meiner Familie mütterlicherseits immer wieder Priester gegeben hat, die in Rom Theologie studierten. Hätte ich die Geschichte der Dalmatik jedoch von ihr gehört, wäre ich bestimmt verleitet gewesen, ihr Erfindungslust oder Nationalstolz zu unterstellen. Aber was ist es bei mir? Die Dalmatik gibt es wirklich, ich habe sie nicht in meinen Text hineinfabuliert, und stolz bin ich auf nichts Nationales, durchaus aber auf etwas, das Schönheit verströmt und von ihrer Dauer berichtet. Es fallen mir einige Begründungen ein, die die Muster oder etwa die Weite des Gewandes vor dem Hintergrund der üppigen mediterranen Landschaft voller Blumen und Palmen erklären könnten. Die Muster, die eine Vielzahl der Dalmatiken schmücken, können im Grunde nur an einem strahlend blauen Sommertag erfunden worden sein, Anfang

August, wenn alles von der überirdischen Kraft des Lichtes durchfunkelt und gesegnet ist, so dass man gar nicht umhin kann, solch eine luftige Tunika zu erfinden. Ich nehme an, dass auch die schon im Frühsommer reifenden Feigen besser schmecken, wenn man dieses weite Gewand trägt und durch die flimmernde Luft an der Felsküste Dalmatiens die Inseln im Meer entdeckt, die wie Urwale im gütigen Blau der Adria liegen, ganze achthundert an der Zahl. Immer noch ist es für mich undenkbar, dass diese Schönheit nicht stärker war, nicht die eigentliche Waffe, das Gegenmeer der Liebe, die einen Krieg hätte verunmöglichen müssen. Wie kann man Menschen erschießen, wenn der Wind in den Palmen singt? Ich war nicht dabei, ich werde es nie erfahren. Was ich sehen kann, ermöglicht mir nur der Abstand. Ich bin keine Zeitzeugin, es kann sich mir niemals das ganze Bild vermitteln. Aber kann es das jemals? Zeitzeugen sind mindestens auch Erfinder ihrer Geschichten, niemand geht objektiv mit seinen Erinnerungen um, jeder hat einen zielgerichteten Blick, sei es aufgrund der eigenen Lebensgeschichte oder der Identifikation mit einer Idee oder Nation. Paul Parin, der selbst am Befreiungskampf der jugoslawischen Partisanen teilgenommen hat, hat darauf hingewiesen, dass der Satz vom lügenden Zeitzeugen nicht ganz falsch ist.

Als der Krieg ausbrach, wurde ich achtzehn Jahre alt. Damals lebte ich mit meinen Eltern und Geschwistern in Hessen und meine Schwester und ich fragten uns, ob es überhaupt möglich sei, ein Erdbeereis an der Riva in Split zu essen und zeitgleich eine Waffe in der Hand zu halten (wie und wo trug man sie bloß, wenn man sein Kind streichelte oder zur Schule brachte?). Das fällt mir nun, fast zwanzig Jahre später, in Split bei meinem Treffen mit einem Veteranen wieder ein, der in der Krajina bei der Säuberungsaktion Oluja eingesetzt war.

Er sagt, dass er Ilija heißt, er willigt nur ein, mit mir zu reden, weil er die Zwillingsschwestern kennt, die in der Kindheit meine Freundinnen waren. Zögernd erzählt er mir, dass er, wie er es formuliert, halb-halb sei. Halb-halb heißt, seine Mutter ist Serbin, sein Vater Kroate, für dessen Seite er im Krieg gekämpft hat. Und als ich das laut ausspreche, korrigiert er mich, sagt: Es war keine Seite, es war die Sache der Gerechtigkeit. Ich frage ihn, was er damit meine, seine Mutter sei doch Serbin, und er fragt, ob ich ihn auf den Arm nehmen wolle. So fängt das Gespräch an, dessen Verlauf ich, mit Blick auf sein fehlendes Bein, nur so hinnehmen kann. Zeigefinger und Daumen der linken Hand fehlen auch. Er zieht an seiner Zigarette und sieht schönen Frauen nach, für die Split im ganzen Land berühmt ist. Die Freiheit des Körpers, sagt er verschmitzt, und zeigt auf die stolzen Frauen, ohne diese Freiheit zu erläutern, und pfeift ihnen hinterher. Die Ironie, die dabei aus seinem früher einmal stattlichen, nun dem Krieg geopferten Körper spricht, ist ihm selbst nicht neu. Nicht einmal ein Kuckuck, sagt er, will sich doch jetzt noch in mein Bett legen. Ilija wohnt seit einigen Jahren in Split, er hat als »Vaterlandsverteidiger« eine kleine Wohnung zugeteilt bekommen, die ihm jetzt gehört. Aber wie viele Städter stammt auch er aus einem kleinen Dorf, in das er selten geht, seitdem seine Mutter gestorben ist. Das ist aber nicht der einzige Grund, er sagt, er habe auch seinen Bruder Dubravko verloren. Er habe sich in einem Waldstück in der Nähe des elterlichen Hauses erhängt. Zufällig habe ein Nachbar, der an diesem Tag seinem kleinen Sohn die Bäume der Gegend erklären wollte, ihn dort gefunden. Er habe ein paar Wochen am Baum gehangen. Ausgemergelt sei nichts dagegen, sagt Ilija und sieht auf den Boden. Die Haut seines Bruders hätte wie etwas künstlich über seinen Körper Gestülptes ausgesehen, so als ob man sie am Stück hätte abziehen können. Erst habe er geglaubt, es müsse sich um eine Verwechslung handeln. Dieses Nichts von einem Körper sei in keinem Fall sein Bruder. Wie von einer fremden Kraft gelenkt habe er aber immerzu auf die toten Hände gesehen. Er erkannte sie an jedem einzelnen Finger, die Form der Hand habe ihm »seinen Bruder« gezeigt, jenen Menschen, den er über fünfzig Jahre lang als Mitglied seiner Familie gekannt habe. Der tote Körper sei schwer anzusehen gewesen, sagt er, er habe die immer wiederkehrende und seinen Kopf ausfüllende Idee entwickelt, dass nicht die Augen, sondern die Hände der Spiegel unserer Seelen seien. Tonarten des Tötens, fährt es mir durch den Kopf, der Krieg dauert noch immer, er spricht mit, es ist noch lange nicht Frieden. Wir trinken türkischen Mokka in der Gradska Kavana, einem wienerisch wirkenden Kaffeehaus, es gibt nichts mehr zu sagen. Die erschütternde Beschreibung der Hände seines Bruders treibt uns beiden die Tränen in die Augen. Das Bild der Hände brennt sich auch in mich ein. Der Mann weiß, dass er eine trügerische Gerechtigkeit gewählt und sein wahres Selbst verraten hat, dass auch der Bruder gestorben ist, weil es so war, wie es war. Er habe ganz vorne mitgekämpft, wo es ums Eingemachte ging, sagt er, und sein Bruder sei immer der erste gewesen, ohne Angst habe er sich der Sache gestellt und sei ein Beispiel für die anderen gewesen. So wie meine Tante Anastazija von Filips Mut beeindruckt war, scheint auch Ilija von der Angstlosigkeit des Bruders beeindruckt zu sein. Ich kann nicht umhin, innerlich ein Loblied auf Feiglinge zu singen, wenn die beiden Männer feige gewesen wären, dann wären sie vielleicht noch am Leben. Im Krieg, sagt Ilija, gibt es keine Gerechtigkeit, auch wenn es wahr ist, dass wir angegriffen worden sind und dass wir uns zur Wehr gesetzt haben. Und was ist mit deinem Vater passiert, frage ich, ist er auch im Krieg gewesen? Nein, sagt er, sein Vater habe die Mutter am Ende wegen einer Urlauberin, einer nicht einmal schönen Deutschen namens Elfriede, verlassen und sei mit ihr nach Bad Soden im Taunus gezogen. Er spricht den Namen des deutschen Ortes mit tiefer Verachtung aus. Den Vater hat er, trotz mehrfacher Einladung, nie besucht, aber er hat alles über Bad Soden in Erfahrung gebracht, er weiß sogar, dass Leo Tolstoj 1860 im Sommer dort in Kur war. Der verrückte Zufall will es, dass ich nach meinem Fortgehen aus Dalmatien in nur zwei Kilometer Entfernung mit meinen Eltern gelebt habe. Da sich an solchen Orten nahezu alle Auslandskroaten kannten, muss auch ich Ilijas Vater irgendwann begegnet sein.

Grell leuchtet der weiße Stein der Altstadt von Split. Seit Diokletian seinen Alterssitz erbauen ließ, haben alle Jahrhunderte auf diesen Stein eingewirkt, jeder Sommer, jeder Winter – alle Jahreszeiten, jede Träne, jeder lebensrettende Kuss. Und während uns die äußere Welt vor den Augen verschwimmt, kommt der weiße Stein mir wie eine Welt des Übergangs vor, an der nachts der Engel des Schlafs über die sichtbare Welt wacht und sich dann in den Botschafter des Todesengels verwandelt, der uns mitten am

Tag bei einem Kaffee sagt: Übe dich in meine Helligkeit ein, damit du zu Lebzeiten noch das Sterben erlernst.

Der Krieg sei noch immer in seinem Kopf, sagt Ilija dann doch, und als ich nachhake, frage, wo sein Bruder genau gekämpft habe, was ihm widerfahren sei, erfahre ich nichts weiter aus dem Krieg, aber er erzählt mir, dass er kurz vor seinem Tod unglücklich verliebt gewesen sei, in eine junge Kellnerin namens Ljuba, die noch immer in einem der kleinen Cafés in den versteckt-labyrinthischen Gassen des Diokletianspalastes arbeite. Er habe ihr seine Liebe gestanden, aber Ljuba habe sie nicht erwidert. Ausgerechnet dieser Name, denke ich, noch ein kleines, himmelöffnendes »v« am Schluss und »Ljuba« wäre zu »ljubav« – zur *Liebe* geworden, hätte ihm wirklich Liebe bedeutet; so ist es ein Name, dem das Entscheidende fehlt und der sich nicht einlöst als Liebeswort, als unerfüllte Sehnsucht steht er im Raum und kann den Toten nicht lebendig machen. Ihr Handy lag im Café herum, und die Kinder der Nachbarn schickten Dubravko in ihrem Namen Liebesbotschaften zum Dahinschmelzen, Versprechen für eine Zukunft, die ihm wie das Paradies erscheinen musste. Er hatte nie eine feste Freundin gehabt, und als er neunundzwanzig war, brach der Krieg aus. Danach, er kam fast zahnlos und um Jahre gealtert aus dem Krieg nach Hause, interessierte er sich ein ganzes Jahrzehnt nicht für Frauen, von Verliebtheiten hörte er nur oder sah sie in türkischen Nachmittagsserien, die in Dalmatien äußerst gern gesehen werden und an Kitsch nicht zu übertreffen sind. Als irgendwann herauskam, dass ihm nicht die Kellnerin Ljuba, sondern die vorwitzigen Kinder, die sich einen bösen Spaß erlaubten, geschrieben hatten, soll er das nicht geglaubt haben. Dann sei er unauffindbar gewesen, einfach im Nichts verschwunden. Die Familie rief eine Wahrsagerin an, die erklärte, er befinde sich ganz in ihrer Nähe und werde bald nach Hause kommen. Was aber für solche Seelenhändlerinnen, die im und nach dem Krieg auf dem Balkan gefragter denn je waren, »Nähe« und was »zu Hause« bedeutet, erfuhren sie nicht. Aber sie legten Hoffnung in jedes ihrer Worte. Die Mutter starb, noch bevor Dubravko gefunden wurde. Sie hatte Parkinson, sagt Ilija und bezahlt unseren Kaffee, eine Geste der Freundlichkeit, die keinen Widerspruch duldet, ein Mann aus Dalmatien würde niemals (unter keinen Umständen) eine Frau die Getränke oder das Essen bezahlen lassen. Innerlich zittere ich und denke an meinen Cousin, der sich auf nahezu gleiche Weise wie Dubravko das Leben nahm und sich wie er in der Nähe des elterlichen Hauses erhängte, als wollte er ihnen am Schluss etwas erzählen, was ihm zu Lebzeiten nicht möglich war. Und was ist das für ein grausamer Zufall, dass Dubravkos Mutter, genau wie meine Tante Anastazija, an Parkinson litt? Meinen Körper fröstelt es, dabei ist es warm, der Himmel schimmert königsblau und ewig freundlich, als hätte er den immerwährenden Sommer für alle Zeiten in sich gespeichert und als könnte es niemals mehr Winter werden. Warum zittern hier so viele Menschen? Woher kommt plötzlich diese Krankheit? Nicht nur die Idylle zittert hier, auch die Menschen, auch die Erinnerung zittert, nichts ist mehr, wie es einmal war.

Ich verabschiede mich von Ilija und gehe eine Weile durch die Gassen von Split, irre umher, versuche, mich zu sammeln, setze mich auf eine Bank und sehe dem sommerlichen Treiben auf der Riva – der von den Einwohnern stolz hergezeigten Promenade – zu, die von Palmen gesäumt und voller Cafés und Eisläden ist. In der Ferne kommen die Fähren von einer der Inseln, ihre Größe und Erhabenheit beeindrucken mich, wie sie das in den Jahren der Kindheit getan haben, als ich mit meinem Großvater hierherkam und den Markt unter Palmen für die Erfindung eines Sonntagsengels hielt. Das sagte mir einmal eine grundgute Dörflerin, die selbst keine Kinder hatte und manchmal auf mich aufpasste: »Was schön ist, kommt von den Sonntagsengeln.« Und wo war der Teufel in alledem? Der war auf dem Markt nicht zu finden, dort leuchtete alles prall in der Sonne und unter den großen Wipfeln der Schutz spendenden Bäume. Wie herrlich die frischen Feigen aussahen! Wie grün ihre weiche Haut war! Und wie rotrosa das betörende Fruchtfleisch! Das hatte meinem Vater in seiner Kindheit unglaubliche Angst gemacht. Er sah im Innenleben der Frucht lauter kleine Würmer und wunderte sich darüber, dass die Menschen diese freiwillig aßen. Für mich hieß das, immer an der Vorstellungskraft des Vaters vorbei denken zu müssen und die Feigen dennoch zu genießen.

Mein Beobachterposten auf der Hafenbank von Split hat etwas Beruhigendes an sich, die Reisenden, von denen manche verträumt, manche mürrisch oder gehetzt ihre Koffer ziehen, sehen alle wie Musikanten aus, mit großen Taschen, in denen sie vielleicht ihre Instrumente verstecken? Immerhin finden gerade die Sommerfestspiele statt und die Stadt ist voller Musiknarren aus der ganzen Welt. Eine große weiße Wolke wandert wuchtig am Himmel weiter und legt einen leichten Schatten auf alles. Mit einem Mal scheint in jedem der Passanten eine Geschichte wie jene von meinem Cousin, von Dubravko und Ilija zu lauern, wie ein zusätzlicher Schmerzkörper, der sie immer an den Krieg bindet und auf die Vergangenheit festlegt. Meine Zwillingsfreundinnen, die mir Ilija als Gesprächspartner vermittelt hatten, erzählten mir einige Tage später im Dorf, dass der Vater der beiden voller Verachtung für seine Söhne gewesen sei, schon von klein auf habe er sie vor der versammelten Kirchengemeinde geohrfeigt und als hirnlose Idioten beschimpft, die nur sein Geld verschleuderten.

Nach dem Treffen mit Ilija beobachte ich lange am Hafen die Schiffe und entschließe mich dann, einen Spaziergang zum Marjan-Berg zu machen. Von oben sieht man über die ganze Stadt, der Aufstieg lohnt sich bei jedem Wetter. Das Meer erscheint mir freundlich und großzügig in seinem Blau, mit dem Himmel verschmelzend, ein pralles Gedächtnis, eine allumfassende Mutter. Im Zoologischen Garten, den ich am Berg zu meiner eigenen Überraschung entdecke, zeigt sich ein mächtiger Pfau in seiner ganzen Pracht. Pinien spenden mir Schatten, und ich frage mich, was ein Soldat eigentlich ist? Einer, der im Sold steht, und wenn es Krieg ist, dann ist er ein Krieger und also auch ein Gefolgsmann. Warum ist das für eine Psyche erstrebenswert? Möwen begleiten mich eine Weile lang bei meinem Aufstieg. Ich denke an den Vater, der keinerlei Freundschaft mit seinen Söhnen pflegte und nur Verachtung für sie übrig hatte. Er hat ihnen früh die Würde und damit auch die Autonomie genommen. Hat Dubravko aus verlorener Würde am Krieg teilgenommen? War die Kellnerin nur in die Erfüllungsstunde seiner Selbstverachtung getreten? Ich habe versucht, mit Ljuba über Dubravko zu sprechen. Ilija hat mir beschrieben, wo das Café sich befindet, in dem sie noch immer arbeitet. Sie weigerte sich, mit mir zu reden, und wollte in Ruhe gelassen werden. Aber vielleicht weiß auch sie, dass niemand ein Selbstmörder wird, wenn er noch ein Selbst hat und ein freies Wesen ist. Es wird immer nur etwas getötet, das bereits tot ist. Und selbst wenn Ljuba Dubravko geliebt hätte, gerettet hätte sie ihn nicht.

7.

»Krieg« ist ein Maskulinum und bedeutet »bewaffnete Auseinandersetzung«, ursprünglich, so steht es im Etymologischen Wörterbuch, drückt es Beharrlichkeit, Hartnäckigkeit, Rechthaberei aus. Was kriegt einer durch das Töten anderer Menschen? »Kein Krieg kann geführt werden«, heißt es bei Erich Neumann, »wenn nicht der Feind zum jeweiligen Träger der Schattenprojektion gemacht wird, und die Lust und Freude der Kriegsführung, ohne die kein Mensch in den Krieg gebracht werden könnte, entstammt der unbewussten Schattenseite. Die Kriege sind das Korrelat der alten Ethik, und die Kriegsführung ist der sichtbare Ausdruck des Durchbrechens der unbewussten Schattenseite des Kollektivs.« Die Grundlage dafür ist nicht das sogenannte Böse. Vielmehr ist es eine Art der »Inflation des guten Gewissens«, jene Haltung, nach der es einen eindeutigen Feind gibt – der Feind ist böse, ich bin gut.

Dieses »gute Gewissen« haben alle Kriegsparteien im ehemaligen Jugoslawien für sich beansprucht und es auch medial inszeniert. Sie konkurrierten regelrecht um die grausamsten Fernsehbilder, denen präzise berechenbare

Vergeltungen folgten. Manchmal erwies sich im Nachhinein, dass dabei ein und dieselbe Gräueltat von der Propaganda beider Seiten benutzt wurde. Wenn nicht mehr der einzelne Mensch, nicht mehr ein Gesicht mit Augen, Ohren, Mund gesehen wird, sondern nur die Welt eines feindlichen Gegenübers, dann hat der Krieg sein Terrain in der Sprache sondiert, er hat längst im eigenen Schatten einen Ankerplatz gefunden und kann nicht mehr im Individuellen unter Kontrolle gebracht werden. Diesen Prozess hat Ralph Waldo Emerson bereits 1850, lange vor der Entdeckung der Psychoanalyse, am Beispiel von Napoleon beschrieben: »Wenn jemals ein Mann die Kraft und die Neigung gewaltiger Massen mit sich reißt, wenn Napoleon Frankreich, wenn Napoleon ganz Europa ist, so ist der Grund dieser Erscheinung in nichts anderem zu suchen, als dass Leute, die er bewegt und beherrscht, lauter kleine Napoleons sind.« Und ein gedemütigtes Kind ist im Moment seiner offensichtlichen Bloßstellung ein kleiner Napoleon, es kann nicht anders, als wütend zu reagieren, denn es wurde ihm etwas angetan, das es in seinem Menschsein verstörte. Meist aber fällt es sprachlos der erfahrenen Gewalt zum Opfer, und wenn es keinen Zeugen für sein Leiden hat, dann ist es mit ihm verschmolzen und ohne Möglichkeit, sich selbst in seinen Bedürfnissen zu sehen. Aber die Wut ist nicht verschwunden, die Unterdrückung lebt in ihm weiter und wartet auf ihren Moment der Entladung. Das gedemütigte Kleinstwesen lernt, dass es gar keine eigene Autonomie und keinerlei Macht hat. Später, wenn eine konfliktbeladene Situation eintritt, fällt es ihm leichter, anderen zuzusetzen und so aus seinem Kleinsein herauszutreten. Das wird einem solchen Menschen schneller einfallen und weniger anstrengend erscheinen, als im Bewusstsein zu seiner eigenen Wunde (samt der hinter ihr verborgenen Würde) und zum inneren Ort der Erniedrigung zurückzukehren, zumal, wie im Falle des Selbstmörders Dubravko, in einer patriachal geprägten Gegend, in der Liebe und Gehorsam zum Vater ein Synonym sind, ja, in der sich die Liebe im Gehorsam auflöst.

Ein anderes, die Selbstbetrachtung erschwerendes Momentum ist etwas, das auch ich selbst über viele Jahre hinweg ausgeblendet habe. Jugoslawien, das Land, in dem mein Cousin Filip, Dubravko und Tausende ihrer Altersgenossen aufwuchsen, war eine kommunistische Diktatur, die ihnen, genau wie zu Hause die Väter, bedingungslosen Gehorsam abverlangte. Fragloses Hinnehmen der Doktrin, das war als Dienst am hohen jugoslawischen Ideal eine Pflicht, der sich kaum jemand widersetzte. Wozu dies führt, zeigt der Fall des Schriftstellers Danilo Kiš, der es 1976 in seinem Buch »Ein Grabmal für Boris Dawidowitsch« wagte, die ideologisch geschönten gesellschaftlichen Verhältnisse im jugoslawischen Sozialismus zu kritisieren. Er löste damit den größten jugoslawischen Literaturskandal aller Zeiten aus. Es passte der politischen Klasse nicht, dass das Buch im Ausland in einem Atemzug mit Solschenizyns »Der erste Kreis der Hölle«, »Archipel Gulag« und mit Nadeschda Mandelstams Buch »Das Jahrhundert der Wölfe« verglichen wurde. Kiš führte zusätzlich zur Kritik an der kommunistischen Doktrin gleichsam nebenbei den serbischen Nationalismus vor, weil er aufzeigen konnte, wie sehr dieser Ausdruck eines geistigen Mittelmaßes war. Das wurde ihm nie verziehen. In Belgrad, der Stadt, in der er lebte und arbeitete, hatte er von heute auf morgen nur noch Feinde. Plötzlich wurde sogar seine jüdische Herkunft seitens des Vaters, der in Auschwitz gestorben war, gegen den Schriftsteller verwendet. Und eine nie dagewesene Hetzjagd begann, die ihn nicht zuletzt als Juden beleidigen sollte. Alle Beteiligten nahmen offiziell die Rolle der Antifaschisten für sich ein, aber in Wirklichkeit war ihnen die Asche von Auschwitz gleichgültig. Die Elite der serbischen Intelligenz, die später Slobodan Milošević unterstützte, führte Krieg gegen einen Mann, der ausschließlich in der Sprache seine Verwurzelung sah und nicht in der Zugehörigkeit zu der einen oder anderen Nation. Danilo Kiš ging ins Exil nach Paris. Er spürte deutlich, dass der nationalistische Hass eine neue Zeit der Barbarei einleiten würde, und sprach Ende der achtziger Jahre von sich als dem letzten jugoslawischen Schriftsteller. Er hat recht behalten, der serbische, aber auch der lange gärende kroatische Nationalismus erwiesen sich als die giftige Wunde im Kern des Systems. Für alle nach Freiheit strebenden Menschen war es eine traurige Zeit, als die Bücher von Danilo Kiš in Kroatien nicht verkauft werden durften, weil man ihn, den Kosmopoliten par excellence, zum serbischen Autor und posthum kleiner machte. Ohne Erfolg. Sein Geist hat überlebt. Die kyrillische Schrift war in der aufgeladenen Atmosphäre der neunziger Jahre ein Tabu, und sie ist es bis heute in Kroatien geblieben. Es war nun wichtiger, ein »kroatischer«, ein »serbischer« oder ein »christlicher« Schriftsteller zu sein als ein unbestechlicher Kopf, wie Dubravka Ugrešić, die ihre Arbeit an der Zagreber Universität verlor und deren Bücher von offizieller Seite nicht mehr gedruckt wurden. Eine mit großen sozialen Visionen ausgestatte Gesellschaft gelangte in kürzester

Zeit aus dem Gleichgewicht. An die Stelle einstiger Forderungen nach einer gerechteren Welt trat die gefährlich leere Wiederholung derselben.

Der Wahn einer in Verordnungen erstickenden Verwaltung löste jene menschenfreundliche Vision ab, die es Tito einst ermöglicht hatte, die deutschen und italienischen Faschisten zu vertreiben und damit im Südosten Europas der Freiheit einen neuen Denkraum zu geben. Da er nicht die Macht verlieren wollte, hat er seinen eigenen Kampf für Gerechtigkeit verraten, er vollstreckte, trotz des Bruchs mit Stalin, das »Jahrhundert der Wölfe«. In diesem Klima der Unterdrückung konnten in Serbien nationalistische Allmachtsphantasien wachsen. Und in Kroatien wurden wieder die Bildchen des menschenverachtenden Pavelić ausgepackt, in den Dörfern sangen und singen die Leute bei Hochzeitsfesten Lieder, die ihn und sein Morden verherrlichen. Die schattenhaften Verdrängungen auf dem Balkan brachen sich Bahn wie wuchtige Wellen, und es gab keinen fähigen Staatsmann, der sie in die Verwandlung hätte führen und der hätte aufzeigen können, wie kostbar die Idee des Gemeinsamen jenseits der Schatten ist. Und dass man sie nur behüten kann, wenn man ihr die innere Transformation zugesteht, nach der sie selbst strebt.

Der Kern des Hohen Ideals und seine politische Tragweite spiegeln sich heute in der Idee eines vereinten Europas, in dem, genau wie im sozialistischen Vielvölkerstaat, verschiedene Sprachen, Religionen und Kulturen im Miteinander bestehen und gemeinsam wachsen sollen. Was Jugoslawien nicht gelungen ist, wird Europa gelingen, wenn es die Überhöhung der nationalen Idee überwindet. Dies wird erst dann möglich sein, sobald sich die jeweiligen

Nationen ganz und gar ihrer selbst bewusst und nicht gezwungen sind, auf ihren Kern und auf regionale Identi-
täten zu verzichten. Sonst werden sich die Konflikte solange wiederholen und jene dunklen Kräfte ermächtigen,
die der große Humanist, Architekt und Schriftsteller Bogdan Bogdanović erlebt und in seinem bewegenden Buch
»Der verdammte Baumeister« beschrieben hat.

Nach seinem offenen Brief an Slobodan Milošević im
Herbst 1987 nahm sein Leben eine sonderbare Wendung.
Sein Schicksal glich bis in viele Einzelheiten hinein dem
von Danilo Kiš. Was er bis dahin getan, gesprochen, geschrieben und gebaut hatte, wurde in seiner Lebensstadt
Belgrad verhöhnt und bedroht. Ähnliche Reaktionen erfuhr er bereits Ende der sechziger Jahre in Zagreb und in
der kroatischen Öffentlichkeit. Der heftige Widerstand vor
allem gegen sein Werk als Architekt richtete sich im Besonderen gegen sein antifaschistisches Mahnmal im ehemaligen kroatischen Konzentrationslager Jasenovac, in dem
Bogdanović eine zum Himmel geöffnete und an einen Lotus erinnernde Blume integrierte. An diesem harmlosen
Lotus erhitzten sich später die nationalistischen Gemüter
beider Seiten. Während des sogenannten Kroatischen Früh-
lings Ende der sechziger Jahre, einer politischen Bewegung, die als intellektuelle Gebärde von Studenten, Schrift-
stellern und Linguisten begann, forderte man anfangs für
Kroatien mehr Rechte und Autonomie innerhalb Jugoslawiens, verteilte aber bei Demonstrationen irgendwann ein
Flugblatt, in dem zur Zerstörung »des serbischen Denk-
mals auf kroatischer Erde« aufgerufen wurde. Allmählich
sei aber der Widerstand gegen sein Werk verschwunden,
schreibt Bogdanović. Man habe langsam, aber deutlich ver-

standen, so der Architekt in seiner typischen Verschmitzt-
heit, »dass der melancholische Lotus aus Spannbeton nicht
nur böse Gedanken auf der einen und auf der anderen Seite
bannte, sondern sogar eine gewisse kathartische Wirkung
besaß.« Seine Blume habe niemanden beleidigt oder bedroht, habe auch nicht zur Rache aufgerufen und dabei
nie die Wahrheit verborgen. Aber nur einige Jahre später spielte die Blume von Jasenovac nach seinem Protest-
schreiben an Milošević wieder eine wichtige Rolle in seinem Leben. Bogdanović, der die »Freundschaft mit allen
und allem« in seinem Leben suchte und dafür als Vorbild
Pythagoras nannte, wurde nach seinem kritischen Brief
an den serbischen Präsidenten wieder an seinen Lotus erinnert. Denn nun schrieben die serbischen Boulevardblät-
ter wie auch ernstzunehmende Zeitungen über ihn, er sei
ein nationaler Verräter Serbiens. Der Lotus von Jasenovac
musste als schlagender Beweis herhalten. Selbst die seri-
öse Zeitung »Politika« und die Programme der staatlichen
(und einzigen) Fernsehanstalt vervielfältigten und über-
trugen die Stimme jener, die sich für ihr »nebliges Groß-
Serbien« einsetzten und die, so der Architekt, faktisch
selbst zu geistigen Brandstiftern wurden, die sich nun fragten, was ein »kroatisches Denkmal« auf »serbischer Erde«
zu suchen habe. Bogdanović sah, dass ihn diese Angriffe
mitten im Krieg keineswegs zufällig trafen. Die Serben eroberten neuen Boden, und was einst »kroatische Erde« war,
wurde jetzt »serbisch« und »heilig«. Und so befand sich in
dieser perversen Logik die Gedenkstätte tatsächlich schon
sehr bald im Herrschaftsbereich der aufständischen Serben aus der Krajina. »Unter ihrem vollen Namen«, notiert
Bogdanović, »gaben die Helden aus der Krajina Erklärun-

gen ab, sie würden die Blume von Jasenovac, das Symbol der Liebe und der Vergebung, eigenhändig in die Luft jagen.« Sie verhängten im Namen irgendwelcher paramilitärischer Stäbe Todesurteile über ihn, mit Unterschrift und Siegel. Auch richteten sie das Wort direkt an Bogdanović und fragten: »Wer bist du, dass du ihnen vergibst?« Sie spielten auf die kroatischen Faschisten an.

Man rief ihn nachts in seiner Belgrader Wohnung an, weckte ihn und seine Frau, fragte, für wen er diese Blume denn nach dem Zweiten Weltkrieg errichtet habe und warum bitte ausgerechnet eine Blume. Er habe doch ganz offensichtlich eine kroatische und keineswegs eine serbische Blume erbaut, warf man ihm allen Ernstes vor. Er hätte doch aber eine Pfingstrose statt einer Blume dieser Art erbauen sollen: »Wie die Pfingstrose des Kosovo.«

Wer glaubt, dass dieses nächtliche Gespräch an Absurdität nicht zu übertreffen ist, sollte wissen, wie der damalige kroatische Präsident Tudjman später das antifaschistische Mahnmal für sich und seine Zwecke vereinnahmte. Er lobte das Denkmal und ließ Salven zu Ehren von Bogdan Bogdanović abfeuern, nur störe es ihn, erklärte er, dass der Erbauer ein Serbe sei. Trotzdem werde man es in ein »nationales Monument der Kroaten« verwandeln. »Der Weltuntergang beginnt nach den uralten Regeln menschlicher Phantasie immer mit dem Untergang der Stadt«, heißt es in diesem Zusammenhang lakonisch in Bogdanovićs Buch »Vom Glück in den Städten«. Jene, die ihm in Belgrad und in Zagreb zusetzten, nahmen diesen Untergang, der zum blutigen Zusammenbruch Jugoslawiens führte, mit vollem Bewusstsein in Kauf. In Vukovar wurde Bogdanovićs einzigartiges surrealistisches Denkmal gegen Krieg und Vernichtung fast zerstört, und als die Stadt fiel, Dubrovnik, Zagreb und viele andere kroatische Städte von den Serben angegriffen und das multireligiöse und multikulturelle Sarajevo auf die perfideste Art (teilweise von seinen eigenen Bewohnern) belagert wurde, brach auch alles andere an Menschlichkeit, Freundschaft und Nähe zusammen. Es war normal, dass eine alte Frau bei der Traubenernte aufgeschnitten und am Apfelbaum aufgehängt wurde, weil sie nicht die richtige Nationalität hatte, es lagen Menschenaugen wie Murmeln zur Abschreckung auf Fensterbänken, und erwachsene Männer spielten in einer Welt, die einmal als zivilisiert gegolten hat, mit Totenköpfen Fußball. Und wer immer etwas tat oder unterließ, er tat es als Serbe oder als Kroate, und das war der Krieg, der zuerst in den Köpfen und in angsterfüllten Herzen begonnen hatte. In vielen Fällen war es ein Krieg zwischen Dorf und Stadt, und es ist aus psychologischer Sicht kein Zufall, dass die Städte zuerst ins Visier der Aggressoren gerieten. Der Feind war oftmals gar nicht ein konkretes Gegenüber, das eine andere Nationalität, eine andere Religion hatte, der Feind war das entwickelte Bewusstsein, die Kultur – die Schönheit an sich, die bedrohlich war, da sie nicht trennt, sondern verbindet. War sie aber erst einmal zerstört, dann würde auch der Mensch keinen Platz mehr in ihr haben. In diesem Sinne hat Bogdanović einmal von der »Erniedrigung des Raumes« gesprochen. Ein denkendes Gegenüber hat in diesem Gefüge keine eigene Stimme.

Die Mathematik der Willkür zerstörte zuerst die Würde des Menschen, seinen geistigen Ort, aus dem seine schöpferischen Werke und sein Denken entstehen, und belagerte in der Folge seine Kulturwerke, Städte wie Sarajevo, Brücken wie jene großzügig und aus Edelmut in Mostar errichtete – in einer Stadt, die ihren Namen genau dieser Brücke verdankte: Mostar bedeutet »die alte Brücke«. Gesprengt wurde sie aber nicht von Serben, sondern von Kroaten, die spätestens jetzt zu schrecklichen Vollstreckern des Hasses wurden, jenes Hasses, den sie im Namen der Freiheit vorgaben, im serbischen Aggressor zu bekämpfen. Und was hätten sie gefühlt, wenn Mostars Muslime aus Rache den Diokletianspalast zerstört hätten? Vermutlich hätten sie keinen Zusammenhang zu sich selbst und den eigenen Taten hergestellt. Ihnen ist, genau wie der ganzen Weltgemeinschaft, damals entgangen, dass sich in den ersten Kriegsjahren im Grunde nur (römisch-katholische und serbisch-orthodoxe) Christen bekämpften – die bosnisch-herzegowinischen Muslime waren die Einzigen auf dem Balkan, die anfangs auf Vergeltung verzichteten. Sie und alle anderen, die in der Menschlichkeit Schutz suchten als es keine Menschlichkeit gab, zeigen mir bis heute, dass Räume Abbildungen der Träume sind, heilige Verbündete der menschlichen Seele, in denen die Archive unseres Seins geboren und verwaltet werden. Denken und Empfinden, das sind ihre kostbaren tragenden Wände im geistigen Gebäude der Welt. Wer nicht zurückschlägt, wird auf Dauer und in der Tiefe des Seins beschützt. Stéphane Hessel hat einmal gesagt, er habe das Gefühl, dass Menschen, die sich brutal verhalten, mehr unter ihren Taten leiden als jene, die ihnen zum Opfer fallen. Aus ihm spricht eine andere Weite, eine andere, beruhigende Tiefe der Zeit und eine auf Dauer ausgerichtete Weisheit. Ich möchte ihm Glauben schenken und ihm auch in der Zuspitzung seines Gedankens folgen, da er zeigt, dass das Gewissen tief in uns ist. Wir wachsen zu ihm nach Innen, wie ein Blatt zur Sonne wächst: »Der erlittene Schmerz ist weniger schlimm als der gegebene Schmerz.« Das Gewissen spricht mit leiser Stimme, es ist unbequem, und seine Schule ist gründlich. Wer seine Prüfungen bestehen will, muss empfinden und prüfen und denken lernen. Es gibt keine bessere Lehrerin als die Liebe, wie sie Goethe beschrieben hat. Noch immer herrscht sie nicht, aber sie bildet, und das ist mehr.

8.

Ich stehe auf dem Gipfel des Marjan-Berges in Split und sehe auf den Hafen, den es in dieser Form gibt, weil der römische Kaiser Diokletian sich in diese Bucht verliebte und hier seinen Alterswohnsitz errichtete. Die außergewöhnliche Lage des Diokletianspalastes machte Split zu einem wichtigen strategischen Posten inmitten des Römischen Reiches. Diokletian kam in Dioclea, in der Nähe von Solin zur Welt, das zur Provinz Dalmatia gehörte. Die unterirdisch angelegten Hallen des Palastes haben mich als Kind bis in meine Träume beschäftigt, denn sie wirkten auf mich wie eine sagenumwobene Stadt unter einer Geheimnisse hütenden Erde. Später brachte ich sie mühelos mit den altgriechischen Mythen und jener Welt der zauberhaften Alice in Verbindung, fest davon überzeugt, dass ihr Wunderland durch dieses Architekturereignis des Römischen Reiches mit meinem eigenen verbunden war. Wer war(en) sie, wer war ich? Die Zeit teilte sich in innere und äußere Stunden. Die Verluste beschrifteten mich auf ihre Weise, die frühen Abschiede, die Unwägbarkeiten, die sich aus dem unsteten Familienleben ergaben, taten ihr Eigenes dazu. Der Diokletianspalast hingegen erschien mir als großer Freund aus dem Land der Beständigkeit, jenseits von Schmerz und Zeit stand er da und betrachtete das Blau des Meeres. Aber mein Kinderblick trog, im Außen gab es eine durchaus überprüfbare Zeit, und im Laufe der Jahrhunderte wurde das riesige Gebäude immer wieder ergänzt, es war byzantinischen, venezianischen und österreichisch-ungarischen Einflüssen ausgesetzt, doch die Einwohner der Stadt behielten immer die Grundstruktur bei, die der römische Kaiser hatte entwerfen lassen. Ein einzelner Mensch hat über Jahrhunderte hinweg mit seiner Entscheidung, sich hier niederzulassen, das Leben von unzähligen anderen beeinflusst. Auch mein Leben wurde davon nachhaltig berührt. Split, das war für mich der Palast, in dem ich mich einmal als Kind verirrte, bis ich mit klopfendem Herzen in einem winzigen Café landete, wo die Kellnerin sich in einem Singsang-Dialekt, der in meinen Ohren wie eine fremde Sprache klang, verliebt mit ihrem Mann unterhielt. Was war das für eine Sprache? Ein aus dem Raum der Träume kommendes Italienisch? Sie spricht Träumisch, habe ich im Bus auf dem Heimweg zu meinem Großvater gesagt. Träumisch? *Kao muzika*. Wie Musik.

Split ist nicht nur die erste Stadt, die ich je gesehen habe, sie ist mir bis heute ein sinnlich gedehntes Ereignis, das ich mit nichts anderem bisher Gesehenem vergleichen kann. Schon als Kind liebte ich jede Gasse, jede Statue und ganz besonders den schönen Jupitertempel, Anfang der achtziger Jahre musste man noch keinen Eintritt bezahlen wie heute. Zu Unrecht ging ich davon aus, dass bei den Römern Heiliges und Geld nicht vermischt wurden. Bei Jupiter!, rief ich manchmal unter meinem Mandelbaum aus, bei Jupiter, ist der Himmel blau! Ach Jupiter, mach, dass ich bald wieder in die Stadt komme, und mach mich doch mal schlau, Jupiter, der du im Himmel und im Gras und in jeder Mücke schaltest und waltest, mach, dass mir wichtige, tüchtige Flügel wachsen und ich bald reisen und Teil des Meeres, Teil der Luft sein kann, und bring mir bei, den Regen zu rufen, damit die Ernte gut und der Fleiß meines Großvaters belohnt wird. Was redest du denn da, sagte einmal der Pfarrer, das Vater Unser musst du beten. Das mache ich schon, sagte ich. Und weiß bis heute nicht, warum sich das widersprechen soll. In Split habe ich verstanden, dass die Menschheit an einer gemeinsamen Geschichte schreibt. Nirgendwo kann ich sie wie in dieser Stadt genau nachvollziehen. Der auf mich harmlos wirkende Kaiser Diokletian, lernte ich in der Schule, war alles andere als harmlos und für eine der brutalsten Wellen der Christenverfolgung verantwortlich. Siege, Niederlagen, Reiche und Erinnerungen sind fast jedem Stein von Split eingeprägt. In der Kindheit gab es außerdem noch die blau geriffelte Luft, in der ich ganze Kontinente zu entdecken glaubte. Das Hitzeflimmern der Landschaft nahm ich als ruhiges Atmen der Erde wahr, als Weisung, leise zu gehen, mich nicht zu verausgaben, mit der Erde Atem zu halten, wie man als glückliches Kind Schritt hält mit einem erwachsenen Menschen. Das ist mir bis heute so geblieben, nur dass ich jetzt selbst dieser erwachsene Mensch bin, der seinen Atem und sein Gehen Schritt für Schritt findet und immer öfter – *gefunden wird.*

Es war für mich eine wichtige Grundzeit, die in einen anderen Blick gemündet ist und mich auch jetzt an das Erhobensein jener Tage erinnert. Ich weiß noch genau, wie anziehend das Lachen der Städter für mich war, wie sehr sie mich mit ihrer unbeschwerten Art beschenkten, miteinander ins Gespräch wie in eine Jahreszeit zu kommen. Sie wärmen mich bis zum heutigen Tag, diese frühen Ausflüge ins vollkommen Schöne und entspannt Städtische. Es haben sich aber auch in der Zwischenzeit Geschichten der Angst und Not aus den Zeiten des Krieges in mein Ursprungsbild gemischt. Doch am Ende hat wie zu allen Zeiten in Split der Sommer gewonnen. Das Blau des Himmels hat alle Siege der Geschichte davongetragen, der August ist mächtiger als alle Waffen dieser Welt. Ein Lebenspalimpsest ist auch für mich dabei entstanden, ein Lehrbuch über die Kraft des Gleichmuts und das Wunder des Weiterlebens. Die Schönheit ist die größere Meisterin, die Barbarei, davon ist hier jeder Bauer überzeugt, kann ihr auf Dauer nichts anhaben. Der Campanile des Doms Sankt Domnius mit seinen unverwechselbaren Peristyl-Bögen wird die Roheit überdauern. Davon spricht auf ihre Weise die Sprache der Geschichte: Der Heilige Domnius war Bischof von Salona und wurde unter Kaiser Diokletian 304 dem Scharfrichter übergeben, der ihn enthaupten ließ. Die Christen begruben seinen Leichnam heimlich und errichteten darüber eine Basilika. Die Reliquien des Heiligen Domnius, der in Dalmatien liebkosend Sveti Duje genannt wird, befinden sich heute in der Kathedrale von Split, die ursprünglich das Mausoleum des Kaisers Diokletian war, einem der strengsten Christenverfolger des Römischen Reiches. Als Domnius im dritten Jahrhundert zur Welt kam, lag sein Geburtsort in Antiochien, das damals zu Syrien gehörte und heute in der Türkei liegt. Und wer kann sagen, zu welchem Land er in tausend Jahren gehören wird? Was sind Jahrtausende im Vergleich zu einem tiefempfundenen menschlichen Augenblick?

Das Meer sieht aus wie ein großes Tuch, ein einzigartiges Gebet des Elements, in dem die Sonne sich freundlich niederlässt und für die Tiefe der Farbe, für die Schattierungen, das Funkeln und Schimmern im Gewirk seiner blauen Lebendigkeit sorgt. Die Bora kommt auf, die Weite des großzügigen Meeres beglückt und beruhigt mich. Aus dem Blau ragen Ehrfurcht gebietend die dalmatinischen Inseln heraus, ihr Anblick lässt mich an die Mythen der Slawen denken, an ihre Vorstellungen von Göttern, die, als Teil der Erde, auf Hügeln, Anhöhen und Bergen schlafen. Die Taxifahrer streiken, sie haben mir durch ihren Protest zu meiner kleinen Wanderung verholfen. Und oben auf dem Marjan angekommen, denke ich an jene Szene in einem Stuttgarter Taxi zurück, die mir seit ein paar Jahren immer wieder in den Sinn kommt. Sie machte mir Angst und veränderte meinen Blick auf das Land, in dem ich lebe, und stimmte mich nachdenklich. Der Taxifahrer fing gleich an, über Ausländer und Juden mit mir zu reden, beinahe ohne Überleitung berief er sich auf einen deutschen Politiker, der gerade ein streitbares Buch geschrieben hatte. Der Taxifahrer sagte, es sei jetzt genug an die Juden gezahlt und alles Erdenkliche an ihnen wiedergutgemacht worden. Er und seine Generation – er war Mitte fünfzig – könnten gar nichts für die Vergangenheit, und wenn der Krieg anders ausgegangen wäre, dann sähe die Geschichtsschreibung heute ebenfalls anders aus. Die vielen Millionen Toten sind aber trotzdem tot, sagte ich, wir beide sind immer noch Menschen, und das Unrecht ist immer noch kein Recht. Er ging nicht auf meine Antwort ein, sagte nur, dass es keinem Menschen geschadet habe, sich anzupassen. Den Rest der Fahrt schwiegen wir uns an.

Während ich oberhalb von Split auf das Meer und die gegenüberliegenden Inseln hinaussehe, frage ich mich, ob er damit meinte, dass man seine Herkunft vergessen sollte und Anpassung ein Wert sei. Die Städte, Sprachen und Menschen verwandeln und überschreiben sich selbsttätig. Es gibt nichts Natürlicheres als diesen Vorgang, gerade hier, in Dalmatien und in Istrien, wo die Serenissama überall ihre Spuren hinterlassen hat. Venedig, so lehren uns die Sprach- und Kulturwissenschaftler, hat in diesem Raum nicht nur geherrscht, es hat den Aufbau einer Zivilisation an der Adria gefördert. Unter dem Markuslöwen wurde nie jemandem eine Sprache, eine Kultur oder eine Religion verordnet. Anpassung war kein Wert an sich. So konnte sich eine einzigartige, in jeder Hinsicht unverwechselbare Kulturlandschaft entwickeln, in der Dalmatien vor allem über die Mehrsprachigkeit zur eigenen vielschichtigen Identität gelangte. Im Alltagsleben wurde das Dalmatische, das Lateinische, das Kroatische und eine neue Sprache, das Italienische, verwendet. Die Republik Venedig öffnete ihren Blick in Richtung Meer, und die Menschen nahmen zeitgleich die neue Sprache als Erweiterung ihres inneren und äußeren Raumes an. Es waren dann merkwürdigerweise die eigensinnigen Österreicher, die das Italienische als Verwaltungssprache ausgerechnet im multikulturellsten Teil ihres Reiches verordneten. Wollte der süddeutsche Taxifahrer auch etwas verordnen? Hatte er Angst, seinen eigenen Platz zu verlieren? Wenn ihm alle glichen, hat er vielleicht gedacht, dann müsste er sich nicht fragen, wer er selbst war. Dann war sein Platz in der Welt einfach immer gesichert der gleiche. Es gibt für mich keine langweiligere Vorstellung vom Leben. Die Mehrheit hat noch nie eine Sprache vitalisiert, die Mehrheit wählt nicht die Nebenwege. Aber die Worte werden gerade auf ihnen lebendig, dort bewegen, erweitern, drehen und wenden sie sich neuen Bedeutungen zu.

Vor dem Hintergrund der wechselhaften Geschichte Dalmatiens, den Wandlungen, Sprachen und Grenzen, erscheint mir die Forderung nach Anpassung so unnatürlich wie ein Winterkleid im August. Das Archiv der Sprache, seine vielen Ablagerungen und Schichtungen zeigen die kulturelle Lebendigkeit, der diese Menschen ausgesetzt waren. Niemand ist hier ein Singular, wer hier das Licht der Welt erblickt, ist schon mindestens ein Plural, umso erstaunlicher, dass es auch hier zum Hass auf das eigene Leben kommen konnte. Das einmal Jugoslawische wurde von heute auf morgen verleugnet. Niemand wollte je ein Jugoslawe gewesen sein. Nie habe ich Menschen dieser Region mehr bewundert als in jenen Momenten, in denen sie das lieben konnten, was andere, aus den gleichen Gründen, mit heuchlerischer Kraft hassten. Der Schriftsteller und Psychoanalytiker Hans Keilson, der 1936 aus Nazideutschland nach Holland emigrierte, sagte noch Jahrzehnte später in seinem Exil, dass er das Deutsche, die Sprache seiner Kindheit, nicht hassen könne. Denn solch ein Hass wäre ein zerstörerischer Selbsthass geworden, die Auslöschung des eigenen Lebens. Und nur so kann ein Krieg auch ein Menschenherz belagern und es für immer liquidieren.

9.

Der Hausberg meiner ersten Stadt hat eine beruhigende Wirkung auf mich, er, der alte Freund aus Kindertagen, hat mir von klein auf immer etwas Unbekanntes geschenkt. Damals war es die Freude des ersten Aufstiegs und dann das Hinausblicken auf die betörende Weite des Meeres, und nach dem Abstieg warteten unten, auf dem Markt von Split, die Kirschen auf mich, die Blaubeeren und Feigen, die Schiffe und das Leuchten des weißen dalmatinischen Steins. Die einstigen Archive meines Gedächtnisses sind heute Teil meiner mitsprechenden, mitschauenden Erinnerung, ein denkender und ins Innere verlagerter Ort. Damals brachte mich immer das Meer zum Summen und Singen, wie es heute die Bildwelt tut, die mich manchmal als innerer Rhythmus überrascht. Das Meer arbeitet an meiner Selbstvergessenheit, die blaue Weite hilft mir, mich in der Vorstellungskraft mit den Menschen meines Lebens zu verbinden, ohne die ich nur ein kleines Sandkorn in der Unendlichkeit der Wüste wäre. Micha und Barbara Namenwirth fallen mir ein. Ausgerechnet durch sie, die in den USA, im Staat Wisconsin leben, erfuhr ich von dem Jüdischen Friedhof hier in Split. Micha kam in Holland zur Welt und musste sich als jüdisches

Kind unter einem anderen Namen vor den Nazis verstecken. Seine Eltern beschlossen, ihn zu Verwandten aufs Land zu geben und selbst abzutauchen. Er wurde von seinem Bruder getrennt und hieß dann ein paar Jahre lang Nico Nanning. Er wusste damals nicht, dass sein Vater sehr viel Geld aufbringen musste, damit die Verwandten sich seiner annahmen, eine frühe Kränkung, die uns gemein ist und die uns schon als Kinder die Frage stellen ließ, warum sich Menschen für etwas bezahlen lassen, was sie aus innerer Freiheit tun könnten. Als ich Micha erzählte, dass Split die erste Stadt meines Lebens war, berichtete er mir von seinen Reisen als junger Mann durch Europa. Florenz, Rom, Venedig und Turin hatte er aufgesucht, aber auch Belgrad und Split, wo er den jüdischen Friedhof auf dem Marjan entdeckte. Langsam steige ich den Berg hinab, der Duft des Rosmarins folgt mir, die eifrigen Möwen sind noch immer in der Ferne zu hören. An den Rändern der einst römischen Stadt stehen riesige sozialistische Hochhäuser, hellblau sind sie und ragen wie erbleichte Ungetüme in die mediterrane Luft. Die Berge dahinter gleichen schlafenden Sauriern, machtvoll und erhaben scheinen sie die Zeiten, den Grimm der Götter und Nationen liegend zu überdauern. Mit den Steinen als Zuarbeiter ihrer Ohren schreiben sie alles mit und lassen sich nur vom Wetter verändern. In der Helligkeit des Tages erscheinen die Baumwipfel wie ein berührbares Gemälde, sie sind klar und konturiert. Auf dem Weg zurück in die Stadt möchte ich mir noch den jüdischen Friedhof ansehen, von dem Micha mir in Amerika erzählt hat. Als Kind hatte ich ihn auf dem Marjan-Hügel nicht gesehen und auch nie jemanden darüber reden hören. Ich wusste nicht, dass nach dem Zweiten Weltkrieg kleinere jüdische Gemeinden in Sarajevo, Zagreb und Belgrad noch existierten. In der Zwischenzeit bin ich einigen dalmatinischen Juden begegnet, deren Eltern sich bewusst dafür entschieden, ihnen slawische Namen zu geben. Sie wollten ihr sephardisches Erbe verbergen, sich schützen und nicht auffallen.

Ich frage eine fein gekleidete Frau, wo auf dem Hausberg sich der Friedhof befindet. Sie ist sichtlich überrascht von meiner Frage, sagt, er sei schon seit Jahrzehnten nicht mehr betretbar. Und das klingt so, als dürfe es in dieser Konsequenz den Friedhof gar nicht geben. Ihre Antwort erstaunt mich sehr, aber kaum, dass sie um die Ecke verschwunden ist, entdecke ich ein Tor oberhalb eines Cafés, vor dem Jugendliche Basketball spielen. In verblichener Schrift, fast von der Sonne versengt, ist an dem großen Tor zu lesen, dass es sich genau um den Friedhof handelt, den ich gesucht habe, und ich sehe große Pinien und prachtvolle Lebensbäume, alte Grabsteine, auf ihnen jüdische Namen. Die erste Ansiedlung von Juden in Dalmatien wird in der Hafenstadt Dubrovnik, dem damaligen Ragusa, in römischer Zeit vermutet. Noch vor Beginn des Mittelalters entwickelte sich dort eine rege jüdische Gemeinde, die vornehmlich vom Handel lebte. In Dubrovnik befindet sich eine der ältesten Synagogen Europas, die 1352 erbaut wurde. Dort werden noch heute die aus Spanien mitgebrachten Tora-Rollen aufbewahrt, die auf der Flucht vor der Inquisition gerettet werden konnten. Als die kroatischen Faschisten im Zweiten Weltkrieg an der Macht waren, verlangten sie von Emil Tolentino, dem Vorsitzenden der Jüdischen Gemeinde, dass er seinen Friedhof auch für die Bestattung der Muslime von Dubrovnik zur Verfügung stellen müsse. Man schrieb ihm: »Ihr seid vogelfrei und habt kein Recht mehr, Vorschläge zu machen!« Er antwortete den Ustascha: »Begnügt ihr Euch nicht damit, dass ihr lebendigen Juden die Hölle macht, ihr wollt auch den Toten keine Ruhe geben. Ich werde euch den Schlüssel nicht übergeben, denn unsere Toten sind nicht vogelfrei!« Tolentino weigerte sich, den Schlüssel auszuhändigen, und bekam ausgerechnet Hilfe von den Italienern, denen, und das will etwas heißen, der kroatische Faschismus zu weit ging.

Die meisten Juden, die sich im fünfzehnten Jahrhundert nach der Vertreibung aus Spanien und Portugal auf dem Balkan niederließen, waren Sepharden. Eine besondere Blüte erfuhr das Sephardentum in Sarajevo, das man einst als Jerusalem des Balkans bezeichnete. Die Stadt wurde ein einnehmender Ort jüdischer Gelehrsamkeit, es wurden sogar Bücher in Ladino gedruckt, der Sprache der Spaniolen, die den türkischen Machthabern kein Dorn im Auge war, im Gegenteil, sie blieben gegenüber religiösen Minderheiten bemerkenswert gelassen und tolerant. Jene Juden, die nach ihrer Flucht von der Iberischen Halbinsel in Split ankamen, ließen sich in der Altstadt innerhalb des Diokletianspalastes nieder. Es entstand ein Ghetto, die vermögenderen Juden trieben Handel mit Venedig und begannen irgendwann, auf den Marjan-Hügel umzuziehen. Eine vitale Gemeinschaft schien in einer wohlwollenden Umgebung immer weiter zu wachsen. 1573 erhielt die jüdische Gemeinde die Genehmigung für einen eigenen Friedhof auf dem Marjan. Es ist einer der ältesten und größten jüdischen Friedhöfe in ganz Europa.

Die Baumkronen ragen jetzt in den Himmel, und über den uralten Gräbern leuchtet ihr sattes Grün schutzkronenartig hinauf zu den Wolken. Als trügen die Bäume ein altes Gedächtnis in sich, fährt für einen Moment ein musizierender Wind durch sie. Die Pinien singen ihr Lied. Die Lebensbäume halten Wache. Das Gras zittert genauso wie die Idylle, die es hier nie gegeben hat, und mitten im Sommer zittere auch ich. Hatte die fein gekleidete Dame, die freundlich lächelnd in einem der nahegelegenen Häuser verschwunden war, wirklich nicht gewusst, dass der jüdische Friedhof ein Eingangstor hat? Eine ganze Weile war nirgendwo am Bergweg ein Schild zu finden gewesen, und als ich eines fand, zeigte es nur auf Mauern. Wann aber fallen die Gedanken-Mauern? Wann hören wir auf, sie zu errichten? Kurz nach dem Krieg stand an einem Wall unten in der Stadt eine ganze Weile ein Graffiti mit den Worten »hrvatska krv«, kroatisches Blut. Eine Blutsgemeinschaft strebte auch Nazi-Deutschland an. Vor diesem Hintergrund wird mehr denn je die Kraft von Freiheitsgemeinschaften deutlich, die sich einem anderen Plural jenseits des Blutes anvertraut haben. Ich hatte der fein gekleideten Frau lange nachgesehen. Sie war sehr freundlich, ein Mensch vielleicht, der einfach nie Fragen gestellt hatte und nichts Böses im Schilde führte. Wie aber ist es möglich, direkt neben einem jüdischen Friedhof zu wohnen und ihn zu übersehen? Ich konnte mir nicht vorstellen, dass das psychisch ein Zufall war. Im Dezember 1945 hatte Sartre seine »Überlegungen zur Judenfrage« mit dem Satz beendet, dass kein Franzose in Sicherheit sein werde, solange noch ein Jude in Frankreich und in der ganzen Welt um sein Leben fürchten müsse. Jeder als bedrohlich erlebte Fremde ist dieser eine Mensch, der uns erzählt, dass wir selbst es sind, die unsere Freiheit aufs Spiel setzen, wenn wir ihn verstoßen und unsichtbar werden lassen, weil wir das uns selbst zugewiesene Leben nicht ohne Angst annehmen können. Wenn wir uns nicht verändern und verwandeln lassen, dann haben wir keine Geschichten, wir können nichts über uns erzählen. Und wenn selbst die Toten uns noch Fremde und von uns Verstoßene sind, was sind wir dann für Menschen? Ich denke an meinen Freund Micha und sein wundersames Davonkommen, sein Überleben in Holland während der Zeit des Nationalsozialimus, wo er als Kind jenen Hans Keilson hätte kennenlernen können, der von sich sagte, er könne das Deutsche, die Sprache seiner Kindheit, nicht hassen. Der Arzt Keilson half bereits kurz nach seiner Emigration 1936 unter einem Decknamen untergetauchten jüdischen Kindern und Erwachsenen und promovierte im Alter von siebzig Jahren. Seine Studie hat die sequentielle Traumatisierung jüdischer Kriegswaisen zum Thema und gilt inzwischen als Grundlagenwerk. In seinem hundertsten Lebensjahr erschien, kurz vor seinem Tod, sein letztes autobiographisches Buch unter dem Titel »Da steht mein Haus«. Es traf sich, dass Micha und ich es zur gleichen Zeit lasen und von seiner Klarheit und Erinnerungsarbeit viel lernen konnten. Auch war Keilson leicht zuzustimmen, dass die Literatur das Gedächtnis der Menschheit ist. »Wer schreibt, erinnert sich, und wer liest, hat an Erfahrungen teil«, heißt es einmal bei Hans Keilson. »Bücher kann man wieder neu auflegen. Von Büchern gibt es schließlich Archivexemplare. Von Menschen nicht.« Und in der Knappheit seiner Worte liegt eine Verdichtung genau jener Ebene des Menschseins, den der Faschismus und der Nationalsozialismus zerstören wollten; vielleicht hat zwangsläufig jeder Krieg den kostbaren Kern des menschlichen Gewissens im Visier. Dessen Zerstörung ist sein erklärtes, sein eigentliches Ziel.

10.

Der Krieg hat die Palmen unversehrt gelassen. Auch der auf der Halbinsel gelegene Hügel Marjan samt jüdischem Friedhof ist nicht zerstört worden. Noch immer ist er für die Fremden ein beliebtes Ausflugsziel mit kurzen Wanderrouten, einem Zoo und uralten kleinen Steinbrücken. Und die Einheimischen, vertreten durch die Jugend mit ihrer Sehnsucht nach Romantik und Marihuana, lassen sich hier in den Abendstunden auch sehen, vor allem nach der hochsommerlichen Hitze, wenn die schutzspendende Nacht in die Kronen der Bäume fällt und ihre eigenen Wahrheiten verkündet. Unten in der Stadt, wo ich noch eine Verabredung mit einem Veteranen habe, strahlt der Asphalt am Hafen die Hitze des Tages ab. Split flimmert. Das ist Sommer. Das ist der altbewährte August. Bäume spenden mir Schatten und werden als Freunde erkannt, aus Not, aber auch aus Einsicht – ein Leben ohne Bäume wäre schrecklich. Das Wasser lockt die Möwen an und fröhliche Touristen haben endlich Zeit, freundlich zu sein und ihnen Brotkrumen zuzuwerfen. Milan, ein ehemaliger Soldat, mit dem ich noch zwei Stunden an der Küste entlang spaziere, erzählt mir, er sei im Krieg davon überzeugt gewesen, »die Geburt seines Landes« auf seinem Rücken tragen zu müssen. Das Vaterland hatte es also geschafft, sich mit seinem Körper zu verbünden. Ich hatte vorher immer nur Geschichten von Männern gehört, die seelisch verführbar waren, er aber hatte nicht einmal eine getrennte Wahrnehmung von Land und eigenem Rücken. »Die Manipulationen nationaler Gefühle führen zu reaktionären politischen Formationen«, heißt es einmal bei Imre Kertész, der sich im gleichen Atemzug fragt, ob nicht genau das »gegen die Nationen« gerichtet sei. Milan zeigt mir ein Foto von sich in Uniform. Selbstvergessen zündet er sich eine Zigarette an, hier rauchen fast alle. Er ist mit diesem Selbstbild zufrieden, das ihn namenlos unter tausend anderen Namenlosen gemacht hat. Wie viel ist ein Namenloser wert? Was für einen Wert kann ein Mensch für sich und einen anderen haben, wenn er nur eine Uniform ist und ihm die eigene Geschichte verweigert wird, wenn er auf Geduld und Umsicht sich selbst gegenüber verzichten muss? Als ich Milan direkt frage, wie es sich angefühlt hat, in einer Uniform zu verschwinden, sagt er, er sei dankbar für diesen Augenblick gewesen. Dankbar, nicht er selbst sein zu müssen? Er sagt, ja, das hätte er gar nicht aushalten können, nur das größere Wir habe ihn mit Stolz erfüllt, denn die Männer hätten gemeinsam zurückgeschlagen, sich gegen Slobodan Milošević aufgestellt, zur Wehr gesetzt gegen einen Menschen, der kein Mensch war und der sich selbst als Ayatollah Khomeini Serbiens bezeichnet habe.

Ich bemerke, dass in mir ein Gefühl des Unmuts hochsteigt, weil ich Milan nicht glaube, denn ich kann mir nicht vorstellen, dass Milošević, der sonst keinerlei Einblicke in seine Psyche gewährte, so etwas über sich selbst gesagt hatte. Vielmehr bin ich mir sicher, dass Milans Erinnerung ein Paradebeispiel für ein von den nationalistisch-kroatischen Medien manipuliertes Gedächtnis ist. Aber ich stelle überrascht fest, dass ich mich täusche und Milans Aussage dem entspricht, was auch Louise Branson und Duško Doder in ihrem Buch »Portrait of a Tyrant« beschreiben. Es handelt sich um eine aufschlussreiche Situation zwischen Milošević und seinem Premierminister Milan Panić: In einem der letzten vertrauensvollen Gespräche, das sieben Stunden gedauert haben soll, konfrontierte Panić den serbischen Präsidenten mit einigen schrecklichen Morden, mit aufgeschlitzten Babys, vergewaltigten Frauen und Mädchen in Bosnien, und sagte zu ihm: »Es ist falsch, was Sie in Bosnien machen.« Und: »Wir müssen das auf der Stelle stoppen.« Panić bot sich sogar an, für Milošević einen einigermaßen würdevollen Abgang zu arrangieren, wenn er zum Wohle des serbischen Volkes zurückträte. Daraufhin antwortete ihm Milošević: »Sie verstehen nicht, was ich für Serbien bedeute. Ich bin der Ayatollah Khomeini von Serbien.« Die fehlgeleitete Selbstverliebtheit und der Größenwahn, die aus seinen Worten sprechen, haben Menschen wie der einstige Soldat Milan Anfang der neunziger Jahre als die reine, provokative Aggression empfunden.

Ohne Drogen in den Kampf zu ziehen, sagt Milan, wäre aber gar nicht gegangen. Ob er Angst gehabt habe, frage ich. Er zieht an seiner Zigarette und zuckt mit den Schultern. Die Drogen haben davon abgelenkt. Einige sind aus dem Krieg als Junkies zurückgekehrt und haben sich nie von der Abhängigkeit erholt. Er raucht Kette und schiebt sein Feuerzeug, das Marlboro-Päckchen und den Aschenbecher immer hin und her, als würde er eine neue Ordnung auf dem Tisch herstellen wollen. Er erzählt mir, dass er seit dem Krieg Höhen- und Platzangst in unbedeutenden alltäglichen Situationen hat. Milan sieht auf den Boden und wippt autistisch mit dem Oberkörper, zwischendurch hält er immer wieder die Knie mit seinen Händen fest. Gott habe sie auf der einen Seite als Nation beschützt, auf der anderen Seite, sagt er lächelnd, habe er sie für seinen eigenen Rausch benutzt. Sein Lieblingslied ist merkwürdigerweise »We don't need no education« von Pink Floyds legendärer Platte »The Wall«. »We don't need no thought control«, heißt es in der zweiten Zeile des Liedes. Ich frage ihn, ob nicht der Krieg, an dem er teilgenommen hat, ein Paradebeispiel für Gedankenkontrolle sei. Er sieht auf die Uhr, tritt seine Zigarette aus und bleibt mir die Antwort schuldig. Das war's, sagt er und zwinkert mir zu, Ende der Philosophiestunde, meine Freundin wartet da vorne schon auf mich. So lässt er mich am Hafen mit offenem Mund zurück, verwundert sehe ich ihm nach, er hinkt, geht ganz langsam weg und wird an der Mole von einer langhaarigen Schönheit in mintgrünem Kleid und fuchsiafarbenem Gürtel umarmt. Hand in Hand verschwindet das Paar in den Katakomben des Diokletianspalastes. Milošević und die ethnischen Säuberungen, das Morden, Schlagen und Zurückschlagen scheinen für immer einer anderen Welt anzugehören. Aber sein Hinken wird Milan ein Leben lang daran erinnern, dass er fremden Gedanken Folge geleistet und Demagogen gehorcht hat, die nicht nur die Menschen, sondern auch Gott in Verruf gebracht haben, der für ihre Gewalt und ihren Sadismus herhalten musste. Was sie taten, hatte mehr mit Angst als mit Religion zu tun, die landläufige Annahme, es sei umgekehrt, ist ein Missverständnis mit tragischen Folgen. Der Antisemit ist ein Mensch, der Angst hat, heißt es aufschlussreich bei Sartre. Gilt das nicht für jeden, der, sei es in Gedanken, sei es in der äußeren Welt Krieg gegen andere führt? Die Angst richtet sich in diesem wie in jenem Fall noch immer gegen sich selbst, der Antisemit und der Verängstigte fürchten sich im Sinne von Sartre vor sich selbst, vor dem eigenen Bewusstsein, vor der eigenen Freiheit, vor den eigenen Trieben, vor den eigenen Verantwortlichkeiten, vor der Einsamkeit, vor der Veränderung, vor der Gesellschaft und vor der Welt. Sartre sagt, ein jeder Mensch sei ein Feigling, der sich seine Feigheit nicht eingestehe, ein Mörder, der seine Mordlust verdränge oder zensiere, sie aber nicht zügeln könne, und der nur in der Anonymität der Menge zu töten wage – ein Unzufriedener, der sich nicht aufzulehnen getraue aus Angst vor den Folgen seiner Auflehnung.

Mir fällt bei diesen Worten ein unscheinbarer Mann aus meinem Dorf ein. Er ist schüchtern und lächelt immerfort freundlich. Mit Orden aller Art ist er aus dem Krieg zurückgekehrt, er bekommt eine beachtliche Kriegsrente und wäscht noch heute, im Alter von sechsundvierzig Jahren, auf Anordnung seinem tyrannischen Vater die Füße, wenn dieser wieder Lust verspürt, ihn zu demütigen. Dies geschieht jedes Mal auf dem Hof, damit alle Nachbarn sehen können, wer der Herr im Haus ist. Ein Lavabo wird auf die Erde gestellt, und der Sohn kniet sich gehorsam vor den Vater, säubert mit einem Stück Seife sorgfältig die Zehen-Zwischenräume, während sein Gebieter sich eine Zigarette anzündet oder von seiner Frau eine Tasse Kaffee bringen lässt. Alle Nachbarn, die zu ihren Gärten oder Feldern und über die Straße gehen, können diesen Vorgang beobachten. Der

Vater ist ein im Ort bekannter Alkoholiker, der auch seine anderen beiden Söhne demütigt und vor der Kirche oder dem Wirtshaus in aller Öffentlichkeit mit Ohrfeigen und lautstarken Beleidigungen bloßstellt. Keiner seiner Söhne ist verheiratet, keiner schafft es, ein selbständiges Leben außerhalb des Elternhauses zu führen.

Die Angsterfüllten sind in ländlichen Gegenden häufig dieserart in patriarchalen Verhältnissen schmachbedeckte Menschen, die durch ökonomische Zwänge Gefangene alter Strukturen bleiben, oftmals ihr Leben lang. Sie geben das Erlebte an ihre Kinder weiter, an ihre Frauen, an die Umgebung, in der sie leben. Als sie in den Krieg zogen, schenkte eine Uniform ihnen formal jene Würde, die ihnen in der Trostlosigkeit des eigenen Lebens fehlte und noch immer fehlt, denn sie haben in der Zwischenzeit erkannt, dass man sie im Krieg missbraucht hat. Und in den Familien werden sie auch heute nicht respektiert, weil sie jetzt wegen ihrer Behinderungen oftmals nicht mehr als Arbeitskraft auf dem Hof eingesetzt werden können. Diese verlorene jugoslawische Generation wurde mit leichter Hand zu Soldaten gemacht. Die Uniform entkoppelte sie von ihrem persönlichen Leben und verband sie mit der eigenen Wut, und im Namen einer guten Sache, zu der jeder Krieg früher oder später gemacht wird, konnten sie ihren inneren Schatten ausleben, ohne vor dem Gesetz für das Töten von Menschen belangt zu werden. Das Gesetz war mit dem staatlichen Befehl zur Selbstverteidigung ein Partner des Schattens geworden, das Gewissen in Tiefschlaf versetzt. Die unbändige Wut aber beispielsweise dieser drei Brüder hat sich bis heute nicht von ihrem wahren Gegenstand abgelöst: Es geht noch immer um den unter allen Bedingungen Gehorsam abverlangenden Vater, der sich vor den Augen der Dorfbewohner die Füße waschen lässt, um sich dabei als etwas Besseres zu fühlen. Die ganze Familie lebt wie die meisten ärmeren Familien auf dem Balkan gemeinsam in einem Haus. Eine Flucht vor dem Vater ist in diesen dörflichen Gegenden nur im Alkohol, Selbstmord oder in der totalen Aufgabe des eigenen Selbst – der absoluten Unterwerfung – möglich. So ist der eigene Schatten aus der Innensicht der Betroffenen geradezu notwendigerweise zum »Outcast des Lebens« geworden.

Dieser Outcast ist gut gekleidet, im Außen humorvoll, ein starker Mann mit Muskeln, der weder seine Wunden noch seine Trauer zeigt. Diese Männer vom Balkan weinen nicht. Sie sind in einer seelisch-inneren Zeit gefangen, die sie nicht in eine andere Ebene des Seins entlässt. Sich selbst zu empfinden, das würde zu einem anderen Verhalten führen. Sein Herz zu empfinden, das fällt hier kaum jemandem ein. Dafür sagen die Menschen das Wort im Süden umso öfter, und im Norden ist es geradezu verpönt, es zu verwenden, ich glaube, fast immer aus dem gleichen Grund. Es ist nur in der Poesie erlaubt, mit dem Herzen zu denken. Das führt zu gebrochenen, kühlen Menschen, die sich eine äußere Identität konstruieren und zu Gefangenen rationaler Definitionen werden. Ein Mensch aber, der sich selbst in seiner eigenen Empfindungswelt würdevoll begegnet, wird niemals eine Uniform anziehen, die ihn dazu zwingt, sein inneres Leben aufzugeben. Zumindest muss er so in Zwiesprache mit seinem Gewissen geraten. Die Unterwerfung wird ihm nie ganz und der Gehorsam nur mit innerem Widerstand, mit spürbaren Reibungen möglich sein, denen er sich früher oder später stellen muss.

Was werden die drei Brüder aus meinem kleinen Bergdorf tun, um diesem mentalen Gefüge zu entkommen? Wie viel Freiheit wird ihnen nun in der Demokratie und in Europa möglich sein? So wie Filip und Dubravko kannten auch sie ihr Leben lang nur den Zustand des Gehorsams. Und mein Cousin hat sich am Ende vielleicht sogar nur deshalb das Leben genommen, weil er nicht mehr im inneren Zustand der Gefangenschaft leben konnte. Vielleicht hat er geglaubt, wenigstens im Tod zu sich selbst kommen zu können. Das könnte auch sonst die ungewöhnlich hohe Selbstmordrate nach dem Krieg erklären, für die der Mediterran sonst nicht bekannt war. Jugoslawien war aber, neben seiner multi-ethnischen und multi-religiösen Idee, nicht nur ein Teil der mediterranen Welt. Dieses Land war eine Diktatur, die das Denken seiner Bürger genauso maßregelte, wie der Vater seine drei Söhne mit allen Mitteln zu unterwerfen suchte. Den ältesten Sohn Joško treffe ich am folgenden Tag in Split. Wir trinken Kaffee an der Hafenpromenade. Er erzählt mir, dass keiner von ihnen vor dem Krieg je mit einer Frau geschlafen hat. Ihr ganzes inneres Leben, denke ich, war also durch und durch von Außen manipulierbar, denn sie kannten die Liebe nicht, für die sich ein anderes Leben gelohnt hätte. Es erschreckt mich zu erkennen, dass sie in jeder Hinsicht durch fremden Willen kontrollierbar waren. Keiner der drei Brüder hatte einen eigenen festen Persönlichkeitskern, den er hätte beschützen können. Sie spürten sich selbst nicht und empfanden nicht den eigenen Wert.

Nach dem Kaffee unter den Palmen spazieren Joško und ich zum Stadtrand von Split. Als wir an einem sozialistischen Studentenwohnheim vorbeikommen, erzählt er mir von seiner Sehnsucht nach dem Autofahren, weder er noch seine Brüder hatten je einen Führerschein gemacht. Auch ans Studieren hatte niemand von ihnen Ende der achtziger Jahre gedacht, ihre Mutter brauchte Hilfe auf dem Hof und auf den Feldern. Was kann man hier in der Stadt überhaupt studieren?, fragt er mich. Ich zähle ihm alle möglichen Studienfächer auf, die ihn erstaunen. Das Wasser ist warm wie in einer Badewanne. Wir schwimmen schweigend. Die abklingenden Geräusche der Stadt vermischen sich mit denen des Wassers. In der Ferne sehen wir ein großes weißes Schiff. Ich frage Joško, ob man sich nicht unter einer Palme mit einer Waffe völlig absurd fühle. Er antwortet mit einem Lachen, das ich als Bejahung deute. Seitdem ich auf der Welt bin, kenne ich Joško. Wenn mein Vater ihm nicht Blut gespendet hätte, wäre er als Kind gestorben. In der Bucht von Split werden wir wieder Nachbarn, schwimmend und schweigend lernen wir uns besser kennen als in unserem Dorf. Unter großen Pinien suchen wir uns ein schattiges Plätzchen und trinken in einer Bar einen Espresso.

Nach dem Badeausflug gehen Joško und ich zum Markt von Sankt Domnius, der sich mit seinen bunten Gemüse-, Obst- und Käseständen seit Urzeiten an der östlichen Palastmauer des Diolektiankomplexes entlangzieht, jeden Tag, auch sonntags. Wir kaufen Feigen, Mandeln und Pflaumen, die ich ihm für meine Tante Anastazija ins Dorf mitgeben möchte. Ich bin schon als Kind mit meinem Großvater hierhergekommen, er hat immer Tante Anastazija mitbedacht, die kein Auto hatte und selten in die Stadt kam. Der Markt von Sankt Domnius hat meinen

Blick auf alle Märkte dieser Welt geformt, er ist ein Zeichen geworden. Jedes Mal, wenn ich hier bin, erscheint der Markt mir wie ein großes, sonnenlichtdurchflutetes Versprechen, das ich, ohne es zu wissen, auf meinen Reisen in Umbrien, auf der Insel La Gomera und auf dem Farmer's Market in Madison, Wisconsin, oder Columbus, Ohio, gesucht habe.

Wer aber auf dem Markt freundlich behandelt werden will, darf im Grunde nichts unter einem Kilo verlangen. Joško und ich beobachten zwei Frauen aus Dänemark, die nur drei, vier einzelne Feigen haben wollen, um sie zu probieren, weil sie die frische Frucht nicht kennen. Die Marktfrau sieht sie entsetzt an. Wie gerne würde ich zwischen ihnen vermitteln, da ich beide Seiten gut verstehe, aber mein Nachbar hält mich davon ab. Ich nicke lachend und sehe die Marktfrau an, die mich »dušo moja« – »meine Seele« nennt. Was willst du denn kaufen, fragt sie. Und ich kaufe, mit einem Mal meinen mediterranen Genen ohne Sinn und Verstand Folge leistend, drei Kilo Obst, obwohl ich anderntags weiterreise und nicht weiß, was ich damit tun und wie ich das alles aufessen soll. Ich werde erst Monate später begreifen, dass ich mit diesem Kauf meine Zugehörigkeit zum Ausdruck gebracht habe.

Während ich jetzt diese Zeilen niederschreibe, habe ich noch das Schimpfen der Marktfrau im Ohr, ihre Aufgeregtheit wegen der beiden Däninnen, die vollkommene Ratlosigkeit über Menschen, die sich nur drei, vier Feigen gönnen. Und ich bereue es nun doch, nicht gesagt zu haben, dass die Däninnen vielleicht am gleichen Tag nach Kopenhagen fliegen mussten, nur probieren wollten, wie frische dalmatinische Feigen schmecken (es sind die weltallerbesten!). Sie hätten vielleicht bei einer anderen Gelegenheit ein ganzes pralles dalmatinisches Wunderfeigenkilo gekauft. Die Feigenbäume haben genauso wie die Palmen den Krieg überstanden, ohne Schaden zu nehmen. Joško sieht bereits ungeduldig auf die Uhr, er muss den letzten Bus ins Dorf erwischen, aber bevor wir uns verabschieden und ich weiterreise, will ich mit ihm noch unbedingt in die Marmontstraße, um meiner Tante Anastazija auf dem Fischmarkt Sardellen zu kaufen. Joško ist bereit, sie ihr ins Hinterland mitzunehmen. Wir sehen unzählige Makrelen, Wolfsbarsche, Muscheln und Hummer, hier wird alles verkauft, was in den Untiefen der Adria schwimmt und lebt. Ich kaufe drei große frische Makrelen, ein Kilo Sardellen und Muscheln. Joško hat versprochen, sie als erstes Tante Anastazija auszuhändigen. Wie immer umarmen wir uns nicht einmal zum Abschied. Manchmal dauert es Jahre, bis wir uns wiedersehen. Und wie für alle aus meinem Dorf, fühlt es sich auch für uns so an, als hätten wir den letzten Kaffee am Tag zuvor miteinander getrunken.

Jedes Mal, wenn ich mich, die Marmontstraße hinaufgehend, langsam dem Fischmarkt nähere und die Gespräche der hungrigen Möwen höre, fühle ich, dass ich von hier komme, meine Wurzeln in dieser Landschaft habe und dass die erste Luft, die meine Lunge an einem heißen Augustnachmittag, unter Schatten spendenden gütigen Bäumen, geatmet hat, diese dalmatinische Luft war. Zu ihr gehören auch die mediterranen Winde und weiten Plätze. Was in Italien die Piazza ist, ist hier der *trg*; die Bezeichnung für den Markt aber hat sich noch als *pijaca* – pijatsa erhalten. Bevor ich dieses Mal die Piazzas von Split verlasse, mache ich noch einen kleinen Umweg zum Goldenen Tor der Altstadt. Die fast zehn Meter hohe Skulptur des Grgur Ninski, Gregor von Nin, ist ein in der ganzen Region bekannter Glücksbringer. Man muss ihm nur den großen, seit Urzeiten glattpolierten Zeh streicheln, und jeder Wunsch, heißt es, geht in Erfüllung, vor allem, wenn man gesund und glücklich bleiben möchte. Gibt es denn jemand, der sich das hier nicht wünscht?

11.

Lange bevor der Krieg in meinem Geburtsland begann, kannte ich den Glücksbringer von Split mit dem großen Zeh, Soldaten aber gehörten für mich in Sätze und Bilder aus Geschichtsbüchern. Anfang 1983 hatte ich die Sozialistische Föderative Republik Jugoslawien als neunjähriges Kind verlassen, und nur acht Jahre später brach dort ein Krieg aus. Die vier Wörter der Landesbezeichnung verloren eine nach der anderen beinahe dominoartig ihre Bedeutung, bis die alte Ordnung vollständig zusammenbrach. 1992 gab es die ersten neuen Grenzen. Immer trafen wir auf einen neuen Grenzübergang, etwa wenn wir von Dalmatien aus unsere Verwandten in der Herzegowina oder in Bosnien besuchten. Uniformierte postierten sich dort, wo früher ein Baum, ein Fluss, eine Brücke das Herz erwärmt hatte – Zeichen der Reise und des schönen und sorglosen Unterwegsseins in der Natur waren. Nun nahm ich Abstand von dem, was einst in mir »mein Land« geheißen hatte, und spürte, dass mein Abschied von Jugoslawien ein langer sein und, wie ich heute weiß, über zweiundzwanzig Jahre dauern würde.

Nichts war wie früher, die Menschen wirkten auf mich wie in einen anderen Empfindungsraum versetzt, dabei lebten sie immer noch dort, wo sie schon immer gelebt hatten. Geburten, Hochzeiten, Liebesgeschichten, wohin wurde die Erinnerung an sie nur abgelegt? Sollte es sie nie gegeben haben? Der gute Teil ihrer eigenen Vergangenheit war wie ausgelöscht, sie wollten sich nicht mehr an ihn erinnern. Mich selbst zwangen sie auf diese Weise, genau das zu tun und die hellen Tage in meinem Inneren zu suchen, denn im Außen waren sie nicht mehr da. So kam das vertiefende Erlebnis der inneren Zeit in mein Leben und mit ihr, mit wirksamer Wucht, das Erspüren meiner eigenen äußeren Knotenpunkte. Das alte Land, in dem ich stolze Pionierin war, gab es nicht mehr, aber in mir überlebte trotzdem das visionäre Wir, von dem ich lernte, dass es ein Wert an sich war.

Es machte in der Kindheit einen starken Eindruck auf mich, dass die Erde, auf der wir lebten, nicht käuflich war und uns allen gehörte, was uns von den gierigen Kapitalisten unterschied, die immer noch mehr haben und besitzen wollten. Auch bin ich bis heute dankbar, in einem Land geboren zu sein, in dem ich nicht wie die meisten Menschen eine sich eindimensional auswirkende nationale Identität für selbstverständlich halten musste. Die zu Beginn anspruchsvolle Vision der Föderativen Republik wurde zwar nicht dauerhaft tragbare Wirklichkeit, veränderte jedoch das Denken vieler Menschen. Wie alle anderen hatte aber auch ich erlebt, dass dieses Land des Plurals unschuldige Menschen in Gefängnisse warf, auch von einem Gulag auf einer dalmatinischen Insel war hinter vorgehaltener Hand die Rede. Schulkinder wie der kleine Jerko aus meinem Dorf wurden des Verrats verdächtigt, man fragte ihn ewig aus, weil er in einer kleinen Pause im Frühsommer des Jahres 1982 an die Schultafel geschrieben hatte: »Jeder in diesem Klassenzimmer ist ein Kroate.« Jerko war acht Jahre alt. Er hat nicht gelogen, im Gegenteil, was er an die Tafel schrieb, war die Wahrheit, aber es war verboten, sie auszusprechen. In unserer Schulklasse waren alle Jugoslawen Kroaten, und wir gingen alle mit dem gleichen Eifer an den Vormittagen zum Pioniersunterricht, wie wir an den Nachmittagen zum Kommunionsunterricht und an den Sonn- und Feiertagen in die Kirche gingen.

Ein Mitschüler verriet den kleinen Jerko an den Direktor, und es kamen uniformierte Polizisten ins Dorf, die uns alle mit strengen Blicken vernahmen, wochenlang ging das so, bis schließlich auch Jerkos Vater und Mutter vorgeladen und ausgefragt wurden. Jerko behauptete irgendwann, sein Vater sei auf Dienstreise im Ausland. Aber wir wussten alle, dass er im Gefängnis war.

Ein Kind hat die in die Luft geschriebenen Verbote auf seine Weise gespürt und die als Provokation empfundene Wahrheit an die Tafel geschrieben. Sein Vater, dem verschiedene Verstöße vorgeworfen wurden, wusste sich nicht zu verteidigen. Was er auch vorbrachte, es sprach gegen ihn. Er war sieben Jahre im Gefängnis und trug einen Leberschaden davon, die Folge einer Hepatitis-Erkrankung. Als Kroatien ein selbständiger Staat wurde, war dieser Mann kein Nationalist, vielleicht war er dafür nicht gebrochen genug und darin Vlado Gotovac sehr ähnlich, jenem in Imotski geborenen Dichter und Philosophen, mit dem meine Tante Helena und mein Onkel Marko ihr Leben lang befreundet waren.

Gotovac, der als der kroatische Vaclav Havel gelten darf, wurde mehrmals inhaftiert und erhielt Berufsverbot. Ohne die Hilfe von Heinrich Böll, der ihn und seine Familie auch finanziell unterstützte, hätte dieser Mann in Jugoslawien nicht überleben können. Er war ein mutiger Dissident, der auch in Kerkerhaft seine Gedichte schrieb und so, ohne dass ich es als Kind gemerkt hätte, auch mein Leben mit seinen Gedanken und Gedichten beeinflusste. Mein Onkel Marko erzählte oft voller Bewunderung von ihm, damals hörte ich zum ersten Mal den Namen von Heinrich Böll. Mehrmals bekundete er in schriftlicher Form seine Solidarität mit Gotovac, und mit einigen Zagreber Familien aus dem Freundeskreis des Verbannten legte er Geld zusammen. Es ist kein Wunder, dass ich nach meiner Übersiedlung nach Hessen, als ich noch kein Wort Deutsch verstand, sofort in der kleinen evangelischen Stadtbücherei von Sulzbach am Taunus die Bücher von Heinrich Böll wie nahe Verwandte entdeckte und sie, als Räume voller ungedeuteter Buchstabenträume, beseelt nach Hause trug. Ihre bloße Existenz gab mir das Gefühl, dass diese Sätze, Kommas, Punkte und Fragezeichen auch in mir lebten, und mit großer Entschlossenheit wollte ich an diesem unbekannten Sprachland teilhaben und las die Bücher aus reiner Liebe, ohne einen Hauch von ihrem Inhalt zu verstehen.

Vlado Gotovac, der sich nach seiner Haft um Rat suchend an den großen kroatischen Schriftsteller Miroslav Krleža wandte, erfuhr zwar aufrichtiges Mitgefühl, aber sein Kollege riet ihm, die Wahrheit nicht um jeden Preis erkämpfen zu wollen. Er riet ihm auch zu anderen banalen Dingen, so schreibt es Gotovac, etwa, sich erst einmal zu erholen, sich von den Strapazen der Gefangenschaft auszuruhen, lange zu schlafen und Ferien zu machen. Krleža bot ihm sogar an, für einen Ferienaufenthalt in Opatija (dem Kurort in Istrien, den einst der österreichische Kaiser unter dem Namen Abazzia erbauen ließ) aufzukommen, aber Gotovac lehnte dankend ab. In einem seiner Gedichte heißt es, es sei besser, von Kroatien zu träumen, als es im Denken zu fassen. Die Kommunisten hatten ihn mehrfach verurteilt, und als Kroatien unabhängig war, sah er sich schließlich einem anderen Land gegenüber als jenem, von dem er geträumt hatte. Die Kommunisten hatten sich wenigstens noch um ein fadenscheiniges Gerichtsverfahren bemüht, als sie ihn unschuldig ins Gefängnis warfen. Im neuen Kroatien aber wurde er bei einem öffentlichen Auftritt in Istrien unverblümt von einem Polizisten aus Tudjmans Elitegarde fast zu Tode geprügelt.

Der erste kroatische Präsident, Franjo Tudjman, und Gotovac kannten einander aus dem Gefängnis. Beide Männer hatten die Vision von einem freien Kroatien, sie unterschieden sich aber vollständig voneinander. Tudjmans Hang zur Großmannssucht war unübersehbar, und Gotovac ahnte, was ein Mensch anrichten konnte, der sich selbst als Träger göttlicher Erleuchtung betrachtete und der bedauerte, dass er nicht schon in früheren Epochen die Geschichte Kroatiens gestalten konnte. An diesen beiden Männern zeigen sich mir die dünnen Fäden der Geschichte, und ich frage mich, was für einen Verlauf der Jugoslawien-Konflikt genommen hätte, wenn ein so besonnener Mensch wie Gotovac die Geschicke der Region mitbestimmt hätte. Gotovac durchschaute und kritisierte Tudjman von Anfang an. Der Pomp, mit dem der Präsident seine Person ins Licht setzte, ähnelte jenem Titos in Pose und Habitus.

Ein Zufall ist auch das nicht, denn er war sein General und lernte das Handwerk der Inszenierung wie ein folgsamer Schüler, der am Ende nur sich selbst verherrlichen und den Lehrer auf dem gleichen Gebiet übertrumpfen wollte, auf dem er ihn einst bewundert hatte. Gotovac, der Dichter-Philosoph, kämpfte im Parlament gegen die korrumpierte Wirtschaftspolitik des monomanischen Präsidenten genauso wie gegen die Absicht der Ultranationalen, die Serben in der Verfassung ihrer Rechte zu berauben, so dass die Kroaten über ihnen stünden. Er gründete seine eigene liberale Partei, und als er in ihrem Namen in Istrien auftrat, wurde er während einer Wahlveranstaltung von den besagten Eilite-Polizisten beinahe totgeschlagen. Nur drei Jahre später starb Gotovac. Schon damals verglich man ihn mit Vaclav Havel. Als es ihnen die politischen Verhältnisse erlaubten, trafen die beiden Schicksalsgenossen und Seelenverwandten in den neunziger Jahren im realen Leben aufeinander. Die Parallelen in ihren Biographien, das hat auch der Publizist Rudolf Stamm betont, liegen auf der Hand. »Beide wurden beim Eintreten für die Freiheit der Person bestraft«, heißt es bei ihm, »keiner ließ darob den Mut sinken, und keiner ließ sich von einem System ködern, das er als ungerecht, wirtschaftlich untauglich und unmenschlich empfand. Beide philosophierten über ihre condition humaine, der Tscheche zum Beispiel in den Briefen an Olga, der Kroate in zahllosen Essays, von denen viele erst posthum bekannt wurden, und in den Verteidigungsreden vor Gericht.« Von Letzteren berichtete mir immer mein Onkel Marko. Und jetzt, da ich die Tage meiner Kindheit nach Spuren dieses beachtlichen Humanisten durchforste, entdecke ich in meinem Bücherregal ein Buch mit Essays und

Reden, die Gotovac meinem Onkel gewidmet hatte und die dieser mir, als ich zwanzig Jahre alt war, mit den Worten übergab: »Lies das, die Geschichte der Menschheit hat tausend Keller, aber das Licht kommt immer von einem Einzelnen, und dieser hier, der wird immer mein Freund bleiben.«

Heute weiß ich, dass dieser stolze und nach Freiheit strebende Mann auch mein Freund war, dass sein Leben und Werk auch mir geholfen haben, an jenes Licht im Kopf des Menschen zu glauben, das ihn in seiner wahrhaftigen inneren Sprache – und somit in seiner Verantwortung – einzigartig macht. Auch wenn ich in meiner Jugend die Verteidigungsreden, die Gotovac vor Gericht hielt, nie mit Franz Kafka verbunden habe, weiß ich doch heute zu gut, warum ich »Vor dem Gesetz« und »Der Prozess« nicht nur als innere Vorgänge las, sondern als Spiegelbilder einer Welt, die in Diktaturen Alltag sind.

Wie sehr Gotovac ein geistig bestimmtes Wesen war, zeigen zum Beispiel seine Reden über die Menschenrechte Anfang der neunziger Jahre. Der Mensch, davon war Gotovac überzeugt, kann das Unendliche denken, weil er nicht nur ein Teil von ihm ist, sondern auch seine Begrenzung darstellt. »Im großen Sturm der Zeit, der die Welt umfasst und darin ein kosmisch absoluter Sturm ist, ist der Mensch ein unermessliches Nichts, dem es zeitgleich obliegt, den Sturm zu beschreiben, zu benennen und zu versuchen, ihn mit Sinn zu erfüllen.« Er hat das als Dichter, Denker und Politiker versucht, dem brillante Analysen einer Zeit gelungen sind, die erst jetzt, da sich ganz Europa in einem Wandlungsprozess befindet, in vollem Ausmaß verstanden werden können. »Wir alle haben geglaubt«, sagte er einmal, »dass es vollkommen ausreicht, seine demokratische Stimme zum Ausdruck zu bringen und sich dorthin auf den Weg zu machen, wohin wir gehen wollen: In die Freiheit, nach Europa! Auch in die nationale Freiheit, in die Freiheit eines jeden Einzelnen und nach Europa, als unsere uranfängliche Heimat, der wir schon seit Jahrhunderten angehören.« Gotovac war der geborene Freigeist und einer der Wenigen, die sich gegen die Bezeichnung Tudjmans vom »Heimatländischen Krieg« verwehrte. Er blieb sich treu, auch im kroatischen Parlament, das anfangs von Nationalisten dominiert wurde, und bestand darauf, dass der Krieg die Kroaten um keinen Preis mit dem Gegner moralisch austauschbar machen dürfe. Gotovac war von der Idee durchdrungen, dass aus dem einmal richtig gelebten Geist eine humane, offene und menschenfreundliche Nation entstehen kann, eine Gemeinschaft, die die Freiheit aller meint, aber auch ihre eigene stolz in Anspruch nimmt. Dies sei der kleinlichen Seelen wegen in jenen historischen Momenten der Selbständigkeit nicht möglich gewesen, die nicht dem zündenden Freiheitsfunken, sondern ihren selbstsüchtigen Zielen dienten und Kroatien als ihren eigenen Besitz, als Bedienungsladen ansahen. Konkret sprach er die zwölf Generäle an, die im Krieg Gesetze gebrochen und Tausende Menschen vertrieben hatten. Er zweifelte auch die Legalität des kroatischen Eingreifens durch das Militär in Bosnien an und machte deutlich, dass das kroatische Volk diesen Krieg nie mit seiner demokratischen Stimme befürwortet hat. Wer in jenen Jahren wie er davon sprach, dass die Gesetze der Straße nichts in der Politik zu suchen hätten, war ein Störenfried, ein unerwünschter Zeuge, der anderen durch sein Hinsehen Unannehmlichkeiten bereitete. Die Rolle des mahnenden Zwischenrufers, die er in Jugoslawien hatte, behielt er auch in Kroatien. Zusammen mit fünf anderen kroatischen Intellektuellen schrieb er 1993 einen offenen Brief an Franjo Tudjman. Die Unterzeichner warfen in diesem Brief ihrem Präsidenten vor, mutwillig die Invasion faschistischer Ustascha-Symbole gefördert und Kroatien vor der Weltgemeinschaft in Verruf gebracht zu haben. Er habe zugelassen, dass der Faschismus wieder salonfähig geworden sei, wodurch der größte Feind und Verhinderer der Demokratie nun eine Stimme habe, die eigentlich der Freiheit gehöre. Gotovac hat sein Leben lang den Einzelnen und dessen humane Größe in den Vordergrund seiner philosophischen Überlegungen gestellt. Es überrascht nicht, dass er sich in seiner nachdenklichen Rede über die Menschenrechte auf Rainer Maria Rilke berief, einen deutschsprachigen Dichter, der in einer Weise an die Grenzen seiner Zeit stieß, dass ihm nur noch das Innere als Land seiner Sprache blieb.

»Ein Einzelner zu sein«, schreibt Gotovac, »das heißt auch, fortwährend einem anderen Einzelnen zu begegnen, es ist sehr schwer, jeden Tag sein Augenmerk darauf zu richten, dass der Andere genauso wertvoll ist wie du, und sich jeden Tag zu vergegenwärtigen, dass der Andere genauso wie du im Besitz des Ganzen ist – im Besitz aller Rechte, aller Pflichten – und dass man ihm in dieser Haltung als Einzelnem begegnen muss. Deshalb hat der große Rilke gesagt, dass die Liebe sich nicht daran erkennen lässt, dass sie der andere in Besitz nimmt, sondern daran, dass sie sein Schutz ist.« Die Liebe sei immer das Schutzschild der anderen Existenz, und das sei die Größe, aus der heraus der Mensch wachse. Die Menschenrechte sah er nicht als etwas Abstraktes, sondern als Teil dieser Kostbarkeit. Aber nichts gehört einem allein und nichts für immer. Dies zu wissen heißt einen Weg zu gehen, der in Verbundenheit und Freundschaft mit allem Leben steht. »Die Natur ist Feindin ewiger Besitzungen«, sagt einmal Novalis, und wenn nur ein politisches System die Wahrheit seiner Worte beherzigen würde, dann wäre der Traum vom friedlichen Miteinander aller Völker und Religionen greifbare Wirklichkeit und nicht nur eine Utopie von einem besseren Morgen. »Allen Geschlechtern gehört die Erde; jeder hat Anspruch auf alles«, heißt es weiter bei Novalis, und ich frage mich, ob Vlado Gotovac ihn gelesen hat. Er hätte Novalis auch in der Verortung der Seele recht gegeben: »Der Sitz der Seele ist da, wo sich Innenwelt und Außenwelt berühren. Wo sie sich durchdringen, ist er in jedem Punkt der Durchdringung.« Es ist ein Luxus der Freiheit, über Sätze wie diese nachzudenken oder sich von ihnen denken zu lassen. Dieses Privileg haben die Väter auf Dienstreise, die man unschuldig ins Gefängnis warf, nicht gehabt, die meisten von ihnen wurden psychisch und physisch so geschwächt, sodass sie nach der Haft entweder als Kranke oder als Verrückte nach Hause zurückkehrten und sich nichts mehr vom Leben erhofften.

Vom Scheitern Jugoslawiens können wir, die wir unter dem Banner von Hammer und Sichel aufgewachsen sind, alle etwas lernen. Aber, so schreibt es die aus der Belgrader Oberschicht stammende englische Schriftstellerin Vesna Goldsworthy, das Bild Christi war immer bei uns und will nicht so recht aus unserem Blutkreislauf weichen. Als Genosse Tito starb, sagt sie, hat er uns den Schlüssel zu unserem Schloss zurückgegeben und uns eine Aufgabe hinterlassen: »Ihr könnt euch frei bewegen, doch unter keinen Umständen öffnet die Tür zu dieser kleinen Kammer, was immer ihr für Geräusche von drinnen vernehmt. Seht, dies ist der Schlüssel, und hier ist das Schloss, doch nie, niemals dürft ihr die Tür öffnen.« Tito hat es geschafft, die Bürger Jugoslawiens »Vor dem Gesetz« warten zu lassen, zu dem er sich selbst gemacht hatte. Sein Tod hat uns noch einmal verdeutlicht, dass er ein geschickter Blaubart war, denn das Zimmer, das er uns hinterließ, war voller Blut, das ihm an den Händen klebte. Wir haben ihm und dann auch Tudjman anfangs, im Gehorsam ergeben, Vertrauen geschenkt. Das Zimmer aber musste unbedingt nach seinem Tod geöffnet werden. Von der Dringlichkeit, doch noch ins Dunkle der eigenen Geschichte zu treten, erzählt auf anschauliche Weise das französische Märchen »La barbe bleue« von Charles Perrault, das die Brüder Grimm in ihre Haus- und Kindermärchen aufnahmen.

Aber warum waren Blaubart Tito so viele Menschen gefolgt? Es ist kein Zufall, dass jedem jugoslawischen Kind beigebracht wurde, den Präsidenten wie einen Vater zu lieben. Wer im dauerhaften Zustand der Verschmelzung lebt, stellt keine Fragen, er tritt nicht in verbotene Räume. Wie oft haben wir Sätze skandiert wie diese: »Tito, das sind wir!«, »Tito ist das Volk und das Volk ist Tito!« Dies war es auch, was seine Witwe Jovanka unbewusst zum Ausdruck brachte, als sie sagte, dass bei Titos Begräbnis ganz Jugoslawien zu Grabe getragen worden sei. Wieviel Blaubart steckte aber dann in jedem von uns? Dem Verstehen ist nicht damit geholfen, dass man Blaubart nur an der

Oberfläche verurteilt. Tausende von Menschen hatten im Zweiten Weltkrieg ihr Leben verloren, die Überlebenden waren moralisch auf der sicheren Seite, so sie sich für Titos Partisanen und gegen den Faschismus entschieden hatten und sich umso vehementer für den Sozialismus – als einem menschenfreundlicheren Weltentwurf – einsetzten. Der jugoslawische Kommunismus nahm für sich in Anspruch, auf der Seite der Ethik zu stehen. Wer hätte das in einem Europa nach Auschwitz nicht bejaht?

Diese historische Ausnahmesituation ist vergleichbar mit jenen Erfahrungen, die etwa Christa Wolf am Beispiel der DDR beschrieben hat. Das Gewissen, so sagt sie es einmal, habe sein Zentrum auf ein anderes Gewicht gelegt: auf den Antifaschismus. Die europäische Geschichte des Monströsen und des bis in den Kern Unmenschlichen, die in deutschen Konzentrationslagern ihre schreckliche Verdichtung und ungesehene Zuspitzung erfuhr, hat uns alle in Ost und West, in Nord und Süd enger miteinander verbunden, als wir bis heute fähig sind zu sehen. Menschliches Leid aber ist universal, es gehört keiner Zeit an, keiner politischen Überzeugung, keiner Utopie, keiner Ideologie, auch wenn es von ihnen ausgeht und aus ihnen heraus entsteht. Die jugoslawische Tragödie hat gezeigt, in welchem Maße die Vergangenheit in uns eingefroren ist und wie die Weltkriege in uns allen weiterarbeiten, aller äußeren Sattheit zum Trotz, führen sie zu neuen Kriegen.

12.

Direkt hinter dem Bergmassiv Biokovo, das ich, von Split kommend, schon aus dem Bus sehen kann, liegt das Städtchen Imotski, in dem Vlado Gotovac zur Welt gekommen ist. Der Ort ist in die Flanke eines Berges eingebettet, am Rande eines überaus fruchtbaren Karstbeckens. In römischer Zeit führte die Handelsstraße zwischen Salona und Narona hier durch. Damals war Imotski nur eine kleine Raststation im einstigen Emania. Mit den unterschiedlichen Herrschern und Fürsten, Besatzern und Belagerern ist es gewachsen und hat alle Färbungen der Vergangenheit in Sprache, Küche und Architektur aufgesogen. Auch der Kommunismus hat seine Spuren hinterlassen, vor allem im behäbigen, dem Schicksal ergebenen Denken der Menschen, nicht aber in ihrer Verve und ihrem Humor. Noch vor einigen Jahren war das einzig vorzeigbare Hotel des Ortes eines aus den siebziger Jahren, Fenster und Türen im sozialistischen Blau, die Matratzen rochen nach einem vergangenen Jahrhundert und die Handtücher waren derart löchrig, dass man zwei übereinanderlegen musste, um sich ein wenig abtrocknen zu können. Eine Familie aus dem Ort hat nun ein neues Hotel eröffnet, es trägt den Namen

»Venezia«, eine historische Referenz, die wohl nur zufällig war. Denn als ich die Besitzerin frage, warum man sich für diese Bezeichnung entschieden hat, stellt sich heraus, dass sie überhaupt nichts von der venezianischen Geschichte Dalmatiens weiß. Ihre Familie stammt aus den Weiten der Herzegowina. Ich mag den Klang des Namens, sagt sie. In den Städten und Dörfern des Hinterlandes soll derzeit nichts an den Sozialismus erinnern, keiner will der Nostalgie bezichtigt werden. An welcher Stelle ihrer Erinnerung aber ist dann das eigene Leben der letzten sechzig Jahre abgespeichert?

Vor einiger Zeit ist Titos Witwe Jovanka verstorben. Die Menschen in Imotski haben das fast nicht wahrgenommen. Im ganzen Land haben die in den dörflichen Gegenden der Gespanschaft Split lebenden Dalmatier den Ruf, seit Urzeiten patriotisch und störrisch zu sein. Sie behaupten, nichts mehr mit der kommunistischen Vergangenheit zu tun zu haben, während sie in Wirklichkeit nichts vergessen, schon gar nicht, dass die jugoslawische First Lady märchenhaft schön – wie eine Fee – gekleidet war. Die meisten Jugoslawen konnten von einer Reise nach Triest und einer Levi's-Jeans nur träumen. Die einstige Partisanin und antifaschistische Kämpferin Jovanka wirkte mit ihren eleganten Kleidern auf die Phantasien Tausender jugoslawischer Frauen ein, die ihre weibliche Eleganz mühelos mit ihren Berufen als Soziologinnen, Verkäuferinnen, Fabrikarbeiterinnen, Professorinnen oder Bergbau-Ingenieurinnen vereinbaren konnten. Dass Jerkos Vater in den achtziger Jahren auf Dienstreise und also ins Gefängnis gehen musste, auch daran erinnern sich hier noch alle. Denn jeder hatte einen kleinen Jerko in der eigenen Familie. In

Imotski und in meinem Dorf flüsterten alle Kinder bei solchen Vorfällen miteinander. Man wusste immer, in welchem Dorf oder Städtchen wieder ein Kroate ins Gefängnis musste, weil er sich zu seiner Nationalität bekannte, womit er, ob das der Wahrheit entsprach oder nicht, sofort als Faschist gebrandmarkt war. Es hieß auch eines Tages, dass von Jesus nicht gesprochen werden dürfe. Mein Onkel Marko meinte, wenn ich ihn und meine Tante in Imotski besuchte, der Nazarener sei doch aber der erste Kommunist auf Erden gewesen, der Brüderlichkeit auch tatsächlich praktiziert habe. Das wirkte sich nachhaltig auf meine Lesart der Bibel aus. Ach ja, sagte Onkel Marko, ein sehr guter Redner sei er auch gewesen, ein Dichter eigentlich, nur dass die heutigen Poeten zu keinerlei Feindesliebe fähig seien. Zurück im Dorf wurde ich von der Statue des verlässlichen Heiligen Antonius von Padua begrüßt und traf ausgerechnet vor der Kapelle, vor der ich mich brav verbeugte und bekreuzigte, unseren serbischen Schuldirektor. Man hatte uns eingetrichtert, er dürfe uns Pioniere bloß nicht beim Beten erwischen. Aber er lächelte mich nur an und fragte, kleine Genossin, wann übernimmst du wieder die Aufsicht in der großen Pause? Ich erklärte mich sofort mit dem nächsten Schultag einverstanden. Der Direktor war wortkarg, eigentlich mochte ich ihn, weil er in Imotski eine liebenswürdige Schwester hatte, mit der meine Tante Helena befreundet war. Aber es machte den Direktor nachhaltig unheimlich, dass er Jerkos Vater an den Geheimdienst verraten hatte. Wie erforschte dieser Mann sein Herz? Oder konnte er es gar nicht erforschen, weil er seinen eigenen Geist verraten und sich von einer fremden Idee hatte in Beschlag nehmen lassen? War er nach einem solchen Selbstverrat nun für immer gezwungen, dieser Idee zuzuarbeiten? Ich nehme an, dass er sich stets auf der Seite des Guten wähnte und so seine Taten rechtfertigte. Im Namen des Guten ist viel Böses in der Geschichte der Menschheit gerechtfertigt worden. Es ist ein tragischer Irrtum zu glauben, das Gute sei immer und unter allen Umständen moralisch überlegen.

Die Negative der europäischen Schatten liegen noch immer in den Dunkelkammern unserer Geschichte. Jeder ist auf seine Weise beteiligt und den dunklen Flecken etwa in der eigenen familiären Umgebung ausgeliefert. Wir stellen keine Fragen, weil wir Angst vor unvollkommenen Menschen und vor unserer eigenen Fehlbarkeit haben. Wer aber Fragen stellen kann, ist sich nah, er ist verletzbar und zeigt, dass er bereit für die Eroberung der Lücken im eigenen Inneren ist, bereit auch, die Welt auszuhalten, bevor sie einen neuen Namen hat. In Imotski werden die Lücken kultiviert, die seelischen Abgründe bewusst mit lautstarken nationalen Bekundungen übermalt. Oft habe ich versucht, die Menschen hier zur Vergangenheit zu befragen. Ich habe es längst aufgegeben, da sie nur abwinken, Witze machen und zum Kaffee einladen. Ein Geschichtslehrer war einer der wenigen, die sich auf ein Gespräch einließen. Allerdings vertrat er eine offizielle Linie, redete über die kroatische Geschichte fast so wie einst Tudjman, sodass ein Austausch gar nicht möglich war. Er wollte nur seine »Wahrheiten« verbreiten und einmal mehr das erzählen, was er Tag um Tag seinen Schülern beibrachte – dass das kroatische Volk in seiner langen Geschichte immer nur Opfer äußerer Umstände geworden sei. Die ersten Lehrbücher, die in Kroatien gedruckt wurden, lieferten ihm

Begründungen und Beweise. In der Zwischenzeit sind die historischen Lügen aus den Büchern, aber nicht aus den Köpfen der Menschen entfernt worden. Gerade auf das Geschichtsfach hatte der neue Präsident (und nicht nur er) ein besonderes Augenmerk gerichtet. Das Gleiche wiederholt sich nun in Vukovar. Die serbischen Lehrbücher, die heute in den Schulen benutzt werden, machen für die Zerstörung der Stadt am Anfang des Jugoslawienkrieges fast ausschließlich die Jugoslawische Volksarmee und Slobodan Milošević verantwortlich, von den besonders brutalen serbischen Freischärlern ist nicht die Rede; und je nachdem, ob die serbischen Schüler ein Gymnasium in kroatischer oder serbischer Sprache in Vukovar besuchen, variieren die geschichtlichen Nuancen jeweils in die eine oder andere Richtung. Einige Serben behaupten, mitten in Europa einer Art Apartheid ausgesetzt zu sein und so auf Dauer zu Opfern gemacht zu werden. Es liegt in der Natur des Opfers, dass es glaubt, es sei ausschließlich ihm und nur ihm Unrecht getan worden. Die serbischen Kinder haben keine andere Wahl, als ihren Lehrern Glauben zu schenken, niemand bringt ihnen die grausame Wahrheit bei (wie auch?), dass einige ihrer Landsleute Vukovar zerstört und andere Kinder, Frauen, Männer an Schweine verfüttert und Tausende in serbische Lager verfrachtet haben. (Bis heute werden über 1500 spurlos verschwundene Menschen aus dieser Zeit vermisst.) Und die Lehrer, die es ihnen sagen könnten, haben sich entschieden, die Vergangenheit zu verdrängen. Die Wunden sind auf beiden Seiten noch nicht verheilt. Es leben auch Serben in der Stadt, die man wegen ihrer Nationalität verurteilt, obwohl sie nicht am Krieg teilgenommen haben. Die Streitigkeiten über die Einführung von zweisprachigen Schildern zeigen, wie tief die Gräben sind, wie viel Unverständnis noch auf beiden Seiten herrscht.

Auch meiner Tante Helena aus Imotski fällt es vor diesem Hintergrund schwer, mit mir über die kroatische Verantwortung und Geschichtsaufarbeitung zu sprechen. Wer der Aggressor sei, das sei eindeutig, meint sie, das habe doch die ganze Welt gesehen. Die Zeit der Differenzierungen ist noch nicht gekommen. Immerhin versteht sie mein Anliegen. Wenn man den Menschen hier aber nur lange genug zuhört, mit ihnen lebt, isst und trinkt, dann erzählt sich alles von alleine. Ohnehin ist es im Augenblick noch nicht möglich, in die Tiefe zu gehen oder mit ihnen über die Kriegsverbrechen in ihrer Familie oder die eigene Rolle im Sozialismus zu reden, denn jeder will auf irgendeine Weise Opfer der serbischen Aggression und niemand von ihnen je in der kommunistischen Partei Jugoslawiens gewesen sein. Über die alteingesessenen Serben in Imotski, von denen es immer noch einige gibt, schweigen die Städter sich aus. Will ich mehr über sie erfahren, unterbrechen sie mich, sodass ich bereits denke, dass sie unverbesserlich in ihrer Verbohrtheit, vielleicht sogar in ihrem Hass sind. Aber im Kaffeehaus bedient mich eine Serbin, die offenbar sehr beliebt im Ort ist und die sich nicht einmal bemüht, ihre Herkunft zu verstecken. Sie stamme aus einem Belgrader Vorort, erklärt sie, und sei erst vor kurzem hergezogen. In dieser Widersprüchlichkeit leben die Menschen hier, und wenn sie erst jemanden kennen und mögen, dann spielt es letztlich keine Rolle, woher er kommt. Nur über den Zeitpunkt, in dem Nähe und Freundschaft entstehen, entscheiden sie lieber selbst. Fremde sind ihnen suspekt, zugleich sind sie neugierig auf jeden Reisenden und zeigen stolz ihre beeindruckenden Karst-Seen oder das alte Franziskanerkloster, das kulturhistorische Sammlungen aus illyrischer und römischer Zeit beherbergt. Eine sehr gut erhaltene venezianische Treppe verbindet die hoch aufragende osmanische Festung mit der Altstadt. An den jüngsten Krieg erinnert in dieser zeitlos verschlafenen Stadt nichts mehr. Einer der schönsten Märkte des ganzen dalmatinischen Hinterlandes sorgt in Imotski für buntes Treiben, täglich kommen neue Besucher aus der Umgebung. Wie schon nach dem Zweiten Weltkrieg geht es den Menschen hier um ihr Überleben, niemand hat Zeit über die neunziger Jahre zu sprechen, zumal die Korruption der Nachkriegszeit das alles überragende Thema ist. Es ist ohnehin bekannt, wer sich auf welche Weise bereichert hat. Auch hier, ähnlich wie im Europa der fünfziger Jahre, ist alle Hoffnung darauf gerichtet, einen möglichst ohne viele Fragen auskommenden Menschen zu erschaffen, der arbeitet und das Land von Grund auf neu gestaltet. Die Mitgliedschaft in der Europäischen Union weckt deshalb einerseits vor allem in ländlichen Gegenden utopische Erwartungen, andererseits fühlen sich viele Menschen jetzt schon von Europa kontrolliert und – wie einst in Jugoslawien – von einem über sie wachenden Kollektiv in Beschlag genommen, zu dem sie nicht gehören wollen.

Vielleicht hängt das mit dem unbewussten Wunsch zusammen, mehr Zeit für sich selbst zu gewinnen, auch um über die Vergangenheit und ihre Abgründe in Ruhe nachdenken zu können. Denn, so haben es sie die letzten fünfzig, sechzig Jahre gelehrt, wer den eigenen Schatten fortdrängt, der wird früher oder später von ihm vereinnahmt. Gesellschaften greifen in den entscheidenden Momenten ihrer Entwicklung genauso wie Einzelwesen auf vermeintlich bewährte Muster zurück. So wie Deutschland an den eigenen Verbrechen leidet, die es begangen hat, so leiden die einstigen Republiken Jugoslawiens an den ihren. Das Ideal einer sozialistischen, blockfreien Gemeinschaft konnte den Schatten nicht auslöschen. Tito hat es anfangs ernsthaft versucht, hat dann aber durch seinen Personenkult und sein Festhalten an der Macht alles Vorherige verraten. Und die faschistische Vergangenheit ist nie aufgearbeitet worden, im Gegenteil, es haben sich zusätzlich einige noch immer wirksame Mythen verfestigt. Zum Beispiel kämpften im Hinterland von Split, im Piratenstädchen Omiš und unweit des malerischen Küstenstädtchens Makarska unzählige kroatische Partisanen gegen die Faschisten. Es ist ein politisch gelenkter Mythos, dass ausnahmslos alle Kroaten dem Unabhängigen Staat Kroatien samt seinem faschistischen Führer Ante Pavelić kopflos folgten. Das entspricht nicht der Wahrheit. Allein in meinem Dorf waren die Mehrzahl der Bewohner aktive Antifaschisten, das ist dokumentiert. Aber jener Prozentsatz, der Pavelić und seinem Unrechtsregime diente, reichte seine menschenverachtenden Überzeugungen an die Nachfolgegenerationen weiter. Der Jubel war unter ihnen dementsprechend groß, als Franjo Tudjman der neuen Währung den faschistischen Namen Kuna gab. Allein deshalb ist die Vorstellung einer gemeinsamen europäischen Währung eine geistige Herausforderung für den einen kleinen Prozentsatz der ewig Unbelehrbaren, denen auch ein Graffiti zu verdanken ist, das ich in Split entdeckt habe: »Soll ich etwa als Kroate mein täglich Brot in Euro bezahlen?« Ich könnte zurückfragen: »Und warum muss ich als freier Mensch meinen Kaffee in Kuna bezahlen?«

Oft hatte ich in den letzten Jahren das Gefühl, dass Jugoslawien, welches seine Staatsgründung 1949 mit einem hohen idealistischen Anspruch zelebrierte, genau an diesem Ideal zerbrochen ist. Religion sollte im Vielvölkerstaat keinerlei Rolle spielen, worunter vor allem die bosnischen Muslime litten. Die katholischen Kroaten und die orthodoxen Serben besuchten weiterhin ihre Gotteshäuser und Klöster, viele übten ihre Religion aus, ohne sich um die Regeln des sozialistischen Staates zu kümmern. Hier und dort mag die Ausübung eigener Religiosität geringere persönliche Konsequenzen gehabt haben, aber der Mehrzahl der jugoslawischen Bürger katholischen oder serbisch-orthodoxen Glaubens war das Verbot vollkommen gleichgültig. Die Muslime hingegen galten selbst unter den überzeugten Sozialisten als Ungläubige. Man erzählte sich unter dem Deckmantel des unausrottbar derben und schwarzen Balkanhumors beleidigende Witze über die sogenannten »Türken« und ihren Gott. Der Humor und seine Beziehung zum Unbewussten hat sich in den neunziger Jahren als eine heimtückische Sprache für die meisten jugoslawischen Muslime offenbart. So wie sich das unterbundene spirituelle Leben und dementsprechend die verdrängte talmudische Tradition der Auslegung und Hinterfragung des Seins an dem versteckten Friedhof oberhalb von Split ausdrückte, wurden auch die geistigen Aspekte des bosnischen Islam verdächtigt, durch ihr Anderssein die Gesellschaft zu unterwandern. Dabei kann man mit ganzem Herzen die friedfertige Haltung der Muslime während der gesamten Jugoslawien-Zeit und vor allem auch in den jugoslawischen Kriegen bewundern. Die bosnischen Muslime neigten anfangs nicht zur Logik von Auge um Auge, Zahn um Zahn. Aber auch sie begannen, so schildert es einer der wenigen Srebrenica-Überlebenden Emir Suljagić, einmal in der Enklave zu Opfern gemacht, in ihrem Benehmen mehr und mehr ihren Peinigern zu gleichen. Trotz des versuchten Völkermordes und der ethnischen Auslöschungen hat es weder während des Krieges noch in der Folge von ihrer Seite willkürliche Racheakte gegeben. Dennoch begingen auch sie Kriegsverbrechen, für die sie sich verantworten müssen.

Heute, wenn die Muslime um ihre ermordeten Angehörigen trauern, stellen sie jedes Jahr Tausende leerer Stühle auf, einen roten Stuhl für jeden ihrer Toten. Kaum etwas wirkte in den geistlosen Nachkriegszeiten zivilisierter und erhabener auf mich als diese stille Trauer, durch die bis heute in jedem Juli der Platz sichtbar wird, der einmal einem Menschen gehörte und der nun für immer leer bleiben wird. Was könnte humaner sein als der Verweis auf das Fehlen eines Einzelnen, was nachhaltig sanftmütiger als das Insistieren auf seine Stimme und Individualität, auf den einen Namen, das eine Gesicht?

Wir aber sind noch Teil der Menschenwelt, in der sie fehlen. Wir alle dürfen unseren Platz suchen, und da wir nun einmal leben, müssen wir darauf zählen, dass es ihn für jeden von uns gibt. Wie aber behält man seinen eigenen Ort, wie bleibt man ein Mensch unter Wölfen? Nicht das jugoslawische Ideal war der Denkfehler im System, sondern der grundlegende Fehlschluss, dass dieses Ideal kollektiv durchführbar ist. Nur im Einzelnen wird es zur Möglichkeit. Solange die Vergangenheit in uns spricht und schreibt und denkt, kann kein Ideal verwirklicht werden. Dies auszublenden ist sowohl in einzelnen Beziehungen als auch im Gemeinschaftlichen eine gefährliche Versuchung. Wenn diejenigen, die an die Macht kommen, sich ausschließlich als die Guten sehen, werden sie Schwarz-Weiß-Maler und leben nicht im wahrhaftigen, freiheitlichen Moment. Viele Jahre war es mir ein schmerzliches Rätsel, warum ausgerechnet mein Jugoslawien, das offenste aller sozialistischen Länder, in einer kriegerischen Auseinandersetzung zerbrach, die unzählige Opfer forderte und Entwurzelung, Genozid, Internierungslager, in denen Verbrechen gegen die Menschlichkeit begangen wurden, mit sich brachte. Der Schatten wurde im zivilisierten Europa in jenem tragischen historischen Moment der neunziger Jahren zu einer schwärenden Wunde. Das »Balkangeschwür« war wieder aufgebrochen, so stand es in den Zeitungen während der Jugoslawienkriege, wie 1914, als nach dem Attentat Gavrilo Princips auf den österreichischen Kronprinzen in Sarajevo der 1. Weltkrieg ausbrach, der unsere ganze Welt veränderte.

Ich war achtzehn, als Vukovar zerstört wurde, die Formulierung vom »Balkangeschwür« machte mich damals sehr wütend. Ich begriff, dass die Schuldzuweisung nicht nur absolut und einseitig war, sondern auch ein tiefes Vorurteil in sich barg, einen Ton der Überheblichkeit und Verachtung, der mich an den Sprachgebrauch der Nationalsozialisten erinnerte. Und doch sagte dieses Wort über die gesamte Schwerkraft des Unbewussten etwas Wichtiges aus, und zwar auf Seiten der Bezeichnenden wie auf Seiten der Bezeichneten. Zum einen legt das Wort den Schatten frei und benennt, worum es geht, zum anderen zeigt es, dass der Sprechende (der Unbeschmutzte, Gesunde, klar Denkende), der sich als Teil der zivilisierten Welt sieht, sich selbst dünkelhaft als Besseren, jenseits von Schatten, Schuld und Verantwortung verortet. Die Zivilisation ist mir nie unheimlicher erschienen als im Moment dieser Erkenntnis. »Fürchte deinen Nächsten wie dich selbst.« Dieser Satz des in Slowenien geborenen Schriftstellers und Psychoanalytikers Paul Parin illustriert mir noch immer jenes Unbehagen, das ich seitdem mit der Zivilisation verbinde. Das mitten in Europa belagerte Sarajevo ist eine traurige Referenz dieses bis heute gültigen Unbehagens. Wohl auch deshalb haben die Balkanprojektionen nicht abgenommen. Der wilde Osten bleibt Europas unbewusste Laterna magica, eine gemeinsam bewohnte Kammer in der Nacht, in der all die wilden Wunder, Gelage und Schattenspiele lebendig werden, die der saubere Zivilisierte in seinem Selbstbild nicht duldet. Und gerade das bindet ihn an die dunkle Kammer, von der er sich weit entfernt wähnt. Ein Sehen, das alles ändert, lässt sich aber wie das Alphabet erlernen. Es ist ein inneres Sehen, das hinter den materiellen Bildern liegt, wir können es uns nur selbst beibringen, wenn wir uns und anderen als Fragende begegnen. Wer fragt, hält an nichts fest und ist frei, sich anders zu denken. Das lernte ich ausgerechnet von einem Taubstummen, der einen Apfel auf einer Busfahrt mit mir teilte.

13.

Wo befindet sich Europas mentale Laterna Magica? Manchmal stelle ich mir vor, dass sie in der Stadt Wien liegt, die selbsttätig die Regie für alle unsere Bilder übernimmt. Dort filtern und verteilen sich alle auf den Weg gebrachten Farben und Gedanken und werden als Projektionsbilder unserer persönlichen und historischen Erfahrungen sichtbar. Die Welt vor der Zauberlaterne unterscheidet sich mit einer solchen Vehemenz von der dahinter, dass ich mich jedes Mal fragen muss, wo der Balkan eigentlich anfängt, ob Wien nicht schon das Tor ist, das sich zu meinem (in jeder Hinsicht unberechenbaren) Süden öffnet. Denn schon in Wien wird die Wirklichkeit synästhetischer, teilt sich mir mehrdimensionaler mit, die Farben beginnen kraftvoller zu klingen als anderswo, und auch der Kaffee schmeckt, wie ein Kaffee schmecken soll. Er wird weiter Richtung Küste und Hinterland immer schwärzer, schwarz wie Tinte, und mit seiner Stärke wachsen die Widersprüche, werden wahrer, ja aufrichtiger als alle Eindeutigkeiten, auf die Westeuropa mental so großen Wert legt. Genau dieses saubere Westeuropa, das sich in einem Zustand von Sicherheit und Sattheit seit über fünfzig Jahren befindet, hat Jugoslawien und seine Völker über

Jahrzehnte hinweg sich selbst überlassen. Schließlich hat es Anfang der neunziger Jahre nicht nur eine Vision vom friedlichen Europa, sondern auch seine eigene politische Traumzeit, so schreibt es einmal Peter Sloterdijk, im belagerten Sarajevo zu Grabe getragen. Darauf hat auch Paul Parin hingewiesen, als er schrieb, dass die europäischen Demokratien bereits in den siebziger und achtziger Jahren ihre eigenen demokratischen Prinzipien verletzten, sie wären sonst gezwungen gewesen, gegen die massive Verletzung der Menschenrechte in Jugoslawien zu protestieren und dem Föderativstaat nach dem eklatanten Bruch der Verfassung mit diplomatischen Mitteln zu begegnen: »Abbruch der diplomatischen Beziehungen, Vorschlag an die internationalen Organisationen zum Ausschluss, Anerkennung aller Teilrepubliken, Unterstützung der Option einer Konföderation nach dem Vorbild Europas.« Stattdessen ließen sich nahezu alle damaligen Staatsmänner von Tito auf die istrischen Inseln einladen und dort von ihm und seiner Frau Jovanka bekochen. Sogar Willy Brandt wurde vom Marshall derart benutzt. Konnte Tito böse sein, wenn Menschen guten Willens wie Willy Brandt sich bei ihm wohlfühlten? Meine Mutter hielt das für unmöglich. Als Kind fehlte mir das Gespür für politische Integrität, wie alle Menschen beurteilte ich Politiker im Grunde nach Sympathie. Eine Schulfreundin war sogar eine Zeitlang in den jungen Gaddafi verliebt, der in einem weißen Anzug auf den Brioni-Inseln eintraf und in unserem Titomania ein gern gesehener Gast war, zu dessen Ehren man weiße Rosenblätter ausstreute, bevor man ihn mit allen militärischen Ehren willkommen hieß. Mein Großvater und ich sahen, wenn das Bild nicht wackelte, die elegant gekleideten Gäste im Fernsehen. Die vornehmen Geladenen saßen an festlich gedeckten Tafeln oder unter prachtvollen Palmen, tranken Champagner und aßen Hummer. In den Abendnachrichten wurde berichtet, welch großes Wunder unser Genosse wieder für das Land vollbracht hatte. Als ich 1980 eingeschult wurde, war Tito bereits schwer erkrankt, er starb im gleichen Jahr. Meine Mutter, die in Deutschland arbeitete, rief bei einer Nachbarin an, ließ mich holen und erzählte mir, die ganze Welt weine um unseren Präsidenten. Nach Titos Tod ging für uns der sozialistische Alltag weiter wie bisher. Jeden Morgen standen wir Kinder im Schulflur und schworen ihm und unserem Jugoslawien inbrünstig singend die ewige Treue. Obzwar streng katholisch erzogen und allen Heiligen Gottes blind ergeben, war ich eine überzeugte kleine Sozialistin, die, wie mir die Putzfrau meiner Grundschule später erzählte, nur »für das Leben«, auf keinen Fall für irgendeine Firma arbeiten wollte. Es war offenbar in mir zu einer ganz eigenen Auslegung sowohl des einen als auch des anderen Systems gekommen. Aber es war kein Kommunist, der mir etwas über meine eigenen Widersprüche beibrachte, es war ein Heiliger.

Natürlich hat jedes dalmatinische Dorf einen Schutzheiligen, daran änderte auch der Sozialismus nichts. Mein Dorf ist dem Heiligen Antonius von Padua geweiht, der mir besonders am Herzen lag und von dem es hieß, mit seiner Hilfe finde man alles einmal Verlorene. Da ich glaubte, er könne mich mit Mutter und Vater, mit Bruder und Schwester und mit allen anderen Menschen verbinden, die ich liebte und nach denen ich mich sehnte, betete ich jeden Morgen vor seiner winzigen Kapelle, die wenige Meter vor der Schule lag. Eines Tages empfing mich die Lehrerin am

Schultor, ihr Gesicht war hochrot. Vielleicht hatte der Direktor sie auf mich angesetzt. Nachdem Jerkos Vater ins Gefängnis kam, war ich besorgt, dass die Dorfkommunisten mir verbieten könnten, in die Kirche oder zum Grab meiner Großmutter zu gehen. Als ich die Lehrerin am Schultor erblickte, wusste ich, dass sie mir zusetzen würde. Sonst stand sie nie am Tor, sie sprach mich auch nur selten an. Dafür war ich ihr dankbar, denn sie stand im Ruf, ihre Schüler besonders gern zu quälen, etwa mit einem strikten Toiletten-Verbot, was einige in Verzweiflung entstandene Pfützen in den Klassenzimmerecken und todunglückliche, zutiefst beschämte Schüler zur Folge hatte, zu denen ich, allen Engeln sei Dank, nie gehörte. Was hast du da gerade gemacht?, wollte sie wissen. Sie war wie ein Adler, gleich würde sie mir die Augen aushacken. Stotternd gestand ich, zum Heiligen Antonius von Padua gebetet, oder besser gesagt, und darauf legte ich Wert, mit ihm gesprochen zu haben. Die Lehrerin nahm mir den Schwur ab, das nie wieder zu tun. Ich schwor in dem Gefühl, nun Jesus und Maria und Joseph alle Heiligen zusammen verraten zu haben. Meine Erinnerung an alles weitere in dieser Situation ist wie ausgelöscht, aber die Leute im Dorf erzählen mir, dass die Lehrerin mich vor der Klasse solange ohrfeigte, bis mir die Tränen in den Augen standen, dass ich jedoch nicht aufhörte, jeden Morgen meinen ergebenen, zwar schnell durchgeführten, aber immerhin vollzogenen Knicks vor der Kapelle zu Ehren des Dorfheiligen zu erledigen – eine Lücke in meiner Erinnerung, die mich bis heute beschäftigt und die mir mein tiefes Misstrauen gegenüber kollektiven Vereinnahmungen erklärt.

Unzählige Kinder sind von der gleichen Lehrerin im

Namen der sozialistischen Idee misshandelt worden. Sie benutzte das System, um das zu tun, was sie in jedem anderen Systemen getan hätte: junge, hilflose Menschen zu demütigen. Nach dem Zusammenbruch Jugoslawiens kam es bei ihr zu einer inneren Wandlung, die man nur wundersam nennen konnte, wenn man ihren Sadismus und ihre Lebensgeschichte kannte. Sie wurde nämlich eine tiefgläubige Christin. Als im neugegründeten kroatischen Staat der Religionsunterricht eingeführt wurde, kam es mit einer Plötzlichkeit zu katholischen Bekehrungen, dass die Leute im Dorf nicht aus dem Wundern herauskamen. Heute singt die Lehrerin im Kirchenchor und fordert andere Menschen immerzu auf, den Gottesdienst zu besuchen. Warum? Wem gehorcht diese Frau? Es scheint für sie leichter, sich den nächstbesten Autoritäten zur Verfügung zu stellen, als sich selbst zu sehen. Sie zieht noch immer ein äußeres System ihrem eigenen inneren Leben vor. Seit einiger Zeit wohnt sie in Imotski. Ausgerechnet die serbische Kellnerin erzählt mir im Café, dass die Lehrerin mit meinem ersten Lehrer Amir, einem bosnischen Muslim, befreundet war, ihn hatte ich immer sehr geliebt. Immerhin hatte er mir gleich zwei Alphabete beigebracht, das kyrillische und das lateinische. Ihm ist es zu verdanken, dass ich Schrift und Sprache stets als Erweiterung meines Lebens verstanden und gerne gelernt habe. Auch das war Jugoslawien. In meinem Kopf hat sich Genosse Amir als eines seiner Gesichter abgespeichert; im Krieg geriet er zwangsläufig auf die Seite der Kroaten, kämpfte für sie, und wenn er hungrig war, aß er Schinken wie sie. Er starb bald nach dem Ende des Krieges. Da seine Verwandten aus Sarajevo fast alle umgekommen waren und die Überlebenden kein Geld hatten, ihn in Bosnien begraben zu lassen, wurde er in Dalmatien bestattet. Ein katholischer Priester hat ihn, allen Vorschriften zum Trotz, in sein Familiengrab aufgenommen. Es gibt sie also noch immer, diese selten gewordenen Menschen, die Freundschaften über den Tod hinaus ehren.

In der Schule hatte mein Lehrer viel Humor, vor Unterrichtsbeginn ahmte er manchmal Tito nach und brachte uns alle mit seinen schauspielerischen Fähigkeiten zum Lachen. Im anfangs subtilen, später immer radikaler eingeforderten Gehorsam, den Tito seinen Lehrkräften und den Bürgern Jugoslawiens abverlangte, hatte der Gulag seinen festen Platz neben der Schönheit der Brioni-Inseln, wo unser Übervater die Ferien verbrachte. Im Sommer wurden auch die Fernsehansprachen an die Jugoslawen gesendet, in denen er sich besonders volksnah gab, als Kumpel, der jederzeit ein offenes Ohr für seine Bürger hatte. Titos chamäleonhafte Auftritte gaben ihm die Aura eines ständig für sein Jugoslawien arbeitenden Helden, der sich auf seinen Lorbeeren nicht ausruhte. Diese Sommerszenen waren geschickte Inszenierungen, die Hollywood würdig waren. Tito liebte Filme mit Sophia Loren, Elisabeth Taylor und Richard Burton, die er eindringlich studierte. Viele berühmte Schauspieler zählten (genau wie die Diktatoren Gaddafi und Ceausescu) zu den Ehrengästen in der istrischen Sommerresidenz. Auch diese Bilder wurden – nicht ohne Wirkung – im Fernsehen ausgestrahlt. Eine alleinerziehende Mutter aus unserem winzigen Dörfchen fuhr per Autostop nach Belgrad, um mit unserem umgänglich wirkenden Präsidenten persönlich zu sprechen. Es wird erzählt, dass er während der gesamten Unterredung mit ihr Trauben aß. Sie erklärte dem Staatschef, sie sei durchaus gewillt, die sozialistische Idee anzuerkennen, nur bräuchte sie dafür erst einmal Arbeit, um ihre fünf Kinder zu ernähren. Der große Genosse beschaffte ihr eine Stelle, was im Dorf zu Neid und Missgunst führte. Titos Aura aber uferte in den Erzählungen der Leute ins Mythische aus. Er hatte doch Herz. Er hatte dieser armen Frau geholfen und Mitgefühl gezeigt. Gulag hin oder her, väterliche Dienstreisen hin oder her, mit seinem Großmut hatte er alle überzeugt, und die fünf Kinder, die den Gang nach Belgrad verursacht hatten, bekamen genug zu essen, wenn sie auch nicht in Luxus großgezogen wurden, aber das wurde niemand von uns.

Diese ethischen Ambivalenzen, denen der homo jugoslavicus täglich begegnete, wurden in den neuen Republiken wieder verdrängt. Nun wollen alle schon immer mutige freie Menschen gewesen sein, dabei war das einzige autonome Wesen meines Dorfes, an das ich mich erinnere, Jerko, jenes Kind, das mit unsicherer Schrift etwas an die Tafel geschrieben hatte, das es für die Wahrheit gehalten hatte. Jerko hatte nur vergessen, dass der Schuldirektor kein Kroate war. Gleich zu Beginn des Krieges wurde dieser Mann aus seinem Haus vertrieben. Die Dörfler nutzten den ersten Augenblick, um sich so billig wie radikal sofort an ihm zu rächen. Und als er vor einigen Jahren nach Recht und Gesetz versuchte, sein Haus zu betreten, bedrohte man ihn mit vorgehaltener Waffe und gab ihm zu verstehen, dass zwar die Gesetze für ihn sprechen, er aber nicht mit Paragraphen, sondern mit ihnen leben müsse. Der Mann fuhr wieder nach Belgrad zurück. Allein an diesem Beispiel kann man ablesen, wie stark die verborgenen Kräfte sind, die im Bewusstsein der Menschen selbsttätig walten, wie vielschichtig sie überschrieben worden sind. Es ist nur eine Frage der Zeit, bis sie sich wieder bemerkbar machen. Solange nicht alle Erfahrungsebenen durchdrungen sind, ist keine wirkliche Freiheit möglich. Im ehemaligen Jugoslawien wie in Europa geht es stattdessen wieder nur um die sichtbare und materielle Welt, in der nur das Geld wertvoll ist. Geld ist nicht Leben. »Die Europäer haben vergessen«, so Julia Kristeva, »dass Solidarität nicht nur eine materielle, sondern auch eine spirituelle Seite hat. Kant spricht in seiner ›Kritik der reinen Vernunft‹ vom corpus mysticum, von der unverzichtbaren Vereinigung des Selbst und seiner Schatten mit der übrigen Welt. Die Europäer haben diesen spirituellen Aspekt der Solidarität vernachlässigt, der dennoch zu den fundamentalen Schichten ihrer Kultur gehört. Diese Dimension, die aus unserem griechischen und jüdisch-christlichen Erbe stammt, ist nicht nur ignoriert, sondern auch fetischisiert und in die Archive verbannt worden«. Kristeva sieht in der europäischen Tendenz zur moralischen Empörung eine von Abwehr und Zorn geprägte und jugendlich unreife Reaktion, die keine glaubwürdige Alternative benennt, weil sie keinerlei Interaktion mit dem Anderen vor sieht. Unsere gegenwärtige Zeit zwingt uns gerade dazu, und auch Kroatien wird als Mitglied der Europäischen Gemeinschaft die nun weiter gefasste Identität gestalten und ein vitaler Teil dieses großen Beziehungsraumes werden. Die Ökonomen werden damit nicht zu beeindrucken sein, aber das Bewusstsein für den Frieden im eigenen Inneren wird sich entwickeln, und das ist auf Dauer unendlich viel wertvoller. Denn durch die innere Reife entsteht der notwendige Raum für das freie politische Handeln und Denken. Wenn jeder das Herz als seine Epoche begreift, erhält ein verfeinertes Bewusstsein die Chance, zutage zu treten. Dies ist kein schweigend-sentimentales, sondern ein durch genaue Wahrnehmung an sich selbst durchdrungenes und geordnetes Empfinden, das sein Gegenüber einbezieht und mit ihm spricht. Nur wer seine Vergangenheit kennt, dringt auch zur Vitalität und zur ästhetischen Erfahrung in seiner Gegenwart vor. Schönheit und Liebe können nicht bewiesen und auch nicht verordnet werden, eine individuelle Selbstermächtigung ist ihre Atemgrundlage. Kollektive Ideale hingegen sind den Menschen in Imotski ein für alle Mal suspekt. Bei aller Verzweiflung über ihre Ruppigkeit, kann ich sehr gut verstehen, dass sie keinen Anordnungen mehr Folge leisten möchten. Einst hatten sie mit der sozialistischen Vorzeigefabrik »Pionirka«, die sie noch immer liebevoll »Unsere Pionierin« nennen, der Idee vertraut, dass alle Menschen gleich sind. Anna, eine der Arbeiterinnen, die hier von Beginn einen Nähplatz hatte, führt mich durch die großen Fabrikräume. Die alten Maschinen wirken wie Relikte aus einer längst vergangenen Zeit auf mich. Niemand bestellt mehr Wäsche bei ihnen in Imotski, dabei sei ihre Baumwolle sehr gut und alles werde vor Ort genäht, geprüft, kontrolliert und verschickt. Anna will es nicht in den Kopf gehen, dass europäische Firmen ihre Kleider lieber in Indonesien nähen lassen, statt hier im dalmatinischen Hinterland. Aber kein größeres europäisches Unternehmen kommt auf diese Idee, weil niemand von der Textilfabrik Pionirka gehört hat. Die Menschen vor Ort fühlen sich von Kroatien im Stich gelassen. Sie verteufeln einerseits alles Jugoslawische und beklagen andererseits noch immer den Verlust der Textilfabrik. Treu halten sie dabei an ihrer Widersprüchlichkeit wie an einem Glauben fest, wenn sie, die nie im Sozialismus gelebt haben wollen, dann doch plötzlich die Ära Titos loben, als jeder Arbeiter gewürdigt wurde und abgesichert war. Niemand sei damals arbeitslos gewesen, sagt mir eine andere Schneiderin, die in der Fabrik nur noch Putzarbeiten erledigen darf. Es solle, sagt sie mit einem Lächeln, schließlich nicht alles verkommen. Die Arbeiter seien früher der Stolz der ganzen Region gewesen. In meiner Kindheit gingen an allen Wochentagen Hunderte von Menschen fröhlich durch Imotski oder tummelten sich, lautstark plaudernd, auf dem Marktplatz, sie saßen in Cafés und vor der Fabrik beieinander. Auf meine Frage, was sie den ganzen Tag täten, antwortete man mir, Kind, siehst du denn nicht, das sind unsere Arbeiter, sie machen gerade eine Zigarettenpause.

Vielleicht fehlt es den Menschen in allen einst sozialistischen Ländern an Distanz zum eigenen Leben, sie neigen heute dazu, alten Zeiten immer dann nachzutrauern, wenn sie sich vom Neuen in Stich gelassen fühlen oder, wie in Imotski, wenn weit und breit kein neuer Investor in Sicht ist, der die alte Fabrik kaufen könnte. Eine ganze Weile legten die Städter alle Hoffnungen in einen deutschen Unternehmer. Als er aber absprang, hieß es in ihren Scherzen, gut, dass er die Pionirka nicht gekauft hat, er hat mit hundertprozentiger Sicherheit wie ein Nazi ausgesehen. Sie selbst entwickelten keine eigenen Ideen, sie haben im Sozialismus gelernt, dass sie nur warten müssen, bis ein anderer die Dinge für sie in Gang bringt. Wie es aussieht, warten sie noch immer und träumen, statt zu handeln, lieber vom weitentfernten Paradies namens Australien. Hier im Hinterland kursieren viele Gerüchte, es heißt sogar, man werde in Sydney oder Canberra als Gastarbeiter am Flughafen empfangen, gleich ordentlich versichert und bekomme ein ganzes Jahr lang alle Unterstützung, die man nur brauche, um in dieser Gesellschaft anzukommen, Sprachkurs inklusive. Da es niemand aus Imotski wirklich gewagt hat, auszuwandern, bleiben die Geschichten über das vielversprechende Land verlockend und utopisch. Fast fünfzig Jahre lang haben sie in einer Diktatur gelebt und das ihnen verordnete Denken übernommen, ohne es zu bemerken. Die alte Sprache spukt ihnen noch im Kopf, es ist schwer, die Denkmuster abzuschütteln. Bilder, Sätze, Verbote, Reglements lagern noch immer in der Erinnerung, so wie sich mein Evropa und das ersterlernte V bis heute, noch dreißig Jahre danach, erhalten hat. Weder die Buchstaben noch die Angst kennen die Vergangenheit, sie sind immer nur in der Gegenwartsform da, als Erfahrung und Teil des Jetzt. Darüber spreche ich mit Marija auf einem Spaziergang zum Roten See in Imotski.

Sie ist Französischlehrerin, hat lange in der Nähe von Bordeaux gelebt und ist nach Dalmatien zurückgekehrt, als Kroatien ein selbständiger Staat wurde. Ihre Familie war zu Titos Zeiten ins Exil gegangen. Sie hatte große Hoffnungen auf das neue Land gesetzt. Zwar fand sie Arbeit an einer Schule, aber die Jahre in Frankreich hatten ihren Blick geschärft. Manchmal befürchtet sie, die falsche Entscheidung getroffen zu haben. Zwar seien ihr die Region und der Eigensinn der Menschen vertraut, erklärt sie, aber sie sei nicht mehr von der neuen Nation begeistert wie am Anfang. Im Kommunismus wurde sie politisch verfolgt, im neuen Staat, glaubte sie, werde alles anders, besser, eine größere Freiheit werde möglich. Aber letzten Endes hätte sich auch in diesem System wieder nur eine politische Klasse auf Kosten der Allgemeinheit bereichert.

Der Rote See schimmert geheimnisvoll, wir betrachten ihn von oben. Marija erzählt mir stolz, dass vor einigen Jahren bei einer Tauchexpedition in diesem See ein weit verzweigtes Höhlensystem gefunden wurde, das zu einem anderen See führt. Es rankten sich schon immer viele Mythen um diese besondere Einsturzdoline, die zu den größten der Welt gehört. Sie ist mit Regenwasser gefüllt, genauso wie der Blaue See, auf dessen Grund traditionell ein Fußballspiel ausgetragen wird, wenn die Sommer allzu trocken sind und das Wasser verdunstet. In guten Jahren soll der See bis zu hundert Meter Tiefe haben, aber niemand weiß das genau. Die meisten Kinder aus Imotski lernen hier schwimmen und springen wagemutig von den hohen Felswänden in den See. Ihre Körper sehen aus der Ferne wie Vögel aus. Marija und ich betrachten einige Touristinnen, die mit ihren feinen Schuhen nur langsam den Abstieg zum See bewältigen. Und wir wissen beide, dass das kühle, smaragdfarbene Wasser sie schon bald für ihre Mühen belohnen wird. Obwohl der See nicht weit vom Stadtzentrum entfernt liegt, sind wir mitten in der Natur, zeitlos und leise ist es, wir hören jeden Schritt und jeden Vogel. Das Echo der Schwimmer dringt unwirklich und klar zu uns hinauf. Marija hat sich in Frankreich immer nach diesem See gesehnt und während der Kriegszeit die Familienbesuche besonders schmerzlich vermisst. Doch nach ihrer Rückkehr fragte sie sich, ob das kroatische Volk die gleiche Freiheit meinte wie sie.

Es gibt Situationen in der Geschichte der Menschheit, in denen ein Gefühl von Zugehörigkeit und Daseinsberechtigung durch eine Idee zum Ausdruck kommt, der dann Tausende folgen, etwa, wenn sie sich darüber einig sind, worin die Freiheit in diesem Augenblick für ihre Gesellschaft oder für ihr Volk besteht. Nelson Mandelas Freilassung aus dem Gefängnis hat Südafrika für immer verändert. Noch am gleichen Tag hielt Mandela eine Rede vor hundertzwanzigtausend Menschen und rief öffentlich zur Politik der Versöhnung auf. Jedes Mal, wenn ich mir diese bewegende Szene vorstelle, denke ich an die verpassten Möglichkeiten Jugoslawiens, die besonders durch jene unheilvolle Rede von Slobodan Milošević auf dem Amselfeld markiert sind. Mit einem einzigen Satz machte er Feinde aus Menschen und Völkern, indem er den Serben zurief:»Niemand darf euch schlagen!« Damit suggerierte er, von den katholischen Kroaten, den bosnischen Muslimen und den als minderwertig angesehenen Kosovaren gehe eine Bedrohung aus. Mandela hingegen setzte nicht nur auf Versöhnung, er rief außerdem alle Menschen, die die Apartheid aufgegeben hatten, zur Mitarbeit auf und lud sie ein, ein nichtrassistisches, geeintes und demokratisches Südafrika zu gestalten, mit freien Wahlen und einem Stimmrecht für alle. Die Geschichte der Menschheit liegt in solchen historisch verdichteten Augenblicken immer in den Händen und im Denken Einzelner.»Wer denkt«, heißt es bei Michel Foucault,»ist in aller Kritik nicht wütend.« Das Denken hat die Wut bereits sublimiert. Eine Stimme ohne Denken und Sprache ist nicht möglich. Die Menschen im Hinterland von Dalmatien sind aber noch immer mit ihrer Wut beschäftigt, der Kapitalismus hat ihnen keineswegs das geschenkt, was der Sozialismus ihnen genommen hat. Die idealisierte Leuchtkraft Europas übt in einer Zeit des Stillstands eine große Anziehung auf die Menschen aus. Doch wieder ist es eine Zeit der verwässernden Sprache. Sie manipuliert nicht weniger als die suggestive, einschüchternde der Diktatur. Die Wirkkraft der Sprache haben im ehemaligen Jugoslawien Menschen wie der mutmaßliche Kriegsverbrecher Radovan Karadžić in voller Tragweite erkannt, und sie haben sie für ihre im höchsten Maße destruktiven Zwecke missbraucht. Mit Sätzen, die einer Syntax der Gewalt unterlagen, wurde der Krieg in einem Land vorbereitet, das bis zu diesem Zeitpunkt in seiner Entwicklung unter allen sozialistischen Ländern das offenste war. Man könnte sogar sagen, dass die Demokratie ein unumstößliches Ziel seiner Entwicklung hätte sein können. Was wäre aus Jugoslawien geworden, wenn Menschen wie Vlado Gotovac es gestaltet hätten? Wie sähe es heute aus, wenn eine Schriftstellerin wie die unbestechliche Dubravka Ugrešić ihre Stimme hätte behalten dürfen? Noch immer finden es die meisten Kroaten rechtens, dass diese Frau das Land verlassen musste. Sie galt als Nestbeschmutzerin und wurde in den Abendnachrichten als Hexe bezeichnet.

Das Ergebnis der kriegerischen, manipulierenden Sprache der jugoslawischen Machthaber war unter anderem die jahrelange Belagerung einer mitten in Europa liegenden Stadt namens Sarajevo. Aber die unzähligen Granaten, die auf sie fielen, waren zuallererst Sprachgranaten. Das weiß heute auch Marija, der man bei ihrer Rückkehr aus Frankreich hinter vorgehaltener Hand nahelegte, sich in einem der serbischen Häuser niederzulassen. Sie habe damals sofort gespürt, dass Unrecht zu Recht geworden sei, sie sei aber nicht bereit gewesen, daran teilzuhaben. Die Jahre im Ausland hatten ihr zu mehr Abstand verholfen. Denn sie konnte, obwohl sie ein Teil dieser kleinen Stadtgemeinschaft war, immer auch aus der Distanz auf das Geschehen schauen. Nichts ist so heilsam, sagt sie, wie die Fähigkeit, sich selbst und andere zu betrachten.

Alles entsteht zuerst im Denken, dort ist der Ort, an dem die Welt im Leben eines Menschen beginnt, die er später mit anderen im Außen teilt. Dort ist auch der Platz, an dem er sich selbst begegnet, sich befragt, sich Rechenschaft ablegt. Nur so wird ethische Mündigkeit erlangt, der Mensch beginnt, nach innen zu »hören«, und versteht in der Folge seiner Selbstermächtigung, was wirklich gesagt und was verschleiert wird. Dafür aber braucht der von Innen wachsende Mensch geistige Verbündete, andere Fragende, die ihr Selbst abklopfen. »Wie bin ich dahin geraten, wo ich bin, und was suche ich da, wo ich lebe?«, heißt es einmal bei Imre Kertész. Und er führt an anderer Stelle aus: »Der Mensch wird nicht geboren, um als ausgemustertes Ersatzstück der Geschichte zu verschwinden, sondern um sein Schicksal zu verstehen, seiner Vergänglichkeit ins Auge zu sehen – und jetzt werden Sie einen sehr altmodischen Ausdruck von mir hören – um seine Seele zu retten.« Das in einem höheren Sinne begriffene Heil des Menschen liegt, so betrachtet, außerhalb seiner geschichtlichen Existenz, jedoch nicht in der Vermeidung geschichtlicher Erfahrungen. Wir können in bestimmten historischen Momenten nicht nur Zuschauer sein, wir sind immer auch Betroffene. Diese Erfahrung machen Menschen in Grenzregionen sehr viel öfter als andere, die inmitten gesicherter Verhältnisse leben. Imotski ist ein kleines Kaleidoskop europäischer Geschichte, ein sprechender Spiegel mentaler Möglichkeiten und geistiger Unfähigkeiten. Die Menschen, die hier leben, sind nicht böse, sie sind verängstigt.

Es ist nicht leicht, wenn man alle vierzig, fünfzig Jahre einen neuen Pass bekommt und wieder einem neuen Land angehört. Deshalb bevorzugen viele hier Eindeutigkeiten und bleiben in der Regel auch immer der eigenen Region verbunden. Die meisten von ihnen fahren nur einmal im Leben, manche gar nie ans Meer, das für Fremde aus unzähligen anderen Ländern so verlockend ist. Marija kennt zwei der achtzig bewohnten kroatischen Inseln, die von Imotski gut zu erreichen sind. Sie bringt mich mit dem Auto nach Makarska, mein nächstes Ziel ist die Insel Vis. Schon in Gedanken unterliegt das Leben auf Inseln, die auf ihre Weise eigene Grenzen sind, einem anderen Zeitmaß, nach dem sich Marija besonders im Sommer sehnt. Trotzdem beschreibt sie sich selbst als bescheiden und wunschlos.

In Makarska essen wir noch ein Zitroneneis, dann setze ich mit der Fähre nach Brač über, wo ich mit meiner Tante Mena zum Mittagessen verabredet bin. Am Nachmittag machen wir eine kleine Wanderung nach Bol, zum Dominikanerkloster aus dem 15. Jahrhundert. Seit einigen Jahren werden im Gästehaus Zimmer für spirituelle Reisende angeboten. Wer hierher kommt, sehnt sich nach Ruhe, sagt uns eine Nonne, die uns zum Klostergarten führt. Die Ordensgemeinschaft aus Brüdern und Schwestern gibt es noch. Die Weite des Meeres beruhigt mich, sagt Tante Mena. Das erinnert mich an jene fast Hundertjährige Insulanerin von Vis, der ich vor einigen Jahren begegnete und die das Meer ihr »großes Gegenüber« nannte. Das Blau der Adria, die Möwen und der Anblick eines kleinen Esels entspannten sie mehr als jeder Mensch.

14.

Vis war zu jugoslawischen Zeiten militärisches Sperrgebiet und ist die kroatische Insel, die am weitesten vom Festland entfernt liegt. Schon die lange Überfahrt bringt eine andere Stille in mich. Der Wind arbeitet an mir, das Flirren des Denkens ruht sich etwas aus, und in meinem Kopf wird es leiser. Ich spüre die leuchtende Kraft des Sommers. Und höre mit der Haut dem Wind zu. Er möchte etwas sagen. Wie sammelt man seine Weisheit? Mit den Ohren? Mit der Haut? Wie bei jeder Überfahrt durchflutet mich ein Gefühl tiefer Dankbarkeit, dem Wasser als Betrachtende begegnen zu dürfen und ihm nicht mit meinem Leben ausgesetzt zu sein. Seine grenzenlose Erhabenheit löst wie in der Kindheit eine alte Ehrfurcht in mir aus, erzählt mir von der Größe und Wahrheit der Erde, die das Wasser zusammenhält. Und es sagt, kleine Ameise, die du ein Mensch bist, erschaue die Tiefe der Farben!

Die Insel Vis war lange Zeit unzugänglich für Fremde, erst 1989 wurde sie für Ausländer geöffnet. Die Insulaner hier sind eigensinnig. Und es ist kein Zufall, dass ihr Issa, so der altgriechische Name der Insel, etwas Widerspenstiges hat. Das muss im Zweiten Weltkrieg die deutsche Wehrmacht begriffen haben, denn sie wagte es nie, die Insel anzugreifen. Ähnlich wie auf Korsika, wirkt auch hier die Macchia wie ein sorgfältig geknüpfter grüner Inselteppich. Die Befestigungen, Ruinen, Friedhöfe, sie erzählen von einer ereignisreichen und von Kriegen heimgesuchten Vergangenheit. Ein kleines Renaissance-Palais in der Ortschaft Vis ist seit venezianischen Zeiten übriggeblieben. Im Dialekt der Insulaner haben sich einige venetische Sprachwendungen erhalten und erinnern mich daran, dass die Dalmatiner schon immer zum Studieren nach Italien gingen. Wer sich weiterbilden wollte, machte sich auf den Weg nach Padua, Bologna oder Rom. Dieses Privileg hat die Serenissima dann eingeschränkt, und es war nur erlaubt, in Padua zu studieren. Das mag der Grund dafür sein, dass hier der Heilige Antonius bis heute verehrt wird. Die Beschränkung auf Padua war kein grundsätzlicher Nachteil. Während wissenschaftliche oder ethisch ausgerichtete Werke in lateinischer Sprache, Geschichtliches und Romane hingegen auf Italienisch verfasst wurden, blieb das Kroatische der Poesie vorbehalten. Dafür standen der Bevölkerung drei verschiedene Alphabete zur Verfügung: das lateinische, das glagolitische und das kyrillische. In den Kirchen wurde neben dem Lateinischen auch das Altkirchenslawische oder Kroatische verwendet. Auch wenn in der Kirche des Heiligen Nikolai von Komiža oder dem Franziskanerkloster, das auf den Überbleibseln eines alten Theaters auf der Halbinsel Prirovo erbaut wurde, auf den ersten Blick nichts darauf hinweist, sind die Menschen hier stolz auf ihre Geschichte.

Im alten Kern der Ortschaft Vis können im Sommer Bewohner und Besucher jeden Abend ein Freiluftkino mit Blick aufs Meer besuchen, es ist umringt von prächtigen alten Palmen und immer ausverkauft. In kleinen Restaurants, die in Dalmatien Konoba heißen und in unzähligen Chansons besungen werden, wird frischer Fisch gegrillt, und mein Lieblingsgericht, Tintenfisch mit Mangold und Kartoffeln, bekomme ich überall. Das Gericht macht mich so glücklich, dass ich mir einbilde, die Sonne des Südens im hiesigen Gemüse und die Weisheit des Meeres im Tintenfisch zu schmecken. Das Glück ist folgsam und gehorcht meinen mediterranen Überzeugungen, meine Geschmacksnerven tanzen. Unzählige bunte Boote schaukeln auf dem Wasser, und wenn ich nicht wüsste, dass das Leben der Menschen seit Urzeiten von nichts so sehr wie vom Krieg geprägt war, hielte ich die Insel für das andauernde Paradies auf Erden, für die ideale Verschmelzung von Natur und Kultur. Aber natürlich war Napoleon auch hier, was mich an meine jugendlichen Verirrungen denken lässt, denen ich anheimfiel, weil ich alles an der Dichterin Marina Zwetajewa liebte und so sein (leben) wollte wie sie. Sie war eine große Verehrerin Napoleons. Und völlig geblendet von ihrer Identifikation mit ihm, übernahm ich diese Bewunderung kritiklos; es schien anfangs auch in meinen unreif idealisierenden Ausmalungen tatsächlich einiges für Napoleon zu sprechen. Irgendwo hatte ich aufgeschnappt, dass Tolstoj ihn für einen großen Menschen hielt, so glaubte ich mich auf der sicheren Seite. Dass er ihn aber in »Krieg und Frieden« als einen Menschen ohne Wahrheitsliebe beschreibt, fiel mir vor lauter Lesefieber gar nicht auf. So weit die Ausblendungen. Immerhin hatte Napoleon den Code Civil, das bedeutendste Gesetzeswerk der Neuzeit, eingeführt und damit unsere ganze Welt verändert. Genügte das, um ihn zu bewundern? Die Frage beantwortet sich von selbst. Wie konnte mir diese Blindheit, dieser blinde Fleck unterlaufen? Immerhin, das tröstet ein wenig, hat er nichts auf der Insel Vis zerstört. Doch auch das Erhaltene haben die Menschen noch nicht ins Grundbuch eintragen lassen. Wie überall in Kroatien sind hier riesige Hafenanlagen beim Katasteramt als Wiesen verzeichnet, und dass sich in Vis noch heute Reste von Mauern und Mosaiken aus dem ersten Jahrhundert, vor allem in der gleichnamigen Stadt, befinden, ist jetzt, da Kroatien zur Europäischen Union gehört, nicht nur von mentaler, sondern auch von kultureller Bedeutung. Die Kroaten beginnen, ihr Minderwertigkeitsgefühl zu überwinden. Plötzlich entdecken sie den größeren Raum der Zugehörigkeit jenseits des Opferdenkens. Damit können sie zwar ihre Vergangenheit nicht ändern, aber sie können bereuen, dass sie gedankenlos waren. In den siebziger Jahren errichtete man hier und dort gleich neben altgriechischen Grabstätten Tennisplätze und ähnliches. Die antiken Schätze hinderten die Stadtplaner nicht im Geringsten. Ähnlich wie im Diokletianspalast in Split lassen sich auch hier die historischen Übermalungen Schicht für Schicht herauslesen, die von einem entspannten Umgang mit dem kulturellen Erbe Griechenlands und Roms zeugen. Ich entdecke ein Palimpsest nach dem anderen, vielleicht, weil ich weiß, dass ich selbst eins bin. Mitten im Mediterran, in diesem Klein-Italien, das nicht Italien ist (so umschreibt es Pier Paolo Pasolini), betrete ich in der Stadt Vis eine der schönsten mittelalterlichen Marienkirchen. Im fünfzehnten Jahrhundert schenkte der Renaissancemaler Girolamo da Santacroce dieser Pfarrkirche der Muttergottes von Spilica ein Gemälde. Trotz der überall präsenten Vergangenheit (oder gerade wegen ihr?) verstehen es die Leute von Vis, ganz und gar in der Gegenwart zu leben. In der kühlen Kirche scheint es mir undenkbar, auf Vis einen Menschen zu treffen, der nicht voll und ganz im Jetzt lebt. Oder der von sich sagt, dass die schönsten Momente seines Lebens »ausgerechnet Erinnerungen« sind, wie es bei dem in Zagreb lebenden Romancier Zoran Ferić heißt, der damit etwas Wesentliches in der kroatischen Mentalität und Vergangenheitsanhänglichkeit trifft. Vis hat damit nichts zu tun und gehört auf eine gänzlich andere Mentalitätslandkarte. Davon zeugt auch die Uferpromenade, auf der nur Anwohner Auto fahren dürfen. Die Wolken flimmern manchmal so geheimnisvoll, dass sie den Gemälden großer Maler entstiegen zu sein scheinen. Mühelos kann ich mir in dieser eigensinnigen Inselluft Lichtschiffe und Heilige in Wolkenform vorstellen. Das Meer verbindet die Schönheit der Natur zu etwas dem Wind Verwandtem, das sich als ein Geschenk an die Erde manifestieren konnte und den Menschen hier als Feier des Lebens erscheint. Der Inseldichter Jakša Fiamengo, der in dem Zauberstädtchen Komiža zur Welt gekommen ist, hat die Denkweise der Inselbewohner mit dieser Gedichtzeile auf den Punkt gebracht: »Alle Kriege werden unserem Frieden einen Feiertag schulden.«

Wer hier einmal Johannisbrot und getrocknete Feigen unter Schatten spendenden Bäumen gegessen hat, weiß, dass sie heilig sind, heilig, wie der Lorbeer und das Singen der Palmen, die mir in der sengenden Augusthitze wie Abgesandte umsichtiger Engel vorkommen. Komiža, das von Fiamengo oft besungene Städtchen, sagte der Dichter, könne er nicht wie ein normales Wort aussprechen, denn »man kann nicht leicht aussprechen, was einen selber ausgesprochen hat«.

Diese Verbundenheit der Menschen mit den Orten und der Natur, deren Teil und Sprache sie sind, ist so einzigartig wie der Umstand, dass auf Vis die Mandelbäume schon im Februar blühen. Es scheint mir hier das Selbstverständlichste zu sein, mit dem Blau des Meeres und den Blüten der Bäume sprechen zu können. Eigenartig, dass der Partisan Tito sich ausgerechnet hier in einer Höhle versteckte. Dass er nicht gefasst wurde, lag wohl eher an der Abgelegenheit der Insel als an ihrer Schönheit. So war das Schicksal aller Völker, die später im jugoslawischen Verbund integriert wurden, besiegelt. Man hätte Tito schon zu Lebzeiten für einige seiner späteren Vergehen zur Rechenschaft ziehen müssen, aber die Jugoslawen waren von seinen anfänglichen Heldentaten wie geblendet. Auch liebten sie seinen Stil, fanden, dass er einen guten Geschmack hatte. Es ist daher kein Zufall, dass ihn auch seine Freunde aus Hollywood, für die er gern persönlich kochte, »a communist with style« nannten. Ganz Jugoslawien kochte seine Rezepte nach, ein Zagreber Verlag hat sie vor einigen Jahren sogar als Buch herausgebracht. Es versammelt alle Vor-, Haupt- und Nachspeisen, die der Marshall für Sophia Loren, John F. Kennedy, Nicolae Ceausescu, Willi Brandt, Muammar al-Gaddafi, Walter Ulbricht, Indira Gandhi und viele andere in seiner Sommerresidenz in Istrien auftischte. Nichts zeigt so sehr seine Politik der Mimikry wie die Wahl seiner Gäste. Er hat sie alle getäuscht und für seine Zwecke benutzt, seine Mimik auf den Bildern von damals lässt seine Verstellungskunst erkennen. Ein menschliches Chamäleon, das vor den Augen der ganzen demokratischen Welt einen Gulag wie einen Gastronomiebetrieb unterhielt.

Vis ist, seiner Geschichte als jugoslawische Militärsperrzone und Titos Versteckspiel zum Trotz, durch und durch eine Insel des Friedens. Die Abgeschiedenheit und die große Entfernung zum Festland – man benötigt weniger als vier, fünf Stunden, um die italienische oder die kroatische Küste zu erreichen – hat zu einer besonderen Mentalität und unbestechlichen Menschen geführt. Bis 1989 hatten die Insulaner hier durch die militärische Sperrung nur Nachteile, heute ist genau diese historische Beeinträchtigung ein Vorzug. Die Frühlings- und Herbststille sind besonders dann einnehmend, wenn die Einheimischen unter sich sind und in den kleinen Tavernen bis in die späten Abendstunden ins Gespräch vertieft beieinander sitzen, was sie sich durchaus erlauben können, da sie zu anderen Preisen als die Touristen bewirtet werden.

In Dalmatien ist man überzeugt, dass die Insel Vis ein Ort ist, der nur aus Büchern entstanden sein kann. Ein Mythos besagt, sie sei für Maler und Dichter erschaffen, also für jeden, der bereit ist, hellwach zu träumen und inneres Gewicht abzuwerfen. Einsame Buchten, kleine Sträßlein, die der Vorstellungskraft entsprungen sein könnten, sind märchenhafte Umfassungen der Schönheit. Liebevoll errichtete Weinberge, gelbe und rote Bougainvilleas, dazwischen treu blickende Esel (für die ich eine besondere Schwäche habe), Schafe, Pinien, Kirschen und Narzissen, die das Bild einer noch unschuldigen Natur vervollständigen, stützen jeden neuen Tag den Mythos einer heilen Welt. Zufällig ist das nicht, denn die Einwohner von Vis haben sich einem Ehrenkodex verpflichtet. Sie wollen nicht, dass es hier irgendwann wie auf Mallorca oder Teneriffa aussieht. Deshalb darf nur an bestimmten Plätzen gebaut werden.

Der Insel ist Biševo vorgelagert. Hier soll einst Odysseus gelandet sein, Homer beschrieb das kleine Eiland als »über dem Meer schwebende Insel.« Es heißt, der griechische Gott der Winde, Äolus, habe hier seine Schlösser versteckt. Vis, diese »Wegkreuzung der Welten«, war, ähnlich wie im Zweiten Weltkrieg, in der Zeit der Jugoslawienkriege nie gefährdet. Die wehrpflichtigen Männer wurden dennoch eingezogen. Wie muss damals die zerstörte Stadt Vukovar auf die aus diesem Paradies stammenden Soldaten gewirkt haben? Der Hummer, erzählt Silvia, die ein winzig kleines Fisch-Restaurant betreibt, habe ihr damals überhaupt nicht mehr geschmeckt. Ihre am Wasser aufgestellten Tische hat sie fast zärtlich dekoriert, auf jedem steht eine Vase, in der feinhaarig blühende rosafarbene Mimosen stecken. Sie verströmen einen hauchzarten Duft, der jeden Gedanken an den Krieg verdrängt und in die Gegenwart, zur Gegenwärtigkeit ruft. Silvia sagt, das ist ein Duft fürs Herz, es muss in jeder Lebenslage mit Mimosenblüten massiert werden. Es ist ein Missverständnis, das sie ärgert, wenn die Leute von einer Mimosennatur im negativen Sinne sprechen, es gibt nichts Schöneres als die sanfte Kraft der Mimose, sie ist das Gegenteil von weinerlich. Silvias rosa Mimosen reagieren auf Berührung, es liegt nahe, dass sie etwas mit den Herzen der Menschen machen, aber Silvia ist ebenso überzeugt, dass sich ihre Katze zielgerichtet der Mimose anvertraut, wenn sie Linderung für ihre entzündeten Augen sucht.

Meine Wirtin sagt Sätze, die man an keinem anderen Ort sagen kann, ihre Pflanzen sind Überlebende aus dem Paradies, Botschafter, die noch vieles mitzuteilen haben. Sieh dir nur mal die Blumen an, sagt sie, in jeder steckt eine

kleine Sonne, eigentlich in allem in der Natur, man muss
sich nur die Zeit nehmen, es herauszufinden – es durch
die Stille hindurch zu sehen. Das klingt nach einem Blick,
der über eine Schwelle treten muss, um ein neues Sehen zu
erlernen. »Die Würde der Pflanze ist unantastbar«, sagt
sie verschmitzt lächelnd und erzählt mir von ihren Plänen,
ihren nach New York ausgewanderten Sohn und ihre drei
Enkelkinder zu besuchen. Sie bittet mich in ihren Garten,
und unter ihrer klugen Mimose sitzend fällt mir ein, dass
ich vor einiger Zeit, als ich den Grantapfelbaum im Garten meiner Kindheit sah, die ganze Adam-und-Eva-Ange-
legenheit zum ersten Mal wirklich durchschaute. Es war
nämlich kein einfacher Apfelbaum, der sie das Paradies
gekostet hat, es war in jedem Fall ein Granatapfelbaum.
Denn, das wird mir schlagartig klar, ein anderer als dieser Baum kann gar nicht im Paradies gestanden haben. Ein
schlichter Apfel aus dem Havelland etwa, der wäre schnell
aufgegessen gewesen, da hätte Gott möglicherweise ein
Auge zugedrückt. Vielleicht hielt er selbst gerade eine
Siesta oder aß Apfelstrudel. Aber es dauerte Stunden, einen
Granatapfel zu essen. Selbst wenn das Große Archiv ein
Auge zugedrückt hätte, ein Granatapfel, der konnte nicht
unbemerkt bleiben. Stolz trage ich Silvia meine Theorie
vor, worauf sie mit den Schultern zuckt und sagt, was, das
hast du jetzt erst herausgefunden? Ich nicke, ja, unglaubli-
cherweise habe ich, die ich unter Granatapfelbäumen groß
geworden bin, erst jetzt mein südliches Erbe, die südliche
Luft in Worte gefasst, erst jetzt verstehe ich, was in der
Heiligen Schrift eigentlich zur Abnabelung vom Ganzen
berichtet wird. Einmal mehr kann ich mir auf dieser Reise
nicht vorstellen, dass in diesem von der Natur verwöhnten

und reich beschenkten Land Krieg geherrscht hat und auch die Männer von Vis irgendwo in der umkämpften Krajina und in Städten wie Vukovar an der Front eingesetzt waren.

Vis ist die einzige Insel, fast der einzige mir bekannte Ort, an dem in der Nachkriegszeit keinerlei Heldenverehrung zu spüren war; nirgends hingen die unvermeidlichen Plakate der kroatischen Generäle. Ganz anders in Imotski, das selbst im Tiefschlaf patriotisch war, ich fand dort nicht eine Straßenkreuzung, an der nicht ein General als unerschrockener Held gefeiert wurde. Vielleicht war die Insel Vis, im Schutze der Adria, zu weit entfernt vom Kriegsgeschehen, und die Konstruktion von Feindschaften hat sie in ihrem Paradies, in dem die Feigen- und Mandelbäume weiter wuchsen wie bisher, einfach nicht auf die gleiche Weise betroffen wie etwa die Menschen in Dubrovnik. Die serbischen Aggressoren begegneten der über Jahrhunderte hinweg gewachsenen Kultur und Architektur dieser Stadt mit Gleichgültigkeit und Verachtung, denn alles von Innen Gewachsene war ihnen ein Dorn im Auge. Dubrovnik war einst eine Stadtrepublik, ihre Bewohner hatten eine ganze eigene, elegante Art von Stolz und Würde. Bis zum Frühmittelalter wurde hier nicht Kroatisch, sondern Ragusäisch gesprochen, eine eigenständige romanische Sprache, deren schriftliche Nachweise leider nur spärlich sind. Vieles deutet aber darauf hin, dass die Bürger von Ragusa das Kroatische wie das venezianisch Italienische ablehnten. Die Aggressoren hätten die Stadt, die seit 1979 als Weltkulturerbe unter besonderem Schutz steht, vielleicht gerade ihres Eigensinns wegen am liebsten dem Erdboden gleichgemacht, wie sie es mit Vukovar taten. Für Momente sah es gar so aus, als würden die Träume der Barbaren auch in Dubrovnik ihre Verwirklichung finden. Im November und Dezember 1991 brannte diese einzigartige Stadt im äußersten Süden Kroatiens, die immer für Humanität und Schönheit gestanden hatte, aus dem Hotel Imperial und den Holzbooten der Fischer loderten die Flammen, das Dominikanerkloster wurde fast zerstört, durch die bombardierte Altstadt rannten unschuldige Menschen weinend um ihr Leben. Zuvor hatte die Jugoslawische Volksarmee ein Propaganda-Flugblatt über der Stadt abgeworfen, das die Kroaten als Ustascha und Faschisten bezeichnete. »Bürger von Dubrovnik«, stand dort, »wir sind gezwungen, den vampiristisch auferstandenen Faschismus und Ustaschismus zu liquidieren. Wir möchten das Leben unschuldiger Menschen, ihr Hab und Gut beschützen und für den Erhalt des kulturellen und historischen Erbes einstehen. Helfen Sie uns, den Frieden so schnell wie möglich für Dubrovnik und seine Umgebung wieder möglich zu machen! Widersetzen Sie sich den Ustascha! Arbeiten Sie mit der Jugoslawischen Volksarmee zusammen in einem gemeinsamen Kampf! Retten Sie Dubrovnik!« Unterschrieben war das Flugblatt mit: »Kommando der Operativen Gruppe«. Vor welche Wahl wurden die Menschen hier gestellt?, während die Schriftsteller in den Hauptstädten dieser Welt über Gerechtigkeit nachdachten, dabei vielleicht geröstete Kastanien an ihren feinen Schreibtischen aßen und all das nicht sahen oder die Aufregung übertrieben fanden. Als ich Anfang 2000 eine kurze Zeit in Paris lebte, hörte ich dort sogar von selbsternannten großen Rednern oft, dass Dubrovnik von den Serben gar nicht angegriffen worden sei, dass das nur kroatische Propaganda sei, weil jeder einzelne dort die Serben von Geburt an hasse.

Selbst auf den weit entfernten Inseln, auf Vis und anderswo, haben die Menschen an Dubrovniks Schicksal Anteil genommen. Silvia spricht nicht gerne über Politik, aber als ich Dubrovnik erwähne, füllen sich ihre Augen mit Tränen. Ihre Mutter stammte von der kleinen, unweit von Dubrovnik gelegenen Insel Lokrum. Silvia wischt sich mit der rechten Hand über die Augen. Ich ziehe das Menschsein jeder Nationalität vor, sagt sie lächelnd und zündet sich eine Zigarette an. Sie ist keine Nationalistin, aber als Kroatin fühlt sie sich doch, es ist eben auch ihr Land. Aber unter welcher Flagge sie ihren Hummer zubereitet und ihrem Mann ein Morgenküsschen gibt, ist ihr vollkommen egal. Dieser autonome Raum der Herzlichkeit bewegt mich sehr, bewegt mich innerlich auch in die Tage der Kindheit und Unschuld zurück, in eine Zeit, die immer mit dem Garten meines Großvaters verbunden bleiben wird. Dieser Garten hat mich vieles gelehrt. Allein das stundenlange Betrachten der eifrigen Rosenkäfer hat mich zu einem Menschen gemacht, der von Insekten, Tieren und Bäumen und auch vom Gras das Sehen gelernt hat. Schaut man etwa lange genug einem grünen Rosenkäfer zu, weiß man um die Möglichkeit, dass er irgendwann im Maul einer flinken dalmatinischen Katze landet. Auch wenn es Hunderte, vielleicht sogar Tausende dieser leuchtend grünen Käfer gab, tat mir doch jeder leid, der zu unbekümmert durch die Sommerluft surrte. Einige wurden von der nassen Wäsche angelockt, die ihnen angenehme Kühlung versprach. Dabei wurden die Rosenkäfer unvorsichtig, und die Katzen hatten nur eine Sekunde später ihren lange umlauerten Schmaus im Gaumen. Bis dahin hatte ich ihnen nur ein freundliches Schnurren zugetraut. Was für ein entsetzliches Zurechtgerückt-

werden war das! Unsere hübschen Katzenmäuler waren also
kleine Mordinstrumente, kaltblütige Vollstrecker ihres sie
leitenden Hungers, und sahen nach dem Rosenkäfer-Mas-
saker weich und schön aus wie eh und je. Was lässt sich
im Rückblick nicht alles für das eigene Menschsein daraus
lernen? In solchen Momenten bemerkte ich schon damals
das trügerische Flimmern der Sommerheiterkeit. Im Blick
des Erwachsenen sondiert, erinnert sich alles noch einmal
anders. Ich suche nach diesen kleinen Schwarzen Löchern,
nach Unebenheiten in der Erinnerung, es fallen mir gleich
welche ein, ein Tag etwa, an dem mein Großvater mich aus
unerfindlichen Gründen nicht zur Schule gehen ließ und
meinen Ranzen in die Kredenz wegschloss, in der er sonst
die getrockneten Feigen aufbewahrte, um nicht zu sagen:
versteckte. Ich erzähle Silvia von jenem Tag, an dem ich
am Bild des Heiligen Antonius vorbeigehend begriff, dass
ich zu spät zum Unterricht kommen würde, wenn es mir
nicht gelänge, das Herz meines Großvaters zu erweichen.
Er aber dachte nicht daran, Milde walten zu lassen, sondern
schloss auch noch die Tür zum kleinen Zimmer ab, in dem
die Kredenz stand, so dass ich zwei Schlösser vor mir hatte,
die mich in meinem Menschsein reglementierten. Ich ging
wie alle einsamen Kinder sehr gerne zur Schule. Wütend
rannte ich aus dem Haus, und Großvater wähnte sich schon
in seiner Autorität akzeptiert. Er glaubte, ich würde diese
Maßregelung einfach hinnehmen. Ich aber kam mit der
Axt, mit der sonst das Holz für den Ofen gehackt wurde.
Einmal bat ich ihn noch, um Frieden bemüht, mir meine
Schultasche freiwillig zu geben, und als der Großvater, der
mir schon ein fremder Mensch geworden war, sich nicht
von der Kasten-Ottomane rührte und offenbar seine Siesta

abhalten wollte, schlug ich, so kräftig ich nur konnte, auf die Türe des kleinen Zimmers ein und war bereit, auch die schöne Kredenz entzweizuschlagen. Fortan hieß ich kleiner Napoleon. Niemand wagte es mehr, mir meine Schultasche vorzuenthalten. Aber es war vorbei mit der Innigkeit. Es begann eine Zeit der Zweiheit. Vielleicht rührte auch aus diesem Erlebnis meine nie hinterfragte Liebe zu Napoleon, die später mit der Lektüre von Zwetajewas Gedichten reaktiviert wurde? Schließlich sah ich in der Axt nur eine Möglichkeit, mein Recht einzufordern, denn es war mir ja nach tiefster Überzeugung Unrecht geschehen. Nur war niemand sonst da, dem ich das hätte beweisen können. Welche Ermüdungen daraus für mein Denken entstanden, ist eine andere und viel zu lange Geschichte, als dass ich sie hier erzählen könnte. Die Andeutung sei aber erlaubt, dass diese Anstrengungen im Durchdenken von Recht und Unrecht nicht zuletzt auch zu diesem Buch geführt haben. Die Kerbe in der Tür meines Kindheitshauses zeugte noch jahrelang von meinem kohlhaasschen Willen, und jedes Mal, wenn ich mich in der Familie für friedliche Gespräche und menschenfreundliche Lösungen irgendwelcher balkanisch-dramatischen Konflikte unter Verwandten aussprach, wurde ich mit einem abstrafenden Nicken auf die Sache mit der Axt verwiesen.

Nach dem Vorfall ging ich voller Genugtuung zur Schule, hatte aber über Wochen hinweg einen unendlich geduldigen Feind: Großvaters Schweigen kannte keine Gnade. Ich hatte ihn mit der Unbedingtheit meines Willens beleidigt, und ich war nicht bereit, ihm zuliebe auf meine Freiheit zu verzichten und dort zu verharren, wo das Schicksal mich hingestellt hatte. Und wenn ich es nicht

besser wüsste, würde ich heute behaupten, dass es Jahre gedauert hat, bis er wieder mit mir sprach. Selbst diese Erfahrung der Not verleidete mir aber nicht die Schönheit
des Gartens. Im Gegenteil, er tröstete mich, war mein
Garten Eden am Ende der Welt, weit mehr als ein Stückchen Land – ein unermesslicher Kontinent voller Gefahren, Wunder und Verlockungen. Im Wipfel des Mandelbaumes suchte ich den guten Gott, der mir erlaubte,
barfuß durchs Gras zu gehen. Im Wipfel der Sauerkirsche
knackte es gespenstisch. Besonders nachts vermutete ich
dort den sprichwörtlichen, mit Hörnern ausstaffierten Teufel, einen Wilden, den ich im Alleswisserbuch meiner ab-
wesenden Mutter zu meinem großen Entsetzen tatsächlich
eines Tages erblickte, begleitet von geheimnisvollen Texten
über die Planeten Pluto, Jupiter und Saturn, und die inneren Organe, die ihnen zugeordnet waren. Eine atembe-
raubende Lektüre, nach der ich wieder in den Garten trat
und mich eins und im Geheimnis aller Dinge wähnte. Dies
war eine ungeheure Entdeckung, denn fortan dachte ich
immer an ein in den Sternen hausendes Leben, das uns von
oben leuchtend beschützte (und Teil von uns war, Teil meiner eigenen Hände!). Als dann auch der Vater sich mir als
Verbündeter der Sterne und ihr Mittler zeigte, waren sie
in meiner Vorstellung weit entfernte Verwandte, die mich
persönlich meinten, wenn sie zur Erde funkelten. Die Gärten der Insel Vis, auch jene auf der Nachbarinsel Hvar,
erinnern mich an die flimmernden Sommertage meiner
Kindheit. Über den kleinen Bergdörfern mit ihren von
Lavendel und Erdbeeren verwöhnten Tälern liegt eine besondere Form von Zeitlosigkeit. Alles sähe vielleicht auch
in hundert Jahren noch so aus, wenn sich das Kapital nicht

gierig darauf gestürzt hätte. Mein Dorf hat sich seit Anfang der neunziger Jahre sehr verändert. Fremde interessierten sich plötzlich in der ganzen Gegend für die alten Steinhäuser, die die Dörfler vorher achtlos im Glauben verkommen ließen, sie seien nichts mehr wert. Das Steinhäuschen, in dem mein Vater und seine Brüder zur Welt kamen und in dem auch ich meine ersten Jahre verbrachte, steht immer noch, ein Maulbeerbaum an seiner Seite. In der verlockenden Erdbeerhecke raschelten sich damals die Schlangen ihr Lager zurecht und hielten mich, folgsam wie ich war, immer erfolgreich von den Früchten fern, was mir wieder und gleichsam von alleine die Rolle der Betrachtenden zuwies, eine Rolle, die ich bis heute und auch auf dieser Reise durch meinen ersten Süden (und in meinem eigenen Kopf) einnehme.

Zu den Erdbeeren meiner Kindheit musste und wollte ich aber doch (genau wie zu der Schultasche) unbedingt vordringen. Ich warf Steinchen in die Hecke, um zu sehen, ob sich die glitschigen Bewohnerinnen auf diese Weise von dort vertreiben ließen. Aber sie blieben in ihrem Versteck und teilten mit uns den Anfang des Sommers, die Hundstage und das ganze Leben dazwischen. Die rosa Mimose, deren Schwesterbäume in Silvias Garten auf der Insel Vis stehen und Reisende aus aller Welt beglücken, diese freundliche Mimose stand edel daneben. Auf sie war Verlass. Nichts konnte ihr etwas anhaben, aber wenn die Bora und jene ganz spezifische Musik in den Baumkronen einsetzte, fühlte ich, dass auch die Mimose davon in Mitleidenschaft gezogen wurde, als sei sie nun ein Instrument des Windes geworden. Wie liebte ich diesen trockenen Fallwind! Ich lehnte mich in die Bora wie in eine große Hand, und ließ mich von ihr die Landstraße hinauftragen. Das war ein lehrreich luzider Moment meiner Kindheit, ich vertraute – bedingungslos. Als Kind fühlte ich mich immer mit allem in der Natur verbunden, und der Wind trug fast am meisten dazu bei. Jeder Grashalm war ein Freund, stundenlang lag ich auf der Wiese und suchte nach dem vierblättrigen Glück. Ich weiß nicht, wann ich das erste Mal davon hörte, dass Klee überhaupt Klee ist. Und auch ohne zu wissen, was Glück ist, wollte ich mit ihm verschmelzen.

In Silvias Garten hinter der kleinen Taverne surrt die Luft nur so vor Insekten, genauso wie in den Sommern meiner Kindheit, und wenn ich nicht wüsste, dass ich auf der Insel Vis bin, würde ich jede Herzwette eingehen, an jenen Ort meiner Kindheit zurückgekehrt zu sein, an dem es nichts anderes als das Gesetz der Gottesanbeterinnen, der Schmetterlinge (Tagpfauenaugen! – noch und noch) und der Spinnen gibt. Nichts ändert sich in dieser mediterranen Natur, und die Insekten sprechen noch immer, an besonders schwülen Tagen und im Schlepptau den Südwind bringend, mit Lavendel, Rosmarin und Thymian, die deutlich machen, was Schwere in der Luft bedeutet, denn die Luft, sie hat auch ihre Gewichte. Doch damals wie heute ist im Garten alles dem Leben geweiht, es atmet und gibt auch mir einen Platz. Die Schönheit der Natur erkannte ich in der Kindheit nicht als solche, aber ich ging in ihr auf und fand sie fortan überall auf der Welt, sei es an einem Sommertag in einer S-Bahn-Schneise mitten von Berlin oder hier, auf Vis, wo auch die Pferdefuhrwerke längst verschwunden sind. Noch Ende der siebziger Jahre trabten die schönen schwarzen Pferde unserer Nachbarn an unserem Haus vorbei, und mein Herz klopfte in wildester Aufregung, wenn ich sie erblickte. Damals kannte ich den Krieg nur aus den Erzählungen meines Großvaters, der sich noch im Mai 1945, in den letzten Kriegswochen, geweigert hatte, deutsche Gefangene zu erschießen. Er war stolz darauf, als Koch bei den Partisanen gewesen zu sein, er hat mir immer wieder davon erzählt. Vor einiger Zeit habe ich erfahren, wie aufopfernd er in den Nachkriegsjahren arbeitete, um für seine fünf Söhne (eine Tochter war ihm gestorben) zu sorgen. Alle litten bittersten Hunger, und wenn er von jemandem, bei dem er in einem Nachbardorf arbeitete, gekochtes Essen bekam oder eine Hand voll Mehl, dann rannte er gleich zu seiner Familie und ließ meine Großmutter alles für die Kinder zubereiten. Er selbst lief hungrig zurück zur Arbeit. In diesen Jahren der Not und Armut wurde die Sozialistische Föderative Republik Jugoslawien gegründet, und ich darf annehmen, dass es dem Hunger meines Vaters, meiner drei Onkel und meiner Großmutter vollkommen egal war, unter welcher Flagge sie Not litten. Ihr Hunger hatte keinen Pass.

15.

Die Palmwipfel von Vis musizieren im Wind, der
Scirocco singt in ihnen. In der Bucht liegen kleine Boote,
treues Holz, uralt und von der salzigen Luft umflort.
Einige Männer unterhalten sich unter den Palmen. Sie sehen wie ganz normale Männer aus, sprechen laut, lachen,
ihre Hände reden immer mit. Die Männer tragen kurze
Hosen. Erst bemerke ich gar nicht, dass ihnen etwas fehlt.
Wenn das Licht sich flimmernd auf ihre Prothesen legt,
blitzen sie an der Stelle des fehlenden Beines auf wie ein
Goldschatz. Das Metall glänzt in der Mittagssonne. Gerade noch war die Luft sorgenlos, jetzt spüre ich eine Be-
klemmung in der Brust. Manchmal kommen junge Frauen
vorbei, sie tragen kurze bunte Sommerkleider, und aus den
Bars dringen dalmatinische Chansons hinaus bis auf den
Korso, wo alle promenieren, Verliebte und Unverliebte,
Prothesenträger, Prothesenlose. Ein jüngerer Mann wird
eine ganze Weile von zwei Französinnen beobachtet, und
als er aufsteht, sieht es aus, als würde er zu ihnen gehen
und sie ansprechen. Mir bleibt das Herz fast stehen, er geht
an mir vorbei und dann an ihnen. Sie lächeln ihn an. Haben sie bemerkt, dass ihm ein Bein fehlt, dass er eine Prothese trägt? Es dauert ein, zwei Sekunden, bis das Lächeln

verschwindet und sich ihre Mundwinkel wieder zurückziehen. Die Frauen sehen zu Boden, eine zündet sich hastig eine Zigarette an. Der Mann hat gewusst, was ihn erwartet. Ich habe ihn hier schon ein paar Tage beobachtet. Auf seinem Oberarm trägt er eine Tätowierung, die ich von einem Cousin kenne (jetzt ist es ihm peinlich, dass er »so naiv« war). JNA – »Jugoslavenska Narodna Armija«, Jugoslawische Volksarmee, dazu ein Anker. Der Mann war wie mein Cousin Matrose und hatte wohl nicht den Hauch einer Ahnung, dass er eines Tages gegen die Armee, der er im Vielvölkerstaat beigetreten war, würde kämpfen müssen.

In der Stadt Vis ist das Augustlicht besonders hell. Als hätte es jemand mit einem Kristall in die Luft geritzt, scheint es gleichsam vereinzelt auf den Dingen zu liegen. Die Prothesen sind Lichtfänger. Dem Licht ist es egal, welche Bedeutung Prothesen für die Opfer haben. Wir Menschen können das Licht nicht fangen, wir können ihm nicht folgen. Es ist nicht möglich, es festzuhalten. Wir können es nur sehen. Wie in allen heißen Ländern ordnet die Siesta auch hier in den Sommern den Tagesablauf. Auf den Prothesen jener Männer, die keine Siesta halten, findet das Licht seine neuerliche Verankerung. Für Augenblicke sehen ihre Gehhilfen wie etwas von einem anderen Planeten aus, etwas, das auf unserer Erde vergessen wurde, fremde Materie. Das Licht blitzt bei jeder Bewegung der Männer auf, kommt dem Auge in Brechungen und Partikeln so nah, dass ich glaube, es mit der Hand berühren zu können. Aber es ist nicht zu fassen, nur der Moment, in dem es auf Materie trifft, ist überhaupt erinnerbar. Wo Licht aufkommt, ist Gegenwart. Es gibt kein Chaos, nur die Ordnung in der Tiefe des Augenblicks.

Die Männer haben nach der Siesta-Stunde alle nur ein Ziel, sie strömen in die Bars und bestellen Espresso, den sie unter Palmen trinken. Er scheint sie zu neuem Leben zu erwecken. Was wäre hier, an der Stelle, an der wir alle gehen und denken, wenn es sie, wenn es uns nicht gäbe? Hat man das Recht, sich die Erde ohne den Menschen vorzustellen? Ist es überhaupt möglich? Nein – aber wo beginnt ein Mensch und wo endet er? Vielleicht ist sein natürlicher Zustand seit jeher das Dazwischen und nur unsere festgezurrten Beheimatungen halten uns davon ab, das Bodenlose als unser eigentliches Fundament zu denken. (Und ist der Planet Erde nicht ein Luftwesen? Und immer schon im Himmel!) Auf der Insel Vis spüre ich, dass sich dieses Dazwischen für mich im Innen befindet, dass ich selbst dadurch ungebunden und frei bin, verwurzelt in den Synergien der Gleichzeitigkeit, verwandt mit der Luft und den Verwandlungen des Lebens. Sie sind mein weißer Frieden, mein Kern, den niemand sich aneignen, den niemand erobern, den niemand töten kann. Im Kern des Kerns ist mein Leben. Ich brauche keine Heimat, weil ich ein Selbst habe.

Die verlorene jugoslawische Generation, die im Krieg geopfert wurde, hatte keine Zeit, sich im Inneren zu finden. Der seelische Raum war ihr auf tragische Weise ein Fremdwort geworden. Keiner jener jungen Männer hat damals gelernt, die eigene Autonomie zu empfinden oder zu festigen, und die Frauen haben das System aus Gewalt und Opfer mitgetragen. Sie hatten nichts als ihre sozialistische Kindheit und Jugend, gerade erst hatten sie begonnen, das Leben, den Eros, die eigenen Füße zu spüren. Und als sie wie alle jungen Menschen anfingen, ihre ersten Liebesgeschichten zu leben und an Universitäten zu studieren, war das, was sie ihre Geschichte nannten, nur noch eine Soldatengeschichte. Sie lernten, mit Waffen umzugehen, sie erkundeten Schlachtfelder, hörten wahre und propagandistische Erzählungen über Menschen, die mit Totenköpfen Fußball spielten und Kindern Bäuche aufschlitzten und ihre Gehirne grillten. Wer von ihnen hat nach dem Krieg Zeit gehabt, all das zu verarbeiten, Zeit, um in Ruhe die Sprache der Gewalt zu verstehen oder einfach nur im Einklang mit sich selbst alt zu werden? Diese Zeit wurde ihnen gestohlen. Mit dreißig sahen sie, zahnlos und drogenabhängig, auf erschreckende Weise wie Siebzigjährige aus. Wenn ich nach dem Krieg auf dem Balkan zu Besuch war, ging mir oft durch den Kopf, dass Menschen, die einem fremden Willen dienen, schneller und unheimlicher altern als andere. Ein deutlich sichtbarer Grauton liegt auf ihrer Haut. Der Tod hat sie erkennbarer als andere markiert. »Aber man wird nicht freiwillig zum Wolf unter Wölfen«, heißt es einmal bei Anna Maria Jokl. Jede Geschichte hat eine Vorgeschichte.

Ich betrachte die Menschen, die sich in den kleinen Gassen von Vis begegnen. Ob auch ortsansässige Serben unter ihnen sind? Als ich mir vor einiger Zeit ein Haus auf einer anderen dalmatinischen Insel ansah, das zum Verkauf angeboten wurde und seit Jahren unbewohnt war, fand ich dort eine Menge Bücher in kyrillischer Schrift, darunter einiges von Dostojewski und Nabokov. Auch zersprungene Schallplatten lagen auf dem Boden. Die junge Maklerin konnte das nicht lesen, bemerkte aber, dass ich mich dafür interessierte, und begann von Mehrkulturalität zu sprechen. Da ich nicht darauf einging, fragte sie schließlich, was auf der einen Single stehe. Bach und Mozart, antwortete ich, und sie schaute mich ganz verwundert an, als sei es eine Überraschung, dass Serben klassische Musik hören. Ich dachte an meinen Lehrer Amir und war dankbar für alles, was er mir beigebracht hatte. Trotz der warmen Sommerluft fröstelte mich. Wurden die Serben hier ebenso aus ihren Häusern gejagt wie auf der anderen Insel? Niemand will darüber sprechen. Auch Silvia zuckt nur mit den Achseln. Es scheint, als hätte jeder seinen eigenen blinden Fleck. Das Spiel des Lichtes kümmert sich nicht um die Vergangenheit, es hat etwas Tröstendes im Gleichbleibenden. Es kann aber aus den Prothesen der Männer keine Knie und Beine, keine Waden und Fersen zaubern. Sie bleiben befremdend, gerade vor dem Hintergrund der kleinen Steingassen, die über Jahrhunderte das Stadtbild von Vis bestimmt haben, erscheinen die verstümmelten Männer mir so unwirklich. Grüne Fensterläden, Türgriffe aus Holz, auf- und absteigende schneeweiße Treppen, Kirchenrosetten und der Flügel einer groß gewachsenen Möwe sorgen für eine andere Art Schatten. Und für die unaufdringliche Schönheit der vom Wetter bearbeiteten Materie. Unter prachtvollen Pinien entdecke ich alte Kanonen, aus denen Geranien wachsen, leuchtend rote Blüten, die meinen Blick zuerst anzogen. Die Blumen gewinnen immer, sagt Silvia, wenn die Sieger gehen, wachsen sie einfach weiter. Auf dem heißen Korso spazieren langhaarige Italienerinnen, sie tragen nur Leinenshorts und ein Bikinioberteil, und schlendern langsam zu ihren teuren Motorbooten, die hier massenweise schaukelnd im Hafen liegen und auf denen nachts getanzt und gesungen wird. *Ti voglio tanto bene*, immerzu,

Abend für Abend gehört Gianna Nannini. *Mi canterò per te. E con gli occhi degli angeli.* Ich stelle mir vor, dass wir alle an die Archive des Glücks und der Luft angebunden sind, mit der Gegenwart gleichermaßen wie mit der Vergangenheit, auch mit jenen Zeiten, in denen Vis einer der wichtigsten strategischen Adria-Orte war. Außer der deutschen Wehrmacht waren alle hier, alle wollten die Insel für sich beanspruchen. Eine Schlacht nach der anderen wurde geschlagen und überall erinnern Denkmäler daran. Seit der griechischen Besiedlung der Insel verging kaum eine weltgeschichtlich turbulente Phase, ohne dass Vis davon in Mitleidenschaft gezogen worden wäre. Titos Partisanenzeit in einer Höhle ist der letzte Höhepunkt militärischer Abenteuer auf Vis.

Auf der Suche nach der Höhle, in der sich Tito mit seinen Männern lange versteckt hielt, gerate ich auf eine kleine, dem Wind ausgesetzte Anhöhe, die noch immer mit Stacheldraht eingezäunt ist. Bewaffnete Uniformierte stehen mit einem Mal vor mir, aus dem Nichts heraus sind sie da, und als sie meine Kamera sehen, herrschen sie mich an, dass hier Fotografieren verboten sei, und mir fällt sofort das Jahr 1988 in Prag ein, als man mir in einer Bank gewaltsam meinen Fotoapparat entwendete, weil ich einen alten Paternoster-Aufzug fotografiert hatte. Diese Uniformen hier führen mich nicht ab wie jene damals, sie haben sich lediglich aus dem Nichts heraus in meiner Welt manifestiert und fordern mich auf zu gehen. Dort, wo eben noch der blaue Himmel war, sind nun diese Uniformen, sie halten Schilder, Mitteilungen, die ich im Gegenlicht kaum erkennen kann. »Stop!« »Betreten verboten.« Schilder wie Waffen. Der Wind braust auf und Wolken ziehen, weißen

Schafen gleich, am Himmel dahin, weil das ihr Denken ist. Die Uniformen können es ihnen nicht verbieten, Wolken kümmern sich nicht um Verbote. Ich drehe mich um und gehe langsam den Hügel hinunter, weg von den Uniformen, ich gehe, ohne mich umzudrehen. Anderntags versuche ich, einige der beinlosen Männer zu befragen. Ohne Umschweife will ich wissen, wann sie ihre Beine verloren haben. Anstelle einer Antwort erläutern sie mir alle technischen Details ihrer Prothesen. Jeder von ihnen weiß, wie viel die Prothesen der anderen gekostet haben. Einer murmelt etwas von Schicksal und Vaterland und sieht dabei auf den Boden.

Einige der Männer bringen ihre Kinder an die Promenade mit, sie spielen manchmal Boccia, und aus dem Café von gegenüber singt die gebürtige Dubrovnikerin Tereza Kesovija *Nono, moj nono*. Sie tritt wieder vor Publikum auf. Eine Zeitlang hat sie das unterlassen. Ihr Haus in Dubrovnik wurde im Krieg zerstört und geplündert, von Serben, die sie persönlich kannte und die sie in jeder Hinsicht enttäuschten. Dennoch gibt sie seit einigen Jahren wieder Konzerte in Belgrad und anderen Städten Serbiens. Das ganze Land liebt diese gleichermaßen anmutige wie kraftvolle Diva, die Menschen liegen ihr zwischen Ljubljana, Zagreb und Belgrad zu Füßen und singen in ausverkauften Sälen ihre Lieder mit. Die Kroaten hingegen legten ihr die Konzerte in Serbien zu Beginn als Treuebruch aus. In der Zwischenzeit murrt darüber niemand mehr. Tereza hat mit ihrem Gesang und ihrer einzigartigen Stimme mehr für die Verständigung und für den Frieden zwischen den Völkern getan, als es je ein Politiker vermocht hat. Die Menschen lieben sie überall und nennen sie versöhnlich *naša Tereza* – unsere Tereza.

Jeder weiß, dass sie Kroatin ist, aber niemand hält es mehr für nötig, darauf hinzuweisen. Manchmal singen auch die Kinder der Kriegsversehrten Terezas Lieder und klammern sich an den Prothesen ihrer Väter fest. Knieprothesen, erfahre ich später von einem der Männer, unterscheidet man nach ihrem Koppelungsgrad. »Je mehr das natürliche Gehen eingeschränkt ist und von der Knieprothese übernommen werden muss, desto höher fällt ihr Koppelungsgrad aus«, sagt er lächelnd, als würde er mir eine Sufiweisheit verraten. Es gibt also eine ganze Welt von Prothesen, mit Namen, die nach weitentfernten Sternen klingen. Bikondyläre Primärprothese. Posterior stabilisierte Prothese. Achsgeführte Rotationsprothese. Wie sehr man sie darauf trainiert hat, in dem anderen das Böse zu sehen, wird mir nach diesem Gespräch erst richtig klar. Die Konstruktion des Feindes ist die größte ideologische Täuschung, der sie zum Opfer gefallen sind, bevor sie ihre Körper zur Verfügung stellten und für immer verstümmelt wurden. Liegt nicht ausnahmslos jedem Krieg diese Manipulation, diese schlimme Täuschung und Konstruktion eines Feindes zugrunde? Die Männer beginnen erst heute zu ahnen, dass sie eingewilligt haben, Teil einer großen Gedankenmaschinerie zu werden, die sie ihrer Gefühle, ihrer Familien und am Ende, in dieser schreckverdichteten Konsequenz, ihrer Beine beraubte. Sie sagen das nicht direkt. Aber die Nebensätze verraten ihre Enttäuschung. Einer von ihnen sagt: *Ja sam razočaran.* Ich bin enttäuscht. Das Wort *čar* bedeutet *Zauber, Magie.* Ich bin entzaubert – das ist die wörtliche Übersetzung. Am Ende des Zaubers liegt nun der Anfang seines eigenen Denkens, der Beginn eines neuen Lebens, in ihm: die eigene Empfindungswelt. Bereust du es, dass du im Krieg warst?, frage ich. »Reue ist kein Ausdruck dafür, wie sehr ich mich als Ochse fühle.« Er würde alles anders machen, alles, sagt er, nach New York würde er gehen, nach Los Angeles, nach Saudi-Arabien, egal wohin. Die anderen schweigen. Die großen Palmen spenden uns satten Schatten, und ich spüre die Frage, die in der Luft liegt, ob es nicht besser gewesen wäre, diesen Palmen zu glauben als einem Präsidenten und selbstsüchtigen General. Merkwürdigerweise hielten sie Franjo Tudjman für einen guten Redner, dabei waren seine Ansprachen ohne irgendeine rhetorische Gewandtheit.

Menschen, die selbst nie in ihrem eigenen Leben zu einer eigenen Sprache finden, sind durch die Reden der Mächtigen leicht verführbar, und wenn sie sich in ihren Dienst begeben, haben sie auch Teil an seiner Macht, an seinem (wie auch immer gearteten) Sprechen-Können, das ihnen selbst nicht gegeben ist. Auf dieser Insel hat sich Marshall Tito lange im Schweigen geübt, bevor er, im Spätsommer 1944, zu Gesprächen mit Stalin und Churchill von Vis aufbrach. Von hier aus begann schließlich auch die Befreiung der Inseln und der Küsten, die mit dem Einmarsch der Volksbefreiungsarmee in Triest, Rijeka und Pula in den ersten Maitagen 1945 vollendet wurde. Jetzt baden hier schöne Franzosen, bleiche Engländer, hungrige Deutsche und redebedürftige Italiener. Den meisten von ihnen ist es nicht egal, was hier vorging, die meisten, mit denen ich spreche, sind sich durchaus bewusst, dass Vis militärisches Sperrgebiet war. Die Langsamkeit liegt hier in der Luft, sie bringt alle zum Innehalten. Überall ist er zu spüren, dieser andere Rhythmus, die Langsamkeit in den Hotels (bis der Kaffee da ist, vergeht ein halbes Leben), die Langsamkeit auf dem

Friedhof, in den Cafés, auf dem Korso. Der Tag vergeht in Zeitlupe, wie mit einem Muskelkater, behäbig, als hätte sich auf Erden noch nie ein Mensch je beeilen müssen. So sehr ich es genießen kann, für kurze Zeit ein Teil dieser fast schon Stillstand zu nennenden Langsamkeit zu sein, sehnt sich doch alles in mir nach meinem Berlin, nach dem Fließen der Stadt, nach dem kalten Berliner Wind, den wohl niemand so liebt wie ich.

Der Wind, er war, in der Bora zu mir sprechend, die erste Melodie, die erste Musik, die ich hörte und die mit meinen Zellen sprach, weiter, weiter, sagte der Wind, bleib nicht stehen, weiter, weiter, das Leben ist Bewegung, es gibt kein Leben ohne Wind. Diese Zaubersprüche der Kindheit treten nirgendwo so schnell in die Wirklichkeit wie auf der Insel Vis. Schon auf der Überfahrt erfahre ich das andere Zeitmaß. Das Meer hilft mir dabei, das Blau, die Farbe der Ferne, das Meer kennt alle unsere Geheimnisse. Wir können es nicht belügen, es ist, wie die Erde, ein wirksames Element. So verbindet mich jede Überfahrt mit allem, was ich bin, mit meiner Herkunft, meinem Geburtsort, mit dem Namen des Krankenhauses, in dem ich zur Welt gekommen bin, mit Ivan, *Johannes,* dem Namen meines Großvaters, mit Grgo, *Gregor,* dem Namen meines Urgroßvaters. Es gibt keine Erinnerung ohne das Vergessen, sie bedingen einander, haben ihre eigenen Galaxien in mir, aber auch spezielle schwarze Löcher, die alle Fakten schlucken, ohne mich zu informieren, wo sie das alte Wissen ablegen. Ich weiß zum Beispiel kaum etwas über die Geschichte meiner Familie. Nur über meinen Urgroßvater wurde in unserem Haus manchmal etwas erzählt.

Er kam 1877 zur Welt und wurde am 13.07.1941 von den italienischen Faschisten mit einem Lastwagen überfahren. Schon als Kind fiel es mir schwer, mir vorzustellen, wie ein Mensch unter einen Lastwagen geraten und so sterben kann. Es musste jemand mit vollem Bewusstsein einfach *weitergefahren, auf ihn gefahren, wieder weitergefahren* sein. Aber mein Dorf hat ihn nicht vergessen. An meiner Grundschule hing eine Gedenktafel aus schwarzem Granit, zu Ehren der im Zweiten Weltkrieg umgekommenen Opfer und jener im Kampf gegen den faschistischen Terror Gefallenen. Jede Region Jugoslawiens wurde auf diese Weise von den Gemeinden schriftlich verzeichnet, und parallel zur Einweihung der Gedenktafeln erschien ein Buch, in dem ich in meiner Kindheit immer wieder blätterte. Es hat die Zeiten überdauert und wohnt jetzt bei mir in Berlin. Dies ist die Liste der Opfer des faschistischen Terrors in meinem Dorf Svib:

Grgo Bodrožić, Sohn des verstorbenen Josip, geboren 1877 in Svib. Landarbeiter, Kroate. Von einem Lastwagen der italienischen Faschisten am 13.7.1941 überfahren.
Jure Bodrožić, Sohn des Filip, geboren 1927 in Svib, Landarbeiter, Kroate. Umgekommen bei der Explosion einer italienischen Bombe 1943.
Filip Brdar, Sohn des verstorbenen Ivan, geboren 1911. Landarbeiter, Kroate. Umgekommen in Solin 1943 durch die Hand italienischer Faschisten.
Andrijana Čondić, Frau des Pavle, geboren 1894 in Svib. Hausfrau, Kroatin. Die Italiener haben sie im August 1942 erschossen, als sie ihre Tiere zur Weide führte.
Ilija Čondić, Sohn des verstorbenen Jure, geboren 1894 in Svib.

Landarbeiter, Kroate. Umgekommen am 15.4.1944 bei einem Bombardement der Deutschen.

Ivan Čondić, *Sohn des verstorbenen Ilija, geboren in Svib, Pfarrer, Kroate. Erschossen durch die serbischen Tschetniks am 29.8.1942 in Rašćane.*

Nada Čondić, *Tochter des verstorbenen Pavle, 1929 in Svib geboren. Hausfrau, Kroatin. Beim Hüten ihrer Herde durch eine deutsche Panzergranate gestorben.*

Stipan Čondić, *Sohn des Verstorbenen Josip, geboren 1911 in Svib. Landarbeiter, Kroate. Wurde 1944 in Svib von den Deutschen gehängt.*

Dies ist die Liste der im Kampf gefallenen Opfer in meinem Dorf Svib:

Ante Bodrožić, *Sohn des Marko, geboren 1911 in Svib, Landarbeiter, Kroate. Trat der Volksbefreiungsarmee 1944 bei. Starb 1945 im Kampf um die Befreiung Zagrebs.*

Petar Bodrožić, *Sohn des verstorbenen Ivan, geboren 1913 in Svib, Landarbeiter, Kroate. Trat der Volksbefreiungsarmee am 10.11.1944 bei. Er war Kämpfer der 9. Dalmatinischen Division. Er starb im Kampf um die Befreiung Istriens auf der Insel Lošinj am 18.3.1945.*

Dušan Čelar, *geboren 1916 in Svib, Landarbeiter, Serbe. Er trat der Volksbefreiungsarmee in Belgrad bei. Er kam 1944 ums Leben bei den Kämpfen um Fruška Gora.*

Stevo Čelar, *Sohn des Jovan, geboren 1921 in Svib, Landarbeiter, Serbe. Nach der Vertreibung aus der Bačka kam er nach Svib, dann nach Bijeljina und trat 1942 der Volksbefreiungsarmee bei. Er war ein Kämpfer der 1. Serbischen Proletarischen Brigade. Er ist im November 1942 im Kampf auf Kupres gefallen.*

Stevo Čelar, Sohn des Tomo, geboren 1916 in Svib. Landarbeiter, Serbe. Der Volksbefreiungsarmee trat er 1943 in Belgrad bei. Er fiel 1944 in den Kämpfen um Fruška Gora.

Josip Čondić, Sohn des verstorbenen Ilija, geboren 1923 in Svib, Landarbeiter, Serbe. Der Volksbefreiungsarmee trat er in Kapela-Batrina bei. Er fiel 1945 im Kampf um Donji Miholjac.

Mate Čondić, Sohn des verstorbenen Josip, geboren 1910 in Svib, Landarbeiter, Kroate. Der Volksbefreiungsarmee trat er am 11.10.1944 bei. Er fiel im Befreiungskampf um Mostar im Januar 1945 als Kämpfer der 9. Dalmatinischen Division.

Über der Liste auf dem schwarzen Granit befand sich ein fünfzackiger Stern. Ich war sechs, als die Gedenktafel feierlich eingeweiht wurde, und ich konnte es kaum erwarten, endlich eingeschult zu werden. Gestiftet haben sie die Bewohner meines Dorfes. Diese oder ihre Nachfahren haben sie aber nur zwölf Jahre später wieder zerstört, die letzten Granitstücke wurden von der Wand des Schulhauses entfernt, als Kroatien 1991 seine Unabhängigkeit erklärte. Die Bewohner schämten sich für etwas, was früher der ganze Stolz des Dorfes war. So verschieben sich die moralischen Werte in kürzester Zeit.

Die Listen zeigen aber, dass längst nicht alle Kroaten im Ustascha-Staat auch Faschisten waren. Die auf der Tafel aufgeführten Menschen waren es nachweislich nicht, und in anderen Dörfern des Hinterlandes überwog ihre Zahl bei weitem die der Faschisten und Mitläufer. Einige Familien des Dorfes fanden sich auf der Liste der antifaschistischen Helden nicht wieder. 1991 waren sie wieder unter ihresgleichen. Sie haben nichts gelernt aus der Geschichte.

Dem Opfer, das ihre Nachbarn im Namen der menschlichen Freiheit gebracht haben, sind sie ohne Demut begegnet. Das Buch, das Veteranen der Volksbefreiungsarmee meinem Großvater überreichten, war mit einer Widmung versehen. »Dieses Buch ist ein Geschenk an die Familie des gefallenen Kämpfers, es soll unseren ehrenwerten Kampf für die menschliche Freiheit dokumentieren und unsere ewige Dankbarkeit zum Ausdruck bringen.« Diese Worte waren wie Nahrung für mich. Mein Großvater aber war Analphabet, ich habe vergessen, ob ich ihm diese Widmung jemals vorgelesen habe. An all das habe ich lange nicht mehr gedacht, und ausgerechnet das Meer hat mich wieder an die antifaschistische Gedenktafel an meiner ersten Schule und damit an meinen Urgroßvater erinnert. Manchmal glaube ich, dass das Meer einen eigenen Verstand hat. Ich vertraue auf seine Mathematik und verlasse die Insel Vis in Erinnerung an meine Wurzeln, an eine begrenzt einsehbare Familiengeschichte; hätte ich das rote Gedenkbuch von meinem Großvater nicht bekommen, wüsste ich ja nicht einmal, dass mein Ur-Urgroßvater Josip, *Josef* hieß und dass alle Männer väterlicherseits Landarbeiter waren.

Ich stamme von Menschen ab, die nie eigenen Besitz hatten. Vielleicht haben sie deswegen Umbruchzeiten weniger erschüttert als andere, weil ihr Leben ohnehin von Unsicherheiten aller Art geprägt war. Wenn das Neue kommt, erfordert es entweder mutige Menschen, die alle Doppelbödigkeiten der Wahrheit ertragen, oder es befördert die Feiglinge, die alles zu einem oberflächlichen Singular machen wollen. In diesem Singular ist kein Platz für einen Menschen wie meinen Urgroßvater, für all die tausend anderen im Hinterland von Dalmatien, die nichts hatten als das bare Leben, das sie im Kampf gegen die Deutschen und die Italiener einsetzten, weil sie einer größeren Idee dienten. Inzwischen haben dies selbst die Starrköpfigsten im Dorf verstanden. Doch macht sich jeder bei ihnen unbeliebt, der sie darauf hinweist oder überhaupt eine Frage nach den serbischen Häusern des Dorfes stellt. Dabei sind die zerstörten Häuser unübersehbar. Was ist denn hier passiert?, frage ich einen meiner Nachbarn und betrachte das dachlose Anwesen, umgestoßene Schränke, zerhackte Betten und verbrannte Höfe. Was soll hier gewesen sein, sagt er, wir hatten Krieg und haben uns gewehrt. Selbst seine Augen sehen wie kleine Maschinen aus. Aber hier war doch gar kein Krieg, sage ich, hier verlief doch nie die Front. Und woher willst du wissen, dass sie uns nicht in der Nacht die Kehlen durchgeschnitten hätten? Das ist seine Antwort und der Krieg in seinem Kopf. Die staatlichen Medien und maskierte bewaffnete Männer, die kurz vor Ausbruch des Krieges in den Dörfern auftauchten, ohne ihr Gesicht zu zeigen, haben ihm Tausende von Bildern für seine Angst geliefert. Wer waren die fremden Männer in Tarnanzügen? Niemand weiß es, niemand will es mehr in Erfahrung bringen, ein besonderes Glück sei ihnen in unglücklichen Zeiten zuteil geworden, sagt der Mann, in den Nachbardörfern wurden ganzen Familien in einer Nacht die Kehlen durchgeschnitten. Ich spüre seine kalte Angst, spüre, dass er nicht lügt, dass es stimmt, was er sagt, niemand kann so etwas erfinden, wenn er es nicht erlebt hat.

Einige Serben, die hier geboren und zur Schule gegangen sind, sind erneut aus Belgrad angereist, um nach beinahe zwei Jahrzehnten ihre alten Häuser anzusehen. Sie haben nichts mit den Tarnanzügen zu tun, aber in den Dörfern glaubt es ihnen niemand. Per Gesetz ist es ihnen seit einiger Zeit wieder erlaubt, zurückzukehren. Im Dorfcafé erzählt man sich immer wieder ungläubig, dass auch der ehemalige Direktor unserer Dorfschule wieder dabei gewesen sei, seine Familie und er hätten darüber nachgedacht, zurückzukehren. Seine Frau stammt aus dem kroatischen Teil des Dorfes. Man hat ihnen auch dieses Mal nicht erlaubt, ihre eigenen Häuser zu besichtigen. Die Neu-Belgrader sind unverrichteter Dinge wieder fortgefahren. Wann werden sie wiederkommen? Auf welche Weise hat man sie bedroht, dass sie wieder umgekehrt sind? Ich bekomme keine Antwort. Aber sie steht als Eiseskälte in der Luft. Und jemand, der solche Fragen stellt, wird sehr schnell ein Feind wie die vermummten Männer im Tarnanzug. Wenn du nicht für uns bist, dann bist du gegen uns. Schon die Kinder auf ihren Plastiktraktoren rufen diesen Satz siegesgewiss. Es wird gemunkelt, dass in vielen Kellern Waffen lagern, dass man bereit ist, sie jederzeit hervorzuholen. Kurz vor Ausbruch des Krieges wurde den serbischen Dorfbewohnern genau das unterstellt; ihre Keller, hieß es, seien bis zum Rand gefüllt mit Munition und Tschetnik-Propaganda. So rechtfertigte man, dass unschuldige Menschen aus ihren Häusern vertrieben wurden. Ob etwas daran war, kann ich nicht mehr herausfinden. Ich kenne nur die Berichte aus den Jahren danach. Aber alles, was man mir erzählte, war schon eine nachträglich geformte Wahrheit, eine bearbeitete Gewissensreferenz, die von Anfang an nach jener billigen Lüge klang, deren Wahrheit einige gerne herbeigeredet hätten, um ihren Kampf moralisch auf der richtigen Seite zu platzieren. Aber warum hat sich von denen, die diese Menschen vertrieben, niemand je die Frage gestellt, weshalb die serbischen Familien im Zweiten Weltkrieg nicht für die Tschetniks gekämpft haben, sondern für die Verfechter der Freiheit? Warum haben die serbischen Urgroßväter, Großväter und Väter der Vertriebenen ihr Leben zusammen mit ihren kroatischen Nachbarn im Kampf gegen die italienischen Faschisten und die deutschen Nazis geopfert? Deshalb war die Granittafel an unserer Schule, auf der sie gewürdigt wurden, zerstört worden. Dort nämlich hätte jeder nachlesen können, welcher Gesinnung ihre Nachbarn waren.

Auch aus den Familien der vertriebenen Serben sind viele im Kampf gegen den Faschismus ums Leben gekommen. Das sprach Anfang der neunziger Jahre nicht für sie. Aber es sind nicht alle antifaschistischen Denkmäler im Hinterland von Dalmatien zerstört worden. Und genau jene übriggebliebenen Gedenktafeln werden eines Tages an das Gewissen Einzelner erinnern, die im Zweiten Weltkrieg den Mut hatten, ihre Wahrheit zu leben. Es waren Menschen, die für eine humane Idee und eine bessere Welt eintraten. Sie taten das nicht unter einer bestimmten nationalen Flagge, sondern mit der unüberhörbaren Kraft ihres Inneren. Wird ihr Geist sich bewähren? Vielleicht wird einmal, hell aufleuchtend, auch seine Zeit kommen, um all jenen als Gewissensfrage (in einem Traum, am Frühstückstisch) zu begegnen, die sich über andere Menschen und ihr Schicksal erhoben haben. Es werden noch viele heiße Sommer flimmernd über das Land ziehen, bevor die serbischen Familien in ihre Dörfer zurückkehren. Sie werden, so sie ihre alten Räume wieder bewohnen wollen, die Feigen- und Walnussbäume ausreißen müssen, die in der

Zwischenzeit an ihren Häuserschwellen gewachsen sind. Aber die Ableger der Schwellenbäume werden sie in ihre Gärten pflanzen, sie werden mit ihnen wachsen und das Alte in eine neue (anhaltende) Zeit führen. Irgendwann werden die Kronen der Bäume groß genug sein, um einen satten Schatten zu spenden. Es wird vielleicht einer kommen, der Liebe für seine Farben empfindet, eine Holzbank unter einen Feigenbaum stellt und ihm für seinen Schatten und seine Früchte dankt, für die Freiheit, an seinem Stamm lehnen zu dürfen, und den großzügigen Blick auf das in der Abendsonne leuchtende Dinarische Küstengebirge genießen. Dort wohnen, so erzählt man sich, Elfen und Waldschrate, Baum- und Korngeister, Sylphen und Nymphen, die über die Jahrtausende hinweg versucht haben, mit den uneinsichtigen Menschen zu sprechen, und dabei immer unsichtbarer geworden sind. Vom Schiff aus sehe ich das Gebirge, es sieht unwirklich schön aus, wie ein Holzschnitt, den ein großer Meister in die Welt gesetzt hat, um meinen Gedanken einen Ankerplatz zu schenken.

16.

Von Split aus nehme ich einen Bus Richtung Zadar und fahre in den Norden. Bevor ich mich in das karge Hinterland auf den Weg mache, sehe ich mir in Zadar noch ein kleines Naturwunder in der Stadt an: Eine Meeresorgel. Der Architekt Nikola Barišić hat die Meeresorgel 2005 im Hafen von Zadar gebaut. Die Töne entstehen durch die Wellen, die Luft in die Orgelpfeifen pressen. Durch die unterschiedliche Wellengeschwindigkeit entsteht Musik. Wer Ohren hat, der höre, was die Orgel ihm zu sagen hat. Ein Instrument, das sich vom Wasser besingen, bearbeiten, umarbeiten lässt. Meines Wissens ist es weltweit das erste und einzige dieser Art. Die Orgel hat sich den Wind zu ihrem Freund gemacht, er ist ihr Schöpfer, der durch sie singt und pfeift und so musizierend das Gespräch mit den Menschen sucht.

Ganz in der Nähe der Meeresorgel hat der gleiche Architekt eine Lichtinstallation angebracht, sie ist ein Gruß an die Sonne. In einem zweiundzwanzig Meter großen Kreis aus dreihundert mehrschichtigen, begehbaren Glasplatten entsteht bei Sonnenuntergang ein buntes Lichtspiel. Die Klangbilder der Meeresorgel sind für jeden ohne Bezahlung zugänglich und nur mit den inneren Augen, mit der inneren Iris zu verstehen. Wer diesen Regenbogen nicht in sich trägt, der hat zwar Augen, aber er kann das Licht mit ihnen nicht lesen. Hilfe bekommt er hier vom Wind und wer von seiner Musik lernt, so hat es mir die Meeresorgel einmal zugeflüstert, dem soll kein Leid geschehen. Eingebaut in die stufenförmige Uferpromenade, ist das Kunstwerk fast unscheinbar, obwohl es siebzig Meter lang ist. Manchmal dringt das Wasser durch die kleinen Öffnungen nach oben auf den Fußweg. Tag und Nacht spielt diese Orgel, und ich könnte ihr Stunden lang zuhören, so beruhigend ist sie, wie selten etwas in unserer laut gewordenen Welt.

Zadar hieß in italienischen Zeiten Zara und war schon immer eine beliebte Hafenstadt. Auch an ihr ist die ganze Geschichte Dalmatiens ablesbar, von der Schönheit der römischen Anlagen, ein Kapitol, Befestigungsanlagen, Thermen und ein Aquädukt – bis hin zu Byzanz und den fränkischen Herrschern, die auch hier waren, Seeräuber, Venedig, Habsburg–Ungarn. Ihre geschichtliche Einprägung ist unübersehbar. Wer lernen möchte, was ein Palimpsest ist, wie übermalte Schichten der Wirklichkeit sich mitteilen, der kann dies nirgendwo so gut tun wie in dieser europäischen Seelenlandschaft. Was Lehrbücher nur andeuten können, zeigt in der Tiefe das Leben eines jeden Bauwerks in seiner ganzen Üppigkeit. Nur wenn wir uns selbst auf eine Reise begeben, erfahren wir vor Ort, auf welche Weise sich die Geschichte in Architektur und Städteplanung vollzogen hat. Das erinnert an Sigmund Freuds Notiz vom »Wunderblock«, dem strukturell das Gleiche widerfährt wie in jedem Moment, in dem uns unsere Geschichte beschriftet. Der Wunderblock ist ein Kinderspielzeug, eine druckempfindliche Wachsplatte, die immer wieder neue Spuren aufnehmen kann. Die dabei entstandenen Vertiefungen können wir nicht sehen, aber im Inneren sind sie dennoch vorhanden.

Das Gedächtnis der Zeit, es wirkt nach in den Geschichten der Menschen, die hier gelebt haben, ihre Mitteilungen liegen noch in der Luft. Der eigensinnige Ladislaus von Neapel etwa begegnet uns in den Straßen von Zadar nicht mehr, aber er hat sich für alle Zeiten in ihnen verewigt. Denn er hat Zadar und seine Rechte auf Dalmatien 1409 für 100 000 Dukaten an Venedig verkauft. Eine Geschichte von Willkür und Schönheit löst die andere ab, atmet und beatmet diese Stadt, die einstige Hauptstadt des Königreichs Dalmatien (eines der habsburgischen Kronländer) war.

Die imposante Posta Terrafina, das Landtor von Zadar, sagt im Namen über dieses Stückchen Erde aus, was so viele Herrscher anlockte: *terra fina* – die feine Erde. Die Geomanten behaupten nun das, was Dichter und Ahnen schon seit Urzeiten über diese Gegend gesagt haben. Hier treffen besondere Lüfte, besondere Winde aufeinander, der Engel des Nordens, der Engel des Westens, der Engel des Ostens und der Engel des Südens halten am Tor regelmäßig ihre Treffen ab. Das Tor steht seit 1543, und die Engel der Himmelsrichtungen lehnen sich daran, wenn sie das Schicksal dieser Stadt im Buch des Lebens niederschreiben. Ein venezianischer Markuslöwe hilft ihnen dabei, er hat einiges gesehen, die Zeiten überdauert, er kann rechnen, nachhelfen, Jahreszahlen nennen, Quersummen ausfindig machen, die das Fatum und ein Omelett mühelos zusammenbringen. Der Torlöwe schaut gleichmütig zu, ist Beobachter, der seit der Serenissima nichts von seiner geflügelten Vitalität eingebüßt hat. Warum? Wie ist es ihm gelungen, immer nur er selbst zu bleiben? Ein alter Mann, den ich in einem Café am kleinen Markt anspreche, erklärt, dem Löwen sei das ein Leichtes gewesen. Warum, frage ich ihn. Er antwortet: »Weil er nie käuflich war.« Dieser Löwe, der sich also nichts aus Geld machte, war immer frei. »Geld ist nicht Leben«, sagt der Alte und trinkt seinen Espresso in einem Schluck aus. »Šignorina, Geld ist Papier.« So einfach ist das, so einfach ist es immer gewesen. Sobald hier von Geld oder Dukaten des Ladislaus von Neapel die Rede ist, muss ich an meinen Urgroßvater Grgo denken, über den seit frühester Kindheit eine Geschichte im Umlauf ist, von der ich bis heute nicht weiß, ob sie vielleicht erfunden ist.

Ich kann ihn förmlich vor mir sehen, als er sich kurz nach dem Ersten Weltkrieg zu Fuß nach Venedig aufmachte. Mit einem Stock in der Hand verscheuchte er Schlangen und setzte sich mit ihm nachts zur Wehr, wenn er im Schlaf von Herumlungernden oder Hunden und Wölfen überrascht wurde. Er kam auf seiner Fußreise auch durch Zadar, das damals eine Garnisonsstadt der k. u. k. Armee war. Niemand weiß genau wie, aber mein Urgroßvater soll von hier seinen Weg nach Venedig gefunden haben, wo er sich, so lautet die Familienlegende, ein Säckchen voller Dukaten verdiente, das er so schnell wie möglich zu seiner hungernden Frau und seinen kleinen Kindern brachte. Trotzdem überlebte nur eines der Kinder, mein Großvater Ivan, *Johannes,* der nur zwei Jahrzehnte später ebenso die Verantwortung trug, für seine hungernde Familie zu sorgen. Eines seiner Kinder starb, die anderen, immerhin, verhungerten nicht.

In unserem Dorf angekommen, so heißt es, vergrub mein Urgroßvater den Großteil der Dukaten irgendwo im

Schutze wilder Gärten und einer im Wind sirrenden Macchia an einer Stelle hinter den serbischen Häusern. Und als er einige Zeit später zu seinem Schatz zurückkehrte, um ein paar Münzen zu holen, waren die Dukaten verschwunden, allein das Leinensäckchen lag noch da. Es ging das Gerücht um, ein Nachbar hätte ihn beim Vergraben des Dukatensäckchens beobachtet. Da bald darauf im Dorf ein hübsches Häuschen neu erbaut wurde, geriet der Bauherr in den Verdacht, das folgenreiche Unglück in meiner Familie ausgelöst zu haben, das sich auf die kommenden Generationen auswirkte und letzten Endes auch zu meiner Umsiedlung von Dalmatien nach Hessen führte. In meiner Kindheit sprachen Tanten und Onkel von den venezianischen Dukaten wie von einem Fluch, sie könnten nicht verhindern, dass letzten Endes doch noch alle hungerten, einige von uns auch verhungern mussten. Mein Großvater überlebte, wuchs aber in bitterster Not auf. Seine Kinder, die kurz vor und, wie mein Vater, kurz nach dem Zweiten Weltkrieg zur Welt kamen, zogen als fünfzehnjährige Landarbeiter in andere Länder aus, fanden Arbeit in der Pannonischen Tiefebene, in Ungarn, Österreich, Deutschland, Kanada, Australien – klangvolle Namen, die wiederum zu meiner Kindheit so fest gehörten wie der Klee zu unserem Garten. Und wenn von Zadar die Rede war, erwähnten meine Verwandten auch den Ersten Weltkrieg, was ich damals nicht verstand. Bestand denn die Vergangenheit nur aus Kriegen?, fragte ich mich, was ist dann Frieden? War unsere Zeit die einzig friedliche? Bis in meine Träume verfolgten mich die Erzählungen meines Großvaters, sogar vom ersten Vertrag von Rapallo träumte ich, ohne jemals im Unterricht davon gehört zu haben. Der

Friedensvertrag wurde am 12.11.1920 zwischen Italien und dem Jugoslawischen Königreich unterzeichnet. Zadar fiel an Italien. Im Zweiten Weltkrieg wurde die Stadt Ziel alliierter Luftangriffe. Aus welchem Grund? Wem hat es genützt? Wem hat die Zerstörung Dresdens genützt? Wem wird jemals Zerstörung etwas nützen?

Nach der Gründung Jugoslawiens gehörte Zadar zu Kroatien, einer der sechs Teilrepubliken des sozialistischen Bundesstaates, der noch aus zwei autonomen Provinzen bestand. Die italienischsprachige Mehrheit in Zadar und anderswo musste auf Anordnung Titos nahezu vollständig das Land verlassen. Als Jugoslawien 1991 zusammenbrach, wurde die Stadt von den Serben im Zuge des Kroatienkrieges aus der Luft und mit Artillerie angegriffen. Es war unmöglich, mit Zug oder Bus zu reisen, Zadar musste umfahren werden, wenn wir, aus Deutschland kommend, in unser Dorf im Hinterland von Split zu meinem schon kranken Großvater fuhren. Wir versuchten, von Zagreb auf die Insel Pag zu reisen und dort mit der Fähre nach Split überzusetzen. Bald schon war der Krieg nicht mehr wegzudenken, ich begann, ihn mit den Geschichten meines Großvaters über den Zweiten Weltkrieg in Verbindung zu bringen. Wie verseucht die Luft damals gewesen sein soll, wie schwer von schlechten Gedanken. Jetzt spürte auch ich die Schwere der Luft und die dunklen Wolken dieses neuen Krieges. Ich sah den Unterschied zu früher und fühlte, was anders war als in jenen sorglosen Friedenszeiten, sah förmlich das schwarze Gewicht des Schmerzes, das auf den Körpern als ein unumgängliches Schicksal lastete und das sie nun, da es einmal eingeleitet war, nicht mehr aus eigener Kraft vermeiden konnten.

Im Hinterland von Zadar liegt die Krajina, eine Region, die durch ethnische Säuberungen und die Operation »Oluja« – »Sturm« bekannt wurde. In den kleinen Dörfern, die fast zu neunzig Prozent zerstört sind, herrscht eine beunruhigende Stille. In meinem Hotel in Knin sind im Frühstücksraum außer mir nur uniformierte Soldaten zu sehen. Bei der Vorstellung, was sie im Krieg getan (oder unterlassen) haben, vergeht mir der Appetit. Ohnehin riecht hier alles nach Tabak und geräuchertem Schinken, das Brot genauso wie die schlichten sozialistischen Vorhänge.

Der Himmel zieht sich zu. Selbst die Vögel scheinen sich versteckt zu haben. Mein Herz klopft laut, ich erschrecke, als ein Schmetterling vorüberfliegt, so unerwartet ist seine Bewegung. Er fliegt weiter, setzt sich einem der drei Soldaten auf die Schulter. Seine Kameraden lachen. Es scheint, als sei er dadurch entwertet, zu zart, zu weich, weil er ein Landeplatz für einen Schmetterling war. Mir fällt die berühmte Traumerzählung von Zuang Zi ein. Ein Mann namens Dschuang Dschou träumt, er sei ein Schmetterling, ein flatternder Schmetterling, der sich wohl und glücklich fühlt und nichts von jenem Dschuang Schou weiß. Plötzlich aber wacht er auf: Und er ist wirklich und wahrhaftig Dschuang Dschou. Der aber ist verwirrt. Hat er geträumt, ein Schmetterling zu sein, oder hat der Schmetterling geträumt, Dschuang Dschou zu sein? Der Soldat hat vielleicht schlecht geträumt heute Nacht und ohnehin keine Zeit, über den Schmetterling auf seiner Schulter nachzudenken. Er ist, erzählt er, seit Wochen für einen besonderen Einsatz verplant. In der Krajina müssen noch unzählige Minen entfernt werden. Honigbienen spielen dabei eine wichtige Rolle. Die Soldaten unterstützen ein Forschungsteam der Zagreber Universität, mit Hilfe der Bienen gefährliche Landminen aufzuspüren. Seitdem sterben nur noch wenige Minensucher, die bei über zweihundertfünfzigtausend scharfen Landminen allein auf kroatischen Boden bis heute viel zu tun haben. Wann werden all die Minen entfernt sein, die hier das Wandern noch immer zu einer lebensgefährlichen Angelegenheit machen?

Ohne die Bienen, darin sind sich alle Beteiligten einig, ist die Aufgabe nicht zu bewältigen. Es hat viele Todesfälle gegeben. Es ließ sich eine Weile niemand mehr finden, der das Risiko auf sich nehmen wollte. Lebensgefährlich sind aber nicht nur die heimtückischen Hinterlassenschaften des Krieges. Auch Dialekte und Namen wie der meinige können es sein. Irgendeine urtiefe Angst beschleicht mich in den serbischen Dörfern und nimmt mich in Beschlag, wie ein Besatzer bewacht sie mich, und ich kann nur diese eine Frage denken: Wovor fürchte ich mich jetzt? Dass sie mich nicht ansehen werden? Dass am Ende nur die Flagge zählt, zu der sie mich jetzt und hier schon rechnen? Nehmen sie mich überhaupt als Einzelwesen wahr? Genauso wird es sich bewahrheiten, es ist so, wie die Angst es gesagt hat: ich gehöre hier zu der Flagge der Täter. Das bekomme ich zu spüren. Ihr Kroaten wart es, sagen sie, die uns vertrieben haben. Ich habe niemanden vertrieben. Aber welche Bedeutung hat das noch? Ich bin der Feind, den sie sehen, berühren und ansprechen können. Wie kann ich hier auf Differenzierungen, auf Menschlichkeit, auf Denken pochen? Ein älterer Herr auf einem Traktor mit laufendem Motor benutzt mich, um zwei, drei Stunden lang einen Monolog von Hass und Wut über mich zu ergießen, weil ich beschließe, ihm einfach solange zuzuhören, solange er redet. Seine Worte werden mich die ganze Nacht verfolgen, sie wiederholen sich selbsttätig in meinem Kopf und greifen in meine Träume ein. Der Mann lässt mich wissen, dass er Serbe ist. Er hasst die Kroaten, alle, wie er sagt, von ganzem Herzen. Und es ist, als würde er einen Pass vorzeigen, ein amtliches Papier, auf dem steht: Hier ist ein hassender Mensch und er hat mein Gesicht und er trägt meinen Namen.

Er hasst mit aller Macht – ein ganzes Volk. Mir ist heiß im Gesicht, ich fühle Panik in mir aufkommen, eine Panik, die auch meine Landsleute gespürt haben mussten, als sie Angst vor serbischen Angriffen und den Männern in Tarnuniformen hatten. Und ich stottere, versuche es mit ein paar behelfsmäßig vorgetragenen Fragen, und am Ende bleibt mir nichts als die Erkenntnis, dass der Hass dieses Mannes unverrückbar ist, dass er nicht anders kann, als seinen lärmenden Traktor zu fahren und lärmend Menschen zu hassen, die er nicht kennt. Dieser blanke Hass hängt mir wie Schwefel in der Erinnerung, steigt auch jetzt, beim Schreiben wieder auf, sein Wille, nur am Hass und an nichts anderem festzuhalten, ist mir in dieser Form nie wieder begegnet. Er nannte keinen Grund für seinen Hass, vielleicht, weil er keinen Grund brauchte. War so etwas möglich? Wer ist hier Kain, und wer ist Abel? Da steht sie vor mir, diese biblische Wirklichkeit, sie hat einen Körper, einen Kopf, mit Augen, Ohren und einem Mund. Die Wirklichkeit ist ein Mensch. Seine Augen blitzen vor Grimm gegen alles Kroatische. Was vermag Sprache, was Denken bei diesem Menschen auszurichten? Er ist eine Schusswunde in meinen Visionen, aber ich will ihm dennoch eine Frage stellen. In meinem Entsetzen über den

Dörfler suche ich nach anderen Bildern und Szenen, die mir erklären, dass es doch einen Grund für sein Benehmen geben muss. Was haben Ihnen die Kroaten angetan?, frage ich, und rechne fest damit, dass er eine Antwort hat, die alles erklärt und seinen Hass nachvollziehbar macht. Aber er weicht aus, beschimpft alle als Teufel und stimmt dann ein Loblied auf Stalin an. Tito hätte nie mit ihm brechen dürfen, sagt er. Es ist ein Loblied von einer so grotesken Eindeutigkeit, dass ich mich hinsetzen muss. Fast singt er seine Sätze in die Luft, mit einer Beharrlichkeit, als könnte er Vögel hypnotisieren. Doch sein Singsang entströmt seinem Mund wie der Tod, wie eine böse Schlange, die jederzeit zubeißen kann, weil sie geschaffen ist, um Angst zu verbreiten. Auch ich spüre sie beim Anblick seiner gelben Zähne, die aussehen, als könnten sie hier und jetzt in rohes Fleisch beißen. Er merkt, dass ich mich fürchte, er sieht mich verächtlich an und ruft, euch Wilden traue ich nicht über den Weg. Ich zittere bei seinen Worten, zittere noch in Erinnerung an ihn.

Als ich in den deutschen Nachrichten von der Vertreibung der Serben aus der Krajina erfuhr, empfand ich sie als so unmenschlich und barbarisch, wie einem (zusammen mit dem belagerten Sarajevo und den 8000 Morden in Srebrenica) kaum etwas unmenschlicher und barbarischer am Ende eines bis zuletzt unbelehrbar gebliebenen zwanzigsten Jahrhunderts erscheinen konnte. Elend und Not der namenlos gemachten Menschen, die unendlich langen Flüchtlingskolonnen erinnerten mich an den Holocaust und die Vertreibung der Juden im Zweiten Weltkrieg. Die Serben waren beinahe über Nacht, ohne persönliche Schuld auf sich geladen zu haben, zu Opfern geworden, allein wegen ihrer Nationalität und einem von Geburt beschlossenen Schicksal, gegen das sie machtlos waren. Ich kann mich nicht erinnern, jemals entsetzter als in der Krajina, im Hinterland von Zadar, gewesen zu sein, als ich an den Bushaltestellen und Häusern Totenköpfe entdeckte, aufgetragen mit dicken schwarzen Pinseln, und Sätze daneben, die mir (die ich niemals in nationalen Kategorien gedacht und schon gar nicht gefühlt habe) das Blut in den Adern gefrieren ließen. Damals – kurz nach Kriegsende – verstand ich zum ersten Mal, was diese Redensart bedeutet. »Der Sommer ist da, uns dürstet es nach Braten, das wird eine schöne Leckerei, wir grillen uns Kroaten.« Als ich diesen Vers las, paralysierte mich die Angst derart, dass ich glaubte, mein Blut gerate auf der Stelle ins Stocken. Und da stand noch einiges mehr, das vor der ethnischen Säuberung ganz sicher nicht die Menschen, die alles verloren hatten, was ein Mensch nur verlieren kann, auf der Flucht geschrieben haben. Gewiss stammten Sätze wie diese auch nicht von jener Lehrerin, die mich in einem der Dörfer mit Kuchen und Kaffee versorgte, mich beim Abschied segnete, als sei ich ihre Verwandte.

Die Totenköpfe, der Vers und der raue Wind erfüllten mich mit Trostlosigkeit und Angst, die sich langsam, aber sicher in unverrückbare Panik steigerten. Ich wollte sofort weiterreisen, wollte den Satz in mir auslöschen, aber das war unmöglich. »Der Sommer ist da, uns dürstet es nach Braten, das wird eine schöne Leckerei, wir grillen uns Kroaten.« Ich reiste nicht ab und kam in den Gasthäusern auf dem Land mit den serbischen Rückkehrern ins Gespräch, und immer wieder fragten wir uns, wer so etwas geschrieben haben könnte. Wie kam ein menschliches Gehirn dazu, einen solchen Satz zu erfinden? Welches Leben muss einer gelebt haben, um zu solch einem Gedanken in der Lage zu sein? Keiner der serbischen Rückkehrer lachte über solche Sätze, keiner befürwortete sie, ich fand niemanden, der in solcher geistigen Armut gelebt hat. Wir waren uns einig, dass dieser Satz keiner Nation angehört, sondern dem Hass allein, jener mörderischen Unbewusstheit, die immer etwas findet, das ihr Unbehagen vor sich selbst nährt. Nur ein paar Stunden später fiel mir das Konzentrationslager Jasenovac ein und jenes schreckliche Messer, das als »srbosjek«, Serbenschneider, bekannt ist. Kroatische Wärter banden es sich an die Hand, um mit ihm den eingepferchten Gefangenen, meist waren es Serben und Juden, die Kehlen zu durchschneiden.

Keiner der Menschen, die ich traf, erwähnte das Messer, keiner sprach von diesem berüchtigten Konzentrationslager, in dem Tausende von Menschen ihr Leben verloren hatten. Aber die Geschichte teilte sich mir durch eine Eingebung selbstredend mit, als ich einen Blick auf Eschen warf, die ich besonders gern betrachtete. Als ich mich dann fragte, wie das kroatische Wort für Esche lautete, war eine Brücke zum kollektiven Gedächtnis geschlagen. Dem deutschen Wort »Esche« stand in meinem Kopf das kroatische Wort »jasen« gegenüber. Und ihm folgte sogleich das Wort *Jasenovac – Eschenau.* Ich habe nie verstanden, warum Lager, in denen Menschen auf die grausamste Weise vernichtet werden, ausgerechnet Namen wie diese tragen. Vielleicht können nur Sadisten sie auswählen, um sich im Schutz der Idylle ein besseres Selbst vorzulügen.

Die nächsten Tage verbrachte ich in den Dörfern um Knin und führte Gespräche mit Rückkehrern, die sich, sobald die Rede auf den Serbenschneider kam, noch sehr genau an die Ängste ihrer Eltern und Großeltern nach dem Zweiten Weltkrieg erinnerten. Diese Angst war auch ihr Erbe. Die kroatischen Ustascha hatten bereits im ersten Jugoslawien, dem Königreich der Serben, Slowenen und Kroaten, ihre Feinde genau definiert: die serbische Staatsgewalt, die internationale Freimauerei, das Judentum und der Kommunismus sollten von Beginn an bekämpft und zerstört werden. Dieser nationalistisch-terroristische Geheimbund entwickelte sich im Zweiten Weltkrieg zu einer faschistischen Bewegung, die vor nichts zurückschreckte und unerbittlich über Jahre hinweg ihre Ziele verfolgte.

Im sozialistischen Staat Jugoslawien fühlten sich die meisten Serben nach dem Zweiten Weltkrieg zwar sicher, aber eine Grundangst vor den gewalttätigen kroatischen Faschisten blieb bestehen. Viele Kriegsverbrecher waren noch am Leben, einige lebten noch in der Heimat, andere waren nach Lateinamerika geflohen. Die jugoslawischen Partisanen befreiten am 5.5.1945 Jasenovac – *Eschenau*, das aber vorher schon von den Verantwortlichen nahezu vollständig zerstört worden war. Fast alle Unterlagen, die von der Schuld der kroatischen Lagerleitung zeugten, waren verschwunden. Jetzt, da noch der menschenverachtende Satz von den Krajina-Bushaltestellen in meinem Kopf nachklingt, kommt es mir vor, als seien etwa die einst in Jasenovac vernichteten Beweise der kroatischen faschistischen Verbrechen Teil eines zwar unsichtbaren, aber weiterhin wirksamen Archivs, das mir im Schreiben zur Verfügung steht.

Die Kroaten bemühen sich um die Aufarbeitung dieser Vergangenheit. Tiefendemut ist dabei nur einigen wenigen gelungen. Immerhin ist ihnen die deutsche Vergangenheitsbewältigung, die sie idealisieren und »gründlich« nennen, ein Beispiel. Niemand kann mehr Jasenovac verleugnen. Von offizieller politischer Seite gab es bereits Gedenkveranstaltungen vor Ort. Und in der Zwischenzeit ist es verboten worden, die Ustascha-Lieder öffentlich zu singen. Dass es dennoch manchmal geschieht, sogar und gerade auf Hochzeiten, wenn viel getrunken wird und die Leute sich vergessen, zeigt, dass sich das Bewusstsein noch keineswegs gewandelt hat. In einigen Dörfern treffe ich auch auf Kroaten, die sich erst nach einiger Zeit als solche zu erkennen geben. Sie weichen meinen Fragen aus, möchten lieber nicht über die Vergangenheit reden. Einer erklärt sich doch bereit, will aber nicht namentlich genannt oder näher beschrieben werden, da er fürchtet, bei seinen serbischen Nachbarn unangenehm aufzufallen. Er bittet mich, unter einem Baum Platz zu nehmen, eine Holzbank steht dort, fast schon weiß ist sie, das ist seit Jahren ihr Platz bei jedem Wetter. Der Mann verschwindet in sein kleines Steinhäuschen und kehrt mit einem Plastiktisch zurück. Dann holt er noch trockene Feigen und Borovnica, Blaubeersirup, wie ich ihn aus meiner Kindheit kenne. Wir setzen uns, und er berichtet offenherzig, als würden wir uns schon seit Jahren kennen, über seine letzte Traubenernte. Dann gelingt es mir, ihn zu den serbischen Rückkehrern und dem Zweiten Weltkrieg zu befragen. Er sagt, er komme mit jedem hier gut aus, es sei ihm egal, wer welchen Pass bei sich trage, Hauptsache, es sei endlich Frieden. Nach einer Weile kommt ihm eine Eingebung.

Er verschwindet wieder in sein Haus, bleibt eine Weile weg und kommt mit einem alten Zeitungsausschnitt zurück, aus einem Familienalbum, sagt er, den sein Vater seit dem Frühjahr 1945 aufbewahrt hat. Darauf sind zu meiner Überraschung serbische Tschetniks abgebildet, die einem Partisanen mit einem großen Messer das Herz herausschneiden – bei lebendigem Leib. Er ist sich sicher, dass der Tote ein Freund seines Großvaters und ein Kroate war. Das Gesicht des Ermordeten sieht friedlich aus. Er ist so schön wie der junge James Dean, denke ich, die ganze Szene sieht unwirklich aus. Aber nichts daran ist inszeniert. Mein innerer Widerstand steigt immer mehr, ist es denn überhaupt von Bedeutung, welche Nationalität der Tote hatte, reicht es nicht, dass er ein Mensch war und auf eine so brutale Weise getötet wurde? Hier entscheidet der Pass offenbar doch über alles. Ein Schwindel erfasst mich von innen. Dann packt der Mann alles hastig ein, sagt, dass er aufs Feld gehen muss. In der Ferne ist ein Auto zu hören, vielleicht hat es ihn verschreckt. Warum hat er mir das Bild des Toten überhaupt gezeigt? Der Zeitungsausschnitt war seine Antwort auf die Frage, ob es hier in der Krajina noch kroatische Faschisten gebe, Menschen, die mit stolzer Brust Lieder singen, in denen der Fluss Neretva seine smaragdfarbene Farbe einbüßt, weil er voller serbischer Leichen ist. Der Mann lächelt mich zum Abschied freundlich an und fährt auf einem kleinen Traktor davon. Den Blaubeersirup und die getrockneten Feigen lässt er auf dem Tisch stehen, er weiß, dass hier niemand Zeit zum Stehlen hat. Die Leute sind fleißig, sie bauen ihre Häuser auf, bestellen ihre Felder, auch ein altes antifaschistisches Denkmal wollen sie pflegen und in Teilen, so gut es eben geht, restaurieren.

In Knin, auf dem Weg zum Hotel, wo ich mich für meine Weiterreise vorbereiten will, fällt mir wieder der Architekt Bogdan Bogdanović ein, der sich nach dem Zweiten Weltkrieg beim Bau seiner antifaschistischen Denkmäler von allen Dogmen befreit hat. Für ihn waren alle Opfer gleichgestellt, er rechnete nicht die einen gegen die anderen auf. In seinem Schaffen gab er den Orten und Menschen durch seine Kunst ihre ursprüngliche Reinheit zurück. Auch wenn etwa in Mostar eine seiner Arbeiten immer wieder zerstört worden ist, wird, so meine Hoffnung und Vision, sein friedfertiges Werk niemals in Vergessenheit geraten.

Im ehemaligen Konzentrationslager Jasenovac errichtete er jenen beeindruckenden Lotus aus Beton, der Milošević und seinen serbischen Nationalisten ein Dorn im Auge war. Aber auch jene kroatischen Faschisten fühlten sich durch diese auffällige Arbeit provoziert, da sie gerne ihre Gräueltaten geleugnet und vergessen hätten. Welches Ausmaß aber ihre Verbrechen hatten, das zeigt die Geschichte eines ehemaligen Franziskanerpaters, der sogar für einige Zeit das mörderische Kommando in Jasenovac übernahm und unter den Gefangenen als das inkarnierte Böse galt. Der Franziskanerpater wurde 1946 in der kroatischen Hauptstadt Zagreb gehängt. Man nannte ihn Bruder Teufel. Kaum jemand erinnert sich an seinen richtigen Namen, denn das war sein richtiger Name, jener, der sich unter seinem äußeren versteckte und den er, seinem Mönchtum zum Trotz, als Mörder trug. Seine Taten sind mit seiner öffentlichen Hinrichtung aber nicht beglichen worden, vielmehr hat die Hinrichtung dazu geführt, dass man nicht mehr über ihn sprach und diesen Teil der Geschichte dem Vergessen überließ. Wäre es nicht angemessener gewesen, ihn zu fragen, wie er seine Taten mit dem »Sonnengesang« des Franziskus in Einklang bringen konnte? Selbst erschreckende Uneinsichtigkeit ist heilsamer als Verdrängung. Im Sonnengebet des Franz von Assisi wird aller Geschöpfe in mitfühlender Einheit gedacht, sogar der Wind wird zum Bruder und auch die Kräuter und die Blumen sind ins liebende Gefüge eingeordnet. Am Schluss heißt es: »Wehe jenen, die in Sünde sterben.« Der Franziskanerpater muss diese Zeilen gekannt haben. Wie überheblich und menschenverachtend erscheint sein Verhalten gerade vor diesem Hintergrund, denn der Pater hat keiner blinden Macht gehorcht, er hat um seine Taten gewusst und sie bis zum Schluss in der Manier jener Mörder ausgeführt, die sich selbst zum Gesetz erhoben. Bis heute hat der kroatische Franziskanerorden seine Verfehlung während des Zweiten Weltkriegs nicht aufgearbeitet, er zieht es vor zu schweigen. Der Selbstanspruch, ein geistiges Leben im Einklang mit der Schöpfung zu führen, klingt vor dem Hintergrund von Jasenovac wie Hohn, gerade weil die Franziskaner hier viele Anhänger haben. Dies verdankt sich einer langen Geschichte und dem im Balkanraum verfestigten Mythos, der naturverbundene Franz von Assisi, der von der Kirche gegen seinen Willen heiliggesprochen wurde, sei von der Lehre der Bogumilen inspiriert gewesen, einer religiösen Gemeinschaft, die im zehnten Jahrhundert auf bulgarischem Boden entstand und sich alsbald in der ganzen Region ausbreitete und seine größte Wirkung im heutigen Bosnien und Dalmatien erlangte. In seinem Sonnengesang preist Franz von Assisi tatsächlich die Schönheit der Schöpfung in einer Weise, die stark an die Bogumilen erinnert. Schwester Wasser und Bruder Mond sind natürliche Begleiter des Menschen, der nur in dieser Verbundenheit seinen Weg nach Innen finden kann. Die Bogumilen orientierten sich am Urchristentum und waren für ihre fast buddhistische Schlichtheit, ihren Verzicht auf tote Rituale und für Liebe zu allen Geschöpfen bekannt. Im Kern ihrer Lehre gingen sie, dem Apostel Paulus folgend, von der Anschauung des Geistes aus, sie waren überzeugt, dass der Mensch die Sonne und somit Gott in sich trägt, den er ohne Vermittlung einer äußeren Institution wie der Kirche in seinem Herzen erleben kann. Glaubwürdig waren die Bogumilen füreinander nicht durch eine starre und pompöse Liturgie, sondern durch eine innere Autorität, die allein auf ihrer spirituellen Entwicklung beruhte und sich in dem Maße der Außenwelt mitteilte, in dem das innere Licht des Einzelnen in seinen Handlungen erstrahlte. Die Bogumilen sollen auch von der Lehre des Zarathustra gewusst haben, die davon ausgeht, dass sich das Gute und das Böse gegenüberstehen, aber das Erste stärker wirke. Selbst Goethe war von den Bogumilen beeindruckt, nach der Lektüre der »Kirchen- und Ketzergeschichte« von Gottfried Arnold notierte er: »... was mich an seinem Werk besonders ergötzte, war, dass ich von manchen Ketzern, die man mir bisher als toll oder gottlos vorgestellt hatte, einen vorteilhaften Begriff erhielt. Der Geist des Widerspruchs und die Lust zum Paradoxen steckt in uns allen. Ich studierte fleißig die verschiedenen Meinungen, und da ich oft genug hatte sagen hören, jeder Mensch habe am Ende doch seine eigene Religion, so kam mir nichts natürlicher vor, als dass ich mir auch meine eigene bilden könne.« Einer der inneren Wegweiser dieser Religion war, so heißt es, die Anweisung: »*Liebet das Böse gut!*«. Die katholische

Kirche verstand das als Bedrohung und bekämpfte die Bogumilen mit aller Kraft als ketzerische »Irrlehre«. Es ist aufschlussreich, dass viele der »bogumilischen Ketzer« in der heutigen Krajina und vor allem in der Stadt Zadar lebten, weshalb es 1202 beim vierten, gegen das orthodoxe Byzanz gerichteten Kreuzzug, im Vorbeigehen angegriffen wurde.

Die Bewohner einer Stadt wie Zadar, die den Launen vieler Einzelner (wie jenem gewinnsüchtigen Ladislaus von Neapel) ausgesetzt waren, mussten sich in besonderer Weise auf sich selbst besinnen, um nicht von den Wirren der Geschichte verschlungen zu werden. Es erscheint geradezu folgerichtig, dass sie sich der bogumilischen Lehre anschlossen oder Sympathien für sie hegten, denn eine geistige Freiheit, die den Einzelnen wahrnimmt, erlaubt ihm auch, eine Seele zu haben und sich größer und weiter zu denken, als es den Herrschenden lieb ist. Es ging den Bogumilen nicht nur darum, die Erlösung vom Bösen zu erlangen, sie versuchten vielmehr, es zu verwandeln. Je mehr ich über die Bogumilen nachdenke, desto mehr erstaunt mich die Tatsache, dass sich auf dem Gebiet des heutigen Bosnien und Dalmatien überhaupt das Christentum und der Islam festsetzen konnten, da das Bogumilentum bereits zur Staatsreligion ausgerufen worden war. Sein Einfluss reichte fast bis an die dalmatinische Küste. Auch unweit meines Dorfes, in Cista Velika, lebten die Bogumilen, Grabstelen zeugen von ihrer auf Versöhnung und Innenschau ausgerichteten Gemeinschaft. Als Kind kam ich mit meinem Großvater oft an diesen Grabsteinen vorbei. Es ging von ihnen keine Trauer aus, und jedes Mal freute ich mich, die Steine anzusehen, auf denen tanzende, sich an den Händen haltende Menschen abgebildet waren, Reben, Rehe, Esel und andere Tiere, die ich sehr liebte. Überdies hielt ich die Stelen, die aus einer bestimmten Perspektive wie dicke Bücher aussehen, für in Stein gebannte, geheimnisvoll sich mit der Erde besprechende Objekte, in denen viele Geschichten verborgen waren (die man mir in Schule und Kirche, davon war ich überzeugt, absichtlich vorenthielt). Auf den bogumilischen Grabstelen kann man gleichschenklige Kreuze erkennen, die genau in einen Kreis passen; sie sind von Lichtperlen umringt, Ritter grüßen freundlich mit erhobener, übergroßer Hand (der Sprecherin des Körpers) und fein gearbeitete Lebensbäume sind in Stein gemeißelt, mit Weinstock und Reben, die das Wort Christi verbildlichen: »Ich bin der Weinstock und ihr seid die Reben.« Viele ähnliche Stelen konnte man früher in der Nähe von Neum sehen. Als ich sie suche, erklärt man mir, dass die Stelen seit einiger Zeit in Sarajevo im Landesmuseum untergebracht sind, sie wurden vor Zerstörung gerettet. Andere Stelen sind in der Herzegowina, in Stolac, zu besichtigen. Auf einem großen Bogumilenfriedhof aus dem fünfzehnten und sechzehnten Jahrhundert stehen über hundert gut erhaltene Stelen. In Donja Zgošća bei Kakanj, im heutigen Bosnien, ist ein besonderer Obelisk erhalten, auf dem eine Reihe kosmischer Symbole und zwei Fische zu sehen sind. Auf fast allen Stelen, die in Museen zwischen Zagreb und Belgrad aufbewahrt werden, begegnet mir der freundliche Ritter mit der großen Hand, er grüßt wie ein alter Freund aus den Kindertagen der Menschheit. Ein Vögelchen ist hin und wieder auf den Stelen zu sehen, mit feiner Hand eingemeißelt, auch Blumen,

Lilien vielleicht, die noch heute die bosnische Flagge schmücken.

Auf dem Weg nach Imotksi habe ich in Cista Velika angehalten, dort habe ich mir den kleinen Friedhof und die Stelen nochmals angesehen. Jemand hat ein übergroßes Kreuz aufgestellt, eines jener Art, an dem Jesus gekreuzigt wurde. Es passt in keinen Kreis. Da fiel mir ein, dass ich schon als Kind etwas gegen dieses verewigte und in die Länge gezogene Leiden hatte. Ist denn der Mann aus Nazareth nicht auferstanden?, fragte ich einmal den Dorfpfarrer. Sei still, du kleine Kommunistin, antwortete er, und ich entging nur knapp einer Ohrfeige. Da ich angehalten war, regelmäßig zur Beichte zu gehen, erfand ich in meiner Hilflosigkeit allerlei Vergehen, von denen ich glaubte, dass sie den Pfarrer beeindrucken würden. Am Ende behauptete er immer, Jesus habe durch die Kreuzigung alle unsere Sünden auf sich genommen. Ich hatte schon damals im Beichtstuhl eine Ahnung davon, was die Kirche über Jahrtausende hinweg mystifizierte und auch in meinen Kopf einpflanzen wollte. Ich blieb bei den Fakten – die Auferstehung hatte es gegeben. Lieber als das Kreuz betrachtete ich die beruhigenden Symbole der bogumilischen Stelen. Noch heute sind mir die tanzenden Leute auf den Steinen der Bogumilen lieber als das Kreuz des Leidens. Mein Augenmerk führte mich ins Verstehen, es gilt noch immer den Rehen und Reben, den Eseln und den grüßenden Ritterhänden. Die Gräber stellen Menschen dar, die, wie ich, etwas geliebt, die gelebt haben – an diesem von der Sonne versengten Ort, auf dieser Erde, die mich trägt und auf der ich mit meinen beiden Füßen stehe, die Hitze des Sommers spürend. Im Hotel packe ich meine Tasche und besteige den Bus zurück nach Zadar, wo ich mit einer Ärztin verabredet bin. Als ich endlich wieder das Meer erblicke, fühle ich mich sicher und geborgen, vor dem kargen Hinterland regelrecht gerettet.

18.

Nur eine halbe Autostunde entfernt von einer der
furchterregenden Bushaltestellen in der Krajina liebkost
die Sonne das friedlich im Hafen liegende Zadar mit der
Domkirche der Heiligen Anastasia, der Kirche Sankt Elias,
der Kalelarga – der Breiten Straße, der Kirche des Heiligen
Chrysogonus, der Kirche Sankt Donatus und der ehemaligen Kirche zur Heiligen Dreifaltigkeit (es wird vermutet,
dass sie aus den Trümmern eines Junotempels im neun-
ten Jahrhundert erbaut wurde). Auch das römische Forum
hat die Zeiten überdauert. Der erzbischöfliche Palast, der
ehemalige Palast der Prioren, sie zeugen von einer anderen
Vergangenheit, von einer Kraft und Würde, die sich im
Kern erhalten hat.

Im kleinen Hafen Foša erzählt mir beim Kaffee eine serbische Kinderärztin vom Beginn des Krieges und von der
Nacht, als sie (eine überzeugte Jugoslawin) beschimpft
und aus ihrer Geburtstadt verjagt wurde. In der Krajina
war eine kroatische Familie im Schlaf ermordet worden.
Fortan war die Ärztin, als sei sie persönlich an dem Verbrechen beteiligt gewesen, für ihre kroatischen Kollegen
»die Feindin«. Kurz darauf musste sie eines Abends drin-
gend zu einer komplizierten Entbindung, doch ihre Kolle-

gen versperrten ihr den Weg zu der gebärenden Frau (die Zwillinge erwartete). Sie warfen ihre Sachen auf die Straße. Am nächsten Tag fuhr sie verängstigt mit ihrem Mann und ihren drei Töchtern nach Belgrad. Ohne Geld machte die Familie sich auf den Weg und kam zuerst bei Verwandten unter, die selbst nur in einer Zweizimmerwohnung lebten. Keiner von ihnen war ein Bewunderer oder Anhänger von Milošević. In Belgrad begegnete man ihr zu ihrer Überraschung ebenso feindlich, sah die Kinderärztin und ihre Familie als Verräter an, die bis jetzt, hieß es überall, wo sie auftauchten, der kroatischen Sache, also dem Gegner, zugearbeitet hätte. Das war ein Absurdum, das sie, wie sie sagt, »im Innersten schachmatt« setzte. In Zadar hatte sie sich nicht richtig bei ihren kroatischen Freunden und ihrem Arbeitgeber verabschieden können, so glaubten auch sie, dass die Ärztin aus gutem Grund geflohen war. Ihre überstürzte Abreise machte sie hier und dort verdächtig. Die Übersiedlung nach Serbien galt in Zadar als Beweis dafür, dass sie ohnehin nie ein ehrlicher Teil der kroatischen Gesellschaft gewesen war, vielleicht sogar für die Serben spioniert habe. Bruder Teufel war zwar kein Lagerkommandant mehr, aber sein gedankliches Werk der Feindschaft steckte noch immer in den Köpfen der Menschen und eröffnete einen Kreis von Schuld, Misstrauen, Sühne, Mord und Totschlag. In fast biblischem Ausmaß kam es zu tausendfachem Brudermord. Wieder fragte ich mich, wer hier Kain, wer Abel war. Sie haben so oft die Rollen gewechselt, bis sie niemand mehr auseinanderhalten konnte. Und erzählt nicht genau das im Kern die Sinnlosigkeit all unserer Kriege?

Bis heute gilt hier jeder als fanatischer Serbe, der während des Krieges seinen Grund und Boden zurückließ, um den Demütigungen, die auch die Kinderärztin ertragen musste, zu entkommen. Die sogenannte Baumrevolution 1990 verschärfte das Klima der Verdächtigungen. Dabei handelte es sich um eine von Belgrad gelenkte Bewegung, die mit Baumstämmen wichtige südkroatische Zufahrtsstraßen beispielsweise zum Meer blockierte und alles lahmlegte, nicht zuletzt den für Kroatien wichtigen Sommer-Tourismus. Viele der serbischen Bewohner Kroatiens sollen aus Furcht vor dem Wiederaufleben des Ustascha-Staates daran beteiligt gewesen sein. Die alte Angst vor den Ustascha wurde allerdings bewusst geschürt, zuerst durch Reden der Politiker (und einiger Dichter in Belgrad), dann durch den kroatischen Präsidenten Franjo Tudjman, der es in seiner steinernen Uneinsichtigkeit sogar fertigbrachte, den Holocaust zu leugnen.

Die meisten Serben, die während der Baumrevolution flohen (aber nicht unbedingt an ihr beteiligt waren) und ins Exil gingen, fanden Jahre später ihre alten Häuser zerstört vor, ohne Dach, ohne Türen, die Fenster waren in der Regel kaputtgeschlagen oder rausgebrochen worden, und aus dem Hausinneren wucherten Sträucher und Blumen in wildester Pracht. Als ich zum ersten Mal die Zerstörung in meinem eigenen Dorf sah, empfand ich die Natur als eine radikale Schriftführerin, sie sah nicht vor noch zurück, sie wuchs einfach weiter, jede Ritze, jeder umgefallene Kleiderschrank, jeder Ofen wurde ihre Erde, sie machte auch das Schrecklichste schön. Mirabellenbäume, Granatapfelbäume, Pflaumen- und Mandelbäume, alles blühte, alles gedieh, und an den Häuserwänden standen Worte wie *rat, Krieg,* Worte wie *smeće, Müll,* Worte wie *krmad, Schweine.*

Eingestürzte, ausgebrannte Häuser. Gesprengte Mauern. Die wertvollen großen weißen Steine, die vor Hunderten von Jahren von der Küste ins Landesinnere getragen worden waren, erwiesen sich als einträgliche Einnahmequelle für findig organisierte Banden. Ihnen gehörten auch einige Veteranen an, die drogenabhängig aus dem Krieg zurückgekehrt waren. Sie verkauften die Steine an Deutsche und Russen, die noch während des Krieges Häuser an der Küste erwarben. Den Geschäftemachern und Kriegsprofiteuren gehört inzwischen das halbe Land. Reiche Russen kamen gleich mit ihren Lieferwagen, sie brachten ihre eigenen Speisen mit und kauften nicht einmal vor Ort ein.

Ich frage die Kinderärztin, wie es sich anfühlt, nach allem, was geschehen ist, wieder in Zadar zu sein, durch die Straßen dieser Stadt zu gehen, Kaffee zu trinken. Hat sie Angst? Sie ist in Rente, erzählt sie, sie arbeitet nicht mehr, und geht, wenn sie in der Stadt ist, sehr gern zur Meeresorgel, wo die alte Angst verweht. Sie liebt das Meer und den Fischmarkt, die Familie hat ihre alte Wohnung in der Altstadt wieder in Besitz genommen. »Sie gehört uns und ist ordentlich im Kataster eingetragen, schwarz auf weiß«, sagt sie und lächelt. »Wenn aber Schwarz wieder zuschlägt, ist dem Weiß des Papiers alles egal.« Ich frage, ob sie jemals erfahren hat, was an jenem Abend in der Krajina vorgefallen ist, als ihre Kollegen sie aus dem Krankenhaus gejagt haben. Daran erinnert sie sich sehr genau. Sie selbst sei derart erschüttert gewesen, dass sie gar nicht gefragt habe, welcher Nationalität die Opfer waren. Ein Mann, etwa vierzig, stürmte in der Nacht in das Haus einer Hochschwangeren und schnitt ihr im Schlaf die Kehle durch. Dann brachte er auf die gleiche Weise ihre fünf Kinder um. Seine Opfer waren Kroaten. Dass der Ehemann der Frau aber ein Serbe war, wusste der Mörder nicht. Später wurde die Geschichte noch einmal erzählt, mit umgekehrter Rollenverteilung. Wer weiß, wo wieder ein unschuldiger Mensch von seinem Arbeitsplatz vertrieben und auf die Straße gesetzt wurde, nur weil er zu dieser und nicht zu jener Volksgruppe gehörte. Dieser Mensch konnte von Glück reden, wenn er nur seine Arbeitsstelle verlor. Gesetzlose Zeiten ziehen gesetzlose Menschen an, und beide bedingen einander, während die anderen ihnen ausgesetzt sind und nichts mehr tun können, um eine friedliche Veränderung herbeizuführen. Der Krieg gestattet ihnen das nicht, der Krieg hat keine Zeit für die Wahrheit. Der Krieg ist der Feind aller Menschen.

Die Ärztin erzählt mir, dass sie in Belgrad damals eine Kurzgeschichte von Ivo Andrić gelesen habe: über ein Schaf, das um sein Leben tanzt: »Aska und der Wolf«. Am Schluss heißt es darin: »Auf der ganzen Welt schrieb, erzählte und sang man davon, wie das Schäfchen Aska den schrecklichen Wolf mit seinem Tanz besiegt hatte. Aska selbst erzählte nie von ihrer Begegnung mit dem Wolf und von ihrem Tanz im Wald. Denn niemand erzählt gern von seinen größten und schwersten Erlebnissen.« Erst Jahre nach ihrer bedrohlichen Begegnung mit einem Wolf schreibt das Schaf ein Ballet, in dem es seine Erlebnisse verarbeitet. Die Kritiker und das Publikum bejubeln es und geben ihm den Titel »Der Tanz mit dem Tod«. Aska selbst, so heißt es bei Andrić, nannte ihr Stück »Der Tanz ums Leben«. Die Geschichte hat deshalb eine besondere Bedeutung, weil Aska als Lämmchen in eine Ballettschule geht.

Die Mutter verbietet es ihr, da es, denkt sie anfangs, für ein Lamm absurd ist, etwas so Sinnloses wie das Tanzen zu erlernen. Aber als sie in einem dunklen Wald einem Wolf begegnet, tanzt sie. Über die schöpferische Kraft, die in der Gefahr im Tanz aus ihr zu sprechen beginnt, heißt es bei Andrić: »Die kleine Aska fühlte hundert Leben in sich und nützte die Kraft dieser hundert Leben dazu, ihr einziges Leben, das sie schon verloren wusste, zu verlängern. Wir wissen nicht, wieviel Kraft und wie viele Möglichkeiten jedes Lebewesen in sich birgt. Wir ahnen nicht einmal, was wir alles können. Wir sind da und vergehen, ohne zu erfahren, wer wir hätten sein und was wir hätten tun können. Nur in großen und außerordentlichen Augenblicken entdeckt man dieses Geheimnis, und ein solcher Augenblick war es, in dem Aska um ihr verlorenes Leben tanzte. Ihr Körper ermüdete nicht, und ihr Tanz schöpfte aus sich selbst neue Kraft. Sie vollführte immer neue und neue Figuren, die in keiner Ballettschule gelehrt werden.« Ich frage mich, was die ehemaligen Kollegen der Ärztin sagen würden, wenn sie wüssten, dass eine ihrer drei Töchter Mitbegründerin der Studenten- und Widerstandsbewegung »Otpor« war und gegen Milošević auf die Straße ging, ihrer schöpferischen Kraft mehr als ihrer Angst vertraute, als sie auf den Straßen von Belgrad ihr Leben riskierte.

Die junge Frau erzählt mir, dass die Geschichte von Aska ihr in dieser Zeit sehr geholfen habe. Inspiriert wurde die Gruppe aber auch vom amerikanischen Politikwissenschaftler Gene Sharp, der mit seinen Studien über gewaltfreies Handeln Berühmtheit erlangt hat. Der Slogan der Otpor-Gruppe (die zum Vorbild für politische Bewegungen in Weißrussland, Georgien und anderswo geworden ist) war: *Gotov je. Er ist fertig.* Gemeint war: der Präsident. Die im Widerstand gegen Milošević politisierte Tochter der Kinderärztin wurde eines Tages in Belgrad verhaftet und kam ins Gefängnis. Ich fragte sie, wie es ihr dort ergangen sei. Sie sagte nur, es sei dort nicht so kalt gewesen, wie sie befürchtet habe. Als sie entlassen wurde, nahm sie ihre politische Arbeit wieder auf. Sie wusste, dass es nur eine Frage der Zeit war, bis der Präsident wirklich »fertig« war. Ihr Mut und ihre Würde trugen sie, wie Aska vom Tanz getragen wurde; sie ist eine stolze, weltgewandte Frau geworden und lebt heute mit ihrer Familie in New York. Es wäre ein Leichtes für sie, im Umgang mit Kroaten im dalmatinischen Dialekt zu reden, mit dem sie aufgewachsen ist, aber anders als ihre beiden Schwestern versteckt sie ihre Herkunft nicht. Diese Frau, die keinen Hass kannte, entpuppte sich im Gespräch als Leserin der Schriftstellerin Ruth Klüger, die einmal gesagt hat, dass jeder Hass auf andere Gruppen immer ein Stück Shoa in sich trage. Deshalb glaube sie nicht an ein »Nie wieder«. Die Lager in Bosnien, Kroatien und Serbien sind der Beweis, dass Ruth Klüger traurigerweise recht hat, wenn sie auf Achtsamkeit und Selbstbefragung pocht. Was einmal gedacht wurde, kann wieder gedacht werden. Karadžić und Mladić sind wegen Völkermordes in Den Haag angeklagt, ihnen wird vorgeworfen, für rund 370 Lager verantwortlich zu sein (zusätzlich werden ihnen 400 Massaker und 75 000 zivile Opfer zur Last gelegt). Mladić übernahm Mitte Mai 1992 das militärische Kommando in der Krajina und eroberte sie auf brutale Weise. Es folgten barbarische ethnische Säuberungen gleich in den ersten Kriegswochen, bereits zwei, drei Wochen später gab es über eine Million Flüchtlinge.

Aus dieser Zeit stammen wohl die erschreckenden Sätze an den Bushaltestelle, die mich in jeder Hinsicht lähmten. »Der Sommer ist, uns dürstet es nach Braten, das wird eine schöne Leckerei, wir grillen uns Kroaten.«

Zwei Jahre lang reisten Uno-Gesandte durch Bosnien und lieferten einen Bericht ab, in dem 715 Gefangenenlager aufgeführt sind – davon 237 unter serbischer Kontrolle, 89 wurden von den Muslimen und 77 von den Kroaten verwaltet. Die restlichen 317 konnten nicht klar zugeordnet werden. Was erzählt der ungelöste Rest, die Lücke? Und was können uns diese Zahlen sagen? Nichts, wenn wir nicht den Einzelnen sehen, sein Schicksal, seine Verwicklungen. Was einem Einzelnen geschieht, geschieht dem ganzen Menschengeschlecht. Es wird sich erst dann in den Köpfen der Menschen etwas verändern, wenn der Einzelne sein Leben in Selbstermächtigung gestaltet. Und wenn nicht das Verhältnis Täter-Opfer, sondern das Verhältnis Opfer-Freiheit im Denken in den Vordergrund rückt. Ruth Klüger beschreibt dies anschaulich und sagt von sich, dass sie sich für das zweite, für die Bewegung in Richtung innere und äußere Freiheit viel mehr als für das reine Opferdasein interessiert. Dazu gehört die Befragung der eigenen Ängste, das Echo zwischen Vertrauen und Misstrauen, die Abgründe, die dort lauern und einem Menschen zur Falle werden können. Der Andere nebenan, das sind immer auch wir selbst. Es lohnt sich, den Weg zurückzuverfolgen, vom Außen ins Innere zu gehen und zu begreifen, dass jede neue kriegerische Handlung eine Invasion unseres Fühlens und Denkens ist. Sie führt zu Verdrängungen, ruft neue Angst hervor, die alles zuvor an Freiheit Errungene radikal beschattet. Irgendwann beginnen wir gar, mit der Angst zu argumentieren, bis sie schließlich Grundlage unserer Handlungen ist. Julia Kristeva erinnert daran, dass die Verdrängung im heutigen Europa zwiespältig ist. Einzelnen Ländern wie Deutschland bescheinigt sie in Teilen ein mutiges Sich-über-die-Vergangenheit-Beugen. »Aber Europa als solches, als Ganzes«, führt sie aus, »hat sich nicht ernsthaft mit seiner Geschichte auseinandergesetzt.« Sie denke da nicht nur an die Shoa. »Ich denke auch an die Inquisition, Progrome, an den Kolonialismus, an den Machismo oder an die Kriege, die für den Kontinent verheerend gewesen sind und sich über die ganze Welt ausgebreitet haben.« Solange diese Schatten nicht erforscht und einer Kritik unterzogen würden, werde Europa nicht vorankommen, sondern sei dazu verdammt, Rückschritte zu machen. Ein beträchtlicher Teil dieses Rückschrittes ist die jugoslawische Tragödie, die auch dazu führte, dass mitten in der Zivilisation eine Stadt wie Belgrad bombardiert werden konnte. Ist das Frieden? Nein, es ist das Gegenteil davon: die volle Macht des Schattens. Noch nie ist in unserer Welt Hass mit Hass beseitigt worden. Wie schnell der Schatten Wirksamkeit zeigt, lässt sich auch daran erkennen, dass ein deutscher Bundespräsident in seiner Weihnachtsansprache 2012 sagen konnte, seit über sechzig Jahren herrsche in Europa Frieden. Wo liegt Sarajevo? Wo liegt Srebrenica? Wo liegt Dubrovnik? Wo liegt Belgrad? Konnte man Sarajevo sich selbst überlassen und Belgrad bombardieren, weil sie unbewusst eben nicht zu Europa gezählt wurden? Wer von den damals Verantwortlichen war in der Baščaršija, wer von ihnen hat auf die umliegenden Berge geschaut oder Belgrad besucht, um über den Kalemegdan zu spazieren oder den Zusammenfluss von Donau und Save zu sehen? Nirgendwo lässt sich besser zeigen, wie das Unbewusste Europas funktioniert. Und so wird deutlich, dass wir uns noch immer nicht als eine Gemeinschaft begreifen, deren Handlungen hier und dort gleichermaßen wirksam sind. Wer Freiheit und Individualität durch Gewalt (und in diesem Fall durch Bomben auf eine europäische Stadt) stiften will, stiftet genau das nicht. Wie viel Hass aber diese im Namen des Friedens abgeworfenen Bomben für alle Zeiten gesät haben, ist den Politikern und Bürokraten von damals offenbar gleichgültig. Sie haben schnell vergessen, dass sie Europa in seinem Kern verraten haben, als Demokraten hätten sie schon zu Titos Zeiten ihre Stimme erheben müssen. Aber sie haben ihr Gewissen auf Morgen verschoben. Im »Galeerentagebuch« von Imre Kertész heißt es, dass es im ethischen Sinne kein Morgen gibt, immer nur ein Heute. Das Gewissen aber meldet sich immer zu rechten Zeit. Wenn aber die berechnenden Taktiken der Politik nicht zu aufrichtigen Handlungen werden, kommt es zu einem Feilschen mit der Wahrheit, und alle ethische Dringlichkeit verliert sich, wird austauschbar und sinnentleert. Die unschuldigen Menschen auf dem Kosovo, in Bosnien und am Ende auch in Belgrad hat das in eine bittere Lage versetzt. Auch der weltoffenste Bewohner der serbischen Hauptstadt etwa hat während der Bombardements um sein Leben gefürchtet und dabei nicht nur Amerika, sondern vor allem seine (kosovarischen, kroatischen, bosnischen, katholischen wie muslimischen) Nachbarn verflucht. Doch mit ihnen muss er weiterhin leben. Hier wird ein Kollektiv verflucht, das einem immerzu als einzelner Mensch begegnet. Bewusstes Denken und Handeln ist und bleibt ein Luxus und ein Geschenk des Geistes im Frieden. Wer um sein Leben fürchten muss, hat keine Zeit, sein Gegenüber zu begreifen. In der Stadt Sarajevo war aber auch das anders. Die Städter (es ist wichtig, dass sie Städter waren!), die dort blieben, erinnern sich zwar alle an die Nationalität ihrer Nachbarn, mit denen sie den Krieg in der belagerten Stadt überstanden, aber da sie alle zusammen den Aggressoren auf den umliegenden Bergen Minute für Minute ausgesetzt waren, wurden sie eine Gemeinschaft, in der sie nur dank ihrer Achtsamkeit miteinander auskamen und schließlich überlebten. Es hielten sich alle an einmal getroffene Regeln, etwa in den Hochhäusern, wo gemeinschaftliche Kochstellen eingerichtet wurden; die Bewohner warteten höflich, bis sie an die Reihe kamen. Vedrana, eine junge Bosnierin, die ich in Sarajevo treffe, erzählt mir, sie habe in jenen Tagen des Krieges völlig vergessen, dass es die Option zu hassen gegeben habe. Warum, frage ich sie. »Dafür war einfach keine Zeit«, sagt Vedrana.

19.

Im Bus nach Sarajevo denke ich immerzu an den Bären, der die Belagerung der Stadt zweihundert Tage lang überlebte und dann, als letztes Tier des Zoos, verendete. Während im Krieg alle mit dem eigenen Überleben beschäftigt waren, ist dieser Bär zum Gleichnis geworden. Am 4.11.1992 erschien in der New York Times ein Artikel über ihn: »At Sarajevo Zoo, the Last Survivor Dies«. Es war eine Bärin. Und sie zeigte mit ihrem unausweichlichen Tod den Menschen dieser würdigen, selbstbewussten und zivilisierten Stadt, was schon bald auch ihr Schicksal werden würde. Der Zoowärter Pal Takac hatte sich noch in den ersten Novembertagen um das Tier gekümmert, ihm Brot und Äpfel gebracht. Er sei traurig, sagte er der amerikanischen Zeitung, und doch froh, dass die Bärin nicht mehr leiden müsse. Das Tier war eines von hundert, das im Zoo von Sarajevo lebte, bevor die serbischen Streitkräfte die Stadt am 5. April attackierten. Eine Giraffe, Wölfe und auch Adler starben zuerst. Mitte September waren alle Tiere tot, nur die Bärin, umgeben von Kadavern der anderen Bären, Leoparden, Löwen, Tiger und Pumas, lebte noch, dann verendete auch sie. Bevor die Tiere selbst starben, fraßen sie in der Not ihre eigenen Gefährten. Das ist erwiesen. Ihre Knochen gaben darüber Auskunft. Die Wärter riskierten ihr Leben, um die Tiere zu füttern, einer wurde sogar getötet, ein anderer ernsthaft verletzt. Der dritte und letzte gab im August auf.

Ich erinnere mich genau an jenen August des Jahres 1992, ich war neunzehn Jahre alt. In Hessen, wo meine Familie damals lebte, kamen unzählige Flüchtlinge aus Sarajevo an. Wo man hinging, hörte man ihren eigentümlichen Dialekt in den kleinen Dörfern des Main-Taunus-Kreises. Die Bosnier erzählten immer Witze, ihr Gelächter war überall. Über den Krieg sprachen sie nie, aber ihre Körper taten es umso nachdrücklicher, ihre Gesichter wurden ihre Sprache, und meine Schwester und ich fragten uns, in was für einer Welt wir bloß lebten, dass es zu solcher Zerstörung, Stummheit und Not kommen konnte. Jedes Mal, wenn wir mit unseren Freunden in Cafés oder zum Billardspielen gingen, lernten wir jemanden aus Bosnien kennen, die meisten Männer kamen aus Sarajevo, hatten lange Haare, hörten Pink Floyd oder waren Fans von David Bowie. Die Frauen, denen wir begegneten und mit denen manchmal besondere Freundschaften entstanden, waren aus Banja Luka oder anderen bosnischen Städtchen geflohen, in denen die Bevölkerung nach den Vertreibungen durch die Serben nur noch rein ethnisch war. Sie berichteten uns, dass ehemalige Nachbarn und Freunde sich sofort ihrer verlassenen Häuser bemächtigten. Später, als sie aus dem Main-Taunus-Kreis wieder eine Rückkehr wagten, gab man ihnen ihre Häuser nicht zurück, obwohl jeder wusste, wer die rechtmäßigen Besitzer und wer die Besatzer waren.

Einer der im Taunus neu eingetroffenen Flüchtlinge

erzählte ohne Unterlass irgendwelche Lustigkeiten, was oft dramatische Züge hatte, da er fast gar keine Stimme mehr hatte. Er krächzte über die ganze Kriegszeit die wunderlichsten Witze zusammen und ließ sich nie davon abbringen, sie zu Ende zu erzählen. Aber kaum jemand konnte lachen, weil wir fast atemlos warteten, ob er seinen Satz zu Ende bringen oder doch noch mitten im Witz weinen würde. Meine Schwester und ich fragten uns, ob dieser Mensch jemals in der Lage sein würde, sich selbst zu sehen oder besser gesagt zu hören. Denn er schien verlernt zu haben, was uns, gerade einmal sechzehn und neunzehn Jahre alt, vollkommen blockierte: alles, was wir taten und was wir sagten, stand unter ständiger Selbstbeobachtung, und es wollte uns keine Selbstverständlichkeit in unseren Bewegungen und Sätzen gelingen. Dieser Mann hingegen redete ununterbrochen, er hörte sich im wahrsten Sinne des Wortes schrecklich an, als hätte der Schrecken in ihm seine immerwährende Bleibe gefunden. Er war permanent heiser, und wir glaubten, dass er vor seiner Flucht wochenlang nichts anderes getan hatte, als Schreie auszustoßen. Konnte ein Krieg grausamer über einen Menschen triumphieren? Hatte er, der vielleicht gerade einmal Mitte zwanzig und immer nur Befehlsempfänger gewesen war, jemals gespürt, worin seine menschliche Freiheit bestand? Oder war er immer nur ein Ausgelieferter gewesen, einer, über den bestimmt wurde? Wenn es so war, dann war er nie er selbst und wird wohl noch heute krächzend Witze machen. Die Autorität, die in ihm spricht, hat ihn von Innen belagert. Sein Selbst hat das Erlebte verworfen. Aber warum? Diese einfache Frage konnte ich ihm nie persönlich stellen. Irgendetwas an ihm und seinem Auftreten, dem hitzigen Blick und der Art, wie er mich ansah, verstörte mich zutiefst. Ich hatte Angst, allein mit ihm zu reden. Wer war dieser Mann, der zwar seinen Körper gerettet, aber seine Stimmbänder verloren hatte? Was wussten wir sonst über seine Geschichte?

Und erst jetzt, nach über zwanzig Jahren, frage ich mich, ob jener Mann nicht nur Opfer, sondern vielleicht auch Täter war. Meine Schwester und ich lernten damals im Taunus viele Menschen kennen, die nichts mehr besaßen, die Kinder, geliebte Wegbegleiter, Verwandte, Ehefrauen und Ehemänner, Tiere, Haus und Hof verloren hatten. Aber alle waren noch im Besitz ihrer Stimme, sie konnten sich zumindest noch mitteilen. Der Heisere war der Einzige, der ohne Stimme in die Freiheit gelangt war. War er ein Täter? Hatte er Menschen auf dem Gewissen, und sind es sie gewesen, die seine Stimme belagerten? Vielleicht war gerade das Krächzen eine Mitteilung, eine Sprache, die auf ein Geheimnis verwies. Die Stimmbänder ließen sich nicht zueinander führen, berührten sich nicht, zeigten auf ihre Weise das, was in der Reibung überwunden werden wollte. Was es genau war, haben wir nie erfahren, ich ging davon aus, dass der heisere Mann ein Opfer war wie alle, die sich in unseren beschaulichen Main-Taunus-Kreis retteten. Wir wagten nicht, Fragen zu stellen, das war ein Tabu. Die Flüchtlinge erzählten nie Genaueres über ihre Erlebnisse, sie verrieten selten mehr als die Gegend, aus der sie kamen. Der Heisere kam aus der Krajina. Das wussten wir. Wir waren zu jung, um auch nur zu ahnen, dass Verdrängen nicht das Gleiche ist wie Vergessen und erst recht nicht wie Verwerfen. Alle drei gehen auf ihre Art an die Substanz des Menschen und kosten ihn am Ende seinen Kern. Aber schon damals spürten wir, was ich später bei Albert Schweitzer lernte:»Anderen Wesens zu sein als die Welt ist unsere geistige Bestimmung.« Wer aber sich selbst verliert, wird weder im Krieg noch im Frieden von der Bestimmung gestützt. Mit dem Verlust des Mitgefühls für alle uns umgebenden Geschöpfe verlieren wir unsere wahre Stimme, die uns mit der Verantwortung nicht nur für uns selbst verbindet, sondern auch immer auf den Anderen verweist. Indem wir uns in der uns eigenen Bestimmung spüren, erhalten wir auch, um mit Albert Schweitzer zu sprechen, die Ehrfurcht vor dem Leben. Wie tief eine solche Humanitätsbesinnung in einem Individuum verankert ist, das den Mut aufbringt, der eigenen Wahrheit und Eingebung zu folgen, erfuhr ich in Sarajevo von Ismeta, einer fünfzigjährigen Schneiderin, die den Krieg mit ihrer Familie nahezu unversehrt unter Belagerung überlebte.

Dank eines Traumes, den Ismeta mir nach einiger Zeit unter Tränen erzählen wird, kam niemand von ihren nahen Menschen ums Leben. Nur ihre Schwester wurde leicht verletzt. Ismeta hatte auf ihre innere Stimme gehört, die sie untrüglich in die Sicherheit führte, obwohl sie, von außen betrachtet, mehr als nur unvernünftig zu handeln schien. Eine Samtjacke meiner Mutter, deren zerrissenes Futter ich ersetzen lassen wollte, führte mich zu dieser besonderen Frau. Meine Freundinnen Saida und Vedrana kamen mit. Saida wusste sofort, wer mir helfen konnte, die Jacke wieder herauszuputzen. Meine Mutter hatte sie seit den siebziger Jahren getragen, als sie in Deutschland arbeitete, der Samt ist also älter als ich.

Die beiden Frauen begleiten mich nach einem Spaziergang durch die Altstadt zu einem herrlichen Stoffladen in der Baščaršija, wo wir einen schönen violettfarbenen Futterstoff kaufen. Damit steigen wir über steile Sträßchen hinauf zu Ismeta. In ihrem Nähzimmerchen wartet sie bereits lächelnd auf uns und heißt uns fröhlich willkommen. Prachtvolle Kleider hängen an einem großen alten Holzschrank, die sie für die Abiturfeier ihrer Tochter Aida geschneidert hat. Sie hat zwei Kleider, die Penelope Cruz und Sandra Bullock bei den letzten Oscarverleihungen getragen haben, genau studiert und nachgenäht, ihre Tochter kann sich aussuchen, welches sie für das große Fest tragen möchte. Noch immer lächelt Ismeta und sieht sich in ihrem Zimmer um. Den Anfang des Krieges konnte sie hier weiter nähen und in ihrem Haus bleiben, später musste sie es verlassen und wurde umgesiedelt. Ihr Blick ist direkt und klar und echt, mit ihrem ganzen Menschenherzen sieht sie mir in die Augen. Und so ist auch alles andere echt, was sie erzählt, ist von tiefer innerer Erfahrung und Aufrichtigkeit durchdrungen. Eifrig stellt sie Kekse auf den Tisch und bereitet einen türkischen Kaffee, den ich gleich lobend zu trinken beginne. Ismeta fragt mich, ob der Kaffee bosnisch oder türkisch ist. »Es ist unser Kaffee«, sage ich, und alle lachen. Wir sind der kleine Kern von dem, was Jugoslawien einmal war, haben verschiedene Nationalitäten und Religionen, und ich bin die Einzige, die nie in Sarajevo gelebt hat und keiner Kirche oder religiösen Gemeinschaft angehört. Die drei anderen fühlen sich dieser Stadt von Innen zugehörig, wie sie nachdrücklich betonen, und mir fällt wieder diese besondere Liebe zu Sarajevo auf. Die Wärme, mit der sie über ihre Stadt sprechen, begründet das unbedingte Selbstverständnis seiner Bewohner. Im Krieg mussten wir den schrecklichen Getreidekaffee trinken, sagt Ismeta. Ihr Magen habe sich regelrecht gewehrt und vom ersten Schluck an rebellierend zusammengezogen. Kopfschüttelnd sieht Ismeta mich an, als ich beichte, dass ich zu Hause manchmal freiwillig Getreidekaffee trinke, ihm allerdings feingemahlene Trockenfeigen beimische, um ihn zu süßen. Sie sieht mich an, als wäre ich ein fremder Marsbewohner, trotz der vertrauten Feigen. Im Krieg sei es bei ihrem Mann ganz anders als bei ihr gewesen, sagt sie, Hauptsache schwarz, habe er immer herumgescherzt, als sei es mitten im Frieden. In den Care-Paketen sei manchmal Kakao gewesen, den sie achtsam, wie zum Gebet, mit Milchpulver vermischt habe – eine unfassbare Köstlichkeit. »Das war der Kriegsexpress«, sagt sie, und Saida und Vedrana sprechen fast zeitgleich das Wort aus. Und mit dem Wort erinnern sie sich an die Kriegsküche, deren Rezepte ihnen noch gegenwärtig sind. Ismeta hält inne und sagt, das Schlimmste ist, dass alle zugesehen, dass sie alles gewusst und nichts unternommen haben, um uns in der eingekesselten Stadt zu helfen. »Alle« – das ist das empfindungslose Europa, die Welt da draußen, die vor den Fernsehschirmen zugeschaut und im Herzen weggeschaut hat. Ihr Mann drängte darauf, die Stadt zu verlassen, bevor der Belagerungsring endgültig geschlossen würde. Sie wollte immer bleiben, eine Flucht wäre für sie, wenn sie überhaupt in Frage kam, nur mit der ganzen Familie möglich gewesen. Einmal habe sie von einem ganzen Kinderkonvoi gehört, der im Stadtteil Ilidža umgekommen sei, damals, als die Belagerer begannen, auch die Busse unter Beschuss zu nehmen. Daraufhin wollte sie nicht mehr fortgehen, sie wäre lieber in der eigenen Stadt gestorben. Als es hieß, dass ein letztes Flugzeug Sarajevo verlassen würde, drängte Ismetas Mann noch einmal zur Flucht. Freunde der Familie wollten es ebenfalls wagen. In dieser Nacht träumte Ismeta ihren unvergesslichen Traum, der sie alle, davon ist sie überzeugt, vor dem Sterben bewahrte. Sie erzählt ihn uns, versucht eine Erklärung, weint, stockt, hält inne und muss doch alles erzählen, als hinge noch immer alles davon ab, dass sie das Erlebte in Worte fasst. *Ich will nicht. Dann doch. Ich besteige den Bus. Ich sehe die Armee der anderen. Es sind Tschetniks – ich kann sie nicht anders nennen – sie schnappen sich meinen Sohn Mirsa und legen ihm das Messer an die Kehle ... dann wachte ich auf... ich konnte nicht aufhören zu weinen... der Soldat führt meinen Sohn ab... Jetzt bin ich dran, auch mir setzt er das Messer an die Kehle ... Als ich aufwachte, sagte ich zu meinem Mann: Ich gehe nirgends hin, ich bleibe in Sarajevo. Wenn es mein Schicksal ist, hier umzukommen, dann werde ich hier und nirgendwo sonst sterben...*

Diesen Traum werde sie nie vergessen, er habe sie und ihre Familie vor dem sicheren Tod beschützt. Ismeta hat keinen Zweifel daran, dass der Traum eine Weissagung und Vorwarnung der Seele war, eine Aufforderung, mutig zu bleiben und dem Schicksal an dem ihr zugewiesenen Ort zu vertrauen. Die anderen Familien, die damals in den Bus zum Flughafen eingestiegen sind, der auch ihrer gewesen wäre, kamen alle durch serbische Hand um. Man hatte ihnen allen die Kehlen durchgeschnitten.

Mitten in Ismetas aufwühlendem Bericht bemerken die Frauen, dass Vedrana und Ismeta auf dem gleichen Hügel gelebt und dort den Krieg überlebt haben. Die Schneiderin war damals dreißig Jahre alt, Vedrana ein zehnjähriges

Mädchen. Im Gespräch erkennen sie sich mit einem Mal wieder, erzählen sich von den Tagen, als sie hungrig auf Hilfslieferungen vom Roten Kreuz warteten, von unterbrochenen Telefonleitungen und Briefen, die sie auf gut Glück jemandem mitgaben und die, wenn überhaupt, erst zwei, drei Monate später ihr Ziel erreichten. Die Welt der Mitteilungen unterlag damals anderen Regeln. Zeit verlagerte sich mehr und mehr nach innen. Manchmal kamen Briefe von Verwandten aus Prag, aus Montréal oder Chicago durch, es wurde von Treffen der Angehörigen berichtet, die sich, den verrücktesten Zufällen sei Dank, irgendwo in Amerika (meistens in Saint Louis) nach abenteuerlichen Fluchtwegen und Monaten des rastlosen Unterwegsseins in einem Restaurant oder auf einem Markt, Tausende von Kilometern von zu Hause entfernt, wieder trafen.

Vedrana erzählt, dass sie damals als Kind begonnen habe, im Augenblick zu leben. Ismeta und Saida sagen, dass auch sie irgendwann einen solchen Moment, den sie als tiefe Stille bezeichnen, erlebt hätten. Saida, die über Belgrad nach Istanbul flüchtete und auch die anderen, fanden schließlich heraus, dass die Zeitungen im Ausland schon früh schrieben, dieser Krieg würde sich lange hinziehen. Vedrana erinnert sich, dass aber alle, die sie in der Stadt kannte, regelrecht naiv waren und davon ausgingen, mit dem nächsten Herbst sei alles vorbei. Aber dann war es Winter, Frühling, Sommer. Und dann kam noch einmal ein neuer Herbst. Langsam ahnten sie, dass der Krieg keineswegs schnell vorbeigehen würde. Die Menschen versuchten, betonen alle drei Frauen, möglichst normal zu leben. Vedrana sagt: »Ich habe den Krieg als realen Vorgang absolut abgelehnt, ich habe ihn einfach nicht anerkannt.«

Ismeta pflichtet ihr bei und erzählt von einem Erlebnis, das sie heute noch zum Lachen bringt. Sie besaß eine Parzelle Land ganz oben auf dem Berg. Vor dem Krieg hatte sie dort noch Zwiebeln gesteckt, die sie jetzt, zusammen mit ihrer Mutter, ernten wollte, weil nichts mehr zu essen da war. Plötzlich hörten sie das Pfeifen einer Granate, viele weitere folgten, Ismeta warf sich auf die Erde, so wie es damals jeder getan hätte. Doch als der Angriff vorbei war, sah sie, dass ihre Mutter gar nicht auf der Erde lag, sondern schlicht und ergreifend aus Angst vor Schlangen stehengeblieben war. Zwischen den Zwiebeln hatte sie geglaubt, eine dicke Schlange zu sehen, und sie konnte sich um keinen Preis der Welt auf das Feld legen. Die beiden Frauen lachten und fielen sich in die Arme, glücklich, wieder einmal den Granaten entkommen zu sein. Ismeta erinnert sich an einen anderen Tag, an dem sie fast von einer Kugel getroffen wurde. Sie habe den Luftzug an ihrem Oberarm gespürt, sagt sie, und einen Moment lang, den sie als eine Art vorgespulte Zeit beschreibt, habe sie empfinden können, was für ein schrecklicher Schmerz das gewesen wäre. Diese Erfahrung war so echt, dass sie an den Oberarm fasste, um zu überprüfen, ob sie blutete. Aber da war kein Blut, und sie war dem Himmel dankbar, dass sie den einen Schritt nach vorne nicht getan hatte, der sie nicht nur den Arm, sondern wahrscheinlich auch das Leben gekostet hätte. Das war in jenen Tagen, als die Bewohner von Sarajevo in Müllcontainern die Straßen hinunterrollten, um einigermaßen sicher von einem zum anderen Ort zu gelangen. Sie waren auf diese Idee gekommen, weil sie schon zu viele Invaliden gesehen hatten. Mit den Containern kam man außerdem bergab schneller zu seinem Ziel.

Vedrana lebt noch immer in der gleichen Wohnung wie damals. Es ist eine typische jugoslawische Arbeiterwohnung, die ihren Eltern 1983, ein Jahr bevor die 14. Olympischen Winterspiele in Sarajevo ausgetragen wurden, zugewiesen worden war. Die Bevölkerung glaubte auch unter Granatenhagel an die Kraft einer olympischen Stadt. Besonders 1994 hofften die Menschen nach zwei Jahren Belagerung, dass eine andere olympische Stadt – Lillehammer in Norwegen – aus Solidarität mit ihnen auf die Austragung der Olympischen Winterspiele verzichten würde. Aber so weit reichte weder die Solidarität der Sportler noch der Verbände. Stattdessen rief der damalige olympische Präsident die serbischen Aggressoren dazu auf, die Kampfhandlungen während der Winterspiele einzustellen. Fast wie um diese Doppelmoral vorzuführen, kam es zu einem schweren Granatenangriff auf dem Marktplatz von Sarajevo. Die Menschen starben wie die Fliegen, beim Anstehen für Gemüse, beim Überqueren der Straße, bei einem selbstvergessenen Moment, in dem sie ihr Kind umarmten. Und in Norwegen fand der übliche Fackellauf statt, Biathlon, Eishockey, Eisschnelllauf, Ski Alpin waren allen Beteiligten wichtiger als wahrhaftiges und selbstloses Mitgefühl für Sarajevo. Sportler sind für mich seitdem nur noch Verkäufer ihrer Talente. Auch Vedrana war bitter enttäuscht, irgendwie hatten alle etwas anderes von Norwegen und vor allem von den teilnehmenden Sportlern erwartet. Dass zeitgleich dazu ein olympisches Hilfswerk 66 Millionen Kronen für die eingekesselten Menschen spenden wollte, zeigt mir noch heute, zu welcher Empfindungslosigkeit der Westen in der Lage war – glaubten sie wirklich, dass ihr Geld in einer Stadt von Bedeutung war, in der man fast gar nichts mehr kaufen konnte? Vedrana fühlte sich nun vollends von der Welt abgeschnitten und im Stich gelassen, statt weiter zu hoffen, gewöhnte sie sich langsam an ihren Alltag mit Granaten. Wie durch ein Wunder ist fast nichts an Vedranas Appartement zerstört worden. Sie staunt selbst, wenn sie darüber nachdenkt, nur die Fenster seien natürlich zu Bruch gegangen. Und nach dem Krieg? Wie war es für sie, immer noch dort zu leben? »Mit riesigem Appetit bin ich der Zukunft entgegengegangen«, sagt sie, »diese Wohnung ist mein lieber Satellit, mein Ein und Alles.« Sie gehört mir, mit allem, was hier in dieser Stadt geschehen ist.

Anders als bei Vedrana geriet Ismetas Haus im Krieg irgendwann unter starken Beschuss, der Familie wurde eine serbische Wohnung zugewiesen, die sie mit vielen anderen Menschen teilen musste, die davon gehört hatten, dass sie frei geworden war. Ihr Onkel landete in einem Lager in Foča. Während sie Tag für Tag versuchten zu überleben, verschwanden andere Verwandte oder gerieten für lange Zeit in Gefangenschaft. Niemand wusste, ob sie je zurückkehren, ob sie sie wiedersehen würden. Umsiedelungen innerhalb der Stadt waren an der Tagesordnung. Noch einmal zog Ismeta in eine neue Wohnung, sie war voller Bücher und gehörte einem Museumsangestellten, der wissenschaftlicher Mitarbeiter gewesen und offenbar ein durch und durch dem Lesen verfallener Mensch war. Die Familie einigte sich, gut auf die Bücher aufzupassen, »wie auf unsere Augäpfel«, sagt Ismeta, und sie ist heute noch stolz darauf, dass sie die Bücher nicht verheizten, obwohl die Winter bitterkalt waren. Als sie die Wohnung verlassen mussten, hinterließen sie alles so, wie sie es vorgefunden hatten. Aber mit trauriger Stimme fügt Ismeta an, dass sie nicht weiß, was später, als die Winter noch kälter wurden, mit der Wohnung und den Büchern des Museumsangestellten passierte.

Saida, sichtlich gerührt von dieser Geschichte, erzählt nun, dass sie alle ihre Bücher in der Stadt zurücklassen musste, als sie noch vor der Belagerung fliehen konnte. Sie floh zuerst nach Belgrad, und das, sagt sie, kam ihr absurder vor als die Tatsache, dass sie überhaupt ihre Heimatstadt verlassen musste. Später führte sie ihr Weg nach Istanbul, wo sie Türkisch und Arabisch lernte, und von der Türkei aus verfolgte sie das Geschehen in ihrer belagerten Geburtsstadt. Alles, was sie besaß, passte in eine kleine Reisetasche. Sie hat damals angefangen, Geschichten und Gedichte zu schreiben, in denen ein existentieller, von tiefer Menschenliebe und Menschenkenntnis geprägter Blick tongebend ist – keinerlei Egoismen, nur das blanke Sein. Im Krieg hat sie gelernt, dass nichts natürlicher ist als die verschmelzende, sich überlappende Wahrnehmung der Sinne. Ich sage, das Ohr sieht also, das Auge hört, die Nase singt, und Saida lacht und sagt, ja, was denn sonst, genauso ist es gewesen.

Saidas Vater war gleich zu Beginn des Krieges verschollen, sie hatte große Angst um ihn. Von dieser Angst und Not erfahre ich erst einmal nichts, denn sie arbeitet, wie alle Schriftsteller hier, im Brotberuf als Journalistin, und ihre Art, die Wirklichkeit zu sortieren, ist, ihrem Gegenüber immerzu Fragen zu stellen. Sie ist einfach schneller als ich. Sie will von Vedrana wissen, wie das Gefühl war, das Wenige, was sie hatte, mit den anderen zu teilen. Aufmerksam hört Saida ihrer Antwort zu. Der bittere Bodensatz des türkischen Kaffees belegt unsere Zungen. Wir haben, erklärt Vedrana, tatsächlich alles geteilt, und wenn sie dem Krieg für irgendetwas dankbar ist, dann nur für diese Erfahrung. »Wir konnten ohnehin nichts verstecken«, sagt sie, »es nützte auch nichts, den anderen etwas vorzuenthalten. Wenn wir einen Apfel hatten, dann war es einfach klar, dass wir ihn gerecht zerschneiden werden. Da kam dieses Licht, das Gute aus den Menschen heraus. Auch beim Durst war es so, egal wie durstig wir waren, wir teilten jeden Schluck gerecht miteinander. Manchmal hatten wir nicht mehr als eine Scheibe Brot zu Mittag, manchmal nicht einmal das, aber selbst das Nichts ließ sich teilen.« Da sei nicht viel gesprochen worden, eine Zeit zum Reden sei das wirklich nicht gewesen.

Ismetas Tochter Aida gesellt sich kurz zu uns. In den Moscheen von Sarajevo singen die Muezzine. Es ist ein sonniger Nachmittag, wir sehen vom Balkon hinab auf die Stadt, sie sieht von Ismetas Hügel friedlich aus. Unzerstörbar liegt sie da in dieser fruchtbaren Ebene, diese vor den Augen der ganzen Welt zu Tode verwundete Stadt. Der Verrat, den man an den Menschen hier begangen hat, war en gros und en détail ein Verrat an der Freiheit. Es war nicht nur ein Verrat an den Bewohnern von Sarajevo. Die herzlose Gleichgültigkeit, mit der die Welt dem Morden zuschaute, erinnerte meinen Freund Micha Namenwirth, der das Geschehen von Amerika aus verfolgte, an jene Haltung der »Unbeteiligten« im Zweiten Weltkrieg, deren gehorsames Wegsehen letztlich zur Ermordung von Millionen Juden führte. Wie kann man sich als Mensch nicht beteiligt, wie nicht gemeint fühlen, wenn anderen solches Leid geschieht?

Ismetas Tochter Aida war zwei Jahre alt, als der Krieg ausbrach. Von Eiscreme hörte sie das erste Mal im Alter von drei Jahren, und als sie sie endlich selbst kosten konnte,

war sie so begeistert, dass sie die Hälfte ihrer Kugel im
Eisfach aufbewahren wollte. Ohne Strom war das nicht
möglich. Einmal erblickte Aida Tomaten im Garten ihres
Nachbarn und hielt sie, da sie noch grün waren, für Äpfel.
Sie wollte sie unbedingt essen und bettelte so lange darum,
bis die Mutter zum Nachbarn ging und ihm Aidas Wunsch
vortrug. Die grüne Tomate war grüner als grün und sah
hässlich aus, sagt Ismeta, aber Aida verputzte das Ding in
Windeseile wie eine selten köstliche Frucht aus dem Paradies. Vedrana kennt diese Garten-Eden-Augenblicke sehr
gut, sie kennt aber auch Momente, in denen ihr weder
Wünschen noch Hoffen geholfen haben. Ein muslimischer
Nachbar tauchte einmal an solch einem hoffnungslosen
Tag bei ihnen auf, an dem sie zufällig ihren Vater und ihre
Mutter dabei belauscht hatte, als sie einander eingestan-
den, dass nicht einmal eine Handvoll Mehl mehr im Haus
war. Zuerst schwebte ein Blech mit Apfelstrudel zur Tür
herein, das kam ihnen wie eine Szene aus einem Wunsch-
traum vor. Dann sahen sie die Hände, die das Blech hielten, und schließlich den Nachbarn, der es ihnen mit einem
Lächeln überreichte. Seine Frau hatte den Strudel schon
vorgerollt. Sie mussten das Blech nur noch in den Ofen
schieben, sagte er und bot sogar an, ihnen Holz zu bringen.
An diesem Tag, sagt Vedrana, habe das Leben ihr einen
zweiten Vater zugewiesen, den sie bis zum heutigen Tag
so nennt. »Zwei Väter zu haben, das ist ein sehr schönes
Gefühl, um das mich auch die Engel beneiden«, sagt Vedrana. In einer Zeit, in der das Gesetz durch jeden einzelnen
Mitmenschen, der Macht über Leben und Tod hatte, vertreten war, war diese Handlung ihres Nachbarn eine märchenhafte Offenbarung, eine geistige Tat, die ihr ganzes Leben

verändert und den Blick auf das Wesentliche gelenkt hat. »Dabei wäre niemand«, erzählt sie weiter, »überrascht gewesen, wenn der Mann gesagt hätte, sollen doch die Orthodoxen ruhig vor meiner Tür Hungers sterben – schließlich bringen sie uns Muslime hier und überall in ganz Bosnien gerade um. Aber nein! Er wollte nicht, dass wir sterben, er kannte uns, wir waren seine Nachbarn, er kannte unsere Namen, unsere Geburtstage, und er wollte, dass wir überleben. Er teilte mit uns das, was er hatte.«

Auch das Feuer wurde gemeinsam genutzt, solange es welches gab. Alles war auf eine Weise relativ, sagt Vedrana, auch das schlimmste Leid, aber süßer und kostbarer war das Schöne. Die Ewigkeit lag in diesem einen Augenblick, und nur das Gute war der Mühe wert, erinnert zu werden. Ein Morgen gab es nicht. Alles war ganz tief im Hier verortet, in diesem einen Moment, »war alles Leben, alles Geben«. Niemand hat das damals ausgesprochen, aber jeder hat es gewusst, dass man als Mensch nicht in der Zeit lebt, sondern in der Güte des Anderen. Das sei eine Revolution in ihrer Seele gewesen, erzählt sie, es habe alles für sie verändert – bis heute.

Trotzdem empfanden die Belagerten jeden Verlust sehr tief, Abschiede zum Beispiel, die sie tausendfach erlebten, waren ihnen unerträglich. Vedranas Mutter wäre gleich zu Beginn des Krieges am liebsten geflüchtet, aber die Kinder weigerten sich zu gehen. Ein Onkel und eine Tante flehten sie an, mit ihnen nach Amerika zu gehen. Als die Kinder bei ihrer Weigerung blieben, reisten sie alleine ab, Vedrana sah die ausgewanderten Verwandten nie wieder, und noch heute muss sie darüber weinen.

Sobald der Krieg zu Ende war, kehrte Saida aus Istan-

bul zurück nach Bosnien. Sie strahlt, als sie die Strudel-
geschichte hört. Es waren Muslime, die sich um Vedrana
und ihre Familie kümmerten und ihnen Apfelstrudel brachten, als es ihnen an allem fehlte. Die Frauen sind sich einig,
dass Gut und Böse nicht unabhängig voneinander existie-
ren, dass sie einander herausfordern und bedingen. Aber
wie verwandelt man das Böse? Vedrana weiß aus eigener
Erfahrung, dass es nur mit der eigenen Standhaftigkeit
geht. Man müsse selbst inmitten des Bösen gut bleiben und
dürfe nicht hassen, nicht Rache üben, das reiche aus, um es
nicht in die eigene Seele eindringen zu lassen. Für den Er-
werb ihrer Weisheit hat sie teuer bezahlt. Bis heute ist sie
schreckhaft und spürt wie eine Katze jedes kleine Geräusch
im Voraus. Ich erlebe sie bei allen unseren Begegnungen als
einen menschlichen Seismographen. Sie wird schnell ner-
vös, wenn nur der Gesichtsausdruck ihres Gegenübers sich
ändert, sofort versucht sie zu deuten, was dazu geführt hat.
Und die Erfahrung des Hungers aus der Zeit der Belagerung setzt ihr immer noch zu, ständig ist sie damit beschäftigt, Vorräte zu beschaffen, für den Fall der Fälle.

Auch Saida denkt an ihre Zeit in Serbien zurück, bis
heute gibt es nichts, was sie in ihrem Leben mehr als dieser Krieg überrascht hätte, ein Krieg, in dem sie, mitten
in Belgrad, auf andere bosnische Flüchtlinge traf. Sie erzählten ihr von Vergewaltigungen und Überfällen im Land
jener Menschen, die den Krieg begonnen hatten und deren Gastfreundschaft auch Saida jetzt in der Hauptstadt
Serbiens genoss. Viele der heimatlos gewordenen Flüchtlinge landeten in serbischen Lagern, ihre Spur verlor sich
für immer. Saida traf auf der Flucht Vertriebene, die weder
Schuhe noch Jacke besaßen, nur die blanke Angst nannten

sie ihr eigen, manche von ihnen starben nach wochenlangem Unterwegssein wie ausgesetzte Tiere am Wegesrand. Bei anderen wiederum lag unter der Angst ein unbändiger Überlebenswille, eine Würde, die von Innen kam – unzerstörbar und also ewig. Auf eine fast unnachahmliche, nicht wiederholbare Weise, sagt Saida, sei das zwingend schön gewesen, erhaben, wie ein im Staub aufgestellter Spiegel der Seele, der sauber bleibt. Sie hat nicht einen Menschen getroffen, der ohne Schaden zu nehmen geflohen wäre. Jeder war auf die eine oder andere Weise gezeichnet von seiner Flucht, von den verschiedensten Verlusten. Sie sieht beim Erzählen ergriffen, aber auch schelmisch aus, ich spüre, dass sie das Leben von einer tiefen (anderen) Seite kennt, Berührung hat mit der Seele, die sie in jenem im Staub stehenden, machtvollen Spiegel nicht nur in den anderen Flüchtlingen, sondern auch in sich selbst gesehen hat. Obwohl wir alle früher oder später gezwungen werden, uns selbst in einem solchen Spiegel in die Augen zu sehen, werde ich niemals wissen, was sie weiß, werde nie erfahren, wie es sich anfühlt, einen Menschen anzusehen, der eine Hälfte seines Gesichtes verloren hat. Saida weiß es. In Ankara lernte sie einen Bosnier kennen, dem die Füße fehlten, und er besaß keinen anderen Behelf. »Aber das Leben«, sagt sie, »es steckte ihm so tief in seinem Blick«. Ihr Onkel war mit ihr unterwegs und fing an, für vergewaltigte Frauen Spenden zu sammeln, die Geld für eine Abtreibung brauchten. Die meisten kehrten aus Scham nie wieder zu ihren Familien zurück. Bei vielen dieser Flüchtlinge mussten Nachbarn und Verwandte bei ihrer Vergewaltigung zusehen. Diese betroffenen Frauen haben ihnen nie wieder geschrieben, sie sind einfach für immer fortgeblieben.

Eine der intensivsten Erfahrungen jenseits der menschlichen Not ist der Wertverlust des Geldes gewesen. Die Scheine bedeuteten nichts, sagt Saida, denn alles, was man kaufen konnte, war ohnehin von schlechter Qualität, Schuhe etwa gingen manchmal schon nach einer Woche kaputt. Das Wohnviertel nahe dem Flughafen hieß Geister-Viertel, noch besser bekannt war es unter dem Namen Hiroshima. Alles war dem Erdboden gleichgemacht. Saida kommt nun ein Händler in den Sinn, der sich, lange bevor der Krieg ausbrach, auf die Belagerung vorbereitete. Er war gewarnt und wusste alles. Als sie ihn über Krieg reden hörte, glaubte sie, er meine den Zweiten Weltkrieg, die Partisanen, Titos Höhle auf der Insel Vis, sein Versteck, den Sieg über den Faschismus. Aber der Mann, der sich rechtzeitig aus Sarajevo absetzte, wusste offenbar vor den anderen Bescheid. Nach dem Krieg tauchte er wieder auf und eröffnete einen neuen Laden, als sei nichts gewesen. Und ihm war auch nichts geschehen. Vedrana hatte auch von diesem Mann gehört, seine serbischen Freunde hatten ihn in ihre Pläne eingeweiht. Aber lieber denkt sie nicht mehr an ihn und kauft auch nicht gerne bei ihm ein. Sie erinnert sich mit einem Lächeln an die einzigartige Solidarität der Leute nach dem Krieg, an die lustigen Feste, zu denen jeder das mitbrachte, was gerade da war, Fetakäse, Kaffee, Kleinigkeiten zum Knabbern. Diese Treffen und Freundschaften machten auch Saida glücklich. Alles ergab sich wie von selbst, spontan und organisch. Mit fünfhundert weiteren Studenten schrieb sie sich an der Universität in Politologie ein. Es war ein eisiger Dezember. Die Heizung funktionierte nicht. Aus dem Nichts tauchte dann ein riesiger Ofen im Hörsaal auf, er wurde mit offenem Deckel aufgestellt, aus dem das Feuer nur so herausloderte. In den Pausen wärmten sich alle an ihm die Hände. Und als dann nach zwei, drei Jahren ein zweiter Ofen gebracht wurde, war das der schiere Luxus und ein Geschenk des Himmels. Alle kamen gerne zur Universität, niemand musste überredet werden, rechtzeitig und regelmäßig zu den Vorlesungen zu erscheinen. Damals sei der Gemeinsinn überall zu spüren gewesen. Auch die Zeit habe eine besondere Tiefe in sich getragen, und Dankbarkeit habe man immerzu empfunden, eine in allem flimmernde Intensität, die für Saida unvergesslich geblieben ist.

Auch alle anderen Details sind den Frauen noch gänzlich gegenwärtig. Nicht nur die Schneiderin, sie alle erinnern sich genau an die Kleidung jener Menschen, die beispielsweise nach Deutschland gegangen waren. Wenn sie wieder zu Besuch kamen oder ganz nach Sarajevo zurückkehrten, wirkten ihre Jacken und Kleider, als kämen sie von einem anderen Planten: »So modern!«, sagen die drei Frauen wieder wie aus einem Munde. Und nicht nur die Kleider, auch die Musik war neu. Techno – das kannten sie nicht, hatten das noch nie gehört. Das brachten die Leute aus Deutschland mit. Erst jetzt, als das Außen wieder ein Teil ihres Lebens wurde, begriffen die Menschen, dass während des Krieges in ihrer Stadt »die Zeit stehengeblieben war«. Sie trugen noch immer die gleichen Jacken wie bei Kriegsausbruch. Es gab im Krieg keine Mode. Das war für Saida ein ungeheuerer Moment des Erkennens, allein an den jugoslawischen Jacken, die in der ganzen Stadt zu sehen waren, erkannte sie, wer hier die Belagerung erlebt hatte. Nur langsam veränderte sich das Stadtbild, und nach einiger Zeit eroberten die Jacken der humanitären Hilfe die Straßen von Sarajevo.

Kein Geschäft florierte wie das der Glaser. Sarajevo musste von Grund auf neu verglast werden. Auch die Parkettverleger hatten viel zu tun, da alle Böden früher oder später verheizt worden waren. Gegen Ende der Belagerung und eine ganze Zeit danach lebten sie alle ohne Fenster und ohne Heizung. Ismeta wundert sich darüber, dass kaum jemand krank wurde. »Unser Immunsystem war intakt«, sagt sie, lacht aus vollem Halse und fährt fröhlich fort: »Und niemand ist verhungert!« Sie erinnert sich, dass ihr Vater, der den Zweiten Weltkrieg überlebt hatte, in ihrer Kindheit immerzu vom Hunger jener Jahre sprach, stets mit einer Bitte an den Himmel, dass weder seine Kinder noch er jemals einen neuen Krieg miterleben müssten. Als 1991 die Belagerung begann, war er gerade mit seiner Baufirma in Libyen, wo er einen Auftrag hatte – wahrscheinlich aufgrund von wirtschaftlichen Vereinbarungen, die Tito noch zu Lebzeiten mit Gaddafi getroffen hatte. Ismeta versuchte eine Zeitlang über das Rote Kreuz mit ihrem Vater zu korrespondieren, aber es war ihr klar, dass die Serben die Nachrichten abfingen. Deshalb erfand die Familie eine Parallelsprache, zum Beispiel schrieb sie: »Wir haben uns aus der Kleie, die für die Schweine vorgesehen war, ein Brot gebacken.« Da sie als Muslime kein Schweinefleisch aßen und selbstverständlich auch keine Schweine hielten, wussten ihre Verwandten, dass sie Hunger litten und von Brot nicht die Rede sein konnte. Ismeta lacht und sagt: »Wir bereiteten uns stündlich darauf vor, mit leeren Magen vor den Todesengel zu treten, wir waren so dünn, dass er nicht viel zu schleppen gehabt hätte.« Auch im Krieg hat ihr der Humor über manche schwere Stunde hinweggeholfen. Ich frage sie, wann sie ganz bewusst erlebt habe, dass Frieden war, dass nicht mehr geschossen wurde. Sie lacht noch immer, sagt, dass in ihrem Kopf die Schüsse ständig nachhallen. Wenn es blitzt und donnert, ist sie sofort wieder in den Raum des Krieges zurückgeworfen, als würde der Körper sich von allein an ihn erinnern. Ähnlich wie Vedrana, fährt auch sie noch heute zusammen, wenn eine Tür laut zugeschlagen wird oder etwas zu Boden fällt.

Ismeta war noch nie im Ausland, an die Helfer, die nach dem Krieg in Sarajevo auftauchten, denkt sie aber gern zurück. Vedrana sagt, sie habe allem mit Freude entgegengesehen, habe gleich nach dem Krieg Kurse in Englisch und Informatik besucht, sei neugierig und wissensdurstig gewesen.

Saida besuchte damals einen dalmatinischen Freund in Split. Als er zur Arbeit ging, blieb sie in seiner Wohnung zurück und wollte sich einen Kaffee zubereiten. Da stellte sie fest, dass sie nicht in der Lage war, den hochmodernen Herd zu bedienen. Sie verbrachte den ganzen Morgen damit, den Verstand dieses Gerätes zu knacken, wie sie es sagte, weil sie sich vor ihrem Freund geschämt hätte, wenn es ihr nicht gelungen wäre, sich so etwas Banales wie eine Tasse Kaffee zu machen. Erst da begriff sie, wie lange die Belagerung gedauert hatte. Eine schreckliche Scham habe sie befallen, weil sie in diesem Augenblick ihre Rückständigkeit verstand. Sie schlief auf der Gästecouch in seinem Arbeitszimmer, und nachdem sie den Herd bedient hatte, kehrte sie mit der Kaffeetasse ins Zimmer zurück, wo sie eine ganze Wand voller CDs entdeckte. Sie dachte mit Wehmut an ihre Musikkassetten in Sarajevo, die in Dalmatien niemand mehr benutzte. Auch daran erkannte sie, wie radikal der Stillstand tatsächlich war. Anfangs hätten

Erfahrungen dieser Art die Energie von Sarajevo mitbestimmt, sagt sie, denn die Menschen sehnten sich danach, Teil der Welt zu sein. Jetzt sei dieser vitale Moment der Lust am Neuen wieder weg, sagt Saida. Ismeta wirkt nachdenklich, wenn sie sagt, sie hoffe, dass es nicht stimme, was ihr Vater gesagt habe, dass alle fünfzig Jahre ein Krieg ausbrechen müsse, damit die Menschen verstünden, was wirklich von Bedeutung sei. Ich frage sie, was der Krieg sie am nachdrücklichsten gelehrt habe. Sie denkt lange nach. Geld ist nicht Leben, sagt sie. Und was ist Leben? Liebe. Alle drei nicken. Was ist Liebe? Kaffee! Und wir lachen und umarmen uns zum Abschied. Was für ein Kaffee ist es denn, fragt Ismeta. Türkischer? Bosnischer? Jugoslawischer? Dalmatinischer? Italienischer? Und wir sagen es alle vier laut und deutlich:»Es ist unser Kaffee!«

Einmal fragte mich eine Freundin in Berlin, der ich darüber erzählte, was diese Liebe zum Kaffee eigentlich für die Menschen in meinem ersten Süden bedeute, da ständig davon die Rede sei. Ich habe lange darüber nachgedacht. Vielleicht ist es die Fähigkeit, sich im Kleinen zu finden, sich am Einzelnen zu bewähren, in flüchtigen, alles entscheidenden Sekunden. Und beim Kaffee wird alles Begegnung, selbst ein Vogel oder eine Katze im Kaffeesatz haben eine Mitteilung zu machen. Es geht nicht um Zauberei oder Aberglauben, es geht um Gegenwärtigkeit. Sie ist heilsam. Die Gedanken stehen still, ruhen sich aus, gönnen dem Kaffeetrinker einen tieferen Atem. Es ist die Versenkung in den Augenblick, die sie diese Erfahrung machen lässt. Ob das der Grund ist, warum der Kaffee in Sarajevo so gut schmeckt?

20.

Ein paar Monate nach dem Gespräch mit den Frauen aus Sarajevo verschlägt es mich auf einer mehrmonatigen Reise durch Amerika nach Ohio, ausgerechnet auch nach Dayton, von wo ich einen Flug gebucht habe, um meine Freunde Barbara und Micha Namenwirth in Madison, Wisconsin zu besuchen. Die zermürbenden Sicherheitsvorschriften der Amerikaner machen mich nachdenklich. Mir fallen Ismetas Worte über die Wiederkehr der Kriege ein. Wie Leonardos idealer Mensch muss ich mich in einem Scanner mit gespreizten Armen und Beinen untersuchen lassen, weil irgendetwas an meinem schlichten Baumwollunterhemd im Scanner verdächtig erscheint. Ein Beamter hält mich ruppig am Arm fest, als ich, im Glauben schon untersucht und als harmlos (für die Sicherheit des amerikanischen Volkes als ungefährlich) eingestuft zu sein, weitergehen und meinen Gürtel anziehen will. Noch ist aber das malträtierende Gehabe nicht vorbei, mit einem seidendünnen Papier wird ein Abdruck meiner beiden Hände gemacht und in einem Computer analysiert. (Später erklärt mir ein Amerikakundiger, dass man mich auf Schießpulverreste untersucht hat – vielleicht wegen meinem slawischen Nachnamen.) In der Zwischenzeit schwitze ich schon vor Aufregung, und ein Satz aus Rousseaus »Gesellschaftsvertrag« kommt mir in ständiger Wiederholung in den Sinn: »Einigen wir uns also auf das folgende: Stärke schafft kein Recht.« Und mit einem Mal denke ich an Jean-Jacques wie an einen nahen Verwandten. Bruder Rousseau, was kann ich dir sagen, jeder hier weiß, wonach er sucht, aber niemand hat Fragen. Und genau das ist er, der neue Krieg, von dem die Schneiderin in Sarajevo gesprochen hat. Es ist ein mentaler Krieg, der gegen die Unschuld des Einzelnen geführt wird, gegen seine Autonomie und Freiheit, ein Krieg, den die Amerikaner bereitwillig gegen jedes Individuum führen, das ihren Boden betritt, im Namen ihrer selbstproduzierten, scheinbar gut begründeten Angst muss ich offenlegen, wie viel Geld ich bei mir trage, wie viele Kreditkarten ich besitze, wo ich wohnen werde, wie ich mir diese Reise (»die nicht ins Muster passt«) leisten kann und wie viele Freunde ich in den Vereinigten Staaten von Amerika habe. (Das wurde ich nicht in Russland gefragt, auch nicht in Usbekistan, und selbst in Weißrussland, der letzten Diktatur Europas, ließ man mich einigermaßen zivilisiert einreisen und zählte nicht meine Geldscheine.) Während ich von einer eiskalten, wie ferngesteuert wirkenden Blondine abgetastet werde, fällt mir ein, dass ein junger Mann aus Sarajevo mir einmal sagte, er betrachte es als Beleidigung, ausgerechnet von Amerikanern in Demokratie belehrt zu werden. Sie hätten noch nie etwas von Dostojewski gehört, geschweige denn eine Zeile von ihm gelesen. Die Misshandlungen der Gefangenen im Abu-Ghraib-Gefängnis zeigten diesem Bosnier (dem jeder patriotische Amerikaner vermutlich gern helfen würde, das zu finden, was er »Freiheit« nennt), wie zutiefst undemokratisch die Amerikaner seien. Bei dieser Generalinspektion, die ich über mich ergehen lasse, erinnere ich sein sanftes Gesicht und denke, dass Bosnien einmal mehr eine Art Witz der Geschichte erlebt hat, als es ausgerechnet hier, in diesem gottverlassenen Dayton / Ohio gleichermaßen von den eigenen wie von den fremden Politikern gemaßregelt wurde. Am Ende der Kontrolle ziehe ich wieder, nahezu zitternd, meine schwarze Samtjacke an. Das von Ismeta eingenähte violette Futter leuchtet mir wie eine vertraute liebe Insel entgegen; das Violett sieht hier, an diesem militärisch durchorganisierten Flughafen, wie ein Versprechen aus einer anderen Welt aus, einer Welt, die mich (all ihren Widersprüchen zum Trotz) beschützend begleitet. Welche Welt ist das? Ich will es mit Martin Bubers Wort beantworten: Es ist jene Welt der *Begegnung*, eine seelische Sphäre der direkten Menschlichkeit, die das Gegenteil der Angst und der Verweigerung von Humanität ist. Um sie zu leben, muss der Mensch von einem egozentrischen Blick Abschied nehmen können, wieder ein Anfänger seiner selbst und ein Wesen in Gemeinschaft mit anderen werden. Gelingt ihm das nicht, kommt es in ihm und mit anderen zur *Vergegnung*, wie das von Martin Buber geschöpfte Wort aufzeigt. Es teilt deutlich mit, wo der Gegner beginnt und das sich mitteilende Gegenüber verunmöglicht. – Dayton / Ohio. Ich hätte nie gedacht, dass es mich einmal hierher verschlagen würde. In dieser Stadt wurden die Verhandlungen mit Milošević, Izetbegović und Tudjman geführt und neue Grenzen im Abkommen beschlossen, das ihren Namen trägt (humorvoll wie die Bosnier sind, sprechen sie in der Zwischenzeit von sich selbst als Daytoniern). Wer von diesen Amerikanern, Deutschen,

Russen und Franzosen kannte eigentlich die Orte, Städte, Flüsse und Landschaften, durch die neue Grenzen gezogen wurden? Wie kann diese Gestaltung von einer glücklichen Hand begleitet gewesen sein, wenn keiner der Beteiligten auch nur eine Vorstellung davon hatte, wie es den Menschen dort miteinander (und ohne einander) erging? Warum hat man nicht Dichter und Denker, Ethnologen und Politologen – Menschen vor Ort, die die Region tief durchdrungen haben – an einen grünen Tisch gesetzt, warum hat man nicht Fischer, Verkäufer, Lehrer, Maler befragt, eine Mutter, einen Vater, einen Großvater, warum wollte niemand hören, wonach sie sich sehnten? Schließlich ging es um diese Menschen, deren Leben aufs Äußerste und im Innersten von diesem Vertrag geprägt werden sollte. Die Grenzen wurden mit dem Lineal gezogen, und der Geist der Freiheit wurde zu Grabe getragen. In seiner Rede bei der Entgegennahme des Friedensnobelpreises 1954 hat Albert Schweitzer darauf hingewiesen, dass in solchen historischen Situationen die Kraft des Geistes nicht geringgeschätzt werden darf. Wir brauchen bei Verhandlungen wie in Dayton/Ohio unabhängige Denker, schöpferische Menschen, die keine Machinteressen haben, die nichts und niemanden vertreten. Ihre Einzelschicksale machen deutlich, dass bloße Sieger– und Wissenshaltungen vor allem die imperiale Überheblichkeit zur Schau stellen und nicht etwa zu einer wahrhaft gewollten Veränderung führen. Siege dieser Art sind vulgär. Das gilt auch und gerade für willkürliche Grenzziehungen, die die Bevölkerung im Namen des Friedens ein weiteres Mal ihrer Freiheit berauben und ethisch entmündigen. Ohne Mitgefühl, ohne inneres Verstehen, werden Grenzen wie jene, die in diesem befremdlichen Dayton / Ohio gezogen wurden, immer nur eine äußere Handlung bleiben. Es ist an der Zeit, so hat es jener Mann in Bosnien gesagt, dass auch die Amerikaner anfangen, Dostojewski zu lesen, und dass sie beginnen, sich selbst zu befragen. Auswendig zitierte er den Russen: »Wovor fürchten sich die Menschen am meisten? Vor einem neuen Schritt. Vor einem neuen eigenen Wort. Davor fürchten sie sich am meisten.« Und es kam uns der Gedanke, dass wir Menschen alles tun, um uns aus dem Wege zu gehen, sogar Kriege führen wir, die uns zu Siegern, Besiegten, Mördern und Diktatoren machen, nur damit wir uns nicht selbst in die Augen sehen und uns selbst als Fragenden begegnen brauchen. Und so vermehren die Grenzen dieser Welt das Unglück, das sie vorgeben zu heilen, die Narben werden sich früher oder später aber neu entzünden. Die alten Kollektiv-Antworten genügen nicht mehr. Der Einzelne ist in die Pflicht genommen, nicht nur über Frieden zu reden, sondern ihn in sich selbst zu verwirklichen.

Die Vergangenheit braucht nicht notwendig zu einer trennenden Mauer zu werden, sie kann und wird, so man aus ihr lernen und schöpfen will, eine andere (vielleicht sogar ästhetische) Erfahrung herausfordern: das noch Unbekannte. Das kann sie nur, wenn alle Beteiligten Verantwortung übernehmen und die Schwelle im eigenen Inneren sehen, das tiefschichtige Sehen erlernen. Albert Schweitzer weist darauf hin, wie wichtig in diesem Zusammenhang die »Wiedergutmachung« ist. Man muss die Dämonen verstehend zurückholen, die man in die Welt hinausgeschickt hat, um sie dann mit Achtsamkeit und Umsicht in die Verwandlung, ins Miteinander, in die *Begegnung* zu führen.

Das ist der einzige bewusste Weg zum ausgleichenden, in der Tiefe vollzogenen Gespräch und damit zum Frieden. Die Reise ins eigene Selbst ist der notwendige Anfang. Dass gerade die Amerikaner anderen Völkern und Nationen nur ihre Wahrheit und Macht aufzwingen wollen, entblößt sie, es demaskiert ihre imperiale Überheblichkeit. Die übersättigte spät-kapitalistische Welt ist eine einzige Sphäre der Furcht geworden. Die Feindseligkeit, die den Einzelnen im Namen der Sicherheit auslöscht, zeigt, wie groß die Angststarre ist. Im Terrorismus findet dieser Zustand sein eiskaltes Gegenüber. Er spiegelt den Mechanismus aller Kriege und zeigt, was es heißt, wenn Menschen die Bereitschaft aufbringen, im Namen einer geheiligten Sache zu töten. Die Schneiderin Ismeta hat recht behalten. Der Krieg ist nicht vergangen, er ist Teil auch unserer Zeit, unseres Denkens und unserer Sprache; er hat sich wieder einmal geschickt verkleidet. Es ist nicht so leicht, im Frieden das Böse zu erkennen, leichter ist es immer, das Gute in Zeiten des Krieges zu sichten. Vedranas Nachbar etwa befand sich im Krieg, aber er folgte nicht seinen Gesetzen, sondern seinem eigenen Charakter und rettete eine ganze Familie vor dem Verhungern. Und zwar nicht allein, weil er mit dem Apfelstrudel seiner Frau ihren Magen sättigte, sondern weil er mit seiner Handlung ein Licht und damit Hoffnung in ihr Leben brachte. Er hat dafür gesorgt, dass sie ihre Würde nicht vergaßen. Sie leben und tragen sie weiter, diese Würde, wie eine Fackel, die (im Gegensatz zur olympischen und so oft verratenen) nie verlöschen wird.

Menschen wie Vedrana sind Religionszugehörigkeiten für alle Zeiten gleichgültig geworden, was ihre *religio* ist, ihre Gewissenhaftigkeit und Rückbesinnung nach Innen, das betrifft nur das Menschsein in seiner nackten Wahrheit. Sie ist aus ihrer eigenen Erfahrung heraus überzeugt, weil sie es erlebt hat, dass Worte, so sie von innerster Stelle kommen, alles für einen Menschen verändern können. Und ich empfinde tiefe Dankbarkeit und Glück, ihr zu begegnen und zu sehen, wie ihr Leben von dieser Wahrheit beatmet wird. Alles, was ich von Vedrana und den anderen gelernt habe, die die Belagerung überlebten, stimmt mit dem überein, was Martin Buber über den Zusammenhang von Sprache und Menschlichkeit sagt. Für ihn ist ein sprachlich zentrierter Humanismus der Königsweg der menschlichen Erziehung. So wie Albert Schweitzer die Ehrfurcht vor dem Leben betonte, war es Martin Buber wichtig, die Ehrfurcht vor dem Wort hervorzuheben. Er verwies aus guten Gründen auf »das gültige Wort«, früh musste er lernen, was es bedeutet, »etwas wirklich auszusprechen«. Jeder Mensch, der sich auf dem Weg zum eigenen Selbst befindet und den Pfad der Wahrhaftigkeit beschreitet, wird mit der Zeit in die Schule des Gewissens eingeweiht, so, wie er als Kind von den Erwachsenen an die Hand genommen wurde, die ihm die äußere Welt erschlossen.

Das Gewissen aber ist leise, es ist so leise, dass man es leicht überhören kann. Deshalb ist es immer auch ein wenig unbequem, es erfordert genaues Hinhören, Klarheit im Stillen und eine eigene Stimme, einen Menschen also, der deutlich zu sich selbst und zu den anderen spricht. So entsteht allmählich eine beruhigende Unbestechlichkeit, und dann, so Martin Buber, entwickelt sich der Widerwille gegen jede Form von Mission, und gleichzeitig entsteht nicht nur ein Gefühl in der Seele des Menschen, sondern die ganze Wirklichkeit, ohne Abstrich und Verkürzung.

Die feinen Nuancen in Bubers Denken können uns heute mehr denn je den Blick für Menschlichkeit und die Bedeutung der Versöhnung schärfen, sie führen uns auf dem Weg der Verantwortung. Er war glücklicherweise kein Mensch, der eine Lehre hatte, dafür aber unermessliches Mitgefühl, in dem das innere Sehen und Hören einen großen Platz einnahmen. »Ich nehme ihn, der mir zuhört, an der Hand und führe ihn zum Fenster«, sagt er, »ich stoße das Fenster auf und zeige hinaus. Ich habe keine Lehre, aber ich führe ein Gespräch.« So handelt ein Mensch in der Sprache, der die Worte heilig hält und der sie nicht missbraucht. Wer ethischen Anspruch und wirkliche Verantwortung miteinander in Einklang bringen möchte, muss in der Lage sein, das Fenster, von dem Buber spricht, immer wieder neu zu sehen, neu zu öffnen, und er muss erlauben, dass das Gesehene ihn verändert. Ruth Klüger, mit der Erfahrung einer Kindheit in Auschwitz und anderen deutschen Konzentrationslagern, bringt das auf eine andere Weise, nüchtern und dringlich zugleich, auf den Punkt: »Worüber man nicht spricht und schreibt, das bleibt unerledigt.« Und kann ein Mensch weiter leben, wenn er seine Fenster in sich selbst nicht öffnet? *Wie*. Das *wie* entscheidet über alles. Das *wie* ist mit dem Archiv der Sprache und dieses mit der Seele verzahnt. Das *wie* ist alles, was wir in Würde und im Bewusstsein sind. Wer sich über das *wie* Rechenschaft ablegt, der ist mitten in einer inneren Handlung und versteht, was damit gemeint ist, dass ein einzelner Mensch ein ganzes Land und ein einzelnes Herz eine ganze Epoche ist, ein einzelnes Wort das ganze Leben umfassen kann.

Die Vernunft macht, genau wie die Kunst, viel Arbeit, aber ihre Stunde kommt, wenn in der Sprache das Fenster zum Abgrund oder in die blaue Weite zeigt. Und wenn wir so verstehen, dass wir nicht größer sind als ein Vogel in diesem unendlichen Universum, in dem nichts anderes wirksamer ist als die Schönheit, werden wir vom dunklen Schicksal erlöst. Die innere Schönheit unseres Wesens entfaltet nur dann ihre Wirkung, wenn die Autoritäten uns keinen Gehorsam mehr abverlangen können und wir einem Ideal verpflichtet sind, das sich am *Einzelnen*, wie im gedemütigten Sarajevo, bewährt hat. Man hat nur dann die Möglichkeit, schreibt Maurice Maeterlinck einmal, sein Ideal außer sich zu finden, wenn man es so oft wie möglich in sich selbst erfüllt. Die Menschen von Sarajevo haben diesen Satz gelebt, sie haben durch das gelebte Ideal ihre Angst überstanden.

Das Individuum, das bei sich selbst bleibt, ist nicht nur ein Name, sondern wird durch sein Selbst ein unverwechselbarer Mensch. Europa ist in diesem Sinne keineswegs in Sarajevo zu Grabe getragen worden, vielmehr hat es eine Lehr- und Sternstunde in Humanität gerade von jenen erhalten, die vor unser aller Augen ermordet werden sollten. Die Frauen, die sich noch unter schwerstem Beschuss elegant anzogen und auf ihre Würde pochten, hätten Stefan Zweig und seiner Menschenfreundlichkeit aus dem Herzen gesprochen. Mitten in der dunklen Epoche des Nationalsozialismus schrieb er ein Buch über Erasmus von Rotterdam, den er unter allen Schreibenden und Schaffenden des Abendlandes als ersten bewussten Europäer seiner Zeit darstellt, den ersten streitbaren Friedensfreund und beredtesten Anwalt des humanistischen, des welt- und geistesfreundlichen Ideals, in dem kein Platz für Fanatismus war. Die Entschiedenheit zur friedfertigen Verständigung, die

Erasmus so eigen war, kann nur von innen gefunden und eratmet werden. Nur so wird das Bindende zwischen den Völkern eine gute Kraft entwickeln und das Trennende überwunden. Im Herzen der Menschheit, schreibt Zweig, kann sich nur auf diese Weise der Gedanke an ein kommendes Zeitalter höherer Humanität erneuern. Denn nur was den Geist über den eigenen Lebensraum ins Allmenschliche weist, daran glaube auch ich, schenkt dem einzelnen Menschen Kraft über seine Kraft.

21.

Nach der Kontrolle am Flughafen von Day-
ton/Ohio betrachtete ich lange die schwarze Samtjacke
meiner Mutter. Sie hat mich zu Menschen und Orten geführt, die mir viel gegeben haben. Das violette Futter ist
mehr als nur ein neuer Stoff, er ist in meiner Erinnerung
verbunden mit jenem sonnigen Nachmittag mitten im
Frieden, den ich mit Saida und Vedrana in der Nähe des
Taubenplatzes in Sarajevo verbracht habe. In diesem Frieden mangelt es weder an überzeugender Poesie noch an bürokratischen Irrsinnigkeiten. In Bosnien hat beispielsweise
die in Dayton beschlossene rigide Aufteilung in drei »kons-
titutive Völker« dazu geführt, dass die anderen Minderheiten wie Roma oder Juden im ethnisch neutralisierten Bosnien überhaupt keine politischen Ämter ausüben können.
Ich reise mit dem Bus durch das Land und frage mich, ob
die westlichen Länder verstehen, was ihnen Bosnien spiegelt. Den moralischen Zeigefinger auf den wilden Balkan
gerichtet, begreifen sie vielleicht immer noch nicht, dass
nicht die Menschen aus Bosnien sich in Dayton/Ohio für
neue Grenzziehungen oder die Bombardierung Belgrads
entschieden haben, sondern sie. Neue psychische und geographische Grenzen sind entstanden. Wie aber konnte es

demokratischen (vor allem auch nach politischer und wirt-
schaftlicher Macht strebenden) Verhandlungspartnern wie
Bill Clinton, Helmut Kohl oder Jacques Chirac geschehen,
dass sie ausgerechnet die Minderheiten in Bosnien auf eine
so nachhaltige Weise benachteiligt haben? Haben sie beispielsweise die Juden und die Roma vergessen? Wie konnte
das nach den Erfahrungen des Holocaust geschehen? Unsere Handlungen sind, ob wir das wollen oder nicht, immer
auch Spiegel unserer inneren Verfasstheit. Wir bringen uns
gerade dann ein, wenn wir glauben, objektiv oder neutral zu
sein. Der wahrhaftige königliche Weg des Menschen ist der
Weg der Bewusstheit, heißt es einmal bei Walter Rathenau. Es gibt kein Unglück und kein Verbrechen, notiert er,
für das wir einander nicht alle Rechenschaft schulden, und
es kann kein Glück und keine Macht abseits vom Schicksal
aller erworben werden. Welchen Teil des Unglücks zeigte
der Balkan dem Westen? Der Krieg im Land meiner Geburt zeigte der Welt noch einmal ihren eigenen Zustand,
spiegelte ihr das zwanzigste Jahrhundert in seiner Rohheit,
zeigte, wie schnell es wieder einmal zu einem Zivilisations-
bruch kommen konnte. Mir erscheint diese Zuspitzung im
letzten Jahrzehnt des unglückseligen Jahrhunderts wie eine
noch einmal zusammengefasste Warnung an die Menschheit vor, ein dunkler Abgrund, der an den Tag legte, wie
dringlich bis heute unsere Aufgabe ist, eindeutig für den
gleichen Frieden einzutreten, den auch Walther Rathenau
nur einen Monat vor seiner Ermordung beschwor, als er am
19. Mai 1922 in seiner Rede vor der Vollversammlung der
Genueser Konferenz die Worte des großen Petrarca wieder-
holte: Io vò gridando Pace, Pace, Pace! Ich gehe durch die
Welt und rufe: Friede, Friede, Friede!

Wie der (sprechende) Zufall es will, lese ich auf meiner Reise in einer deutschen Zeitung, dass in Berlin im bürgerlichen Stadtteil Schöneberg-Friedenau ein Rabbi mit seiner Tochter auf offener Straße gedemütigt und niedergeschlagen wurde – und zwar nicht unweit von der Königsallee, wo Walther Rathenau erschossen wurde. Und als ich nur kurze Zeit später wieder zu Hause in Berlin bin, erschüttern Deutschland Erkenntnisse über das sogenannte Terrortrio (dieses mehr als verharmlosende Comicwort hat sich in der Zwischenzeit durchgesetzt), das über Jahre hinweg Bürger türkischer und griechischer Herkunft ermordete, ohne je zur Rechenschaft gezogen zu werden.

Etwas Schales haftet dieser Erfahrung an, vielleicht habe ich damals die Selbstverständlichkeit als Bürgerin dieses Landes verloren. Wieder finde ich stattdessen Heimat nur in gelebten Sätzen wie jener kurzen Huldigung, die Gerhart Hauptmann in Gedenken an Walther Rathenau aussprach: »In (ihm) waren zwei Dinge vereint, die sonst meist getrennt vorzukommen pflegen: das praktisch organisatorische Genie und der reine Idealist. Er beherrschte den Apparat unseres staatlichen und wirtschaftlichen Lebens, und was er suchte und glorifizierte, das war die immaterielle Seele.« Dass ein Politiker wie Joschka Fischer diese nicht suchte, als er seine Zustimmung zur Bombardierung Belgrads gab (sondern sich in rabaukenartigen Formulierungen wie »serbische Mörderbanden« entblößte), braucht an dieser Stelle nicht einmal betont zu werden. Es gibt Menschen, die auch im Tod bei uns sind und das Licht ihres Geistes als Wegweiser für uns hochhalten, ein Licht der Sprache, das uns leuchtet, zu Ehren all jener, die uns Frieden stiftend vorausgegangen sind, ohne sich kaufen zu lassen und ohne den Attrappen der äußeren Welt zu verfallen.

Nach meinen Gesprächen mit Saida, Ismeta und Vedrana in Sarajevo begreife ich ganz und gar, wie wenig es braucht, um Menschen vollständig im Stich zu lassen. Genauso wenig bräuchte es, um ihnen zu helfen. Warum ist dies im Fall von Sarajevo ausgeblieben? Die meisten Menschen, mit denen ich in den ex-jugoslawischen Republiken gesprochen habe, gehen davon aus, dass es sich bei diesem Konflikt für »die Welt« materiell nicht gelohnt hat, beizeiten einzugreifen. So schlicht das ist, so wahr ist es auch, denn hier gab es nichts, keine Bodenschätze, kein Gold und auch sonst nichts, mit dem Gewinn hätte erwirtschaftet werden können.

Was aber die Mächtigen damals nicht im Großen vermochten, das ist dem Einzelnen in der eingekesselten Stadt gelungen. Das bloße Leben war dieser Wert. Im Angesicht des Todes mussten sie dem Leben vertrauen. Die wenigsten von ihnen reden darüber. Das einzelne Lächeln, sagte Saida, habe sie im Exil mit dem Leben verbunden. Es überraschte mich nicht, dass auch sie die Erzählung von Ivo Andrić kennt, in dem das Lämmchen Aska sich im Angesicht des Todes nur durch einen neu geschaffenen Tanz retten kann. Ich versuche mir manchmal die Revolution auszumalen, die eine Welt erleben würde, in der alle zu ihren Empfindungen und Schmerzen wie Saida stehen; das Sentimentale würde sich selbst erübrigen, es erübrigt sich immer bei der Durchdringung des eigenen Innenlebens und wächst bei seiner Vermeidung. »Der Mensch, der sich außerhalb der Welt befindet, ist nicht mehr empfänglich für den Schmerz der Welt«, heißt es einmal bei Milan Kundera. Der Schmerz und die Verletzlichkeit sondieren die Welt, und wenn es um alles geht (und nichts anderes hilft), erleben wir, wo unser Platz ist. Die Angst bindet uns an das, wovor wir uns fürchten. Und mit dem Hass verhält es sich genauso. In ihm liege, so Kundera, die Obszönität des Krieges und die aus ihr resultierende Intimität wechselseitig vermischten Bluts, die laszive Nähe zweier Soldaten, die sich gegenseitig niederstrecken und dabei in die Augen sehen. Aber sie sehen sich immerhin im Angesicht des Todes in die Augen (wenn sie nicht gerade mit der Maus weggeklickt werden).

Es ist nicht nur für den Einzelnen gefährlich, »außerhalb der Welt« zu leben, sondern auch für die ganze Gemeinschaft. In Europa hat zuletzt die psychische Einkapselung eines Einzelnen zu einem grausamen Krieg geführt, in dem es zum ersten Mal seit dem Zweiten Weltkrieg wieder Internierungslager gab und in dem es zu unzähligen Verbrechen gegen die Menschlichkeit kam. Wie lange (sein ganzes Leben?) war Slobodan Milošević der berührbaren Welt enthoben, bevor er die Welt, in der er lebte, in Schutt und Asche legte? Kann ein empfindender Mensch Abertausende in Verzweiflung stürzen, heimatlos machen und eiskalt ermorden lassen? Woher aber seine innere Taubheit rührte, lässt sich in Ansätzen aus seiner Lebensgeschichte erklären. Denn es ist zumindest bemerkenswert, dass er, als Kind zweier Selbstmörder (der Vater war orthodoxer Priester, die Mutter Lehrerin), für sich die Rolle des bösen Vaters wählte, der sich in seiner verkehrten Selbstwahrnehmung durch Krieg und Zerstörung zum unabdingbaren Beschützer der Nation aufschwang. Er scheute hierfür keinen Verrat. Mit seinem destruktiven, nie transformierten

Narzissmus schrieb er sich in das Leben jedes einzelnen Serben und aller anderen Bürger Ex-Jugoslawiens ein. Es gelang ihm sogar bis zum Schluss, auf der Anklagebank des Internationalen Strafgerichtshofs, seine Arroganz zur Schau zu stellen. Grenzenlos selbstbezogen, identisch mit seiner eigenen abgestorbenen Innenwelt, nutzte er auch dort seine Intelligenz nur dafür, um schlauer als alle anderen zu sein und um über sie zu triumphieren. Er war, konfrontiert mit seinen Taten, nicht einen Moment lang bereit, das Leiden anderer zu sehen, er zeigt keine Reue, keine Einsicht, keine Demut. Seine kaltherzige umgitterte Psyche ließ niemanden, auch die Richter in Den Haag nicht gelten. Er akzeptierte keine andere Autorität als sich selbst, auch den Gerichtshof ließ er nicht als juristische Instanz gelten. Seine Überheblichkeit entstellte in ihm alles Menschliche, die Empfindung des Schmerzes blieb vollständig aus. Lieber starb er voller Verachtung vor den Augen der Welt, als einen Fehler in der Welt seiner eigenen Entscheidungen und Handlungen einzugestehen. Wie auch? In seinem Denksystem war er das Gesetz. Der liebende Vater. Dabei wollten die meisten Serben nur freie Bürger sein, keine Kinder, zu denen er sie machte, als er in ihrem Namen sprach und ihnen raubte, was einen in Freiheit lebenden Menschen ausmacht: die Stimme, von der sie fortan nicht mehr Gebrauch machen durften. Ein Vater aber handelt in der alten Definition von Autorität gerecht. Ja, er ist in seiner eigenen Wahrnehmung die Gerechtigkeit in Person. Perfiderweise steckt in dem Vornamen Slobodan das Wort *sloboda* – »Freiheit«, das auch die Bedeutung »Unabhängigkeit« in sich trägt. Aber Slobodan nutzte nicht die in seinem Namen angelegte Freiheit für sein Volk, er missbrauchte sie und wendete sie in ihr Gegenteil. Um das tun zu können, schrieb er in seinem Inneren einfach das Unrecht in Recht um. Wie der Franziskanerpater in Jasenovac, wusste auch der serbische Präsident genau, was er tat. Er war ein hochintelligenter, gebildeter Mann, der Rechtswissenschaften und Soziologie an der Universität von Belgrad studiert hatte. Mit vollem Bewusstsein, abgekoppelt von der inneren Empfindungswelt, wurden Recht und Gesetz sein Zuständigkeitsbereich, in dem er sonst niemanden duldete. Nur so konnte er lebende Wesen gewissenlos wie Schachfiguren benutzen. Deshalb wohl verteidigte er sich in Den Haag bis zum Schluss allein und verzichtete auf jeglichen juristischen Beistand. Seine All-Einheit mit einem nur ihm gehörenden Gesetz wurde gerade dadurch zum Ausdruck gebracht, weil er sich für fähig hielt, seinen Prozess allein zu überblicken. Er verweigerte geradezu sein Gegenüber, wollte es nicht sehen. Miloševićs Tod fasste sein ganzes Leben in verdichteter Form zusammen. Er starb so, wie er gelebt hat. Er ging in den Tod als der allmächtige unbelehrbare Vater, seine Opfer verhöhnend – ohne Erklärung. Seine alleingelassenen Kinder, seine treue Gefolgschaft, denen das Erwachsenwerden und Hinsehen zu seiner Zeit nicht möglich war, wussten nicht mehr, was zu tun war. Statt sich zu befragen, ließen sie die Mythen sprechen und versteckten die größten Kriegsverbrecher unserer Zeit in kleinen serbischen Dörfern, die in den immer folkloristischer werdenden Filmen des Moslems Emir Kusturica verkitscht wurden, der, nun als christlich-orthodoxer Serbe, Konzerte für Massenmörder gab. Doch sind längst nicht alle Serben mit Kusturica gleichzusetzen. Die stolzen, freien, aber bis vor kurzem noch in einer Diktatur lebenden Serben wurden von Slobodan Milošević gezwungen, in *seinem* und nicht in ihrem Serbien zu leben.

Sein herrischer Geist hatte Wirkung. Der Tag, an dem Zoran Djindjić, die demokratische Hoffnung Serbiens, ermordet wurde, ist mir noch gegenwärtig. Ich war gerade in Kairo und kam nach einem langen Tag in der Stadt müde in mein Hotel zurück. In Gedanken schaltete ich den Fernseher ein, sah die Nachrichten und weinte. Ich hatte gerade die Pyramiden besichtigt, ein erhebendes Gefühl hatte meinen ganzen Tag bestimmt, ich war von Glück und dem Wunsch erfüllt, in einer Zeit des inneren und äußeren Friedens zu leben. Aber der kaltblütige Mord an dem Idealisten Djindjić zeigte mir, dass der Frieden zerbrechlich war. Die Geschichte der Gewalt dauerte an. Der 12. März 2003 machte deutlich, dass die destruktiven Kräfte keineswegs bereit waren, sich zurückzuziehen. In einer hetzerisch-derben Sprache aber war dieser Mord schon lange vorbereitet worden. So beschuldigte man in den Medien Djindjić (genauso wie die Dramatikerin Biljana Srbljanović), sich wie eine Hure an den Westen zu verkaufen. Anders als Slobodan Milošević, der oft als ein Politiker ohne eigene Ideen beschrieben wurde, war Djinjdić ein feiner, logischer Denker, ein Mann der genaugefassten Sprache, der Visionen und des Geistes. Milošević war das Gegenteil von ihm, seine politischen Gegner ließen sich täuschen, sie hielten ihn für ambitionslos. Er hatte keine eigenen politischen Ideen, aber nationale Machtphantasien, mit denen er vor allem unreife Menschen ansprach, die anfällig für das phrasenhaft Ideologische waren. Die Schriftstellerin Dubravka Ugrešić hat diese Zeit als eine »Kultur der Lüge« beschrieben. Dabei betonte auch sie, auf welch niederschmetternde Weise die

Gleichgültigkeit die Schwester der Brutalität ist. Der Krieg in Jugoslawien, schreibt sie, war eine deprimierende Fabel über menschliche Solidarität. »Als der Krieg begann, haben sehr wenige Mitgefühl mit den Slowenen gehabt, genauso wie die Slowenen dann später die Grenzen ihres neuen Staates für alle abriegelten. Die Kroaten haben für niemanden Solidarität aufgebracht, und nur wenige brachten Solidarität für die Kroaten auf. Die Serben entwickelten keine Sympathien für irgendjemanden, niemand hatte Verständnis für die Serben. Niemand hatte je Mitgefühl für die Albaner, und die Albaner waren taub für die Nöte anderer Volksgruppen.« Ein Freund aus Zagreb meinte kürzlich, dass niemand die tragische Situation zwischen den balkanischen Egozentrikern besser auf den Punkt gebracht habe als Ugrešić. Und er fügte mit einem traurigen Lächeln hinzu, Titos größter Fehler sei es gewesen, Menschen wie Tudjman und Milošević möglich gemacht zu haben, und nennt sie eifrige Vollstrecker wie Stalin. Es hat aber in Serbien seit März 1991, als Milošević Panzer gegen seine eigenen Leute schickte (der Vergleich mit Stalin ist also nicht so weit hergeholt), viele Versuche gegeben, ihn zu stürzen. Wer hat in Europa, besonders in Kroatien oder Bosnien, überhaupt davon erfahren? In einem Buch von Duško Doder und Louise Branson findet sich die aufschlussreiche Beschreibung eines serbischen Generals, der Freiwillige in einer Stadt zwingen wollte, gegen Kroatien in den Krieg zu ziehen. Er habe alle, die nicht dazu bereit gewesen seien, »die Ehre der serbischen Nation zu verteidigen«, dazu aufgerufen, Uniform und Waffe abzulegen. »Es war kaum zu glauben«, sagte später der General, »aber alle folgten der Anweisung, selbst der kommandierende Offizier. Sie standen vor mir und ich wurde zornig und befahl ihnen, auch ihre Unterwäsche abzulegen. Mit Ausnahme eines einzigen Mannes zogen sich alle aus und gingen nackt davon. Ich hoffte immer noch, sie umzustimmen, aber es war nicht möglich.«

Ich frage mich, welchen Verlauf der Krieg hätte nehmen können, wenn solche Vorgänge in den Abendnachrichten gezeigt oder benannt worden wären? Sie wurden aber mit Absicht nicht gesendet, so konnten die Kriegsführer, ohne auf Widerstand in der Bevölkerung zu stoßen, ihre Pläne umsetzen. Vergeblich hatten sich damals einige serbische Politiker und Militärs, wie der Dichter Charles Simic gezeigt hat, dafür verwandt, die Vereinigten Staaten um Hilfe beim Sturz des Diktators Milošević zu bitten. Wie viele Kroaten oder Bosnier oder Serben wissen eigentlich davon? Auch für mich ist es neu, ich höre davon fast zwanzig Jahre nach Kriegsende, und zwar nur deshalb, weil ich gezielt nach Informationen über den Widerstand und die serbische Opposition suche.

Meine Mutter, die in Dalmatien lebt, will darüber nichts wissen. Auf meiner Reise mache ich hier immer wieder Halt, sitze in unserem Garten (nicht weit von der alten Erdbeerhecke) und berichte ihr, ihrem Widerstand zum Trotz, was ich unterwegs erlebt habe. Sobald ich die Lage der vielen unschuldigen Serben erwähne, packt sie alle Geschichten aus, die ihr das kroatische Fernsehen und die katholische Kirche aufgetischt haben, ihr und Millionen anderen Menschen, die bis heute überzeugt sind, dass die Serben »uns« bestohlen und beklaut und am liebsten ausgerottet hätten.

Mit offenem Mund sehe ich sie an und begreife erst jetzt das Ausmaß der medialen Manipulation. Ja, sagt meine Mutter, schau mich nicht so an, die Serben in Belgrad haben unser ganzes Geld gestohlen, Jugoslawien war nur der Vorwand für eine perfekt organisierte Ausbeutung, wir haben geschuftet, während sich die Belgrader schicke Autos und teure Garderobe gekauft haben, sieh dir nur die Bilder von Jovanka an, alles, was sie anhatte, war von Armani. Immer wieder höre ich das in diesem Land: die Kroaten waren nie etwas anderes als Opfer. Millionen kroatische Opfer, sie reden nicht, sie lehnen sich nicht auf, sie stehen nicht für sich ein. Wie bei jedem meiner Besuche ist meine Mutter nach zwei, drei Tagen wieder bereit, ihren Patriotismus ruhen zu lassen. Und sie fleht mich an, davon nichts im Dorf zu erzählen, da sie weiß, dass es zu nächtlichen anonymen Morddrohungen kommen kann. Ich verspreche es ihr, sehe auf die Landstraße, die keine mehr ist und die ich noch unbefestigt und staubig kenne, das Pferdefuhrwerk unseres Nachbarn kann ich förmlich hören, der fröhlich am Haus vorbeikommt, Heu auf dem Wagen, den Hut auf dem Kopf. Diese Straße heißt jetzt: Ulica Domovinskog Rata – Straße des Heimatländischen Krieges. Und so habe ich jetzt dadurch nicht nur in meiner Erinnerung einen Usurpator sitzen, es ist auch schrecklich, meiner Mutter, die kein Internet hat, Briefe an diese den Krieg verherrlichende Adresse zu schicken. Jedes Mal denke ich, dass der Krieg auf diese Weise auch zwischen uns spricht, dass er sich in unsere Sätze eingeschlichen hat.

Und als ich meiner Mutter erklären will, dass jetzt auch in der Europäischen Union mit den gerade aufgespannten Rettungsschirmen die Solidarität für die finanziell schwächeren Länder eingezogen ist, Jugoslawien doch dafür eine Art Modell, ein Gedanken-Laboratorium gewesen sei, winkt sie ab. Sie hält die Serben nach wie vor für »monströs«. Es hilft auch nicht, sie an ihre serbischen Kolleginnen zu erinnern, mit denen sie jahrelang in einem Altenheim in Hessen gearbeitet hat. Ja, siehst du, sagt sie, die eine Serbin war immer tyrannisch und hat uns alle, wirklich alle kontrolliert. Und die anderen, die kannte ich, die hatte ich einfach gern. Das ist es, sage ich, die eine, die du gehasst hast, kanntest du nicht. Aber da ist sie schon längst auf dem Hof, um ihre Ziegen und Hühner zu füttern, die Katzen und ihren hessischen Hund.

Wie recht sie hat, denke ich an meinem Berliner Schreibtisch, einen Menschen zu kennen, sein Gesicht einem Namen, einem Tag, einer Erfahrung zuordnen zu können, das macht den Einzelnen und somit den Unterschied aus. Milošević, meint meine Mutter, ist ein richtiger Wolf gewesen. Auch sie weiß nicht, dass er ursprünglich mit einer versöhnlichen Rede zum Amselfeld angereist war und dann, in der konkreten Situation, als er vor das Mikrofon trat, sein Vorhaben aufgab. Niemand weiß, was ihn zu einer Änderung seiner Pläne veranlasste. Vielleicht wird der Verlauf von Krieg und Frieden mehr durch solche aus dem Bauch getroffenen Entscheidungen beeinflusst, als es unserem Verstand lieb sein kann. Die als »humanitäre Intervention« beschriebene Bombardierung Belgrads bewegt sich im gleichen irrationalen Spektrum. Es war und bleibt, wie es der serbischstämmige amerikanische Dichter Charles Simic einmal formulierte, »eine kollektive Strafmaßnahme, mit der unschuldige Serben für die Verbrechen ihrer Führer zur Rechenschaft gezogen wurden«. Und wir müssen uns die Frage stellen, ob nicht unter den Bombardierten eben auch jene waren (wo sonst sollten sie gewesen sein?), die versuchten, sich des selbsternannten Führers zu entledigen, der als »Schlächter vom Balkan« in die europäische Geschichte eingehen sollte. Die Bombardierungen serbischer Städte hat keinen Frieden gebracht, denn es waren Bombardierungen von Menschen – wie kann eine solche Milchmädchenrechnung Frieden bringen?

In Bosnien habe ich viele Menschen gefragt, ob sie es gerecht fanden, dass auch die Serben in diesem Krieg durch die Nato-Bombardements leiden mussten. Ich habe keinen einzigen getroffen, der das bejaht hätte. Aber die betroffenen Menschen in Serbien werden lange brauchen, um den durch die Luftangriffe entstandenen Hass zu überwinden und genau zu verstehen, was ihnen damals geschehen ist. Denn bevor ein Serbe sich durchringt, einem Kosovaren sein Mitgefühl zu zeigen, wird er sich vor Augen führen, was in jenen Tagen auf einem Graffiti in Belgrad zu lesen war: *Nato in the sky, Milošević on the ground.* Und als die Bomben auf sie fielen, konnte man von den Serben wohl kaum erwarten, so bringt es Charles Simic auf den Punkt, dass sie zwischen diesen beiden noch unterscheiden würden.

22.

Meine Mutter will nicht mit mir über das Leiden der Serben sprechen. Ihre Angst gilt den Wölfen. Eine ihrer Freundinnen ist mit einem Serben verheiratet. Oft genug hat sie mitbekommen, wie diese Familie nachts Drohanrufe bekam. In den Dörfern wird das verschwiegen, niemand will es sehen. Seit dem Krieg vermehren sich ungezügelt die Wölfe auf den umliegenden Bergen. Die Population ist völlig außer Kontrolle geraten. Vor einiger Zeit hat ein Wolf auch den Kopf unseres alten Hundes über Nacht abgerissen. Tante Anastazija hatte mich gewarnt, aber ich habe ihr insgeheim nicht geglaubt. Ich weiß nicht, warum der Wolf nur den Kopf gefressen hat und den Rest liegen ließ. Die nutzlose Kette lag an den weichen Pfoten. Seitdem hat meine Mutter eine Axt neben ihrem Bett stehen. Ist das Frieden? Die Wölfe sind Teil ihres Atmungsnetzwerks, ob sie das will oder nicht.

Helena, meine Tante in Imotski, weiß seit langem, was das bedeutet. Ihr Geburtstag fällt auf den 14. Juli, den Tag, an dem in Srebrenica die Ermordung von 8000 Menschen begann. Sie feiert ihn nicht mehr, ihr Freudentag ist für immer mit den unschuldigen Toten verbunden. Vor dem Krieg war das anders, zu allen Abenteuern bereit saß sie immer auf der Terrasse, ließ sich von ihren Söhnen den Kaffee bringen und genoss den Blick auf ihre Mimose, deren Rosa nicht weniger kräftig war als Silvias auf der Insel Vis. Es gab Kuchen und Kaffee, Musik und Freundschaft – so nannte es einmal ihre Enkelin. Musik und Freundschaft. Das klingt – vor dem Hintergrund der belagerten Schutzzone 1995 – wieder einmal nach einem anderen, sorglosen Jahrhundert. Wie die Erinnerung trügt! Es war ein barbarisches Jahrhundert, das Jahrhundert der Wölfe, dessen Ende uns zwar von der Diktatur befreite, aber in einem Krieg mündete. Die Gleichgültigkeit habe alle Grausamkeiten möglich gemacht, davon ist der Bosnier Milan überzeugt, mit dem ich bei einem Zwischenaufenthalt in Banja Luka rede. Er lebt in dieser Stadt, die seit dem Daytoner Vertrag nur von Serben bewohnt wird. Nicht die Grausamkeit, sondern die Gleichgültigkeit sei es am Ende gewesen, die in nur fünf Tagen 8000 Menschen das Leben kostete – erneut vor den Augen der ganzen Welt.

Einer der Überlebenden des Massakers von Srebrenica hatte sich schon als zum Tode Verurteilten erlebt, sein Name ist Emir Sulajgić. In seinem Buch »Srebrenica – Notizen aus der Hölle« schreibt er über das schreckliche Gefühl, ohne seine Verwandten weiter leben zu müssen, und berichtet im gleichen Satz von serbischen Freunden, die ihn »brutal verraten« hätten. Lakonisch notiert er: »Dort sollte ich ein paar Dinge zum ersten Mal erleben.« Dazu zählte für ihn damals in Srebrenica auch »das Gefühl einer kosmischen Einsamkeit«, die nur ein zum Tode Verurteilter empfinden könne. »Gaskammer, Massenexekution oder das heimtückische Aufblitzen einer Stahlklinge im Dunkeln, ein Seufzer des Schmerzes oder ein Röcheln und ein unfassbarer Stoß mit dem Messer« – der Tod an sich, notiert er, mache keinen Unterschied. Über diese Tode wissen wir alles (zumindest tun wir so). Aber in diesem angenommenen Wissen liegt eine Gewalt, da wir uns nie fragten, wer diese Opfer im Leben gewesen waren. »Nichts wissen wir über all diese Menschen, die so wunderbar, gut oder schlecht wie jeder andere waren, nicht mehr und nicht weniger.« Wunderbar seien sie insofern, »als sie Menschen waren« – und insofern, als er sie gekannt habe.

Sulajgić verweist auf die Wichtigkeit dieses Unterschieds: »Ich wünschte, ich könnte über jeden, den ich in Srebrenica gekannt habe, eine Geschichte schreiben. Über jeden, der dort war, ob er nun überlebt hat oder nicht, würde ich gerne eine persönliche Geschichte schreiben.« Und er berichtet von einem bosnischen Dolmetscher muslimischen Glaubens, der mitten im Krieg in seinem Büro eine ganze Bibliothek zum Buddhismus sammelte und schließlich drei Jahre nach Kriegsende bei einem Autounfall ums Leben kam. Und mit einem Mal öffnet sich mir auf meiner Reise eine andere Dimension des Seins durch sein Buch, das mich begleitet, durch seine Sprache, durch den genauen Blick auf das Leben, das ihn umgab. Es wird in all seiner Grausamkeit erzählbar. Immer wieder verweist der Überlebende des Massakers auf den Einzelnen. Mir fallen dazu die Worte aus dem Talmud ein, den ich auch auf diese Reise mitgenommen habe; es sind Worte, die alles schon im Frieden verändern könnten, wenn sie nur einen Tag lang wahrhaftig gelebt würden: »Jeder Einzelne soll sich sagen: Für mich ist die Welt erschaffen worden, daher bin ich verantwortlich.«

Und verantwortlich einmal für mich selbst, bleibe ich

es zugleich auch immer für die Welt. Und bin es auch für den Anderen, für jenes Gegenüber, das mich aus seinem Menschsein heraus betrifft und etwas angeht. Weil es da ist. Weil es lebt. Wer lebt, ist verwandt miteinander – weil er Lungen hat, die gleiche Luft atmet und sich die gleichen Fragen stellt, die in den Sprachen der Völker (Väter) unser Bewusstsein von uns selbst als denkende Wesen ausmachen. Im Talmud heißt es weiter: »Trete ich selbst nicht für mich ein, wer tritt für mich ein? Wenn ich nur für mich bin, was bin ich? Wenn nicht jetzt, wann denn?«

Erst jetzt, fast am Ende meiner Reise durch Dalmatien und Bosnien, begreife ich, dass das auch meine Lebensfragen sind. Sie haben mich auf meinen inneren Weg begleitet und zu einem fragenden Menschen gemacht. Das ist ein Privileg des Friedens. Ich bin zwar in einer Diktatur zur Welt gekommen, aber ich kenne nur den Frieden, wenn auch einen Frieden, in dem die beiden Weltkriege stets mitgesprochen haben. Es war ein, wie ich jetzt weiß, zitternder Frieden. Umso wichtiger ist es für mich, mehr darüber zu erfahren, wohin Wahrhaftigkeit im Denken und Sprechen einen Menschen führen und warum sie ihn beschützen können. Das Erkennen und Verstehen des eigenen Wesens hat mit Jean-Jacques Rousseau Einzug gehalten in unsere Welt. Von ihm habe ich den Blick auf den ganzen Menschen gelernt, der sich von allem zu lösen vermag, weil er sich selbst beim Leben zusehen und zuhören kann. Nachdem er die Bande gelöst hat, die ihn an das Land seiner Geburt knüpfte, habe er die ganze Erde zu seinem Vaterland gemacht. So hat er es selbst beschrieben. Mehr Mensch als Bürgerin nur eines Landes zu sein, das ist mir immer erstrebenswerter vorgekommen als nationale

Zugehörigkeit. Deshalb fühle ich mich geistig zu solchen Visionären wie dem unbestechlichen Bogdan Bogdanović hingezogen, der in der Kunst und in der Architektur jenen inneren Raum fand, den er im Außen für andere sichtbar gestaltete. Menschen wie die Schneiderin Ismeta haben im belagerten Sarajevo Bücher von Rousseau und Kant wie etwas Lebendiges behütet, sie haben sie nicht verbrannt, obwohl sie selbst in größter Gefahr und eisiger Winterkälte ausgesetzt waren. Ihr eigener Funke, der innere, würdevolle Mensch hat mit ihnen und für sie überlebt. Und somit auch für mich. Weder in einem Krieg noch im Frieden kann ein Mensch sich zivilisierter verhalten. Der so oft als unzivilisiert beschriebene »wilde Balkan« stellt Fragen an den sogenannten zivilisierten Westen. Es sind Fragen nach der Wahrhaftigkeit und Anständigkeit in der eigenen (inneren) Sprache und in den politischen Handlungen. Eine abgeklärte, nur in leeren Wiederholungen gelebte Moral ist schädlich, weil sie auf der Lüge gründet. Jede gute Sache verliert ihren Wert, wenn sie dem inneren Kern der Freiheit zuwiderhandelt und nicht beseelt ist. Sie zerstört das Grundfluidum des Vertrauens.

Dieser Zustand ist den einstigen Bürgern der DDR und Ex-Jugoslawiens gleichermaßen vertraut. Die konstruierten und staatlich definierten Feindschaften führten zu Mauern, die endlich Innen und Außen 1989 zu fallen begannen und eine neue Zeit einleiteten. Das deutsche Volk war durch die Macht einer Ideologie und die geopolitischen Kräfte über Jahrzehnte hinweg geteilt gewesen. Und den Völkern Jugoslawiens, deren Präsidenten sich in Dayton / Ohio mit Kosenamen riefen, bescherten die Kriegstreiber via Zeitung und Fernsehen eine Teilung, die die

Deutschen Anfang der neunziger Jahre gerade überwanden. Wieder begann eine neue Zeit, in der wir deutlich sehen konnten, dass das Gewissen das einzige ist, was wir in Freiheit und Unfreiheit gleichermaßen in uns tragen. Die Kultur der Lüge, die Teil des Kalten Krieges und auch der tragischen jugoslawischen Konflikte war, ist immer noch Teil der einen Luft, die wir alle atmen. Sie hat sich mit unseren Lungen und Lungenhärchen verbunden, spricht in ihren Atavismen regelmäßig mit. Die hohen Ideale sind auch in Europa längst noch nicht eingelöst. Die Arbeit am Frieden hat gerade erst begonnen, und vielleicht muss man sich deshalb nicht darüber wundern, dass wir in allen Ländern dieser Welt ein Ministerium für Verteidigung, aber nirgendwo ein Friedensministerium haben.

Es gehört zur menschlichen Freiheit, im eigenen Denken zu handeln. Ein Wort wie Verteidigung signalisiert Kampfbereitschaft, ein Wort wie Frieden das Gegenteil. Es hängt einiges davon ab, welche Perspektive wir in unseren Gedanken einnehmen. Wir können nur dann lernen, das Gedächtnis zu sichten, wenn wir fähig werden, unsere eigenen Denkmuster zu beobachten. Gerade am Beispiel Deutschlands sehen wir, wie lange das nationalsozialistische Erbe in den Körpern und Köpfen jener, die den Zweiten Weltkrieg in Verblendung und Gehorsam mitgemacht haben, gewirkt hat und immer noch nachwirkt. Die Vergangenheit ist aber nicht mit dem Kopf zu bewältigen, darin steckt auch, darauf hat schon Hannah Arendt hingewiesen, eine Gewalt, die das Gegenteil bewirkt. Nur das innere Verstehen im Einzelnen kann eine wirkliche Veränderung im Bewusstsein herbeiführen. Unserer Freiheit nachzukommen und auch die Freiheit des Anderen zu meinen, das ist die ethische Verantwortung aller Menschen. Unsere Gedanken sind aus der Tiefe kommende innere Handlungen. Das Böse aber ist oberflächlich, und es ist durch und durch gleichgültig. In diesem Zusammenhang hörte ich immer wieder von Menschen, denen in Bosnien kein ethisches Handeln gelang, weil sie sich, wie es hieß, nur für ihr kleines Schicksal interessierten. Diese Überlegung klingt erst einmal richtig, ist aber bei genauer Betrachtung eine der Oberfläche. Denn Menschen, die sich für ihr eigenes Schicksal öffnen, wie klein auch immer es sei, sind sehr wohl und gerade deshalb fähig, Verantwortung zu übernehmen, für sich und für die anderen. Die Fähigkeit zu empfinden führt gleichsam von allein dazu, dem anderen zugewandt zu sein, sei es auch nur durch ein Lächeln oder ein anderes Zeichen menschlicher Anteilnahme. Und manchmal braucht man großen Mut, um auf die innere Stimme zu hören, so, wie es meine Tante Helena am Anfang des Krieges tat, als alle auf die nationale Hysterie eingeschworen wurden und die Mütter anfingen, ihre Söhne zu opfern.

Anders als ein Hysteriker, der sich selbst nicht empfinden kann, verhielt meine Tante sich so, wie sie es fühlte: sie weigerte sich, ihre Kinder zu opfern, weil sie sie liebte. Vukovar war damals bereits zerstört, und die Menschen fürchteten sich vor einem flächendeckenden Krieg. Gedankenverloren öffnete meine Tante einen Brief, in dem ihre Söhne aufgefordert wurden, sich freiwillig in die kroatische Armee zu melden. Meine Cousins, die mit Büchern von Albert Camus, den Liedern von John Lennon und der Philosophie von Immanuel Kant aufgewachsen waren, waren begeistert. Im Fernsehen hatten sie von serbischen Gräueltaten gehört, alle ihre Freunde waren schon eingezogen worden, und zwei waren bereits verwundet. Einer kehrte nach zwei Wochen ohne Beine aus Vukovar zurück. Tante Helena sperrte ihre Söhne in ihr Zimmer ein, nahm ihnen den Schlüssel weg und sagte: »Ihr werdet, wenn überhaupt irgendwohin, nur zur Universität nach Zagreb gehen, und damit *basta*!« Noch heute liebe ich sie mit ganzem Herzen dafür.

Die jungen Männer im Alter von achtzehn und neunzehn Jahren wollten sich nicht fügen, verwiesen auf die verwundeten Freunde, die ihr Leben riskiert hatten, es nützte nichts. »Das ist nicht die Freiheit, die ich für euch vorgesehen habe«, sagte ihre Mutter und ließ sie tagelang nicht aus dem Zimmer. Sie reichte ihnen das Essen herein, sie mussten klopfen, wenn sie ins Bad oder zur Toilette wollten. Die beiden Brüder, die sich zu Tode langweilten, lasen alle dort herumliegenden Bücher von Camus, Dostojewski und Vlado Gotovac. Das war ganz im Sinne von Tante Helena. Unterdessen bemühte sie sich über befreundete Professoren in der Hauptstadt, eine schnelle Immatrikulation zu erwirken, ohne dass die beiden vor Ort vorstellig werden mussten. Wie ihr das gelang, wissen wir bis heute nicht, aber es gelang ihr wie vieles, was andere in jenen für krumme Charaktere gemachten Zeiten als Hexerei bezeichneten. Die beiden jungen Männer studierten also in Zagreb Politologie und Biologie. Eine Waffe nahmen sie nie in die Hand. Der Jüngere ist einer der redlichsten Journalisten Kroatiens geworden. Der Krieg zeigte aber auch bei meiner Tante Wirkung, Tag um Tag wurde sie von ihrer alten Angst vor dem Hunger überwältigt. Wie meine Mutter hatte auch Tante Helena nicht vergessen, dass ihre Eltern Hunger gelitten hatten, dass die italienischen Faschisten die Höfe in der Herzegowina geplündert, die Tiere geschlachtet und ihnen alles gestohlen hatten, was sich davontragen ließ. Und nun, mitten in den neunziger Jahren des zwanzigsten Jahrhunderts, hungerte auch meine Tante. Wenn Besuch kam, konnte sie nicht mehr anbieten als ein Glas Wasser. »Ich teile, was ich habe«, sagte sie immer, »was ich nicht habe, kann ich nicht teilen.« Und sie lachte in der typischen Manier des Balkans, mit der noch der tragischsten Situation eine Lustigkeit entlockt wird, selbst wenn der Humor schon im gleichen Augenblick wieder vergeht. Wasser war immer da. Aber wenn ihr die Eltern ihrer Schüler nichts aus ihren Gärten brachten, hatte sie einfach nichts zu essen. Ihr Gehalt wurde oft monatelang nicht ausgezahlt. Sie wurde immer nervöser. In einem Sommer nach dem Krieg war sie besorgt über mein Kroatisch, es sei alles falsch, was ich da rede, einiges an meiner Aussprache und Wortwahl sei sogar eindeutig Serbisch. Ich erfuhr nun auch von unseren alten Nachbarn, dass *Evropa*, so wie ich es aussprach, serbisch war, nicht kroatisch, »denn bei uns heißt es *Europa* – wie im Rest der Welt«. Aber das schöne, die Luft empfangende v gebe ich nicht her. Es ist mir egal, wem das Wort zugewiesen wird. Es gehört zu meinem Leben. Der paranoiden Verherrlichung einer »heiligen kroatischen Tradition« wie jener vom »heimischen Herd«, wie sie das Fernsehen bis heute propagiert, ist meine Tante zum Glück nie anheimgefallen, verändert hat die Kriegszeit sie aber doch; immerhin kann ich noch mit ihr über Orwells Satz von der politischen Sprache reden, die Lügen als Wahrheiten verkauft. Das versteht sie, in dieser Sache ist sie schon immer unbestechlich gewesen. Aber Menschen, die nie gelernt haben, sich einer Autorität bis in die innersten Regungen zu verweigern, sind nicht in der Lage, sich ein eigenes Urteil zu bilden. Das können nur Menschen, die sich selbst kennen und die erfahren haben, dass Wachsein Begegnung und Gespräch ist. Wo soll auch die Empfindung ihren Anfang nehmen, wenn nicht im eigenen Inneren? Es gibt keinen anderen Ort. Wer gehorcht, folgt der Sprache eines anderen; wer folgsam ist, hat nicht gelernt zu denken.

Der Verlust für das Gespür von Individualität in einer doktrinären und bürokratischen Gesellschaft ist vergleichbar mit der Verachtung, der Soldaten in Kriegen begegnen: Sie werden in die Masse gezwungen und sind somit nur eine geschichts- und gesichtslose Nummer. Sie werden nicht gesehen, nicht gehört, nur gezählt. Aber sie zählen nicht. Eine Zahl kann weder sprechen noch fühlen, sie kann auch nicht zuhören. Analytisches Zuhören setzt aber Takt voraus, heißt es einmal treffend bei Julia Kristeva. Und wer Takt hat, der befindet sich stets in einem Gespräch mit sich selbst, er hat ein Gespür für Sprache, für Rhythmus, Ton und Sinn. Er kann die Welt in einem empathischen Zusammenhang denken. Adolf Hitler hat in der Umkehrung genau das erkannt und konnte so den mörderischen Satz sagen, es sei ein Glück für die Regierenden, dass die Menschen nicht denken.

Die Söhne meiner Tante Helena wurden von ihrer Mutter gezwungen zu denken und nach Innen zu hören. Jetzt, als erwachsene Männer, sind sie dankbar, von ihrer Mutter in einem so bedeutenden Moment ihres Lebens beschützt worden zu sein. Das ist ein Ausnahmefall. Gedemütigte und misshandelte Männer sind auf dem Balkan keine Seltenheit. Viele Mütter züchtigen ihre Kinder und berufen sich dabei auf Gott, in seinem Namen ziehen sie Menschen groß, die niemals in der Lage sein werden, sich selbst zu fühlen. Nirgendwo sonst auf der Welt habe ich den Ausdruck »pribiti Boga u nekomu« gehört. »Jemanden solange schlagen, bis Gott in ihm stirbt.« Das ist eine Umschreibung für das brutale Züchtigen von Kindern. Es ist bezeichnend, dass das Wort »schlagen« im Kroatischen auch »kreuzigen« bedeuten kann. Um wie vieles ist es den Misshandelten später leichter, in einem anderen Menschen den Feind im Außen zu suchen, als sich dem eigenen Schmerz zu stellen! Sind Denken und Fühlen abgeschaltet, ist im Krieg der fremde Andere ein willkommener Gegner. Tudjman nutzte intuitiv diesen historischen Augenblick und verschaffte sich absolute Macht, um seinen eigenen Größenwahn ausleben zu können. Er opferte auf diese Weise gewissenlos die wahre Freiheit der Kroaten. In seinem Namen steckte das Wort *tudji* – »fremd«, und sobald er an der Macht war, begann er, als wollte er damit seinem eigenen Schatten entkommen, die Fremdwörter im Kroatischen auszumerzen. Er ließ neue, »rein kroatische« Wörterbücher drucken, ein absurder Akt bei der Neugründung dieses Landes, wie es auch die Wiederbelebung der faschistischen Währung Kuna und damit die Rehabilitierung von Ante Pavelić zeigt. Seinem Beispiel folgend, versuchte Tudjman, die Sprache zu kontrollieren, um sich wie ein autoritärer Vater ins Innere und somit in das sprichwörtliche Denken der Menschen zu drängen. Ähnlich wie Milošević wollte er die Bürger nicht als erwachsene und gleichwertige Einzelne wahrnehmen, sondern sich in der Rolle des Erziehers sehen, der zuständig für sein Volk ist, das er vor allem Bösen bewahren will. Die Angst war fester Bestandteil seiner politischen Strategie. Sein System funktionierte perfekt, die Kroaten bemerkten lange nicht, dass alles von ihrem Präsidenten auch ohne ihre Zustimmung durchdacht war. »Designed to make lies.« Orwells Formulierung fällt mir sofort dazu ein. Aber eine Gesellschaft, die der Sozialismus schon beherrschbar gemacht hat, erkennt die Konstruktion der Lüge nicht.

23.

Meine Busfahrt quer durch Bosnien Richtung
Tomislavgrad führt mich an verfallenen Weilern vorbei. Ich
entdecke zerstörte Häuser, gesprengte Dächer, lächelnde
Frauen mit und ohne Kopftuch, ihre Blumenkleider flat-
ternd im Wind, (immer wieder!) smaragdgrüne, unbegra-
digte Flüsse, und auch großzügige alte Bäume, Maulbee-
ren und Mirabellen, Staub, überall Staub, der neuen Staub
aufwirbelt. Und der Sommer neigt sich seinem Ende. Le-
bensorte, Städte, Menschen und Bücher verlagern sich als
meine Essenzen wieder einmal ins Innere. Das Außen ist
in der Zeit gefangen. Jugend und Alter. Gedächtnis und
Vergessen. Leben und Sterben. Die zählbaren, die unzähl-
baren Stunden. Mein Kopfuniversum ruht im Innen. Alle
Gedanken streben nach einem eigenen Land, sind Sprach-
kerne, Sprachzeit. Das Innenland, das unbesetzbare – wird
es mich, wenn es darauf ankommt, eines Tages vor den Rei-
tern der Außenwelt beschützen?
Wie kann ich alle gemachten Erfahrungen innerlich ver-
buchen, ohne die Hoffnung zu verlieren? Wie kann ich im
Denken standhalten? Mit einem eigenen inneren Frieden.
Mit Büchern, mit dem Lesen, mit der Geduld einzelner
Sätze. Ich fand meine Lehrer zwischen Buchdeckeln, dort,

in der Sprache einzelner Schriftsteller und Schriftstellerinnen, lernte ich, dass die einzige Lösung, wie es die kroatische Autorin Daša Drndić einmal sagte, »im Nachdenken und im Überdenken« liegt. Das Denken ist ein Teil des Lebens, ein Prozess, in ihm liegt eine Kraft, die auch der Poesie zueigen ist: Sie ist »Dynamit«, so Heinrich Böll, »für alle Ordnungen dieser Welt«. Zum Glück gibt es in Kroatien luzide Menschen wie Daša (ihre Bücher sind leider noch nicht ins Deutsche übersetzt), die in der Lage sind, Formulierungen wie jene vom »heimischen Herd« als paranoide Metaphern zu entlarven und zu begreifen, dass diese bedrohliche Abschottung von der Moderne dem Einzelnen und dem ganzen Land den Atem nimmt. Sie spricht auch vom orwellschen Gebaren balkanischer Schalterbeamter, denen die große unsichtbare Hand eine Gehirnwäsche verpasst hat. Wenn die Menschen sich nicht mehr selbst fühlen, dann wird es für alle Herrschenden dieser Welt leichter, Orwells *double thinking* zu aktivieren. Dann folgt von allein die Diktatur im Kopf, die zuerst das erwünschte Fremde, dann das unerwünschte Eigene denkt und sich wie von selbst für das Offizielle, das von Beginn an den Menschen Herangetragene, entscheidet. »Who will speak these days«, heißt es in einem Gedicht der amerikanischen Lyrikerin Muriel Rukeyser, in dem die talmudischen Worte anklingen, die mich auf meiner Reise begleiten: »who, if not I, if not you.«

Freiheit und Schönheit jenseits der Fremdbestimmung und des Kitsches zu gestalten liegt nur in einer individuellen Sprache, in den Träumen Einzelner und in der Unverwechselbarkeit des Denkens. »Wer die Sprache liebt, weiß, dass sie das Menschlichste am Menschen ist und da-

rum auch schrecklichster Ausdruck seiner Unmenschlich-
keit werden kann«, schreibt Heinrich Böll. Der Wandel
kommt von allein, wenn die Sprache, die gesprochen wird,
echt ist, nur sie führt zur ethischen Zeugenschaft mit sich
selbst und den anderen; in dieser Sprache wird ein wahrhaftiges Selbst die Wörter und Sätze beatmen, gültige Wörter, gültige Sätze werden das Ergebnis sein. Muriel Rukeyser fragt: »What have you brought home from the wars,
father?« – »Wounds.« Sie fährt fort: »The public men all
shout: come bomb, Come burn/our hate./I do not/want
it shot;/I want it solved.« Das dichterische Wort hat eine
somnambule Gültigkeit, eine ansteckende Lust. Deshalb
muss es beschützt werden und darf nicht zweckgerichtet
sein. Viele Dichter des Balkans haben sich von der Macht
verführen und kaufen lassen. Naiverweise habe ich Dichter
lange für Idealisten gehalten, vielleicht sogar für die wa-
cheren Menschen. Ihre Rolle (und die manch eines Univer-
sitätsprofessors) hat aber gerade im Hinblick auf die Sprache dazu geführt, dass die Politiker sich Räume erobern
konnten, die ihnen nicht zustanden. Die Sprachwissen-
schaftlerin Snježana Kordić hat vor einigen Jahren ein in
Kroatien viel diskutiertes Buch veröffentlicht, in dem sie
nicht nur aufzeigt, wie unwissenschaftlich die Trennung
zwischen Bosnisch, Serbisch und Kroatisch ist (es handelt
sich aus linguistischer Sicht um eine Sprache), sondern
auch die Mechanismen beschreibt, die zu dieser tragiko-
mischen Aufteilung führten. Das Bedürfnis der offiziellen
Staatspolitik, nach der Gründung Kroatiens, eine »reine«
Sprache, das »richtige Kroatisch« ausfindig zu machen,
lässt mich an zwei Dinge denken: An eine Radiosendung
aus den fünfziger Jahren, in der Adorno angegriffen wurde,

weil er bei einer Proust-Analyse zu viele Fremdwörter für damals noch sehr deutsche Ohren benutzte. Er antwortete mit einem Text über die weltumspannende Weite, die Fremdwörter in seinem inneren geistigen Universum auslösten, der zur Pflichtlektüre auf der ganzen Welt werden müsste. Der Zorn über die Fremdwörter, so Adorno, erkläre sich aus dem Seelenzustand der Zornigen. Es sei die Liebe, die zu den Fremdwörtern treibe. Die Empörung über deren Gebrauch entzünde sich in Wahrheit an der Liebe.

Zum anderen denke ich an eine kroatische Bekannte aus Dubrovnik, die eine Patriotin ist (aber keine Nationalistin). Als die Serben ihre Stadt beschossen und dabei auch ihr Elternhaus in Brand geriet, schaffte sie es in letzter Minute, ein ihr wichtiges Buch den Flammen zu entreißen. Diesem Buch, das sie mir einmal für eine Übersetzungsarbeit ausborgte, sieht man noch heute die Arbeit des Feuers an: es fehlt ihm eine Ecke vollständig, sie ist verbrannt. Das Buch ist ein Standardwerk des ehemaligen Jugoslawiens: Bratoljub Klaićs »Wörterbuch aller Fremdwörter im Serbokroatischen«. Dass in den ehemaligen Ländern Jugoslawiens wenigstens in dieser Hinsicht nicht alles umsonst war, zeigt der bis heute fortdauernde Wert dieses Buches, den meine Bekannte, die in Wien Gesang studierte und in der Zwischenzeit nach Berlin gezogen ist, ihm beigemessen hat. Seit einiger Zeit besitze auch ich eine Ausgabe und erst jetzt, bei der Niederschrift dieser Überlegungen, merke ich zum ersten Mal, dass der Vorname des Herausgebers »Bratoljub« – »Bruderliebe« ist. Er, der ursprünglich auf den Namen Adolf getauft und Jahrgang 1909 war, hat ihn selbst gewählt. Seine Familie hieß ursprünglich Klotz und slawisierte den Namen in Klaić um.

Ein Zufall ist sonst in der Sprache immer etwas, das einem zufällt und seine eigene Logik hat. Vielleicht wollte der schlaue Linguist aber durch seinen neuen Namen (und das Abstandnehmen von seinen sich damals sehr negativ auswirkenden deutschen Wurzeln) davon ablenken, dass er im Ustascha-Staat Mitglied im Sprachministerium gewesen war und von Adolf Hitler einiges gelernt hatte? Von Beginn an hat die politische Führung im Ustascha-Staat größtes Interesse an der Sprache gezeigt. Die Verbreitung der eigenen faschistischen Ideologie, das erkannte man – wie im Nazideutschland – sogleich, konnte nur über die Sprache transportiert werden. Im August 1941 wurde ein Gesetz über die Reinheit des Kroatischen verabschiedet. Ziel war eine aggressive Ausrottung aller fremdsprachlichen Einflüsse, ganz besonders des Serbischen. Ante Pavelićs Obsession ging später soweit, dass er selbst nur etymologische Wörterbücher und ein spezielles Nachschlagewerk aus den siebziger Jahren des neunzehnten Jahrhunderts verwendete und für Wörter wie Automobil, Statistik oder Radio heimisch klingende Umschreibungen erfinden ließ. Wenn man sich an Adornos Satz von den Fremdwörtern als dem Sprengstoff von Aufklärung erinnert, dann wird an dieser Stelle besonders deutlich, warum Autoritäten schlafende und mit falschen Mythen abgefütterte Menschen den Wachen vorziehen, die das Leben und die Welt wissend und differenziert empfinden.

Der Linguist und Verfasser des Fremdwörterbuchs hat sich mit seinem friedlichen Vornamen bewusst von seiner Vergangenheit gelöst. Sein neuer Name war aber nicht nur ein Wort, er wurde auch seine sprachliche Aufgabe. In einer

Neuausgabe seines Standardwerkes wird Klaić im ersten Satz als Kroatist bezeichnet. Auch wenn es ihm, der – aller Vergangenheit zum Trotz – einen enzyklopädischen Geist hatte, der Vergil, Sophokles und Euripides übersetzte und selber unzählige Bücher schrieb, wohl nicht recht gewesen wäre, verweist es doch darauf, dass seine Zeit im faschistischen Sprachministerium im neuen Kroatien ganz bewusst wahrgenommen wurde und man sich nun auch darauf bezog.

Das Wort »kroatisch« kommt auffällig oft in diesem neu verlegten Wörterbuch vor. In einem Vorwort von 1978 dagegen findet man es an gar keiner Stelle, vielmehr erfährt der Leser, dass Klaićs Sprache (damals das Serbokroatische) unideologisch sei und empfänglich für das Französische, Türkische, Italienische und Englische. Letzteres zeigt auch die couragierte Linguistin Kordić auf, die in ihrer Studie über »Sprache und Nationalität« beispielsweise offenlegt, welche Sprachwissenschaftler sich in den Dienst der Sprachreiniger stellten. Auch hier wird deutlich, auf welche Weise autoritätshörige Reflexe und Forderungen nach radikalem Gehorsam sich bis in die Syntax vollzogen, auch und vor allem in gebildeten Schichten. Nur Herzensbildung ist ein dauerhafter Schutz vor der Barbarei im Denken. Das staatliche kroatische Fernsehen sendete regelmäßig Anweisungen, wie die Sprache benutzt und weiter gesäubert werden müsse. Schnell verselbständigte sich der gehorsame Eifer der Fernsehredakteure, und eine infantile Produktion neuer Wörter wurde im öffentlichen Programm zur üblichen Praxis, die eindeutig auf die Vorgehensweise von Ante Pavelić Bezug nahm.

Kordićs empörte die Gemüter, weil sie aufzeigte, dass

die Sprache ein lebendiger Organismus ist und nicht etwa »ein Wesen mit einem eigenen Willen«, wie oft in solchen Sendungen behauptet wurde. »Sprache besteht erst durch jene,« schreibt die Linguistin, »die sie gebrauchen, und englische, deutsche, türkische oder italienische Wörter finden in die Sprache Eingang durch jene, die sie sprechen.« Dabei verweisen die nationalistischen Puristen in Kroatien in diesem Diskurs ausgerechnet auf die deutsche Rechtschreibung, und es kursiert in diesem Zusammenhang das Gerücht, die Deutschen seien bis heute bemüht, ihre Sprache rein zu erhalten. Die maximale Verirrung gipfelt aber in der Annahme, eine Sprachgemeinschaft habe eine genetische Grundlage. Und wenn sogar Linguisten (die nicht nur die Verpflichtung haben, ihren Studenten eine Sprache und ihre Struktur nahezulegen, sondern dies auch auf einer ethisch-wissenschaftlichen Basis tun müssen) plötzlich die kroatische Sache so weit verfechten, dass Küchenrezepte herhalten müssen, um zu beweisen, dass es sich um eine eigenständige Sprache handelt, dann kann man sagen, dass Tudjmans nationalistisches Gift noch immer wirkt. Seine Schüler haben bis heute nicht verlernt, mit Sprachlügen zu arbeiten, um die eigene Opferrolle und letztlich damit auch die Täterrolle zu legitimieren. So wurde der Nachbar, mit dem man sein halbes Leben unter einem Maulbeerbaum gesessen hatte, erst sprachlich ausgegrenzt, dann zum Feind erklärt und schließlich zu einem Menschen ohne Gesicht, der, da er eine »ganz andere Sprache« sprach, verstoßen, ausgestoßen und liquidiert werden durfte. Diese seit damals ins Unbewusste eingeschriebene Feindseligkeit begegnete mir viele Male, wenn ich mich nach dieser Zeit erkundigte und genaue Fragen stellte. Ganz besonders erschütterte mich ein Erlebnis, das mir vor einigen Jahren zusammen mit den Filmemachern Katja Gasser und Walter Reichl zuteil wurde, als wir gemeinsam einen Dokumentarfilm im Auftrag von 3Sat drehten. Ich stand im serbischen Teil meines Dorfes und sprach mit Eva, einer damals fast neunzigjährigen Frau, die seit vielen Jahren allein lebte. Sie erzählte mir, dass sie als junge Frau mit ihrer Schwester von der Insel Korčula nach Dubrovnik zu einem Rummel gefahren sei, wo sie ihren künftigen Ehemann, einen Serben aus meinem Dorf, kennenlernte. Kurz darauf kam sie, eine städtische Frau, in unser winziges Dorf und kochte die köstlichsten Habsburger Nachspeisen, die damals in der kargen ländlichen Gegend des Karst-Hinterlandes, wo sie unbekannt waren, Offenbarungen des Himmels glichen. Mein Vater litt in jener Zeit Hunger, aber nur wenig später verwöhnte Eva ihn mit Kaiserschmarrn und anderen Raffinessen. Auch auf der Hochzeitsfeier meiner Eltern kochte sie für die Festgesellschaft. Meine Mutter war damals mit mir schwanger, es besteht kein Zweifel, dass sich meine Vorliebe für österreichische Spezialitäten, ganz besonders für Kaiserschmarrn, bereits vor meiner Geburt entwickelte.

Evas Mann starb sehr früh. Während unserer Dreharbeiten erzählt sie zuerst nicht sehr viel, berichtet aber in Andeutungen von der Nacht, in der die serbischen Häuser zerstört wurden. Nur ihr Haus blieb stehen. Sie nennt keine Namen, will niemanden beschuldigen. Wir sehen alle, dass sie Angst hat, das ganze Filmteam spürt es, und wie begründet diese Angst ist, merken wir, als ein Mann auf uns zuschießt und wissen will, in wessen Auftrag wir filmen. Mein verrückt klopfendes Herz erinnert sich mit einem Mal an sein Gesicht, an seinen Namen, den ich offenbar seit meiner Kindheit in meinem Inneren abgespeichert habe, und die seitdem vergangenen dreißig Jahre sind keine Zeit mehr, nur noch ein durch Blickkontakt überbrückter Raum, endlich nimmt er mich als Menschen wahr, und mir fällt sein Name ein. Erst jetzt, da ich ihn rufe, beruhigt er sich etwas und erkennt mich auch. Dennoch warnt er uns, dass wir hier nicht filmen dürfen. Mein Versuch der Beschwichtigung fällt kümmerlich aus, aber immerhin lässt er uns gewähren. Wir sprechen weiter mit der alten Frau, die nun noch verhaltener ist. Erst als sie begreift, wer mein Großvater war, wird sie wieder zutraulicher und zeigt mir eine Steinmauer, die er ihr, vor Jahrzehnten, geholfen hatte aufzubauen. Sie nimmt meine Hand, und mein Kopf weicht in den dalmatinischen Dialekt zurück, als schwimme meine Sprache in einem altbekannten Meer. Eva fasst nun doch Vertrauen und berichtet uns von der Nacht, in der die serbischen Häuser gesprengt wurden. Sie erzählt erst jetzt, da sie verstanden hat, wer mein Vater und Großvater sind, von der Angst, die sie damals durchgestanden hat. Es war schrecklich laut in jener Nacht. Sie hielt sich die Ohren zu, weinte und betete, und am Ende hat Gott sie beschützt, sagt sie, denn niemand hat auch nur an ihre Tür geklopft. Und ich getraue mich nun, darüber zu schreiben, was sie mir erzählt hat, weil sie vor fünf Jahren verstorben ist. Niemand kann ihr mehr etwas zuleide tun. Sie gehört nun wieder ganz sich selbst.

Im Bus, in dem ich seit Stunden in einer Art Trance sitze, ist es stickig, meine Gedanken wandern zu dem winzigen

Steinhaus, in dem ich als Kind lebte. »Haus« ist eigentlich nicht das richtige Wort dafür, es bestand aus nicht mehr als vier Wänden und einem Dach. Ein einziges Zimmer, ein winziges Fensterchen; fast schon Unbehaustheit. Nachdem wir in das neue Haus etwas außerhalb des Dorfes umgezogen waren, brachte meine Tante Anastazija in dem alten ihre beiden Kühe unter. Die Dörfer Bosniens, Flüsse, Berge und Täler mit Eseln, Pferden und herumstreunenden Hunden vermischen sich mit jenen Fahrten, die ich als Kind und Jugendliche im Bus von Hessen nach Dalmatien so tief erlebte, weil mir das ganze Dasein auf der Erde als ein großes Versprechen erschien, das sich nur deshalb einlöste, weil ich unterwegs war. So ist es auch jetzt wieder, meine Reise sagt mir, dass es eine heilsame Seite des Vergessens gibt, sie spricht sich mir zu, von Bild zu Bild, von Gedanke zu Gedanke, ein Ort wird fassbar in mir, mein Leben, das mit Eva ebenso verbunden ist wie mit Saida, Ismeta und Vedrana, mit dem kleinen Vogel, den ein Mitreisender in einem winzigen Käfig bei sich hat und der alle Passagiere zum Lachen bringt. Eine Bäuerin sagt, das Vögelchen hast du mir gestohlen, es ist mein Vögelchen. Eine andere Frau sagt, das ist eine Lüge, es ist mein Vögelchen, sogar den Käfig hat er mir gestohlen. Und alle lachen. Das liebe ich an diesen bosnischen Menschen von ganzem Herzen, sie lachen immer, sie finden immer eine humorvolle Wendung miteinander. Das Lachen, das sie zusammenbringt, irritiert aber den Vogel. Er sieht in die Luft, als warte er auf seinen Befreier, als hoffte er auf eine Familienzusammenführung, vielleicht ist die Luft seine Familie, denke ich, die Luft ist ja sein Lebensflaum. Ich sehne mich auch nach frischer Luft, die Felder und Gärten bäuerlicher Gegenden huschen an meinem Auge vorüber. Es riecht nach Tabak, Schnaps und Äpfeln. Auch nach alten Menschen, die sich unterhalten, auf dem Weg zu einem Arzt in der Stadt, da es in den Dörfern nur noch wenige Ärzte gibt, weniger als vor dem Krieg. Ich nicke ein, und als ich aufwache, hat sich ein alter, fast zahnloser Mann zu mir gesetzt, während meines kurzen Schlafs muss er sich seinen Platz neben mir erobert haben. Die Luft flimmert im Außen wie die Erinnerung in mir. Der neue Fahrgast riecht nicht wie die anderen Alten, deren schwarze Kleidung lange nicht oder nur von Hand, mit Kernseife, gewaschen worden ist und sich mit ihrem Schweiß, ihrem Leben und ihren Träumen vermischt hat. Überall auf der Welt könnte ich mit geschlossenen Augen diesen Geruch verorten, wüsste sofort, woher der eine oder andere Mensch kommt, ob aus der Stadt oder vom Dorf. Mein neuer Nachbar auf Zeit lächelt mir freundlich zu und schneidet wortlos einen Apfel in zwei Hälften, nimmt mit dem Messer das Kerngehäuse heraus und reicht mir die Frucht, freundlich nickend, als wollte er mich ermuntern, ihm zu vertrauen und mir diesen Apfel auf keinen Fall entgehen zu lassen. Ich nehme meine Hälfte, und wir essen lächelnd, schweigend. Die anderen scheinen den Mann zu kennen, winken ihm, grüßen ihn, er zwinkert, weise und leise. Mir fällt auf, dass niemand mit ihm spricht. Bald schon steigt er wieder aus, und als er vom Staub der Landstraße verschluckt worden ist, begreife ich, dass der Mann taubstumm war. Er hat mich zum Abschied angesehen wie eine geliebte, verloren geglaubte Schwester, die er mit dem Auge seiner Seele erkannte, er hatte gewartet, und er hatte sie gefunden. Um an ihr den Abschied zu üben? Er hat nicht gesprochen, denke ich, er spricht nicht, er ist weder Serbe noch Bosnier, weder Kroate noch Katholik, auch kein Muslim, er ist der Mann, der wortlos einen Apfel mit mir teilte, als mein Apfelbruder wird er mir in Erinnerung bleiben, ein einzelner Sterblicher, mit dem mich der Bus, der Apfel, das Leben verband, diese Erde und vielleicht auch das Wasser unserer Urträume, der Beginn des Beginns, der Aufbruch in diese Gestalt, in diesen Körper, der mich darstellt und den meine Wörter verlassen können, weil ich mehr bin als meine Hand, mehr als mein Mund, mein Ohr, meine Venen. Der Taubstumme, so wie er dasaß und strahlte, war er selbst ein Gedicht.

Ich dachte an die Poesie von Muriel Rukeyser, die nichts erklärt, aber alles empfindet, im durchdrungenen Sinn – findet. Solche Menschen sind gefährlich für die Kontrollsüchtigen dieser Welt. Sie bedrohen ihre Systeme. Und welche Gefahr Rukeyser allein für das FBI darstellte! – Als Antikriegsaktivistin kam sie ins Gefängnis und wurde von 1940 bis 1980 beschattet, eine FBI-Akte, die vierzig Jahre umfasst, ist bemerkenswert in einer Zeit, die Rukeyser selbst (sie ist 1913 geboren) als das erste Jahrtausend der Weltkriege beschreibt. Eines ihrer berühmtesten Gedichte handelt davon. »Let the wounds change«, heißt es bei ihr. Immer wieder verweist sie darauf, dass wir alle Inseln sind, miteinander verbunden, füreinander verantwortlich. »Islands / O for God's sake / they are connected underneath.« Sie wurde nicht müde zu betonen, dass die Wunden gesehen werden müssen, dass sie eine Sprache haben und dass diese sich uns mitteilt, wenn wir innehalten. Vielleicht hat der alte Mann, der den Apfel mit mir teilte, auch gewusst, dass wir wie Inseln durch den Meeresgrund verbunden sind, vielleicht weiß er viel mehr über die Gültigkeit und Kostbarkeit der Worte als wir alle, die fähig sind zu sprechen, ohne je zu merken, wo die eine Insel beginnt und die andere endet. Auch das berühmte Gedicht von W. H. Auden, geschrieben am 1. September 1939 handelt davon: »And no one exists alone / Hunger allows no choice / To the citizen or the police; / We must love one another or die.«

Der Hass tötet, er ist der große Bruder der Macht, aber er lebt nur dann, wenn wir *nicht* leben. Die Liebe spricht für sich, so, wie der geteilte Apfel für sich spricht. In Audens Gedicht drückt sich diese Logik auf einer anderen Ebene noch einmal so aus: »I and the public know / What all schoolchildren learn, / Those to whom evil is done / Do evil in return.« Sollten wir Verse wie diese aber nicht sooft aufsagen, bis wir sie ganz verinnerlicht haben, bis wir ihre Wahrheit empfinden, die Rettung, zu der sie uns führt?

Dafür müssen wir wieder Vertrauen zueinanderfinden, so wie es mir eine neue Nachbarin, eine blinde buddhistische Nonne, einmal in Berlin beibrachte. Als sie an meine Tür klopfte, trug sie ihre Ordenskleidung, die ihr nur bis knapp an die Waden reichte. Lächelnd stellte sie sich vor und bat mich, mit ihr zur Bank zu gehen, um Geld für sie abzuheben. »Ich kann das nicht allein, ich sehe ja nichts«, sagte sie. Ich war sehr ergriffen von ihrem Vertrauen, aber auch verstört, weil sie stark behaarte Beine hatte (ich stellte mir vor, dass sie selbst bestimmt nichts davon wusste). Wäre ich auch mitgegangen, wenn sie nicht blind gewesen wäre? Wenn sie etwa Parkinson gehabt hätte oder auch nur einen Schwindelanfall? Vielleicht. Ich weiß es nicht. Sie teilte mit mir das, was sie hatte. Ihr Apfel war das Grundvertrauen in ein menschliches Gegenüber. Aber es war auch der Hunger, der sie trieb, mich anzusprechen, denn sie hatte kein Bargeld und musste etwas zum Essen kaufen. Am Bankautomaten nannte sie mir ihre Geheimzahl so selbstverständlich wie eine Email-Adresse. Wir hoben Geld ab, kauften im Supermarkt für sie ein und gingen wieder nach Hause. Als sie zwei Jahre später in ein Heim für Blinde zog, wogegen sie sich lange Zeit gewehrt hatte, schenkte sie mir eine kleine bronzene Buddhastatue. Der Buddha wohnt seit dieser Zeit in meinem Schreibzimmer. Wenn ich ihn ansehe, nehme ich mir jedes Mal vor, dem Leben zu vertrauen wie die Nonne. Von den kurvenreichen Straßen in eine Art Halbschlaf geschaukelt, sprachen die meisten Businsassen nicht mehr. Eigentlich sah jeder in dieser friedlichen Ruhe wie ein achtsamer Buddha aus. Die lange Fahrt und die langsam einsetzende Müdigkeit machten uns Kilometer für Kilometer zu offenen Mitmenschen. Doch als ich dachte, dass in dieser freundlichen Luft weit und breit kein Gegenmensch mehr wäre, erschien er kurz nach dem Überqueren der kroatischen Grenze.

24.

In Kroatien ist die Mehrwertsteuer sehr hoch, fast jeder fährt ein, zwei Mal im Monat nach Bosnien, um sich dort zu einem günstigen Preis mit Vorräten zu versorgen. Der Bus ist voll Waschpulver und Putzmittel, Chips und Schokolade, selbst Wasserboiler, Stühle und Kacheln fehlen nicht. An der ersten Haltestelle hinter der Grenze steigen weitere Reisende zu, geschäftiges Treiben und eine heißblütig geführte, blitzschnell entbrannte Diskussion über Vukovar ist plötzlich das alles Beherrschende. Die friedliche Stimmung im Bus löst sich auf. Die Gemüter sind darüber erhitzt, dass in Vukovar die kyrillische Schrift wieder eingeführt werden soll. Die große serbische Minderheit, die noch immer in der Stadt lebt, fordert das für sich ein. Ausgerechnet ein junger Mann, der sich am stärksten darüber empört, setzt sich neben mich. Das Gefühl der schon vertraut gewordenen Mitreisenden löst sich auf, und wir sind alle wieder Fremde. Der Gegenmensch findet, dass man mit den Serben in Vukovar gar nicht sprechen dürfe, sie gehörten für alle Zeiten aus Kroatien vertrieben. Was das eigentlich für ein Gedanke sei, regt er sich auf, ihnen auch noch ihre Schrift »wiedergeben« zu wollen, eine Schrift, in der sie zur Ermordung eines ganzen Volkes aufgerufen hätten. Über Nacht verjagen sollte man sie, sagt er, am besten wäre es, in jedes ihrer Häuser eine Granate zu werfen, um ihnen für alle Zeiten eine Lehre zu erteilen. Das Zittern der Idylle, denkt es in mir, ist in dieser Welt ein Dauerzustand. Noch vor ein paar Minuten war das vorherrschende Luft- und Lebensgefühl eine verbindende, beruhigende Stille. Niemand wagt es nun, dem jungen Mann zu widersprechen. Oder spricht er allen aus der Seele? Vukovar ist immer noch eine offene Wunde. Sie wird noch lange brauchen, um ganz auszuheilen. Solange es agitierende Menschen wie den jungen Mann gibt, die eindimensional nur das an der einen Seite vollzogene Unrecht sehen wollen, wird die Wunde nie zuwachsen. Sprachlos gemacht, bleibt mir nur noch die Betrachtung übrig, zusammen mit dem Wunsch, diese vor Ärger überbordenden Stimmen nicht mehr hören zu müssen.

Der Zufall will es aber, dass ausgerechnet der Agitator mit mir umsteigt. Auch er nimmt den Bus, der in die Dörfer des dalmatinischen Hinterlandes fährt, und setzt sich wieder neben mich. Ich akzeptiere das Schicksal, das ihn mir zugewiesen hat, und versuche, mit ihm ins Gespräch zu kommen. Ich frage ihn direkt, ob er im Krieg mitgekämpft habe. Er ist höflich, und ich bin überrascht zu erfahren, dass er gar nicht hier im Land, sondern in Hessen wohnt. Er ist Vater von zwei Söhnen, die in der Nähe von Frankfurt zur Schule gehen, er befindet sich auf der Durchreise und will Verwandte besuchen. Bevor ich aussteige, frage ich ihn, warum er so vehement gegen die Einführung der kyrillischen Schrift in Vukovar ist. Schon meine Frage empört ihn. Was denn das für eine Frage sei, ruft er, die haben unsere Leute bestialisch ermordet und sie dann den Schweinen zum Fraß vorgeworfen. Ich weiß, sage ich, aber die kyrillische Schrift kann nichts dafür; außerdem hat nicht ein ganzes Kollektiv gemordet, das waren Einzelne. Er wird blass, ist sprachlos und meint, dass ich nichts, wirklich gar nichts von alledem verstehe. Doch, doch sage ich, aber einer muss doch als erster mit der Rache aufhören. Er sieht mich verächtlich an und sagt: Ich dachte, du bist eine von uns. Ich bin auch hier geboren, sage ich und frage mich, ob ich dadurch eine von ihnen bin und immer bleibe. Vielleicht aber kann ich nur so denken, wie ich denke, so empfinden, wie ich empfinde, weil ich keine von ihnen bin und immer außerhalb stehe.

Ismeta aus Sarajevo hat nicht solche Sätze gesagt wie der junge Mann, und sie hat die Belagerung überlebt, Tag für Tag ist sie Granaten und Schüssen ausgewichen, sie hat gehungert und war verängstigt. Wie kommt es, dass sie keine Urteile über Kollektive ausspricht? Ismeta verteidigt keine Nationalität oder Religion, sie spricht vom blanken Menschsein. Sie hat nicht diese innere Haltung, Blut und Zugehörigkeit um jeden Preis verteidigen zu wollen. Hat sie jemals so gedacht? Was würde der junge Mann tun, wenn etwa Rechtsradikale in Deutschland ihn oder seine Kinder bedrohen würden? Wenn sie eine Granate auf sein Haus werfen würden, weil er kein »richtiger« Deutscher ist, weil Deutschsein und Blut in ihrem Weltbild fest zusammengehören? Der Satz vom richtigen Deutschen ist mir vor einiger Zeit aus dem Mund einer in Berlin praktizierenden Ärztin entgegengewirbelt, wie ein unerwarteter Wind ohrfeigte er mich. Ist ihr Mann ein richtiger Deutscher?, fragte sie mich, als sie verstand, dass ich keine Blutsdeutsche bin. (Das Wort widerstrebt mir, aber es zeigt gut seine eigene Absurdität.) Was ist das, ein richtiger Deutscher?, wollte ich entgegnen, aber die Stimme brach mir weg. Was also ist ein »richtiger Deutscher«? Was ist ein »richtiger Kroate«, ein »richtiger Serbe«? Gibt es ein falsches Blut, gibt es ein falsches Menschsein? Haben wir nichts aus dem Holocaust gelernt? Ich habe mich schon oft gefragt, ob es möglich ist, Totalitarismen miteinander zu vergleichen, ob sie je vergleichbar sein können. Imre Kertész, wie so oft, hilft mir, dies zu beantworten: »Alle Totalitarismen führen am Ende zu Auschwitz, einer Art zukünftigem Auschwitz – das konnte man auch in der Sowjetunion und im Balkankrieg sehen.« Jetzt, da uns Auschwitz nicht mehr fremd sei, müsse man es als eine Folge menschlichen Handelns sehen. Das sei eine Tatsache, die sich nicht leugnen ließe. »Also muss man mit diesem Wissen leben, das einige Illusionen über die Menschheit total zerstört hat.«

In einem Bergdorf knapp hinter der bosnischen Grenze bin ich mit Linda, einer alten Schulfreundin, verabredet. Sie ist überglücklich, denn sie hat gerade eine Arbeit in Istrien gefunden, in Opatija, dem alten k.u.k Abbazia. Diese Stadt war der erste bewusst geplante Kurort an der »Österreichischen Riviera«, die Habsburger ließen ihn für den Kaiser errichten. Es ist zwar lange her, dass die kroatische Küste Österreichs Süden war, aber die Spuren der Habsburger sind noch da, sie zeugen von der Großzügigkeit jener Zeit, deren Aura und Geist die Architektur und die Farben prägen. Linda packt ihren Koffer, sie wird die ganze Saison in einem Hotel arbeiten, in dem Sissi angeblich mehrmals zur Kur war. Linda zeigt mir stolz Fotos von ihrem Mann, einem rotwangigen Jäger, der vor zwei erschossenen Wildschweinen posiert. In solchen Momenten ergreift mich eine Sehnsucht nach den Sternen, nach einer Heimat auf einem anderen Planeten. So Vieles trennt Linda und mich seit der gemeinsamen Schulzeit, nun auch die Wildschweine und vor allem dieser Mann, der, erzählt sie, Barrikaden baute, damit die Serben unsere Dörfer nicht überfielen. Ich verstehe, dass sie damals Angst hatte, aber ich verstehe nicht, dass sie nichts aus der Angst gelernt hat. Sie hat Slawistik studiert und Dostojewski gelesen, aber dessen Romane bedeuten ihr nichts (»ich habe sie nicht zu Ende gelesen«, sagt sie). Ist der Krieg zu früh ausgebrochen? Auch Leser müssen sich entwickeln, sie hatte keine Zeit dafür, sie war damals achtzehn.

Wir gehen schweigend durch das verlassene Dorf. Die meisten Bewohner sind ausgewandert, die wenigen, die noch da sind, verhalten sich leise, fast so, als sei das Atmen eine Anstrengung für sie. Vor dem alten Wirtshaus klingen die Stimmen der Menschen dann aber überraschend fröhlich. Meine Schulfreundin und ich trinken zum Abschied noch schwarzen Kaffee unter einem Mirabellenbaum, den ihr Urgroßvater gepflanzt hat. Danach reist sie nach Istrien, und ich fahre in ein wenige Kilometer entferntes Dorf in der Krajina, wo eine andere Freundin wohnt. Es ist eine Ortschaft, in der der einzige Kroate ein Hirte ist, der nie spricht und einmal am Tag seine Schafe durch das ausgetrocknete Flussbett führt. Dort erfahre ich, dass der Mann, der einst ein Sänger gewesen ist, seit dem Krieg schweigt. Nur wenn er direkt begrüßt wird, sagt er Guten Tag. Seine drei kleinen Hunde gehen still hinter ihm her, fast scheint es, als hätten sie sich in seiner Gefährtenschaft das Bellen abgewöhnt. Ich sage Guten Tag, aber er reagiert nicht auf mich. Vielleicht hat er beschlossen, sich in seinem Leben keinerlei Prüfungen mehr auszusetzen, Schweigende haben ihre eigene Art, einem Dinge mitzuteilen. Ich weiß, dass er weiß, und er weiß, dass ich weiß. Warum also noch Worte laut aussprechen? Die karge Landschaft scheint jeden seiner Schritte aufzunehmen, zu dämpfen und dann zu verschlucken, als sei die Erde ein großes geduldiges Ohr, in dem alle Geräusche verschwinden.

Dem zerstörten Dorf vorgelagert ist der Gebirgszug Velebit (sein Name bedeutet wörtlich »das große Wesen«), der zu den überwältigend schönen Dinariden zählt. Die Venezier fällten hier halbe Wälder, transportierten die Baumstämme nach Venedig, die sie für ihre Holzpfähle benutzten, um ihre Stadt auf dem Wasser zu bauen. Noch heute steht die Stadt Venedig auf dem Holz von Dalmatien und Istrien. Damals hat die große Abholzung der Wälder eine allmähliche Klimaveränderung in ganz Europa eingeleitet, so die Anthroposophin Ida Widmann. Dem Velebitgebirge hat das nicht geschadet, noch immer sind hier üppige Wälder anzutreffen. Sveti Roko, der Heilige Rochus wird hier verehrt, der Gipfel des Großen Wesens ist nach ihm benannt. Die Menschen glauben daran, dass es hier unsichtbare Mitredner gibt, intelligente Luftwesen, die sich auf ihre Weise einbringen, mit dem Wind flüstern, und manch ein sich selbständig entzündendes Feuer wird den Sylphen, den Luftgeistern, zugeschrieben. Die Sprache der Bäume, die Sprache des Windes, die Sprache der Geister, ich kenne sie von Kindheit an, man hat sie mir wie Grammatik, wie das Schnürsenkelbinden beigebracht. Wir hätten nur verlernt, sagt der in Sarajevo lebende Schriftsteller

Dževad Karahasan in seiner für ihn typischen, mystisch-verschmitzten Art, auf diese Sprache der unsichtbaren Welt zu hören.

Was für die Japaner der Fuji und für die Griechen der Olymp ist, das ist für die Kroaten das Velebit-Gebirge. Die Vila-Velebita, die Fee vom Velebit, kommt in jeder Sage vor, aber auch in den Karl-May-Filmen, die hier gedreht wurden, ist die mythische Kraft dieses Berges verewigt.

Auf meiner kleinen Wanderung durch das ausgetrocknete Flusstal läuft mir plötzlich wieder der schweigsame Hirte über den Weg, manifestiert sich förmlich vor mir. Seine Schafe sehe ich nicht, nur einer seiner kleinen Hunde ist bei ihm. Er warnt mich vor den Tretminen, die hier noch liegen. Er ist also nicht verstummt. Als ich mich bei ihm bedanke, erwische ich mich dabei, dass ich bestimmte Worte meide, um eindeutig kroatisch zu klingen. Ich staune selbst, dass ich mich, da er einen zerbrechlichen Eindruck macht, als Freundin zeigen will, als jemand, der ihm zugeneigt ist.

Später erfahre ich von einer alten Frau im Dorf, dass der Hirte vor dem Krieg mit einer serbischen Frau verheiratet war und dass sie zusammen einen kleinen Genossenschaftsladen hatten. Ihre drei Kinder wurden eines Nachmittags von serbischen Paramilitärs getötet, sie hatten, sagt die alte Frau, allem Anschein nach angenommen, die Frau sei Kroatin. Wir trinken Kaffee und sitzen auf grünen, in der Sonne gebleichten Holzstühlen und blicken auf den Südteil des Velebit-Gebirges. Eine weiße Wolke hat sich wie eine Aureole des Berges gebildet, ein Heiligenschein in einer nachhaltig unheiligen Zeit. Die rauen Karstfelsen sind steil, es sollen sich unzählige Höhlen und Schluchten in einem Teil namens Paklenica befinden, was mit »Kleine Hölle« zu übersetzen ist. Eine Hölle, in der man die Unterwelt, ihre Gesetze, ihre Abgründe, die an altgriechische Mythen erinnern, durchforsten kann. Das erzählt hier jeder Bauer. Aber meine aufgeklärte Freundin glaubt nichts davon, sie behauptet, das Wort »Paklenica« stamme von »paklina« ab, dem Namen für den Saft der Schwarzkiefer, der früher zur Imprägnierung der Fischerboote diente.

Der Großvater meiner Freundin zeigt mir den Kahn, mit dem er vor dem Krieg zum Angeln aufs Meer hinaus gefahren ist, und erzählt beiläufig, dass er am Morgen noch unter dem Boot Hornvipern und Kreuzottern gesehen habe, dass sie dort seit dem Krieg immer wieder Unterschlupf finden, früher seien sie aber nicht einmal in die Nähe seines Hauses gekommen. Das Dorf ist still. Ich stelle mir vor, dass unsere Worte von den Luftwesen davongetragen werden, direkt in die Kleine Hölle, die niemand hier betreten hat, weil die meisten Bewohner dieser Gegend vor den Bergen (und dem Meer) eine nahezu heilige Ehrfurcht haben. Wir blicken in die Ferne. Eine Weile haben alle aufgeregt durcheinander geredet. Kriegsgeschichten. Blutgeschichten. Geschichten von Treue und Verrat. Geistergeschichten. Schreckgeschichten. Sehnsuchts- und Liebesgeschichten. Nachbarschaftsgeschichten. Dann nur die Stille, die Sprache einer furchtsamen Stille, die alle Erinnerung wie ein trauerndes Kind zu beruhigen scheint. Wir sehen weg und zugleich in uns hinein. Auch ich. Schweige. Aller Sprache beraubt, denke ich an den Hirten. Wie gut ich ihn nun verstehe, sein Vertieftsein in sich selbst. Wir wissen, wie sehr ein Wort erschrecken kann. Dabei haben sie mir gerade noch so viel erzählt, als hätten sie sich Rettung durch die Sprache versprochen. Aber sie nimmt ihnen keine Bürde ab. Die Sprache zwingt sie zurück ins Nichts. Wir hören unseren eigenen Atem, das Klappern der Tassen, den Flug eines Vogels. Die Stille ist wie mit einer Schere in die Luft eingeritzt und verlangt uns alle Aufmerksamkeit ab. Jetzt ist alles ein Geräusch, der Atem, auch das Denken übersetzt sich laut in mich hinein. Die Stille tut weh, weil wir keine Sprache haben für das hier noch in der Luft Lebende. Die Stille belagert die Lunge, als würde die Luft noch einmal den Krieg und seine Abgründe stoßweise erzählen, sie drückt uns zu Boden, wir werden unsere eigene Last und begreifen, dass wir nur ein Punkt im großen Gemälde der Welt sind. Haben wir uns in unseren Begegnungen verausgabt? Zugleich, das sehe ich am folgenden Morgen, können die Menschen hier wie nirgends auf der Welt hoffen. In jedem Fremden, der durch diese Dörfer fährt oder zufällig vorbeikommt, vermuten die serbischen Rückkehrer einen Hilfswerk-Mitarbeiter, jemanden der sie unterstützt, der ihnen Geld gibt, damit sie ihre Häuser wieder instand setzen, das Dach oder die Fenster machen lassen können und ihre Rückkehr ins Hinterland nicht bereuen.

Unzählige Katzen schleichen durch das verlassene Dorf, träge und langsam bewegen sich ihre Körper, die von einer anderen Wahrheit, einer anderen Zielgerichtetheit zu wissen scheinen. Was würden die Katzen uns von Kriegen erzählen, wenn sie eine Sprache hätten? Die Ruinen sind als Häuser gar nicht mehr erkennbar. Im Hof nebenan, sagt der Großvater meiner Freundin, hausen seit ein paar Monaten Luchse, am Himmel über uns will er in diesem Augenblick einen Schlangenadler und einen Gänsegeier ausfindig gemacht haben. Meine Freundin zwinkert mir zu, wir panieren unzählige kleine Sardinen und braten sie im sprudelnden Fett. Dazu gibt es einen kalten Gurken- und Tomatensalat. Die zerstörten Häuser stehen verloren im Wind, zerbrechlich wie Strohhalme, keine Mauer, kein Hof hat vor dem Hass Bestand. Eine Nachbarin berichtet, sie sei damals in Kanada untergekommen, im Winter im elend kalten Montréal, bei Verwandten. Was ihr am meisten fehlte, war die Bora. Was willst du in einer Stadt anfangen, in der der Winter von Oktober bis Mai dauert, sagt sie, und ihre Verzweiflung ist dramatisch, aber echt, sie hatte solche Sehnsucht nach Dalmatien und diesem Dorf, dass sie bei der erstbesten Möglichkeit zurückkehrte. Ob sie denn keine Angst gehabt hätten, dass man sie wieder vertreibt, dass man sie noch einmal überfällt und beschimpft, frage ich sie. Ja, sagen sie alle, aber kein Kroate habe ihnen seither irgendetwas angetan, keiner, der den Krieg in dieser Gegend überstanden habe. Sie zeigen mir die zerstörte Schule, die Apotheke, in der ein Kroate seine Schafe gehalten habe. Eines Nachts habe ihn jemand erschossen, ihn und seine fünfzig Tiere. Niemand habe das in den ersten Tagen der Kriegswirren überhaupt mitbekommen. Wer ihn umgebracht hat, ist schon nicht mehr wichtig. Alle scheinen es zu wissen, aber niemand erzählt es von sich aus, und ich frage auch nicht, weil ich es selbst nicht mehr verkrafte. Welche Frage könnte jetzt überflüssiger sein als die nach der Nationalität des Mörders? Wer bringt fünfzig Schafe und einen Hirten um? Ein Barbar, ein Mensch mit einem zementierten Herzen.

Auf dem Dorfplatz erinnert ein antifaschistisches Mahnmahl an alle Menschen, denen im Zweiten Weltkrieg Unrecht geschah und die damals ihr Leben verloren. In kyrillischer Schrift wird der Gefallenen gedacht. Ganz oben auf dem Gedenkstein thront in alter Vertrautheit der rote Partisanenstern in Knopfgröße. Als Kind erlebte ich den Stern als einen Botschafter zwischen Himmel und Erde. Mir schien, als würden die Sternzacken in alle Richtungen sprechen, Süden, Norden, Osten und Westen in sich vereinen, um sie im fünften, nach oben weisenden Sterneneck zusammenführen und an die himmlische Zentrale zu schicken, die für Gerechtigkeit und Freiheit des Menschen zuständig waren und uns hier unten, auf der kargen Erde, beschützten. Ich nahm an, dass diese Zentrale über Träume zu erreichen war, dass sie eine Art Bilder- und Sprachrechner ihr eigen nannte, den sie mir und allen anderen Schlafenden zur Verfügung stellte. Das Land der neuen Träume! Das Land der gerechten Räume! Es hat sich in meinem Denken erhalten, gerettet, baut Brücken zur Hoffnung und zu Utopien von einer besseren Welt, in der wahrhaftige Begegnungen alle zerstörerischen *Vergegnungen* ablösen.

Als kleines Mädchen trug ich den roten Stern auf meiner Pioniersmütze und auf der blauen Schuluniform. Viel Buntes gab es in meiner sozialistischen Kindheit nicht, abgesehen von der Tiefe der Farben in der Natur. Aber ein Kind will alle Farben kennenlernen, in ihr Geheimnis eingeweiht werden, mit ihnen verschmelzen. Die Sommer mit ihren blauen Augusthimmeln haben mich oft getröstet, und als ich endlich zu meiner blauen Schuluniform die Pioniersweihe erhielt, war ich glücklicher als je zuvor, bereit, jeden Atemzug für den antifaschistischen Kampf, für die Befreiung der Menschheit zu tun. So sprachen die Lehrer in der Schule mit uns, das erschien mir wie die Bergpredigt ganz und gar natürlich. Alles in mir war bereit, für so etwas Wertvolles zu leben. Allerdings verschwieg ich den anderen, dass ich Jesus zu meinem eigentlichen Vorbild erkoren hatte.

Ich sehe mich im Dorf um. Die Dinge des Alltagslebens liegen verstreut und ihres Sinns beraubt herum. Ein Samtschuh (getragen vielleicht von einer schönen Brünetten), der zerschlagene blaue Topf (in dem Pasta für eine Familie gekocht wurde), die verrostete Wäscheleine (an der Generationen ihre Leinenwäsche trockneten), die verbrannten und aus den Regalen gerissenen Bücher der Dorfschule (die Tausende von Köpfen in Räume und Träume eingewiesen hatten) zeigen mir eine Welt, in deren Kreislauf gewaltsam eingegriffen worden ist, von Menschen, die sich im Besitz einer Wahrheit wähnten. Einmal so gefundene Wahrheiten sind tragischer als alle Lügen. Jene, die die Wahrheit zu ihrem Eigentum erklären, sind bereit, jederzeit die Welt eines anderen zu zerstören und Gesetz und Recht zu verkehren, um sich in der Position des Siegers zu vergewissern. Doch wie werden diejenigen, die für die Zerstörung verantwortlich sind, weiter leben können?

Mir fallen in diesem Dorf die Geschichten wieder ein, die mir mein Großvater vom Zweiten Weltkrieg erzählt hat. Er berichtete von schrecklichen Erlebnissen, von Erschießungen und einer unendlich langen Baumallee. An jedem Baum (er erinnerte sich noch, dass es Linden waren) hingen zwei, drei Leichen. Ihre Vortodesschreie verfolgten ihn bis in seine Träume. Ich war nach seinen Erzählungen immer tief erschüttert und unendlich dankbar, geradezu glücklich, dass wir im Frieden lebten. Auch am Tag der Pioniersweihe empfand ich diese Dankbarkeit. Mit schlafwandlerischer Berauschtheit kehrte ich von der Zeremonie direkt nach Hause zurück. Immer wieder nahm ich meine blaue Mütze ab, um mir den Stern aus der Nähe anzusehen. Dies war der Tag, an dem wir, das hatte man uns schon vor Wochen erklärt, unserer Bestimmung übergeben wurden. Aber was war unsere Bestimmung, und in was wurden wir genau eingeweiht? In das größere Leben? Für mich war es vielleicht der erste bewusste Augenblick des Denkens, in dem ich intuitiv erkannte, dass die Dinge nur dann Bedeutungen haben, wenn wir sie von Innen empfinden. Der Stern auf meiner Mütze war mehr als ein Symbol der sozialistischen Gesellschaft, er stand für meine eigene Freiheit, für den bewussten Moment, in dem ich begann, mir beim Denken zuzusehen. Und auch war er das Zeichen dafür, dass ich größer geworden war. Als ich aus der Schule nach Hause kam, war mein Großvater nicht da, ich konnte meine Pionierstern-Freude mit niemandem teilen.

Ich spürte zum ersten Mal in meinem Leben, dass ich allein war in der Welt, dass zwar die Menschen, zu denen ich gehörte, irgendwo waren, aber ihre Abwesenheit, die Haltlosigkeit meiner Familie, warf mich früh auf das Innere zurück, und der Stern half, andere Räume zu erobern, allein zu sein und in der All-Einheit zu leben. Vor dem Haus legte ich meine Mütze wie ein kleines Wunder auf den Holztisch. Der Augenblick und ich: wir waren allein und einer anderen Zeit unterworfen. Stunden vergingen, die nicht auf der Uhr ablesbar waren. Was mir in dieser traurigschönen Einsamkeit so weh tat, war die Tatsache, dass das Glück nicht teilbar war. Doch rief es zu einer anderen Art von Wachheit auf, zu dem Versprechen, mir immer treu zu bleiben und den Stern, der mir all das erzählt hatte, niemals aus dem inneren Sehgebiet zu verlieren. Denn nun kannte ich für immer den Unterschied zwischen Einsamkeit und Verlassenheit.

Ich habe die Mütze aber verloren, und mit ihr den Stern. Die Erinnerung daran kehrt jetzt zu mir zurück, als ich auf dem Flur der Dorfschule genau diesen Stern finde, er gleicht in Farbe und Größe dem auf meiner Mütze. Hier haben Schüler wie ich gelebt und gelernt. Atlanten und Bücher in lateinischer und kyrillischer Schrift sind auf dem Boden zu sehen. Auch alte 16-Millimeter-Rollen liegen auf einem Haufen, auf ihnen waren Drittklässler mit Pioniersmütze zu erkennen. Jemand hatte ein großes Notenbuch und einige angebrannte Landkarten auf den Boden geworfen, auf denen die Grenzen Jugoslawiens eingezeichnet waren. Auch der alte Genossenschaftsladen ist nur noch ein Trümmerhaufen. Deshalb hält hier täglich ein Lieferwagen aus der Stadt, es ist der fahrende Supermarkt, bei dem wir uns Getränke kaufen. Meine Freundin hat aus der Schule ein Notenbuch mitgenommen und legt es auf den Tisch im Garten. Schon beim ersten Durchblättern begreift sie, dass sie den Jahrgang ihres Vaters erwischt hat. Als sie seine Noten entdeckt, sagt sie lachend, mein Gott, der war ja miserabel in Mathematik, in Geographie war er eine absolute Niete. Ihr Vater ist Historiker, er lebt seit dem Krieg in Cleveland / Ohio.

In der Eingangshalle der Schule liegt Heu, ich entdecke einen eleganten weißen Frauenschuh mit Absatz. Wo ist der zweite geblieben? Dort liegt ein Weinglas. Wurde hier ein Fest gefeiert? Wer hat es unterbrochen? Als ich am folgenden Tag einen Spaziergang auf der anderen Seite des Dorfes mache, finde ich den zweiten weißen Schuh. Daran erschüttert mich etwas so sehr, dass ich Gänsehaut am ganzen Körper habe, und zum ersten Mal seit Wochen weine ich haltlos. Hier gab es Frauen, die feine weiße Schuhe trugen, hohe, festliche Schuhe, für eine Hochzeit, zum Geburtstag, zur Taufe eines Kindes, Schuhe aus Friedenszeiten, aus glücklichen, übermütigen Tagen, Schuhe, die in Zeiten des Krieges wie kaum etwas anderes überflüssig sind.

Im Krieg, so die scharfe Formulierung des Schriftstellers Miroslav Krleža, offenbart sich vor allen Dingen die menschliche Dummheit. Sie ist wie ein Gewitterguss und hat eine ähnliche Wirkung auf den Verstand wie auf die Pilze: gespenstisch schießen sie überall aus dem Boden. Nichts ist natürlicher an diesem Ort der Zerstörung als das Zeichen der Vergänglichkeit, und mit ihr, sagt meine Freundin, die Kostbarkeit des Augenblicks. In der alten Bäckerei wird uns das noch einmal durch ein paar eifrige Ameisen verdeutlicht. Sie sind die einzigen, die hier in der sengenden Sonne noch arbeiten, nur sie zelebrieren vor unseren Augen ihren unerschütterlichen Fleiß. Es lohnt sich, schrieb einmal Maurice Maeterlinck, das Schicksal der Ameisen, Bienen und Termiten genauer zu erforschen. So klein im Raum und doch so unbegrenzt in der Zeit, bemerkt er, sind sie ein schöner Abriss unseres eigenen Fatums, das wir auf diese Weise während eines Augenblicks, von den Jahrhunderten zusammengefasst, in der hohlen Hand halten.

Als ich die zerstörten Häuser sehe, weiß ich, dass Maeterlinck recht hat, wenn er sagt, dass wir, indem wir Gutes tun, unser Lebensgesetz überschreiten. Dies aber ist nur deshalb der Fall, sagt er, weil wir von außen nach innen und nicht von innen nach außen leben. Das altruistische Organ, das uns zum Kern macht, von dem aus wir uns denken, ist unser Geist und unser Herz. Da diese aber nicht physisch seien, meint Maeterlinck, blieben sie unwirksam. Und doch stellt er eine Frage, die sich jeder stellen muss, der nur wenige Kilometer von den mondänen Urlaubsorten der adriatischen Riviera entfernt auf zerstörte Dörfer und Städte stößt, wo nur noch die Katzen ihre Natürlichkeit retten konnten. Wie würden wir leben, wenn unsere Freiheit und unsere Wahl nur die Liebe wären? Den Ameisen, die wir in der alten Bäckerei beobachten, fehlt nichts, weil ihnen nichts gehört, sie transportieren nur sichtbare Materie von Ort zu Ort. Wir wollen testen, ob das wirklich stimmt, und haben dafür ein bisschen Mehl mitgebracht. Wir streuen es im alten Ofen der Bäckerei aus, zu Ehren der guten alten Zeiten, sagt meine Freundin, in denen ein frisches Brot das Paradies auf Erden und das Glück ihrer Kindheit war.

Die Ameisen arbeiten sich findig durch die weiße Mehlstraße hindurch, als verfolgten sie irgendeinen großen Plan, den wir nicht deuten können, weil wir weniger wissen als sie. Schon eine Stunde später sehen die Ameisenspuren wie ein Manifest aus, ein Gemälde, das sie aus den Möglichkeiten erschaffen haben, die ihnen ein bisschen Mehl geschenkt hatte. Sie haben uns etwas geschrieben, sage ich, wir sind nur nicht weise genug, es zu lesen. Aber wir sehen beide, dass die Schneisen nur Schneisen sind, kleine Linien, keine lauten Schüsse, durch die sie einander töten.

Ein kleines Mädchen taucht plötzlich aus dem Nichts

auf. Es leben hier, das sehe ich jetzt, mehr Rückkehrer, als ich geglaubt habe. Die Kleine stottert und sagt, dass sie die Natur hasst, dass die Natur böse ist, besonders die Bäume. Ist sie wirklich auf die Bäume böse? Welcher Mensch, welches Kind kann böse auf Bäume sein? »Mein Vater hat seinen Fuß im Stiefel verloren«, sagt sie. Wir wissen nicht, was das Kind gesehen hat und was es nicht vergessen kann. Die Baumallee fällt mir ein, von der mein Großvater mir erzählt hat, die Linden, an denen unzählige Leichen hingen. Das Stiefel-Bild verfolgt mich lange. Wie hat das Kind davon erfahren? Hat dem Mann jemand den Stiefel abgezogen und dabei den Fuß abgerissen? Ich weiß es nicht, das Mädchen stottert nicht zufällig. Was sie zum langsamen, hakenden Sprechen zwingt, das können wir uns nur ausmalen. Erzählen kann das Mädchen es uns nicht. Nicht mehr. Der Krieg liegt wie ein großes Krokodil auf ihrer Zunge. Das Gewicht kann sie nicht bewältigen. Kein Wort kann so groß sein wie ein Reptil. Und sie kann auch nicht wie die Ameisen eifrig alles tun, was das Leben von ihr verlangt.

In unserem Ameisen-Manifest findet derweil eine Veränderung statt. Das Mehlwunder hat sich in der ganzen Gegend herumgesprochen, eifrig rücken ganze Stämme an, um das Mehl näher zu begutachten. Sie haben Signale von ihren Artgenossen erhalten, in großen Gruppen strömen sie jetzt herbei und teilen alles unter sich auf. Sie durchstreifen dieses Mehlland, das ein Brötchen hätte werden können. Jetzt sieht man die Schneisen in ihrem kleinen Ameisenalphabet, und wenn es kein Manifest war, so hat es mich doch aufgefordert, still zu sein, leise, ganz leise. Meine Freundin rennt los, sie hat vergessen, dass ihr Vater aus

Amerika anrufen will. Das Mädchen ist auch weggelaufen. Ich höre dem Summen und Brummen der Insekten zu und erzittere am ganzen Leib, als ein Mann, offenbar ein Jäger in Uniform, vor mir steht. Er trägt Gewehr und Mütze. »Bist du Kroatin?«, will er wissen. »Ich bin hier zu Besuch«, antworte ich, »ich lebe in Berlin.« »Und was willst du hier?« »Ich will sehen, wie es hier nach dem Krieg weitergegangen ist.« »Ach«, sagt er, »und das ist für eine Kroatin wichtig?« Mein Herz klopft bis zum Hals, Angst schnürt mir die Kehle zu. Ich sage nichts, sehe ihn an, rieche den Schnaps, den er getrunken hat. Dann redet der Jäger eine geschlagene Stunde lang auf mich ein. Er verflucht jede kroatische Mutter, damit sie keine Kinder zur Welt bringen kann. Die Kroaten hätten das gute Land, das Jugoslawien einmal war, und den Kommunismus verraten. Eine Heldin bin ich in diesem Augenblick nicht, bin unfähig, etwas zu sagen. Der Mann brüllt mich weiter an, unbeirrt scheint er mich zu beschimpfen, aber ich höre seine Worte nicht mehr, der Wind hat gedreht und verschluckt seine Sätze, verschluckt auch mein Herzklopfen, das mich zum Aufbruch drängt. Noch aber ist die Tirade nicht vorbei, jetzt lobt er Titos Gulag auf der Langen Insel, sein hartes Durchgreifen gegen die politischen Feinde des Landes nennt er vorbildlich. Vor mir steht ein verbitterter, unglücklicher Mann, der in der Zeit seiner Jugend, im Dienst des Gehorsams und im Kalten Krieg steckengeblieben ist. Der Schnaps muss sagen, was er sich selbst nicht sagen kann. Es ist nicht wichtig, welche Nationalität er hat. Barbarenträume und Barbarensätze haben keine Nationalität. Ich lasse ihn einfach stehen und laufe ins Dorf zurück. Mit dem Ameisenmanifest in Kopf und Herzen gehe ich fort, verabschiede mich von meiner Freundin und ihrer Familie. Auf der Brücke am Ortsausgang ist es ganz still, unheimlich still, nur die Schafe sehen mir nach, ein Hund bellt in der Ferne. Was auch immer er bellt, geht mir durch den Kopf, ein Loblied auf Mörder und Kriegsverbrecher bringt ein Tier nicht zustande.

Auf meiner Reise durch Bosnien und Dalmatien sind mir unzählige Menschen begegnet. Einbeinige unter mediterranen grünen Palmen, Kriegsversehrte, denen man ein verrutschtes Gehirn nachsagte, Erinnerungstöter, die alles in sich auslöschen mussten, damit sie in den Krieg ziehen konnten. Die unterschiedlichsten Tonarten des Tötens klingen in meiner Reiseluft nach. Ich habe gelernt, dass man Gedächtnisse und Menschen gleichermaßen töten kann. Was ist die Aufgabe der Erinnerung hier? Sie ist das Gespräch mit einem inneren Selbst. In seinem Kern lebt mein weißer Frieden, den es ohne Bewusstsein nicht geben kann. Denn kein Krieg hört auf, nur weil die Waffen schweigen. Er hinterlässt ein Erbe, dunkle Gaben, die wie eine lauernde Krankheit in den Gesichtern, Geschichten, Körpern, Sätzen und der Vorstellungskraft der Menschen weiterleben. Wie können Kinder dieser Gegend einen Menschen auf der anderen Seite der Grenze jemals lieben, wenn man ihnen schon in der Wiege erzählt, dass er der Feind ist, jemand, der ihnen nach dem Leben trachtet? Die Bahn des Elektrons, schrieb einst der Physiker Werner Heisenberg, entsteht erst dadurch, dass wir sie beobachten. Und wenn es sich mit unserer Verantwortung genauso verhält? Achtsamkeit, Denken und Erzählen gehören zusammen. Viele Menschen haben mich gebeten, ihre Namen und Wohnorte nicht zu nennen. Sie haben das Wort »verraten« benutzt, verrate nicht, wo wir leben und wie wir wirklich heißen. Auch jetzt bin ich noch erstaunt, dass die Einzigen, die nichts zu verlieren haben, die Frauen aus Sarajevo sind. Sie haben schon alles verloren – nur sich selbst nicht.

Ernst Bloch hat einmal geschrieben, keiner von uns lebe, weil er das wolle, aber nachdem er nun einmal lebe, müsse er es wollen. Er müsse sich daran halten, damit er zu etwas komme. Zu was kommen wir? Am Ende muss der Mensch ohne alle Gewissheiten sein eigener Atem werden, vielleicht gerade dann, wenn ihm keinerlei Antworten gegeben werden und wenn er nicht mehr zu sagen weiß, woher das Böse kommt und wann das Gute erscheint. Nichts existiert unabhängig voneinander. Der Mensch kann zwar jederzeit alles verlieren, sein Kern und die in ihm freizusetzende Güte sind ewig. Wenn er auf falsche Macht verzichtet, wird es ihm möglich sein, zur Reinheit und Freiheit vorzudringen. Nur die Käuflichen sind, mitten im Leben, wahrhaft sterblich. Der Kern aber ist nicht von dieser Machart, er ist unsterblich, er verbindet uns mit allem und allen, so, wie der Tod uns mit allen verbindet, auch wenn die meisten von uns überzeugt sind, dass er unsere inneren und äußeren Netzwerke beendet.

Der Schriftsteller Dževad Karahasan, der selbst in der Schule des Lebens sehr viel lernen musste, sagte einmal, für ihn sei der Tod nur eine Station, ein Übergang zu einem Neubeginn. Dreieinhalb Jahre lang sind in Sarajevo nur die Friedhöfe gewachsen. Diese Stadt ist mit dem Rest der Welt durch einen unterirdischen Tunnel wie durch eine Nabelschnur verbunden. »Aber aus diesem Anwachsen der Friedhöfe, aus dem Tod heraus, wurde diese Stadt neu geboren.« Jeder, der einmal in Sarajevo war und die Unbestechlichkeit seiner Menschen erlebt hat, weiß, dass diese Stadt gerade durch den Tod unsterblich geworden ist. Wir können die Toten nicht mehr mit unseren Fingerkuppen berühren, aber die Lebenden zeigen uns, wozu der Mensch fähig ist, wenn ihm andere Wesen ausgeliefert sind und er selbst über die Toten die Deutungshoheit hat. Was vollbringt der Mensch mit seiner Macht? Wohin führt sie ihn? Nur in der Güte ist Erdung und Rettung. Sie ist die leise innere Stimme, die uns dazu drängt, unsere Redlichkeit an uns selbst zu schulen. Wer gütig ist, weiß um sich selbst und schlägt nicht zurück. Er fühlt die tätige Gnade und ist fähig geworden, seine Macht auszuhalten, er muss sie nicht in Gewalt entladen, sondern hat die Wahl, bewusst zu bleiben – ein mündiger Mensch.

Literaturempfehlungen

Theodor W. Adorno: Erziehung zur Mündigkeit
Swetlana Alexijewitsch: Seconhand-Zeit. Leben auf den
    Trümmern des Sozialismus
Hannah Arendt: Eichmann in Jerusalem. Ein Bericht von
    der Banalität des Bösen & Ich will verstehen
Bogdan Bogdanović: Der verdammte Baumeister
Martin Buber: Begegnung. Autobiographische Fragmente
    & Reden über Erziehung
Erich Fromm: Humanismus als reale Utopie & Anatomie
    der menschlichen Destruktivität
Karl Jaspers: Die maßgebenden Menschen
Anna Maria Jokl: Zwei Fälle zum Thema Bewältigung der
    Vergangenheit & Essenzen
Imre Kertéz: Das Galeerentagebuch & Letzte Einkehr
Danilo Kiš: Homo poeticus
Julia Kristeva: Hannah Arendt
Ruth Klüger: weiter leben
Maurice Maeterlinck: Von der inneren Schönheit
Micha Namenwirth: Nico
Hans Keilson: Da steht mein Haus
Erich Neumann: Mensch und Kultur im Übergang
Jean-Jacques Rousseau: Die Bekenntnisse

Danksagung

Mein besonderer Dank gilt meiner Agentin Karin Graf für ihre Unterstützung meiner Arbeit seit über einem Jahrzehnt und für ihren unermüdlichen Lese-Eifer meiner circa zehn gefühlten Versionen dieses Manuskripts. Tiefe Verbundenheit empfinde ich für meine Schwester Zdravka, ohne die dieses Buch und dieses Leben niemals das geworden wären, was sie heute sind. Weiters danke ich meinen unersetzlichen Freunden Micha und Barbara Namenwirth, die immer bei mir sind und nun auch Anteil an diesem Buch haben. Mein Herz und mein Geist verbeugen sich vor meinem Mann Gregor Hens, der mir durch seinen feinen Blick, seine unbestechliche Genauigkeit und die hochkonzentrierten Denkbewegungen die richtigen Fragen im richtigen Moment stellte und so zum Licht in diesem Buch beitrug.

Verlagsgruppe Random House FSC® N001967
Das für dieses Buch verwendete FSC®-zertifizierte Papier
Munken Premium liefert Arctic Paper Munkedals AB, Schweden.

3. Auflage
© 2014 Luchterhand Literaturverlag, München
in der Verlagsgruppe Random House GmbH.
Satz: Uhl + Massopust, Aalen
Druck und Bindung: GGP Media GmbH, Pößneck
Alle Rechte vorbehalten. Printed in Germany.
ISBN 978-3-630-87394-7